U0637955

本书稿系国家哲学社会科学基金项目《当代两岸四地女性文学整合研究》（编号：11BZW114）、江苏省哲学社会科学基金项目《近30年两岸四地女性写作整体观》（编号：10ZWD016）的阶段性成果。

王艳芳 著

异度时空下的身份书写
——香港女性小说研究

中国社会科学出版社

图书在版编目（CIP）数据

异度时空下的身份书写:香港女性小说研究/王艳芳著. —北京:
中国社会科学出版社，2015.1
ISBN 978－7－5161－6053－4

Ⅰ.①异… Ⅱ.①王… Ⅲ.①妇女文学—小说研究—香港—当代
Ⅳ.①I207.42

中国版本图书馆 CIP 数据核字（2015）第 085632 号

出 版 人	赵剑英	
选题策划	陈肖静	
责任编辑	陈肖静	
责任校对	刘　娟	
责任印制	戴　宽	

出　　版	中国社会科学出版社	
社　　址	北京鼓楼西大街甲 158 号	
邮　　编	100720	
网　　址	http://www.csspw.cn	
发 行 部	010－84083685	
门 市 部	010－84029450	
经　　销	新华书店及其他书店	

印　　刷	北京君升印刷有限公司	
装　　订	廊坊市广阳区广增装订厂	
版　　次	2015 年 1 月第 1 版	
印　　次	2015 年 1 月第 1 次印刷	

开　　本	710×1000　1/16	
印　　张	17.25	
插　　页	2	
字　　数	276 千字	
定　　价	56.00 元	

凡购买中国社会科学出版社图书，如有质量问题请与本社联系调换
电话：010－84083683

版权所有　侵权必究

目　录

导论 ………………………………………………………………（1）

第一章　香港女性小说的言说空间与精神轨迹 ………………（19）

第一节　"身份"谱系与香港书写 ………………………………（19）

第二节　香港女性小说的言说空间 ………………………………（26）

第三节　香港女性小说的身份书写 ………………………………（33）

第二章　香港女性小说的城市身份书写 ………………………（45）

第一节　天佑我城:城市意识的萌生 ……………………………（45）

第二节　浮城志异:城市意识的辩解 ……………………………（54）

第三节　失城之乱:城市意识的解构 ……………………………（61）

第三章　香港女性小说的历史身份建构 ………………………（79）

第一节　怀旧故事:钩沉历史 ……………………………………（79）

第二节　殖民岁月:还原历史 ……………………………………（92）

第三节　飞毡传说:拆解历史 ……………………………………（99）

第四节　家族寓言:埋葬历史 ……………………………………（105）

第五节　烈女记忆:重构历史 ……………………………………（110）

第四章　香港女性小说的文化身份想像 ………………………（123）

第一节　"夹缝人"的生存困境 …………………………………（123）

第二节　"老灵魂"的人格模式 …………………………………（136）

第三节　生死轮回的情爱理念 …………………………………（145）

第四节 荒诞暴力书写的生存超越 …………………………… (153)

第五节 香港女性小说的诡异叙事 …………………………… (182)

第五章 香港女性小说的主体身份消解 ……………………… (192)

第一节 "妓女"形象隐喻的香港身份 ……………………… (192)

第二节 "丑怪"男人象征的父亲权威 ……………………… (205)

第三节 抗衡异性恋霸权的越界畸恋 ……………………… (211)

第四节 疾病书写中的生命思索 …………………………… (218)

第五节 "媚行者"言说的自由悖论 ………………………… (227)

结论 ………………………………………………………………… (238)

附录 文学史视野下两岸四地女性文学整体观刍议 …………… (247)

主要参考文献 ……………………………………………………… (258)

后记 ………………………………………………………………… (268)

导　论

一　香港女性小说的概念与研究范畴

香港文学的界定，一直以来颇有争议。过港文化人群的流动不息、在港文化活动的频仍交错以及媒体资讯的通畅发达都使得以一个绝对统一的概念来规范香港文学及其作家变得相对困难，但研究者命名的主动与自觉却未曾稍减。有研究者认为：在世界华文文学的球体结构里，香港文学的确切含义应该是代表香港地区华人文化的文学；[①] 也有研究者认为：香港文学是具有香港个性或特性、最能表现香港社会风貌、最能反映香港人的思想形态、生活方式、价值观念，从而表露很强的地方色彩的文学。[②] 但此处"华人文化"和"香港个性"的内容所指都不免语焉不详或宽泛模糊，这迫使研究者对香港文学的生成地域、表现题材、作家身份、发表地点以及使用语言等要素做出进一步的具体界定。于是，"出生或成长于香港的作家在香港写作，发表和结集的作品，自然是香港文学"。[③] 当然，此处的作品系指中文作品。

依此逻辑推论，"香港女性小说"即指出生或成长于香港的"女性作家"在香港写作、发表和结集的"小说作品"。因此，西西、吴煦斌、李碧华、钟晓阳、陈宝珍、亦舒、梁凤仪、黄碧云、陈慧、谢晓红、韩丽珠等的小说创作可以说是基本符合要求的"香港女性小说"，她们或出生

[①]　施建伟、汪义生：《"过渡期"的香港文学》（《社会科学》1997 年第 6 期）和施建伟《世界华文文学中的香港文学》（《同济大学学报》1999 年第 3 期）表达了同样的"香港文学"观念。

[②]　黄康显：《香港文学的发展与评析》，（香港）秋海棠文化企业 1996 年版，第 8 页。

[③]　郑树森：《香港文学的界定》，载黄继持、卢玮銮、郑树森《追迹香港文学》，（香港）牛津大学出版社 1998 年版，第 53 页。

在香港，或在香港成长和受教育，或出生成长皆在香港；但其在香港写作、成名后迁居他处，或异地写作与发表作品，如西西在台湾出版作品、黄碧云在巴黎写作、钟晓阳移居澳大利亚、梁凤仪在内地出版作品、亦舒在加拿大写作等将如何处置呢？再如，施叔青、钟玲出生和受教育在台湾，早期作品也多在台湾发表，她们的作品究竟能否算作香港女性小说呢？另外，王璞、陈娟等20世纪80年代从内地移居香港的作家作品又当如何归类呢？所以，"香港文学"界定中现实存在的意符之间的彼此交错和互相包裹情形，连资深的香港文学研究者也不得不说："综合而言，香港文学有狭义的和广义的两种。广义的包括过港的、南来暂住又离港的、仅在台湾发展的、移民外国的。但两种之间随着时间的流逝，有时不免又得重新界定。"① 这意味着："香港作家游移出入于两大华文地区，又流动迁徙于欧美外国，其实也正是这个国际性小岛城市在文学发展上的一个特色。"② 申明香港作家文化空间的游移流徙性质，正可以彰显香港文学内在的文化指认和身份诉求特征。

　　鉴于此，本书所采用的香港女性小说的概念至少包含以下要素中的两点：一、在香港出生或成长的女性作家的小说作品；二、女性作家在香港写作、发表或结集出版的小说作品；三、有较长的香港生活经历，对香港生活有涉及的女性作家的小说作品。如此，西西、吴煦斌、李碧华、钟晓阳、陈宝珍、亦舒、梁凤仪、黄碧云、陈慧、谢晓红、韩丽珠等归入香港女性作家没有问题，尽管她们中有人暂时或长期甚至永久地离开香港，并不妨碍其香港作家的定位。施叔青、钟玲虽然在台湾出生和成长，有着西方教育、生活和文化背景，但同时她们又都在香港居留了较长的时间。施叔青1994年离开香港到台湾定居，③ 她写下了大量的反映港人生活以及香港历史的文学作品，影响相当广泛。而钟玲近年来生活工作在香港，④ 其部分作品或表现香港生活，或在香港发表和出版，

---

① 郑树森：《香港文学的界定》，载黄继持、卢玮銮、郑树林《追迹香港文学》，（香港）牛津大学出版社1998年版，第55页。

② 同上。

③ 自1977年9月抵香港定居，到1994年初夏告别香港，施叔青在香港居住了17年。白舒荣《自我完成 自我挑战——施叔青评传·附录》，作家出版社2006年版。

④ 1977年至1989年居香港。2003年再赴香港，任职香港浸会大学文学院院长，2014年迁居澳门。

所以，将这两位作家的作品归入香港文学应该没有问题。王璞出生于香港，在香港定居生活十数年，[①] 陈娟 1981 年移居香港，她们都曾拥有香港的合法身份，所以，其作品无疑应属香港女性小说，而不应将其视为"内地赴港作家"的作品。

　　但就香港女性小说的历史渊源而言，有两位作家不应该被遗忘：张爱玲和萧红。20 世纪 30 年代末至 40 年代初，她们前后相继来到并暂居香港，[②] 不但见证了香港战争的劫难和疮痍，还给读者留下了极其珍贵的香港书写和香港记忆。张爱玲给我们留下了《倾城之恋》，一座城市的陷落成就了白流苏和范柳原的姻缘；也正是在香港沦陷的激烈炮火的颠踬中，萧红结束了她年轻脆弱的生命。萧红在香港期间完成了一生中最重要的作品，《后花园》[③]、《小城三月》[④]、《民族魂鲁迅》[⑤]、《呼兰河传》以及《马伯乐》的第一部和第二部，由此奠定了其卓然独立的创作风格及其文学史意义。战争中断了张爱玲的学业和梦想，被迫回上海以写作谋生，但她说过："我为上海人写了一本香港传奇，包括《沉香屑 第一炉香》，《沉香屑 第二炉香》，《茉莉香片》，《心经》，《琉璃瓦》，《封锁》，《倾城之恋》七篇。写它的时候，无时无刻不想到上海人，因为我是试着用上海人的观点去看香港的。"[⑥] 其中不无对上海人的揶揄和嘲讽，但也不乏如实的描摹和品评。尽管后来张爱玲再次莅临香港并作短暂居留，写下了颇具争议性的长篇小说《秧歌》和《赤地之恋》，[⑦] 尽管萧红的骨灰永远地散落在浅水湾，她们

---

①　1950 年生于香港，1989 年定居香港，2005 年辞掉岭南大学教职，定居深圳专职写作。

②　张爱玲 1939 年 8 月入读香港大学文学院，1942 年因战事辍学返回上海。萧红 1940 年 1 月逃避战乱来到香港，1942 年 1 月病逝于香港。

③　连载于 1940 年 4 月 10 日至 4 月 25 日的《大公报·文艺》及《学生界》。

④　发表于 1941 年 7 月《时代文学》第 1 卷第 2 期。

⑤　发表于 1940 年 10 月《大公报·文艺》和《学生界》。

⑥　这些小说为后来研究者将香港和上海这两个城市并置、对比或互为镜像的"双城记"研究提供了最早的资源和依据。《到底是上海人》，《张爱玲文集》第 4 卷，安徽文艺出版社 1992 年版，第 19 页。

⑦　1954 年 4 月中文版《秧歌》先在香港美新处发行的杂志《今日世界》上连载，1954 年 7 月由香港天风出版社出版单行本。《赤地之恋》1954 年 10 月亦由香港天风出版社出版。见苏伟贞《孤岛张爱玲》，第 79 页，（台北）三民书局股份有限公司 2004 年版。此外，1966 年 8 月 27 日，张爱玲的小说《怨女》开始在《星岛日报》上连载，延续着她和香港的缘分。见刘登翰主编《香港文学史》，人民文学出版社 1999 年版，第 232 页。

在香港居住不满"七年以上",因而不算严格意义上的香港作家,但她们的存在及其作品的影响无疑成为香港文学史中不可忽视的一笔财富。

20世纪70年代以后,高度商业化的社会背景、相对自由开放的生活方式以及活跃频繁的中西文化交流孕育了优秀的女性作家群,香港女性文学开始真正成长。到了"80年代,香港文学跨入了自觉时代,女性文学骤然兴盛,'严肃文学'与'言情文学'并驾齐驱,同领风骚"。① 西西、吴煦斌、钟晓阳、黄碧云、王璞、小思、施叔青、亦舒、严沁、岑凯伦、李碧华、梁凤仪、林燕妮、张小娴、黄庆云、周蜜蜜、钟玲、陈宝珍、陈慧、谢晓红、韩丽珠……小说、诗歌、散文各擅胜场,毫无疑问,以上女性文学作品构成了"香港意识"形成与发展的重要代表。谈到香港意识的萌生,不能不首推西西的《我城》;而议及反思香港历史的怀旧之作,不能不提到李碧华的《胭脂扣》;香港意识酝酿的高潮则是黄碧云的《失城》;施叔青由外而内,以"香港三部曲"的鸿篇巨制来还原香港历史,反抗"中心化"的香港历史叙事② ……以上分水岭式的经典作品,在在显示了香港女性小说特有的敏感性、前卫性以及深刻性,论述者鲜有错过。此外,钟晓阳、钟玲、陈宝珍、陈慧以及香港新生代作家韩丽珠、谢晓红的作品于香港身份的书写都颇有可圈点之处。

二 香港女性小说的国内外研究现状

作为香港文学的半壁江山,香港女性文学的研究却没有得到足够的重视。其实,香港文学作为一个自足的研究课题,也是直到20世纪七八十年代才渐具雏形,③ 较早的几部香港文学史著,如谢常青的《香港新文学简史》④,潘亚暾、汪义生的《香港文学概观》,⑤ 王剑丛的《香港文学史》⑥ 和《二十世纪香港文学》⑦ 等部分涉及香港女性作家的作品,

① 曾利君:《香港女性文学创作简论》,《西南师范大学学报》(哲学社会科学版)1998年第2期。
② 赵稀方:《小说香港·前言》,生活·读书·新知三联书店2003年版,第9—10页。
③ 张美君、朱耀伟编:《香港文学@文化研究·导论》,(香港)牛津大学出版社2001年版。
④ 谢常青:《香港新文学简史》,暨南大学出版社1990年版。
⑤ 潘亚暾、汪义生:《香港文学概观》,鹭江出版社1993年版。
⑥ 王剑丛:《香港文学史》,百花洲文艺出版社1995年版。
⑦ 王剑丛:《二十世纪香港文学》,山东教育出版社1996年版。

但篇幅较小，作家的选取也带有一定的随机性。随着 20 世纪 90 年代几部有影响力的香港文学史著面世，如刘登翰主编的《香港文学史》①、袁良骏的《香港小说史》②、施建伟等的《香港文学简史》③ 以及曹惠民主编的《台港澳文学教程》④ 陆续出版，才为内地学界揭开了香港文学的面纱，从心理上驱除了香港"文化沙漠"的无知偏见和荒诞成见，也才使广大读者一窥香港女性文学的真正面目。尽管这些著作都带有强烈的史著眼光和明显的开拓意识，并以各自的体例优势和著者的主体意识取胜，但毋庸讳言，由于其受制于既定的文学史编写体例或教材写作规范，对作家作品的讨论局限于单纯的个人生平介绍和简短的写作历程评述，深刻贯通的问题意识难以彰显；又因为受制于主导的文学研究理论方法，对香港文学的价值审视也难免片面和偏颇⑤，某些问题的认定或文本的解析甚至成为意识形态差异下的话语"误读"⑥。最为明显的，对女性创作群体整体上不够重视，又由于这些文学史的写作大多起始于香港回归之前，彼时香港与内地文化交流、信息传输上的一定局限，也在某种程度上增加了研究资料获得的难度，以致许多作家的作品只能凭借间接方式或二、三手资料的方式获得，种种遗憾之处在所难免。

　　但也正是在这些文学史家筚路蓝缕的拓荒基础上，新的研究成果渐次出现，赵稀方的《小说香港》⑦ 和蔡益怀的《想象香港的方法》⑧ 可作为其中代表，最明显的突破表现为问题意识的加强和研究方法的更新。

---

　　① 刘登翰主编：《香港文学史》，人民文学出版社 1999 年版。
　　② 袁良骏主编：《香港小说史》，海天出版社 1999 年版。
　　③ 施建伟等：《香港文学简史》，同济大学出版社 1999 年版。
　　④ 曹惠民主编：《台港澳文学教程》，汉语大词典出版社 2000 年版。
　　⑤ 古远清：《内地的香港文学研究》（《湖北社会科学》1998 年第 5 期）中有对内地的香港文学研究冷静而客观的分析：一是资料搜集的困难导致资料错误；二是研究对象选取的偶然性和随意性，使得学术水平无法提升；三是用内地的文学观点去套香港文学，用内地的文学标准去批判香港作家作品；四是个人关系和人情稿代替了严肃的学术批评。此文的发表时间较早，但有些观点至今或可借鉴。
　　⑥ 陈岸峰《李碧华小说中的情欲与政治》一文就曾对《香港文学史》中将李碧华的小说定位为"诡异言情小说"、"边缘性"等提出异议。见陈国球主编《文学香港与李碧华》，（台北）麦田出版有限公司 2000 年版，第 220—222 页。
　　⑦ 赵稀方：《小说香港》，生活·读书·新知三联书店 2003 年版。
　　⑧ 蔡益怀：《想象香港的方法》，中国社会科学出版社 2005 年版。

赵稀方在《小说香港》之《前言》中分析了香港小说叙事中的"中原心态"和"本土声音"的差异之后，明确指出："国内大同小异的香港文学史确已不少，这里并不打算再提供类似的一本。本书的兴趣在于观看香港想像及叙述本身，并尝试从小说与都市的互动关系中提出自己叙述香港文学的框架。"① 而在具体的论述过程中则删繁就简，从后殖民理论的高度提炼出香港文学的研究框架。对于女性小说家的讨论占据近半篇幅："岛与大陆"的关系之"中国香港"部分涉及张爱玲的小说《秧歌》和《赤地之恋》，"中原心态"部分再次论述到张爱玲、王安忆的作品；而在论述"香港意识"的章节中以绝大的篇幅着重探讨了西西、李碧华、黄碧云和施叔青的小说文本；"文学的都市性"则从现代香港故事的视角分析了施叔青的《香港的故事》，并将钟晓阳和李碧华的作品作为香港现代性反省的例证；梁凤仪和亦舒的作品中所表现的"香港的情与爱"则用以阐述了香港文学的大众文化空间。《小说香港》标志着内地学者对香港文学研究问题意识和方法创新层面的提升和突破。

　　同样，蔡益怀的《想象香港的方法》亦强调研究的问题视角和方法论，"我已经不满足于那种由作家传记和社会学考察及零散的情感批评拼凑成的大杂烩式研究，而是力求把这个时期的香港小说当作一个整体来加以研究，分析作品中的意象、隐喻，力图发现香港小说家共同的创作心结、规律及香港小说中特有的创作元素"。② 该著作上编《香江浪子传奇——战后 25 年香港小说人物形象论》以大量的作家作品人物谱系的研究，展现了香港文学的形象系列与特有的叙事方式。该著的下编《港人叙事——八九十年代香港小说中"香港形象"与叙事范式》则以大量对女性小说文本的细致分析，归纳并论证了香港女性小说所建构的"都市寓言"、"私自呓语"、"丽人告白"、"市井喧嚣"、"家族私语"、"塘西残梦"、"百年沧桑"以及"家国想象"等，虽然这些主题的提炼因繁多而显出稍许的紊乱，但一定程度上显示了香港女性小说创作主题的丰富性和多义性。令人欣喜的是，这部专著所论述的香港女性小说不再总是那些在内

---

① 赵稀方：《小说香港·前言》，生活·读书·新知三联书店 2003 年版，第 13 页。
② 蔡益怀：《想象香港的方法》，中国社会科学出版社 2005 年版，第 9 页。

地读者群中过度热销的亦舒、严沁、岑凯伦、李碧华、梁凤仪、林燕妮、张小娴等的作品，而是将一些优秀的严肃文学作家如西西、吴煦斌、钟晓阳、黄碧云、陈慧、谢晓红、韩丽珠等的作品也带进了读者视野。

　　或许因为身处其中的原因，香港学者对香港文学的研究反而持一种非常审慎的态度，被称为"香港新文学史的拓荒人"的小思（卢玮銮）从 1977 年开始，多年来致力于香港文学史料的搜集、爬梳和整理，先后出版有《香港文纵》①、《香港故事》②、《香港文学散步》③ 以及合著《追迹香港文学》等，虽然迄今为止只是就香港文学史料的局部细节和个别问题发幽探微，如 20 世纪三四十年代的香港文学活动情况，"南来作家"问题，20 世纪五六十年代散文问题，香港沦陷时期的作品等④，但毕竟是"自有香港文学以来第一次较具规模的史的研究"。⑤ 黄维樑也是较早从事香港文学研究的香港学者之一，著有《香港文学初探》⑥、《香港文学再探》⑦，以及《活泼纷繁的香港文学》⑧。此外，还有黄继持、郑树森、梁秉钧、王宏志、陈炳良、刘绍铭等，不断有香港文学研究方面的专著、编著或论文集问世。⑨ 香港学者之不轻言写史在黄子平的《香港文学史：从何说起》中可见一斑。论文首先阐明了香港文学史叙述的理论困境，在一一列举种种文学史的开头——或标志性文学事件、或大作家大作品、

---

　　① 卢玮銮：《香港文纵》，（香港）华汉文化事业公司 1987 年版。
　　② 卢玮銮：《香港故事》，山东友谊出版社 1998 年版。该著非纯学术文章，分为四辑：第一辑"香港故事"收录散文 40 篇，第二辑"承教小记"收录散文 14 篇，第三辑"叶子该哭"收录散文 18 篇，第四辑"香港文纵"收录研究文章 9 篇，涉及女作家的有《十里山花寂寞红——萧红在香港》。
　　③ 卢玮銮：《香港文学散步》，（香港）商务印书馆 1991 年版。
　　④ 黄继持、卢玮銮、郑树森：《追迹香港文学》，（香港）牛津大学出版社 1998 年版。
　　⑤ 古远清：《香港文学研究在香港》，《贵州社会科学》1999 年第 1 期。
　　⑥ 黄维樑：《香港文学初探》，中国友谊出版公司 1987 年版。
　　⑦ 黄维樑：《香港文学再探》，（香港）香江出版有限公司 1996 年版。
　　⑧ 黄维樑主编：《活泼纷繁的香港文学》，（香港）香港中文大学出版社 2000 年版。
　　⑨ 古远清：《香港文学研究在香港》，《贵州社会科学》1999 年第 1 期。此文不但仔细爬梳了香港学者的香港文学研究，而且将研究者分为学院派和非学院派，归纳和罗列了香港文学研究的众多成果，而且对内地和香港的香港文学研究进行了差异性对比，提出了个人的意见。王剑丛的《香港学者的香港文学研究》（《学术研究》1998 年第 11 期）也对这一研究情况进行了梳理。这方面的重要文章还有钱虹的《香港文学：由"弃婴"到"公主"——1979—2000 年的香港文学研究述评》（发表于《华东师范大学学报》2004 年第 4 期），对香港文学研究亦有较为密切的关注。

或文学社团文学杂志的出现、或某一历史事件之后，认为："这正是一般按'时序'来叙述文学史所面对的共同困境。在一种黑格尔式的时空完美同一体中讲述历史的进化，一切无法纳入这个整体的就作为'历史的渣滓'被抛弃了。这种叙述无可避免地，会成为如本雅明所说的献给'胜利者'的贡品，或者如拉康所说的用来填补分裂的主体之缺口的'崇高客体'。这困境在叙述像'香港文学史'这样'不纯'的对象时，暴露得更为充分。"① 此见解不可谓不一针见血，由此，论者提出是否有可能用一种"另类"的"以空间性压倒时间性的方式"来讲述香港文学史："香港文学以'作品的关系网络'的形式呈现，讨论的将是文学空间的切割、分配与连通。文学史的'编写'转换为文学地图的'测绘'。"② 这种深刻而新颖的见解，将有效地避免"影响"、"发展"、"流派"、"思潮"等研究论的弊端，使之不再占有支配性能指的地位。文章发表有年，对研究者的文学史思维理念有深度启发。但比较遗憾的是，以上香港文学研究论著对香港女性小说以至文学创作的涉及都非常有限，这和女性文学的现实发展状况当然不相符合。

特别值得提出的是，2002 年牛津大学出版社推出"香港读本系列"，包括《阅读香港普及文化 1970—2000》等 12 本书，其中与香港文学研究密切相关的有潘毅、余丽文合编的《书写城市：香港的身份及文化研究》和张美君、朱耀伟合编的《香港文学@文化研究》两种，这是香港文学和文化研究者根据自己的阅读体验和研究积累，就香港文学研究而选取的最具代表性的研究文章，可以称之为近年来香港文学研究的集大成者。前者共分为五个部分，涉及文学和社会学等多方面的论述。第一部分：理论与实践之间；第二部分：文化书写与历史流程；第三部分：公共空间与社区故事；第四部分：性别与女性历史；第五部分：文化空间与身体建构。后者也分为五个部分：1. 香港故事、2. 全球/本土、3. 城市想像、4. "雅"与"俗"、5. 性别与写作，连导言在内共收入香港文学研究论文 30 篇，从各个面向对香港文学进行了考察和思辨，其中专门论述

---

① 黄子平：《香港文学史：从何说起》，《香港文学》2003 年第 1 期总第 217 期。
② 同上。

香港女性作家的文章有近 10 篇，而其中涉及香港女性小说的论文则在大半以上。由于选编者的意图并不在于就作品谈作品，而是从文化研究的角度来考察香港文学和香港身份书写，因此，这些选文充分体现了香港女性小说与香港文化研究之间的重要关联及其在其中扮演的重要作用，表明香港女性小说的价值和意义已经得到了研究者的正视和相当程度的重视。

此外，香港女性作家研究的专著近年来也颇有斩获。陈燕遐的《反叛与对话：论西西的小说》①、陈洁仪的《阅读肥土镇——论西西的小说叙事》②、余非的《长短章：阅读西西及其他》③ 以及西西、何福仁合著《时间的话题》④ 都是研究西西及其作品的重要文献。陈国球主编的《文学香港与李碧华》⑤ 则是李碧华小说研究的论文集。陈丽芬在《现代文学与文化想象：从台湾到香港》⑥ 中论述到的香港女性小说家有西西、李碧华和吴煦斌。以上作家作品研究的专著在文本细读和叙事分析方面都颇见功力。伍宝珠的《书写女性与女性书写——八、九十年代香港女性小说研究》⑦ 则是从女性主义的理论视角对香港女性小说进行的专论，不仅结合具体作品分析了香港女性小说中两性关系的复杂现象，论证了女性自我意识的苏醒、追寻、困境以及觉醒后的出路问题，同时针对香港女性小说中的身体与情欲的正视、书写、宣泄、"看"与"被看"的易转进行了深入的剖析，除此之外，还从女性主义叙事学的角度对女性小说的叙事视点、文本的叙事策略等进行了条分缕析，强调了香港女性小说对女性历史话语权的建构和女性形象的重构。黄念欣的《晚期风格：香港女作家三论》⑧ 则在借鉴萨义德"晚期风格"理论的前提下，选取了钟晓阳、钟玲和黄碧云三位极具典型性的女性小说家的晚期作品进行细致论述，同时对三位女作家笔下的"互相凝视"现象进行了发掘，是文本细

① 陈燕遐：《反叛与对话：论西西的小说》，（香港）华南研究出版社 2000 年版。
② 陈洁仪：《阅读肥土镇——论西西的小说叙事》，（香港）牛津大学出版社 1998 年版。
③ 余非：《长短章：阅读西西及其他》，（香港）素叶出版社 1997 年版。
④ 西西、何福仁：《时间的话题》，（香港）素叶出版社 1995 年版。
⑤ 陈国球主编：《文学香港与李碧华》，（台北）麦田出版有限公司 2000 年版。
⑥ 陈丽芬：《现代文学与文化想象：从台湾到香港》，（台北）书林出版有限公司 2000 年版。
⑦ 伍宝珠：《书写女性与女性书写——八、九十年代香港女性小说研究》，（台北）大安出版社 2006 年版。
⑧ 黄念欣：《晚期风格：香港女作家三论》，（香港）天地图书有限公司 2007 年版。

读研究的典范。香港女性小说研究的单篇论文或访谈文章，大多散见于香港各报章杂志及作家作品集的序言和附录部分：如刘绍铭的《写作以疗伤的"小女子"——读黄碧云小说〈失城〉》、黄念欣的《花忆前身——黄碧云 VS 张爱玲的书写焦虑初探》①与《一个女子的尤利西斯——黄碧云小说中的行旅想象与精神家园》②、南方朔的《七罪世界的图录》③、杨照的《人间绝望物语》④，对作品内涵都有比较深入的解读。颜纯钩的论文《香港女作家的天地因缘——李碧华、钟晓阳、亦舒、黄碧云》⑤同时论述四位香港女作家，并将其分别概括为：亦舒——世故与透彻、李碧华——传奇与情欲、钟晓阳——才情与避世、黄碧云——苍凉与绝望，其把握和提炼很有针对性，也比较透彻到位，但仅止于总体风格，没有更为深入的理论探讨。

对香港女性小说着墨颇多，而且很有个人研究特色的是著名学者王德威的文章，其涉及香港女性文学的专论有：《香港——一座城市的故事》、《腐朽的期待——钟晓阳论》、《暴烈的温柔——黄碧云论》、《香港，我的香港——论施叔青的〈香港三部曲〉》、《香港情与爱——回归后的小说叙事与欲望》⑥、《异象与异化，异样与异史——施叔青论》等⑦；此外，还有涉及香港女性小说作品的评论多篇，如《阴森的仿古爱情故事——钟晓阳的〈爱妻〉》、《以理御情——西西的〈手卷〉》、《都市风情——西西的〈美丽大厦〉》、《冰雕的世界——西西的〈母鱼〉》等⑧，因属新作快读类的文章，又局限于单篇作品，属于总体印象式或主题把握式的点评。许子东的评论文章《论"失城文学"》、《"后殖民小说"与

①　此两篇皆收于黄碧云：《十二女色》，（台北）麦田出版有限公司 2000 年版。

②　《当代作家评论》2006 年第 1 期。

③　黄碧云：《七宗罪·序》，（台北）大田出版有限公司 1997 年版。

④　黄碧云：《突然我记起你的脸·序》，（台北）大田出版有限公司 1998 年版。

⑤　刘绍铭、梁秉钧、许子东编：《再读张爱玲》，山东画报出版社 2004 年版，第 339 页。

⑥　此五篇论文曾单独发表，亦分别收入各种选本。《如此繁华：王德威自选集》第一部分"香港篇"悉数收入。（香港）天地图书有限公司 2005 年版。

⑦　王德威：《跨世纪风华：当代小说 20 家》，（台北）麦田出版有限公司 2002 年版。共收入内地、台湾和香港小说家的 20 篇专论，其中涉及香港女作家的有第三章钟晓阳论、第十三章施叔青论和第十五章黄碧云论。

⑧　王德威：《阅读当代小说：台湾·大陆·香港·海外》，（台北）远流出版事业股份有限公司 1991 年版。

"香港意识"》、《"无爱"的新世纪》、《长篇短评：李碧华的〈烟花三月〉》① 等也多以香港女性小说家西西、李碧华、黄碧云、谢晓红、韩丽珠等的作品为评论和分析对象。由以上研究所潜移默化并实质催发的台湾研究者对香港女性文学研究的兴趣不容小觑，而且适逢 1997 年香港回归前后香港小说关于身份认同与历史建构想像的高涨之时，活跃的台湾女性主义研究者以此为契机，对香港的女性小说掀起了一波解析热潮，其中最有代表性的专书当推刘亮雅的《情色世纪末》② 和郝誉翔的《情欲世纪末》③，此二著将香港女性小说研究纳入性别文化、情色文化的理论范畴，不啻是为香港女性写作研究打开了新的天地，增添了新的质素。前者以《爱欲在香港：黄碧云〈烈女图〉中的女性与香港主体》深入探讨了"烈女"所象征和开辟的香港历史；后者对黄碧云的小说《十二女色》、《无爱纪》以及西西的作品《旋转木马》、《拼图游戏》有着犀利而独到的阐释。另有一些香港女性小说的研究文章散见于研究者的论文集，如《蝴蝶、石榴与黄玫瑰——黄碧云小说中的（后）殖民论述与女性救赎》④、《祖母脸上的大蝙蝠——从鹿港到香港的施叔青》⑤、陈雅书的《何谓"女性主义书写"？——黄碧云〈烈女图〉分析》⑥ 等，但显然地，她们关注的重心还是台湾的女性写作。

相对于台港，内地的香港女性小说研究则比较薄弱，而且最近几年更有逐渐淡出研究视野的倾向。钟晓毅的《90 年代的香港女作家》、任一鸣的《香港女性文学概观——中国女性文学现代行进的分支之一》、王确的《香港女性作家的女性关怀》、曾利君的《香港女性文学创作简论》、颜纯钧的《"房子"：精神的居所——香港女性写作的一种景观》与《怎一个"生"字了得——初读黄碧云（上、下）》、盛莉的《20 世纪香港女性小说创作发展述评》、严秀英的《浮世哀歌：香港女作家婚恋小说中的

① 许子东：《香港短篇小说初探》，（香港）天地图书有限公司 2005 年版。
② 刘亮雅：《情色世纪末》，（台北）九歌出版社 2001 年版。
③ 郝誉翔：《情欲世纪末》，（台北）联合文学出版社有限公司 2002 年版。
④ 简瑛瑛：《女儿的仪典》，（台北）女书文化事业有限公司 2000 年版。
⑤ 张小虹：《自恋女人》，（台北）联合文学出版社有限公司 1996 年版。
⑥ 范铭如编：《挑战新趋势——第二届中国女性书写国际学术研讨会论文集》，（台北）台湾学生书局有限公司 2003 年版。

爱情危机感》、王艳芳的《近三十年香港女性小说研究述评》① 等是从总体上对香港女性文学进行把握和研究的文章；对香港女性文学进行专题研究的则有王艳芳的《异度时空：论香港女性小说的文化身份想象》，赵小琪、赵坤的《当代香港女性主义文学中的美国形象》，司晓琨、赵小琪的《香港女性主义小说的影视改编策略》和《香港女性主义小说影视改编中的权力关系》② 等；张扬的《大陆与香港女性文学之再比较》③ 则着眼于内地与香港女性文学的比较研究。涉及具体作家的研究论文比较多，尤其是那些作品在内地比较畅销的作家，如亦舒、梁凤仪、李碧华等；由于施叔青的作品在内地出版较多，因此也有不少研究论文跟进；凌逾的西西研究比较系统，④ 从叙事学角度开辟了近年西西研究的新路向。但黄碧云、钟晓阳、钟玲、陈宝珍、陈慧、谢晓红、韩丽珠等作家的研究则比较少；此外，相当部分的硕博论文大都是近年新推出的研究成果。⑤事实上，西西早在 20 世纪 70 年代就以其经典作品《我城》成名，同样，

① 分别发表于《世界华文文学论坛》1994 年第 2 期、《新疆师范大学学报》1995 年第 4 期、《东北师大学报》1997 年第 4 期、《西南师范大学学报》1998 年第 2 期、《东南学术》2000 年第 4 期、《世界华文文学论坛》1997 年第 2—3 期、《齐齐哈尔大学学报》2005 年第 6 期、《甘肃联合大学学报》2006 年第 3 期、《常州工学院学报》2012 年第 1 期。

② 分别发表于《文学评论》2008 年第 6 期、《华文文学》2008 年第 2 期、《华文文学》2008 年第 3 期和《华文文学》2008 年第 5 期。

③ 《世界华文文学论坛》2005 年第 4 期。

④ 凌逾先后发表有关西西的研究论文多篇，计有：1.《向现代电影越界的新小说——以西西〈东城故事〉的文本创意为例》（《华南师范大学学报》2006 年第 3 期）；2.《西西研究综述》（《广东社会科学》2006 年第 5 期）；3.《反线性的性别叙述与文体创意——以西西编织文字飞毡的网结体为例》（《文学评论》2006 年第 6 期）；4.《女性主义叙事学及其中国本土化推进》（《学术研究》2006 年第 11 期）；5.《西西研究的新路向》（《世界华文文学论坛》2007 年第 3 期）；6.《小说蒙太奇问题探源——以西西的跨媒介实验为例》（《华南师范大学学报》2008 年第 4 期）；7.《论读者参与创作小说的后现代叙述——以西西与卡尔维诺的想象文体为例》（《暨南学报》2008 年第 4 期）；8.《小说空间叙述创意——以西西和略萨的跨媒介思维为例》（《江西社会科学》2008 年第 4 期）；9.《论二十世纪华文文学中的“弃妇”与“反弃妇”话语——以鲁迅和西西为例》（《华文文学》2008 年第 3 期）；10.《女性主义叙事的经典文本——论西西的〈哀悼乳房〉》（《文艺争鸣》2009 年第 4 期）；11.《后现代的跨媒介叙事——以西西小说〈我城〉为例》（《江西社会科学》2009 年第 7 期）；12.《难以叙述的叙述——〈浮城志异〉的图文互涉》（《文艺争鸣》2010 年第 2 期）等。

⑤ 自 2003 年至 2012 年，中国优秀硕士论文数据库和中国博士论文数据库共收入以香港作家名字为题名的论文篇数如下：李碧华 32 篇、亦舒 12 篇、施叔青 11 篇、黄碧云 5 篇、西西 3 篇、梁凤仪 2 篇、钟玲 1 篇，钟晓阳、陈宝珍、陈慧、谢晓红、韩丽珠等 0 篇。

黄碧云和钟晓阳都是出生于 20 世纪 60 年代而成名于 20 世纪 80 年代的作家；而陈宝珍、陈慧、谢晓红、韩丽珠等作家，很多内地读者则闻所未闻，也从未有简体字单行本作品在内地出版，这不能不说明内地的香港女性文学研究的滞后状态——除了研究者资料获得上的不能之外，恐怕与作品出版部门也有相当的关系。①

综观香港、台湾、大陆两岸三地的香港女性小说研究，体现出以下特点——同时也是香港女性小说研究的问题所在：首先，整体性的问题研究的薄弱。且不说完整的香港女性小说史，就连一部总体把握香港女性小说的论著甚至论文集也付之阙如，香港女性文学史就更无从提起了。稍微齐全一些的香港女性文学研究只能忝列为各种版本的香港文学史、港台文学史以至中国女性文学史的附属部分。这并不是说香港女性小说分量不够或深度匮乏，缺乏进行整体研究的资格，而是香港、台湾的研究者对宏观的研究相对反感，更乐于和善于从细微处分析和解读文学作品与文学现象，而内地研究者虽有宏观研究的学术传统和内心愿望，却多少受制于资料的限制，不能全面地了解作家们的创作情况，尤其是近作，更缺少与作家的直接沟通和充分交流，妨碍或延迟了其研究的广度、深度以及进度。

其次，既有的研究成果集中于个别作家。例如，对于亦舒、梁凤仪等的研究，一方面是内地的作品出版和研究热潮，另一方面则是香港研究者的相对冷静节制。而西西、黄碧云、钟晓阳等的研究情况则恰恰相反，热闹在港台而冷落在内地。甚至，在对香港女性小说总体研究不足的情况下却出现了某些观点的雷同或重复，如对李碧华小说的研究，难以突破"奇情"或"怀旧"框架的拘囿；关于西西小说的研究，大多数研究者聚焦于其城市书写和后现代的叙事手法，除此之外突破很少，其症状可以表述为"丰富的单一"；同样，对于黄碧云小说的研究则津津于其"失城"的惶恐，此外则不愿深究。如此的研究状貌或许凸显了 20 世纪 90 年代香港的文化精神和港人的心理状态，但文学作品的意义存在于

①　黄碧云小说的简体字版本在内地出版市场踪迹全无。广西师范大学出版社 2010 年首发西西小说简体字单行本。

不断深入和多元阐释的过程，随着人们对历史体味的加深以及新的文化经验的累积，应当从原有的作品中领会到更多元和异质的文化思想表述。

最后，研究方法的较为单一。我们不便断言内地和港台的文学研究方法究竟孰优孰劣，但明显可以看出，香港、台湾的文学研究对西方新潮批评方法的借鉴一直处于前倾姿态，故此，在人们所接触到的研究文章中，后殖民、新历史等后现代理论、形式主义的文本批评可说是比比皆是。在这样的研究态势和格局中，很多作品极其容易在理论先导的过程中被活剥和肢解。当然，经过一轮外来理论的夹击和处理，每个作家的作品都不可避免地呈现出类似的城市寓言、家国想像和历史建构的意图等。所以，只使用某一种或几种方法无异于将一部充满无限阐释可能的作品进行缩水处理，最后得到的总是丁巴巴的理论预设或先入为主的成见，甚至得出一些让人难以索解的结论。而大陆的香港文学研究方法近年来虽有所拓展，文本细读、文化研究和比较研究的方法逐渐为研究者所接受和熟知，但由于根深蒂固的大中原文化心态的影响，使得对香港文学的研究难以摆脱其与内地文学之间的跟从关系的成见，而缺少对两个文学主体之间的差异性观照，尤其是对传统社会学研究方法的成说沿袭，忽略了多元的香港文化对其创作的渗透，故而在某种程度上遮蔽了对香港文学丰富内涵的充分揭示。

三　身份书写视域下的香港女性小说

当然，本书无意于一部宏阔的香港女性文学史的构筑，也不打算实行多篇详尽扎实的作家专论。本研究拟从"身份书写"的问题角度入手，集中探讨从20世纪70年代直到新世纪以来的香港女性小说所表达和呈现的身份的思考、身份的迷惘、身份书写的建构以至身份书写的空幻，正如前文引述的黄子平在《香港文学史：从何说起》一文中所建议和期待的，笔者力图藉由时间、空间以及时空网络的切割所规范出的文化现象进入香港女性小说的论述。之所以考虑到这一选题，原因有二：一方面笔者多年从事中国女性文学的思考和研究，对于香港女性小说的兴趣和关注是原有研究的范畴拓展和理论深化；另一方面则缘于香港女性小说的成就斐然，香港女性小说在数量上占整个香港小说创作份额之泰半以上，而质量也大可与男性作家的小说创作平分秋色。

如前所述，香港文学身份书写高涨和演变的每一个重要关口，都有女性小说的经典之作参与论述，因此可以说道之处颇广。在方法论上，本研究的身份论述刻意打散了作家作品本体论的固定程式，以作品的共同性聚积，将每一种身份书写和认同方式的探讨置于开放式的格局之中，尽量客观地展示书写者之间的个体差异。自然，从空间的寻绎到性别的论述过程也呈现着开放性，而且，身份认同本身流动不居、充满差异甚至前后断裂——这是本论文最基本的理论视点和立场。或许，有的研究者擅长理论上的高屋建瓴，文本主题归纳上的提纲挈领，但往往历史本身的非线性发展使主题的提炼具有某种可疑性；同时，提炼和细化是两个反方向的行动过程，当一个精密的链条出现时，一个丰富的作家和文本却不见了。以丰富性的消失为代价，对作品进行类似于强取豪夺式的生吞活剥，阐释的内在矛盾也就在所难免："突出的是各个不同的创作个体和现象间可通约或可公度的成分，而舍弃彼此具体意向和风格上的差异……因为对文学本身来说，真正有价值的，或更应该被谈论的，恰恰就在于这种差异性，在于不同的创作个体和现象间不可通约、不可公度的成分。"① 所以，对差异性的强调是本研究的另一个重要的理论依据。

至于香港女性小说的身份研究，则与其本土化创作的兴起相始终，成为20世纪70年代至90年代香港论述的敏感地带和热点话题。"以香港的特殊脉络来说，身份认同的问题乃是伴随九七问题的出现，因此并不像美国的种族论述那样强调黑人及所谓'少数族裔'的身份政治，纵使涉及种族，也是'同一种族'的人因香港殖民历史而生的内部矛盾。殖民历史所催生的城市论述和现代性思考因此与'国族'、'全球'、'本土'等论述不可分割。"② 因此，多数的身份认同都执着于文化身份的研究，而文化生态自然又是一个相当混杂、多元和流动的状况，尤其对于香港文学。本书身份书写的讨论重点"可能并不在于寻找曾经拥有而已经失落的身份，而在于寻找一种刻意被设计为已经失落却不曾存在的身份"，③ 意在凸显身

---

① 唐晓渡：《唐晓渡诗学论集》，中国社会科学出版社2001年版，第1—2页。
② 张美君、朱耀伟编：《香港文学@文化研究·导论》，（香港）牛津大学出版社2001年版。
③ 张美君、朱耀伟编：《香港文学@文化研究》，（香港）牛津大学出版社2001年版，第9页。

份的寻找和建构如何填充和丰富了作家的历史记忆和文化想像。

需要说明的是，所谓"本土意识"、"香港经验"、"身份认同"等，"绝对不是一种粉饰现实、膨胀自我的做法，广义的殖民地主义应包含这些本土观念。因为只有在直接思考自身的处境时，才可包容回顾历史、掌握现在，并在回顾和掌握的过程中，寻求塑造本地文化的内容与形式"。① 其意义正如研究者所谓："香港和中国，经过长期的隔离，分别在虽有同而却有不少异的政治、社会、经济独立的运作，其间两地因应变化的文化想像方式自然有基本上的差距，有些地方甚且是天渊之别。'一国两制'的'两制'就是这个差距事实的承认。如此，香港人，在回归前后，由过去在殖民教育下对民族自觉的淡薄和文化身份的漠不关心到现在对文化身份热切的寻索，正代表了社会想像传意行为活泼的苏醒，不但是正面健康的，而且也将是推动社会意识、文化意识转生的重要动力。"② 那么，在香港回归十余年之后，讨论香港女性小说中曾经众说纷纭、各执一端的身份问题之价值又何在呢？有学者早在回归之际就已敏锐地预测到香港文学研究的前途问题："香港回归后，'香港文学'还成不成为一门单独的学科，这是有争议的问题。笔者认为：'九七'后'香港文学'还将单独存在，不会等同于深圳的'特区文学'，'香港文学'作为一门单独的学科仍将存在，这是顺理成章的事。"③ 因此，香港文学没有也不会淡出读者和研究者的视野，④ 平稳过渡也不意味着香港文学特性的消失，香港文学、香港作家作为整个中国文学以及世界华文文学的一个重要组成部分，即便仅仅是它在地域文化上的特殊性都将是不言而喻的。

本书从香港女性小说概念和范畴的界定、研究成果的梳理和归纳出

---

① 洛枫：《香港现代诗的殖民地主义与本土意识》，载张美君、朱耀伟编《香港文学@文化研究》，（香港）牛津大学出版社 2001 年版，第 239 页。

② 叶维廉：《全球化与回归后的香港文学》，载张美君、朱耀伟编《香港文学@文化研究》，（香港）牛津大学出版社 2001 年版，第 272 页。

③ 古远清：《内地的香港文学研究》，《湖北社会科学》1998 年第 5 期。

④ 白杨：《淡出关注视野的香港文学研究》，《兰州大学学报》2006 年第 1 期；白杨：《淡出历史的"香港意识"》，《文艺争鸣》2006 年第 1 期。随着香港意识的淡出历史，香港文学的研究也有逐渐淡出读者和研究者的关注视野的迹象，白杨的两篇文章在不同的层面呼吁对香港文学研究的重新关注。

发，客观分析香港女性小说生成的话语空间与精神资源，借助于后殖民主义、新历史主义、通俗文化理论、消费文化观念以及性别文化理论，从各个向度对 20 世纪 70 年代以来的香港女性小说的身份书写进行全面的考察和剖析。带有强烈性别意识和自省意识的香港女性小说赋予身份书写更多的隐喻意义和象征意蕴，从香港意识的萌生到香港历史的钩沉，从城市地图的绘制到异度空间的创造，从物质主义文化的展览到性别身份的论述，从现实主义的摹写到超现实主义的想像，香港女性小说以沉实厚重的内容和新奇强烈的风格为香港身份进行了多元化诠释，从而将身份的建构呈现为开放的格局。本书从五个层面展开论述。

本书第一章主要从理论上进行三个层面的问题廓清：首先是"身份"书写命题的内涵揭示，从社会学、心理学、哲学、女性主义和后现代主义等理论视角对之进行必要的知识谱系梳理；其次就香港特殊的人文历史、地理背景和文化政治的更迭论证香港女性小说的精神空间构成，指出其话语资源的混杂性与创造性；最后总体论述和梳理香港女性小说身份书写的建构企图和解构尝试。

本书第二章着重展开对香港女性小说空间指认下的城市身份书写的探讨。在细致的文本分析中论证其身份书写的三个逻辑层次，一是天佑我城：城市意识的萌生，以西西《我城》系列作品为代表，揭示在经济起飞时代本土意识的获得；二是浮城志异：城市意识的辩解，以西西《浮城志异》系列作品为标志，探讨如何在香港城市意识和身份的归属问题上发声，传达本土作家的立场与思辨；三是失城之乱：城市意识的解构，以黄碧云《失城》系列作品为代表，其所构造的"流离文学"主题在在显示了城市身份书写的另一面向。

本书第三章侧重香港女性小说时间寻找中的历史身份建构。"九七回归"前后，香港文学的历史书写达至高潮，李碧华、施叔青、西西、陈慧、黄碧云皆有不凡建树：或以钩沉历史带动"塘西文类"的怀旧书写，或以鸿篇巨制力图还原百年香港的殖民历史；或以怪谈传说取譬设喻拆解历史成说；或以看似波澜不惊实则惊心动魄的家族书写掩埋一段逝去的历史；或以口述烈女记忆重构完全另类的香江历史。差异性的历史书写包含着作家们不同的历史感受和历史观念，皆在传达出香港女性小说对历史书写的积极参与和清晰发声。

本书第四章在空间和时间认同的交叉点上，提出"异度时空"的概念，并从五个方面论述异度时空之于香港女性小说身份书写的针对性和概括性。异度时空的范畴有五：一是"夹缝人"的现实生存困境，如陈宝珍的《找房子》、施叔青的"香港的故事"系列等所展现的；二是"老灵魂"的人格类型模式，如钟晓阳的《腐朽与期待》、《遗恨传奇》等中所描绘的；三是生死轮回式的情爱理念，如钟玲的《碾玉观音》、李碧华的小说《潘金莲之前世今生》等所阐释的；四是香港 70 后新世代女作家韩丽珠、谢晓红的后现代香港书写，以荒诞和暴力的书写风格传达出超现实主义的文学魅力，从而传递普通人的生存超越意识；五是香港女性小说以妖魔鬼怪为载体的诡异叙事方式，如李碧华的《青蛇》等系列小说、黄碧云的《创世纪》等系列小说，以其笔下人物的鬼怪身份和诡异风格，再次验证了香港女性小说异度时空的身份想像。异度时空的想像无疑是香港文化身份想像的特殊创造，空间生存与身份认同的拥挤和困顿使人物和叙事纷纷逸出现实场景，写作者藉由人鬼相杂和阴阳不分的鬼魅世界，或对于香港后现代生存的超现实想像委婉地传达了身份认同的焦虑与困惑。

本书第五章从性别文化的立场重审整个香港女性小说，详细阐述女性小说如何藉由性别话语实现了主体身份的从认知到解构。论述涉及"妓女形象"所隐喻的性别寓言、"丑怪男人"所象征的父亲权威、抗衡异性恋霸权的越界畸恋书写、疾病书写和隐喻中的生命思索以及"媚行者"言说所践行的自由悖论。性别论述的要点在于：女性自我的身份书写既是非封闭的，又是非固定的，它意味着开放、流动、争议，不断地被拆解和质疑，同时也意味着性别书写在何种程度上最大化地实现了关于自由之书写的探求。

结论部分指出，香港女性小说身份建构的流散与聚集、同一与差异、匮乏和无限地寻找的特质——这不仅符合香港后现代文化的基本特征，印证了其后殖民文化的在场，明鉴了女性主体逐渐显影的过程，而且凸显了女性小说身份书写的差异和歧见。事实上，断裂、差异、混杂正代表着当下香港丰富多元文化的总体特征和基本状态。

第一章　香港女性小说的言说空间与精神轨迹

香港女性小说的身份书写首先表现为身份的叙事性。小说形式与叙事之间天然的紧密联系，使得身份的话语表达兼具故事性和象征性，它既是日常生活的，又是理性思考的。其次表现为身份的想象性。文学书写的身份表达始终是一种和自我相关的想象，过渡时期的香港人心浮动、幻象百变，历史回忆、现实场景与未来企盼相交织的特殊空间为作家提供了身份想象最为润泽的土壤。除此之外，需要特别强调的是香港女性小说身份书写的差异性，此差异性不仅表现在对空间的营构、时间的指认、异度时空的缔造、物质主义文化的想象，还表现在自觉的性别文化立场，并最终体现于每一思维个体之间的差异性："香港就好像一个玻璃球，当这个玻璃球掉落地下，每一个人都捡拾得一些碎片，但没有任何一个人拾得全部。"① 混杂多元的香港文化生态、模糊暧昧的华人身份认同给香港女性小说提供了充满象征和隐喻意味的言说空间，经由空间身份的指认、时间身份的寻找、文化身份的想象以至性别身份的消解，香港女性小说的身份书写呈现出从建构到解构的精神轨迹。

第一节　"身份"谱系与香港书写

Identity（身份），常常被翻译为：身份、认同、同一性以及身份认同，彼此之间的意义区别不大，因而常被混用。具体来说，"身份认同"可被用于一个人、一个地方、一个国家甚至整个世界，从民族国家认同

---

① 李小良：《"我的香港"——施叔青的香港殖民史》，载张美君、朱耀伟编《香港文学@文化研究》，（香港）牛津大学出版社 2001 年版，第 68—69 页。

到同性恋者的身份感，都可以用认同来指称，而且一切认同问题最后都归结为人的问题，自我的问题。因此，身份问题是跨学科的问题，本身也是一个不断演化着的概念。作为极为复杂的精神现象，一般来说，身份认同是指"现代人在现代社会中塑造成的、以人的自我为轴心展开和运转的、对自我身份的确认，它围绕着各种差异轴（譬如性别、年龄、阶级、种族和国家等）展开，其中每一个差异轴都有一个力量的向度，人们通过彼此间的力量差异而获得自我的社会差异，从而对自我身份进行识别"，① 身份认同在这里被强调的是，在人类总体生存状态中构成的整体的人的自我身份感。从比较宽泛的意义上说，身份认同是从人的眼光来看待人与自然、人与社会和人与自身这三者之间的关系，是自然、社会和人对自己的影像在人的认知中的反映。

对此，美国著名的发展心理学家和精神分析学家埃里克·H. 埃里克森（EriR. Hombuxger. EriRson）有重要理论贡献。他指出人的生存感是由人的认同感决定的，"在人类生存的社会丛林中，没有同一感也就没有生存感"，② 因此，寻求认同以获得自身的存在证明，正是生命个体在其生命中的每个时期都不可或缺的重要关切，而人在成长的不同阶段，其身份认同又有着较为明显的差异。在其专著《同一性：青少年与危机》中，埃里克森还着重指出人的身份认同并不仅仅是心理事件，它必然地打上了历史和社会的烙印。由埃里克森的理论出发，历史和社会的文化境遇变化会对人的身份认同造成重大的影响。英国社会学家安东尼·吉登斯在《现代性与自我认同》中，将自我认同的确立和形成与现代性的社会背景相联系，从社会学的理论角度为自我认同提供了支持。他认为：现代性所带来的变迁过程内在地与全球的影响联系在一起，被带入到全球转型的浪潮中去，那种真切的感受令人坐立不安。最重要的是，这种强烈变迁已深入到个体活动的情境以及自我的构造当中。也就是说，在自我认同的塑造过程中，外在的全球现代性制度对个体的冲击以及个体对这一冲击的吸纳和强化作用并存。

---

① 王成兵：《当代认同危机的人学解读》，中国社会科学出版社 2004 年版，第 9 页。

② ［美］埃里克·H. 埃里克森：《同一性：青少年与危机》，孙名之译，浙江教育出版社 1998 年版，第 115 页。

　　由此可见，吉登斯在埃里克森言说的基础上更前进了一步。如果说埃里克森首要强调的是认同与自我相关的心理联系，吉登斯则将认同的问题置放于晚期现代性的场景之中，"个体，该做什么？如何行动？成为谁？对于每一个生存于晚期现代性场景中的个体，都是核心的问题"。①自我认同"并不仅仅是被给定的，即作为个体动作系统的连续性的结果，而是在个体的反思活动中必须被惯例性地创造和维系的某种东西"。自我认同也"并不是个体所拥有的特质，或一种特质的组合。它是个人依据其个人经历所形成的，作为反思性理解的自我。认同在这里仍设定了超越时空的连续性。它包括人的概念的认知部分。成为一个'人'，而不仅仅是一个反思行动者，还必须具有有关个人的概念"。②同时，他认为"拥有合理稳定的自我认同感的个人，会感受到能反思性地掌握的其个人经历的连续性，并且能在某种意义上与他人沟通"。③加拿大哲学家查尔斯·泰勒（Charles Taylor）的《自我的根源：现代认同的形成》④着重于从伦理学的角度书写现代认同的历史渊源，认为认同问题关系到一个个体或族群的安身立命的根本，是判断是非善恶的标准，是确定自身身份的尺度。"认同危机"的最主要表征就是失去了这种方位定向，不知道自己是谁，从而产生不知所措的感觉。

　　因此，身份认同问题更是一个具有浓郁的后现代色彩的新问题，查尔斯·泰勒在他的另一部著作中明确提出："在现代之前，人们并不谈论'同一性'和'认同'，并不是由于人们没有（我们称为的）同一性，也不是由于同一性不依赖于认同，而是由于那时它们根本不成问题，不必如此小题大做。"⑤并且身份认同凸显了种种权力之间的内在的张力，认同问题的核心还是价值观认同问题，在"我是谁？"、"我在哪里？"和"我有什么用处？"的追问中，从对象身上发现并真正意识到自己的身份和价值。从这个意义上说，身份认同还关联于现代社会情境中人的价值

---

①　［英］安东尼·吉登斯：《现代性与自我认同》，赵旭东、方文译，生活·读书·新知三联书店1998年版，第80页。

②　同上书，第58—60页。

③　同上书，第60页。

④　［加］查尔斯·泰勒：《自我的根源：现代认同的形成》，程炼译，译林出版社2001年版。

⑤　［加］查尔斯·泰勒：《现代性之隐忧》，韩震译，中央编译出版社2001年版，第55页。

度和意义感的寻求。

　　无论如何，"Identity"已经成为当代社会非常现实的问题，"在每一个地方，我们都遭遇到认同的话语。而且，人们所讨论的不仅仅是认同问题，还涉及变化问题：新的认同的涌现，旧的认同的复活，现存的认同的变迁"。① 鉴于"Identity"在翻译中的细微区别，研究者认为："从后现代来看，Identity 本身变得既不确定、多样且流动，正需要有一'认同的过程'去争取。换言之，身份（或正身）来自认同，而认同的结果也就是身份的确定或获得。"② 不管研究者倾向于将其翻译为身份，还是认同，其所指称的意义内涵是有目共睹的。换句话说，身份认同至少包含两个方面：一是个人的认同（personal identity）；一是社会的认同（social identity）。而"个人的认同指的是自我的建构，即我们如何认知我们自己与我们认为别人如何看我们自身。社会的认同则涉及作为个体的我们如何将我们自己放置在我们所生存于其中的社会的方式，以及我们认知他者如何摆置我们的方式；它衍生自个人所参与其中的各类不同的生活关系"。③ 在身份认同的实现过程中，个人的认同和社会的认同表现为互相影响和渗透的关系。

　　与此同时，"Identity"还是女性主义理论中的一个重要概念，④ 女性主义者强调，认同问题并非自我意识的终极目标，而是出发点。对妇女而言，身份认同可以是多元的，甚至有可能是自相矛盾的，因为对于身份认同来源的不同解释构成了自我认同的政治，当女性在讲述自己的故事的时候，实际上是在进行文化叙事。晚近的女性主义理论则认为，"ldentity"是通过与他者的不同而建构的。即与一个以社会性别、种族或者自然性别为基础的集团认同，主要取决于社会身份相同的群体和另外的社会身份不同的群体对立的两院制度，依据与他者的不同来确定自己所属的集团。⑤ 可见，女性主义内部对认同的理解同样关涉到政治、文化、性别、种族以及他者等多种因素。

---

① Richards Jenkins：Social Identity, Routledge, 1996, p. 7.
② 孟樊：《后现代的认同政治》，（台北）扬智出版公司 2001 年版，第 17 页。
③ 同上。
④ 洪姆：《女性主义理论小词典》，俄亥俄州立大学出版社 1990 年版。
⑤ 王政、杜芳琴主编：《社会性别研究选译》，生活·读书·新知三联书店 1998 年版，第 428 页。

从安东尼·吉登斯对现代性和自我认同关系的讨论到后现代主义对认同"差异"的强调；从女性主义者对以性别为基础的社会偏见的解构到民族主义和种族主义者的兴起，身份认同问题的不可回避性在于它不仅与心理学、政治学、社会学、哲学和人学问题相关，而且它和文化及文学建立了更加密切的关系。针对身份认同的复杂性和个体性，研究者更愿意以"文化认同"这一概括性的概念来称呼之。文化认同作为身份识别、规范求同和归属感确立的一种符号与意义的赋予过程，它在不同的层次、范围上有着不同的性质、方式和效果预期。它显然更加依赖于共同的语言、宗教、历史、价值观以及宪法和主流意识形态所规定的共同奋斗目标和思想背景，它是以家庭认同为基础的，建立在更深层次和更高目标上的关于民族一致利益和共同未来的认同。认同的哲学基础是"和而不同"，它从来就不是文化的全方位趋同，百分之百的一致同意。更多的时候，它是多样化文化之间的理解、尊重、沟通和融合，只有全球化的某种主张与各民族国家文化的价值取向、利益追求相吻合时，全球认同才会出现。于是，身份认同自然就纳入文化研究的范畴之中，而演化则是其最基本的特征。

> 文化认同系"成为"（becoming）以及"存在"（being）之事，它属于未来和过去。它不是那些已经既存的事物，它跨越地方、时间、历史及文化。来自某地的文化认同虽有其历史，然而，也像任何有历史的事物一样，它也在持续的转型。它并未永久地固定在某一本质化的过去，而是属于不断的历史、文化与权力的游戏。①

于是，身份认同具有以下三个基本特征：关系性——一个人的身份总是藉由与他人的差异系统而确立的；叙事性——个人的身份在个人以及他者的叙事所连缀成的故事中显现；想象性——个人的身份除了物质的基础之外还是一个想象的存在方式。不同的研究者都注意到了身份认同的多样性，这同时也带来了其划分的芜杂性以及彼此概念范畴的不对等性和不均衡性。王赓武先生在其东南亚华人的身份认同研究中，就将

---

① 孟樊：《后现代的认同政治》，（台北）扬智出版公司 2001 年版，第 20 页。

正在变化中的东南亚华人身份认同状况描绘为：历史认同、中国民族主义认同、村社认同、国家（当地）认同、文化认同、种族认同以及阶级认同。但其也对如此繁复的认同区分表示了警惕："现在要说明的是，所有这些概念都曾或多或少地有助于我们对东南亚华人的理解，但任何一个概念都不足以表达这个地区华人身份认同的复杂状况。更接近于现实的情况是，东南亚华人具有多重的身份认同。"① 在此基础上，他提出了身份认同研究的方法：标准和规范，即自然规范、政治规范、经济规范和文化规范，为世界范围内的身份问题研究提供了一个相对统一的范式和比较适用的方法。

较之东南亚华人乃至台湾人认同的复杂性，香港人的身份认同显得相对单纯，但香港的情形亦有它的特殊性，研究范型的借鉴可以帮助我们在更广阔的格局和空间里厘定问题和把握动态。在研究香港女性小说的身份书写的问题上，首先，要强调的是身份的叙事性，香港女性小说中的身份表达总是在叙事中体现和完成的，小说形式与叙事之间天然的紧密联系使得身份话语的故事性与象征性兼而有之，使它既显现为日常生活的，又显现为理性思考的。其次，还要强调身份的想象性，作为一种文学书写，身份的表达始终是一种和自我相关的想象，而过渡时期的香港，人心浮动、幻象百变，历史回忆、现实场景与未来企盼相交织的特殊空间为作家提供了身份想象最为润泽的土壤，作家正是凭借这"山雨欲来"的氤氲氛围，努力穷尽其碧落黄泉之想象。除此之外，需要特别强调的是身份书写的差异性，此差异性不仅表现在对空间的营构、时间的指认、异度时空的缔造、现实物质主义文化的想象，还表现在自觉的性别文化立场，并最终体现于每一思维个体之间的差异性。因此，"香港作者对自己身份的反省，当然亦有各种不同态度、不同方法。一种做法是与其他时空的比较来界定，或者从他人的关联中回头反省自己，从自己所'不是什么'来界定自己是什么。对于文化身份的追寻，往往亦从如何描绘'他人'开始。这'他人'可能是其他来到这片土地上的人，也可能是离开这片土地所遇到的种种不同的人。香港作为一个国际性的

---

① 王赓武：《王赓武自选集》，上海教育出版社 2002 年版，第 250 页。

现代都市，自然提供种种的'来'与'去'方便，在流放与归来之间，各式各样的人物亦可借作追寻文化身份的种种衬照"。① 这也是香港女性文学身份研究的特殊意义所在。

在充分把握了香港女性小说身份书写的叙事性、想象性和关系性亦即差异性的基础上，可以从自然规范、政治规范、经济规范和文化规范方面着手，清理其小说文本中所着意表达的、与之对应的城市/空间意识、历史/时间意识、物质/消费文化意识以及性别文化意识。显然，人的身份认知取决于人所生存和生活的时间，同时也取决于人和生存空间的关系，并且具体时间和空间里的文化状况对人的影响也起着决定性的作用。同时，这里的时间、空间和文化因素又可以区分为小历史、小空间、小文化环境和大历史、大空间以及大的文化环境。不同的写作者可能依据个人的经验和理念采取了不同的写法，表达出在特定历史情境中人的身份意识的面向不一和程度不同。就香港一地而言，它的线性的时间历史是多变的，有很多的历史枝节以及传奇故事可供小说家敷衍，而其地理空间所蕴含的寓意也是多元的，它位于中西之间，是经济文化交流的通道，它也位于南北之间，是中国大陆与东南亚之间政治文化联系的桥梁，同样，它在中国台湾和中国大陆这两个华文写作的重镇之间所起的作用也是不可替代的。这里，空间、时间与人的关系交错而为立体的空间，从来不可能有单方面的因素影响人，而是诸多的因素在同时起着多维的推动和牵制作用。

特别需要指出的是，香港女性小说在空间和时间的交错与混杂中，更混杂了形式各异的政治、经济和文化元素。从 20 世纪 50 年代香港与内地的政治隔绝到 20 世纪 60 年代香港经济的起飞，从 20 世纪 80 年代中英会谈香港主权问题到 1997 年香港回归后的"一国两制"，再到新世纪涉及香港的两岸四地经济、政治和文化的各种新议题，其间些微的意识导向变动不能不成为写作者身份思考的重要影响因素；百多年的殖民历史影响了香港经济的发展，也造成了其与母体文化的某种隔离，所有这些

---

① 梁秉钧：《都市文化与香港文学》，载张京媛编《后殖民理论与文化认同》，（台北）麦田出版有限公司 1995 年版，第 159 页。

都在文化上潜移默化地完成了对香港文学的塑造；香港高度的商业化社会环境、消费主义文化观念以及物质主义的生活方式都使写作者对身份的体认和书写增添了丰富而复杂的内涵。此外，在这些边缘空间与城市空间、私人空间与公共空间的相互挪用和转变中，性别的因素对女性写作者的影响也越来越明显和不可忽视。

因此，香港女性小说的身份书写既关乎自我存在的现实拷问，同时又投射出对城市未来命运的期望，既指向历史沉痛的疮痍，又承担起未来文化的关切。香港女性小说的身份书写在空间和时间的交接点上承接起沉甸甸的现实境遇、家国想象和文化传统，在物质社会、商业文化和消费理念的重重包裹中最终把性别的主体推举到最醒目的位置，讲述了一个充满矛盾、诡异、携带着建构的激情同时又实践着拆解的清醒的identity（身份）的故事。

第二节　香港女性小说的言说空间

毋庸置疑，香港的特殊性首先在于其地理位置以及由此位置所引发的独特的历史命运和随后的文化形塑。为了充分展示香港女性小说的言说空间，有必要将香港的地理历史的自然状况、政治形态和文化构成进行简短的回望和分析。香港特别行政区位于珠江三角洲南部、珠江口东侧，东、南濒南海，北隔深圳河，陆地面积约 1103 平方公里，由香港岛、九龙半岛、新界及 260 多个离岛组成。1842 年 8 月，清政府在鸦片战争中战败，被迫与英国签订中国近代史上的第一个不平等条约《南京条约》，香港岛从此被割让，成为英国殖民地。1856 年 10 月，英国又挑起第二次鸦片战争，侵占了九龙半岛界限街以南的地区，在 1860 年的《北京条约》中九龙半岛也被割让。1898 年 6 月，英国又乘中国在甲午战争中战败之机，逼迫清政府签订《展拓香港界址专条》（俗称《新界租约》），强行租借九龙半岛界限街以北、深圳河以南的大片领土，以及附近的 235 个大小岛屿，租期为 99 年。

至此，英国共占有包括香港岛、九龙半岛和新界总面积达 1092 平方公里的中国领土。20 世纪 80 年代初，中国开始与英国谈判香港的问题。

1982 年 9 月 24 日，邓小平会见英国首相撒切尔夫人，正式提出中国将在 1997 年收回香港。1984 年 12 月 19 日，撒切尔夫人再度访华，双方签署了关于香港问题的《中英联合声明》，确定中国政府将于 1997 年 7 月 1 日对香港恢复行使主权。1990 年 4 月 4 日，全国人大通过议案，正式颁布《中华人民共和国香港特别行政区基本法》。1997 年 7 月 1 日零点，中英两国政府如期举行了香港主权交接仪式，宣告中国政府对香港恢复行使主权。自此，历经一百五十多年殖民统治的香港进入历史的新纪元。由 1984 年 12 月 19 日《中英联合声明》签署至 1997 年 7 月 1 日香港主权移交期间的十多年，被称为过渡期。在过渡期内，香港经历多番起跌，包括 1987 年股灾、1989 年的政治风波及引起的移民潮、机场核心计划、20 世纪 90 年代的中英争拗以至主权移交前的歌舞升平等。香港局势的动荡和未测的前景一度令香港出现了大规模的移民潮，持续达五年以上，及至主权移交前一两年，一些移民才开始回流香港。香港本来就是一个东西文化交流频仍的地方，而这些移民后又返回香港的居民也多为社会精英和文化人士，所以，迁徙和流离无疑又进一步增容了香港文化的西方背景和影响。

其次，香港的特殊性表现为混杂而多元的文化空间和形态。从地理与政治的角度看，香港无疑处于边缘的位置，然而边缘性"却给予香港一个更庞大、混杂而富于弹性和自由的空间，容纳各类非主流、非官方，甚至非正统的文化与文学形态"；① 此外，因为香港的这种边缘性与经济特点，香港的文学、文化"从来没有以一种纯粹的、精英的、高蹈的姿态出现；相反的，它与商业的潮流有着不可分割的关系"。② 百年殖民的历史和文化造就了香港独特的文化质素和文学风貌，其特殊的空间地理位置以及中西文化的交汇与融合都一点一滴地影响着香港的文学创作，后现代的消费文化、流行文化使香港文学形成了其特有的混杂和多元的特质。一方面，混杂意味着不同文化相互接触并存所形成的多元文化形式，就这个意义来说，每个民族文化的发展都是在不断地混杂中交融和

---

① 洛枫：《世纪末城市：香港的流行文化》，（香港）牛津大学出版社 1995 年版，第 38 页。
② 同上。

变迁的；另一方面，混杂意味着创造，只有混杂的空间存在，才有文化新质出现的可能，而混杂文化中的某种主导力量对其他文化的吸收和改造往往会使其走向新的文化形式的蜕变。混杂的文化形态使香港拥有一个难以确定的文化身份。它既"非完全是西方的，又非完全是中国旧有的文化形态"，"相对于英国其他的殖民地（譬如印度），香港是殖民政策推行得最不彻底和最不完整的地方"。[①] 而香港无疑又是一个相当西化的城市，因为"在'西化'与'殖民化'的过程里，基于英国政府对远东利益（尤其是中国大陆）的考虑，它又得以保存了许多中国传统的要素"，[②] 因此，这种混杂的文化无论其混杂的多方势力强弱及关系消长如何变化，总意味着对专一和保守的抗衡，这无疑代表着促进文化更新的一种潜在力量。

然而，混杂的文化并不意味着个体对自身的文化倾向与属性变得懵懂和迟钝，相反，它在某种程度上催生了港人对身份认同的自觉。香港身份的醒觉和讨论在香港回归问题提出之后逐渐引起注意，不同的人站在不同的立场操持着自我的话语权力，这种人群的不同，可以分为不同时期来到香港的大陆人、从大陆以外的地方来到香港的人以及香港出生的人等。正如学者梁秉钧所谓：

> 因为都市是包容性的空间，所以其成员的身份是混杂而非单纯的。香港的身份比其他地方的身份都要复杂。怎样去界定香港文学和香港作者，至今仍常是一个引起争论的问题。曾经有人以在港居住多少年、在什么地方成长、在什么地方发表东西、写给哪些读者看等作为界定作者的标准，但这些标准也未必可以完全解释清楚那种含混性和边缘性。香港人相对于外国人当然是中国人，但相对于来自内地或台湾的中国人，又好像带一点外国的影响。他可能是四九年后来港的，对于原来在本地出生的人，他当然是"外来"或"南来"了；但对于七八十年代南来的，他又已经是"本地"了。[③]

---

① 洛枫：《世纪末城市：香港的流行文化》，（香港）牛津大学出版社1995年版，第3—4页。
② 同上。
③ 梁秉钧：《都市文化与香港文学》，载张京媛编《后殖民理论与文化认同》，（台北）麦田出版有限公司1995年版，第157页。

　　这里提到的"混杂"可以从两方面理解："首先，从社会变迁的角度看，城市乃是混杂的空间，因为人、物、资讯和媒介的流动，新与旧、本土与外来交织成城市的混杂文化。其次，从历史的角度看，香港曾为英国的殖民地，但又与中国文化既断且连，因此，殖民主义所带来的文化冲击与融合便成为十分重要的课题。"① 于是，在后殖民的文化景观中，"香港人的文化身份认同变得格外复杂，相对于外国人来说，他们是中国人，但相对于大陆与台湾的中国人来说，他们又显得很西化，像亚洲的纽约人。香港的文化是中西文化的杂烩、融合，如同一个文化的混血儿，具有多样化、多元化的特征，因而在香港的文化身份认同上，不能简单地与中国本土文化画上等号。香港人在拆解'英国'的同时，也在质询'中国'，在东西方的夹缝中寻求自己的文化定位"。② 这是研究者应当正视的客观现实，追溯其形成过程，还需要从港人终身混杂的社会结构组成谈起。

　　再次，香港的特殊性还表现在香港华人身份构成的模糊与混杂。无疑，香港是个由华人组成的沿海性国际都市；同时，它还是有着一百五十多年历史的殖民地——这决定了它身份认同上的含混不清，但随着经济的发展，教育、传媒和政府政策等的潜移默化，"殖民统治"的形象也在日渐淡化，香港华人在身份上出现殖民地下的"顺民"和"炎黄子孙"的双重身份当属历史使然。20 世纪五六十年代，中国共产党政权的建立，曾导致大量移民涌入香港，引发一次大的内地迁往香港的移民潮；1984 年"中英草签"则激发了香港本地庞大的出国移民潮；1989 年的政治风波引起另一次庞大的移民潮；"后过渡时期"的中英双方不断争拗，香港经济的继续繁荣导致移民海外的人陆续返潮；"九七回归"后的金融风暴带来的经济滑落使有的人再度离开。因此，五六十年代的香港居民多由"难民"（refugee）和"侨民"（sojourner）组成，其身份意识尤其是香港身份意识是"模糊的、片断零碎和不稳定的"，直到 20 世纪 70 年代以后，随着香港社会与经济的逐步发展与稳定，二十多年的时间令这些早

---

　　① 张美君：《"城市想像"引言》，载张美君、朱耀伟编《香港文学＠文化研究》，（香港）牛津大学出版社 2001 年版，第 287 页。

　　② 蔡益怀：《想象香港的方法》，中国社会科学出版社 2005 年版，第 234 页。

年迁徙而来的侨居者渐渐开始了自己的生活,从而孕育了香港土生土长的年青一代。因此,"所谓'香港人'的身份归属,实在是一个由'殖民化'以至'本土化'的过程,从'难民'、'侨民'、到'香港人',都标志一段身份转化、蜕变、成长的历史"。① 但无论"难民",还是"侨民",他们对于身份的理解和定位,与土生土长的香港年青一代之间却充满着代沟和差异。学者周蕾的观点在一定程度上表达了香港土生的一代对自己文化身份属性的困惑:"不同的语言和文化在日常生活中无时无刻地交错,使在香港土生土长的一代如我,一直活在'祖国'与'大英帝国'的政治矛盾之间,一直犹豫于'回归'及'西化'的尴尬身份之中。"② 迁居香港的一代和出生于香港的一代在文化身份认同上的差异竟是如此显豁:

> 但是对于在香港生长的人,"本"究竟是什么?是大不列颠的帝国主义文化吗?是黄土高坡的中原文化吗?祖父母和父母的两代,虽然一样懂外语,然而文化身份问题似乎并没有因为学习外语而变得危机重重。他们很肯定自己是"中国人";他们认同的价值也是中国文化的价值。
>
> 他们不知道,到了我这一代,文化身份问题会变得如此复杂甚至残酷,再不是靠认同于某一种文化价值可以稳定下来。③

香港身份的含糊与难民心态、新生人群以及政治因素等都有着直接或间接的关系。也就是说,暂时或长期地移民香港的内地人多以中国人心态自居,且久不更移;战后在香港成长的一代,无论生活、工作、娱乐、消闲各方面都相近,对建立香港的自我身份认同有重要影响。而新生代对中国既无所知,亦无所感,加上负面的描述,因此,在身份认同上,新一代较认同自己为"香港人";是故,大部分香港人都觉得自己爱

---

① 洛枫:《香港现代诗的殖民地主义与本土意识》,载张美君、朱耀伟编《香港文学@文化研究》,(香港)牛津大学出版社 2001 年版,第 237 页。

② 周蕾:《不懂中文(代序)》,《写在家国以外》,(香港)牛津大学出版社 1995 年版。

③ 同上。

国，但他们所爱的国家和内地所指的不同，他们爱的是"文化中国"，而非"政治中国"，或笼统地说是爱"中华民族"。① 另外，因为身份认同"绝不是社会成员被动地接受某个身份的过程，而是个体主动地寻找一己社会行为意义，从而建构自己的身份"。② 因此，香港华人的身份认同，代表的不单单是他们在中国历史文化影响下的认同或情感，还有其他因素，诸如政治上的争逐、经济的追求和生活方式的选择等方面。香港华人开始出现身份认同上的差异与含糊表征，自有其历史发展的偶然性和必然性。正是因为其历史条件的独特，香港华人身份上的转变才显得扑朔迷离。

故此，20 世纪 90 年代上半期关于香港身份的讨论曾成为一个非常热门的话题，相关著作以周蕾的《写在家国以外》和王宏志、李小良、陈清侨合著的《否想香港：历史、文化、未来》③ 为主要代表，文学、社会学领域的身份研究皆分外热闹，出现了刘兆佳的《"香港人"或"中国人"：香港华人的身份认同 1985—1995》④、梁世荣的《香港人的身份认同：理论与研究方法的反思》⑤、吴俊雄的《寻找香港本土意识》⑥、萧凤霞的《香港再造：文化认同与政治差异》⑦、郑宏泰、黄绍伦合写的《香港华人的身份认同：九七前后的转变》⑧ 以及高金铃的《香港回归前后的身份认同观察》⑨ 等多篇研究文章。在种种历史、文化、政治的机缘巧合之中，20 世纪 90 年代的香港成为本地、内地以至海外知识分子争相发言的场所，纷纷论证香港的独特性："无论是把它看成是一个'混杂的空

---

① 郑宏泰、黄绍伦：《香港华人的身份认同：九七前后的转变》，《二十一世纪》2002 年 10 月号总第 7 期。

② 梁世荣：《香港人的身份认同：理论与研究方法的反思》，载刘兆佳等编《华人社会的变貌：社会指标的分析》，（香港）香港中文大学出版社 1998 年版，第 190 页。

③ 王宏志、李小良、陈清侨：《否想香港：历史、文化、未来》，（台北）麦田出版有限公司 1997 年版。

④ 刘兆佳：《"香港人"或"中国人"：香港华人的身份认同 1985—1995》，《二十一世纪》1997 年 6 月号。

⑤ 载刘兆佳等编《华人社会的变貌：社会指标的分析》，（香港）香港中文大学出版社 1998 年版，第 190 页。

⑥ 吴俊雄：《寻找香港本土意识》，《明报月刊》1998 年 3 月号。

⑦ 载程美宝、赵雨乐编《香港史研究论著选辑》，（香港）香港公开大学出版社 1999 年版。

⑧ 郑宏泰、黄绍伦：《香港华人的身份认同：九七前后的转变》，《二十一世纪》2002 年 10 月号总第 7 期。

⑨ 高金铃：《香港回归前后的身份认同观察》，国立中山大学硕士学位论文，2003 年。

间'（也斯 1995，李欧梵 1995）、'后殖民的反常体'、'崛起的社会'、一个在殖民者与主导是民族文化以外的'第三空间'（周蕾 1995），抑或'消失的文化'（Abbas 1997），甚至同时拥有被殖民者与殖民者的双重身份……"① 以上论述都说明了香港独一无二的存在，无论其各方面对殖民国的超越，还是对内地的资本主义的"北进侵略"想象，都使香港成为后殖民、后现代理论家炙手可热的话语场所。

随着 1997 年香港的顺利回归，对本土、身份和历史话题的热烈探讨仍在持续，"在这强调含混、质疑一切稳定性的后殖民时代，国族、文化、阶级、性别、身份的界限已经模糊难辨，自我与他者应如何界定？我们已经不愿意接受任何有关自我与他者的简单界定与划分，甚至认为任何界定都是问题重重的，然而，有意无意之间我们又总在这里那里不甘心放弃区分二者，这实在是后殖民论述一个难以解决的吊诡"。② 同时，面对研究的困境，研究者一直在努力寻求突破，"如果我们假定《夹缝中求存》代表了《香港文化研究》的立场，这'寻求本土声音'的目标与第三期'北进想象'对周蕾、也斯等人本质化、总体化香港的质疑不无矛盾。在本质化的陷阱与指控无处不在的今天，论者如履薄冰，举步维艰。大家一方面以这无往而不利的武器拆解他人的各种论述，可是一个不留神，自己也同样容易堕入本质论的窠臼。似乎宜破不宜立真是今日理论界的困境"。③ 这可以说代表了一般研究者的基本立场和心态，或许九七来临之际学术界之文化身份论述的热潮，不论是"夹缝论"、"第三空间"理论、甚或反夹缝论的"北进想象"论述，"都是心理上寻求逃离解脱霸权的方式，焦躁与不安溢于言表"，④ 而为一般内地研究者所忽略的细节恰恰也就在这里。

不觉间香港回归已经十余年，政治皈依上的平顺认同和经济发展上的平稳过渡等因素为香港身份的思考提供了更多新的内涵。如何说一个

---

① 陈燕遐：《反叛与对话：论西西的小说》，（香港）香港华南研究出版社 2000 年版，第 106—107 页。

② 同上书，第 109 页。

③ 同上书，第 109—110 页。

④ 陈丽芬：《普及文化与历史想象——李碧华的联想》，《现代文学与文化想象》，（台北）书林出版有限公司 2000 年版，第 183 页。

新的香港故事正在变得层层叠叠，在城市定位和国族认同方面，遂展现出种种嘈杂关切、应和但不乏质询的微妙声音。也就是说，"后九七"香港认同在"去国族化"和"再国族化"的论述之间，正发展出一种更具创造力和贴近生活的新的身份认同："既然香港是全球化和国族化的主要力量，香港身份认同则不应限于对两者的认受，也在于对两者的创造和更新。也就是说，香港人在塑造未来的全球化和国族化的同时，也在塑造港人本土认同的未来。作为全球城市，香港人有条件建立一个更公义的全球化。作为中国的大门，香港人也有条件建立一个更进步更开明的国家认同。"① 而近十余年来的香港女性小说，也应和着文化艺术生活领域的演进和讨论，以文字书写探讨身份认同的种种变化和可能，表现出多元的态势和层叠的视角。在城市身份、历史身份和文化身份的书写上，经历了从 20 世纪 70 年代的本土意识（香港意识）的强势萌生、20 世纪 80 年代香港意识的嘈杂辩解、20 世纪 90 年代香港意识的渐次解构，逐渐走向新世纪以来的全新构造和书写。此书写以香港生活现实和思想文化为基础，充分吸收世界范围内的后现代思潮和后殖民理论的辩论，将时间/历史、空间/城市、时空/文化、自我/性别的思考延展向新的层级。

第三节　香港女性小说的身份书写

香港的百年传奇激发着作家的创作欲望，香港的多舛命运牵系着作家的家国之思，香港回归、中英会谈的一波三折进程，更催生着作家的创作灵感和文学想象。香港文学的身份书写伴随着其创作本土化意识的开始而开始，但大多的身份认同都执着于文化身份的研究，尤其是香港文学所依托的混杂的文化状态及其构成。文化的形成与存在，正如一切事物和人的存在一样，最基本的条件应当是现实空间的存在感和恰适性。所以，对于城市本身和生活在城市中的香港人来说，香港女性小说从空间角度表达出的身份之感，理应就是"我城"生活中的寸土寸金、边边角角，包括城的街道、港口、大厦、公园、穷巷、豪宅以及港岛和离岛等。越是趋于现代

---

① 　马杰伟：《后九七香港认同》，（香港）VOICE 出版公司 2007 年版，第 18—19 页。

化的今天，对于香港空间的记忆和书写就越发多样和特别，地下铁、摩天楼和豪宅等城市建筑和地理景观比比皆是。例如，黄碧云的中篇小说《暗哑事物》出现暧昧不清的人物，但地铁的场景却无比清晰：那一列装满尸体的地铁，将残躯送回人们的墓穴，那个他们叫家的地方；黄碧云的长篇小说《无爱纪》则更多地写到地铁的场景；《十二女色》中的人物甚至在地铁上完成一系列健身工作。韩丽珠的小说《宁静的兽》同样贯穿地铁意象：房子建在地铁站之旁，总有隆隆的声音充塞其中。从窗口看出去，列车慢慢驶出，加速、晃动、消失，不断循环着这样的过程。她的更多的小说则集中展现了水泥森林空间里嘈杂、混乱、破败、拥挤的景象以及被侵入的书写，这就是现代香港人沉浸其中的典型场景，因此，空间书写成为作家寻找并建构其身份归属的最具表征性和最确凿的载体。

　　但是，香港女性小说的深刻之处并不在于简单的空间再现，而是能够在与空间的相濡以沫中培植出一种以情感为基础的认同意识。在西西的笔下，"我城"的乐观心态和明媚情绪很快变成了对"浮城"的微微的担心和忧虑：浮起来还是沉下去？这几乎可以代表众多香港人的心声和忧虑。它（香港）在海上升起，在海上繁荣，是否有一天真的沉没于大海呢？"九七大限"来临之前，人们怀着各种莫名的恐慌，导致经济跌荡、人才外流甚至海外移民潮，黄碧云的小说以血腥和残暴的场面揭示了人心深处的荒芜、绝望和疯狂，这是所谓的"失城"之乱——从"天佑我城"的城市身份萌生到"浮城志异"的城市身份想象再到"失城"之乱的城市身份解构，香港女性小说的身份书写在城市认同层面完成了关于空间的从认识到想象、从建立到失落的相对完整过程。

　　如果说人的存在和解释首先依附于空间的条件，那么，人对自我的解释在确立了空间的方位后，立刻醒觉的将是时间的问题，因为只有在时间和空间的交叉之点，才有人及其存在，才有故事及其叙述等等。于是，对时间的寻找、爬梳、钩沉、错乱、戏谑甚至倒转都表现了香港女性小说对身份表达的种种迷思的破解企图。李碧华的《胭脂扣》首先着笔于香港历史和香港人以及香港爱情的创造性尝试，在如花这个五十年前的塘西红牌阿姑身上，寄予了作者对香港的历史——塘西风月、香港人的本土身份——如花说我是香港人、香港的爱情——人们只认为那是一种风俗的怀疑和戏谑，因此掀起一股文化怀旧之风。其实，李碧华并没有刻意去钩沉一段被忽略和掩埋的历史，她只是巧妙地借用一个传奇和带有诡异色彩的故事，以硕果仅存的香港旧物陈景来敷衍一段人们对于历史的期待和渴望而已。果然，《胭脂扣》一纸风行，并带动了一股有关"塘西风月"的历史怀旧潮流。

在香港生活写作了十七年的施叔青，其文学野心似乎并不仅仅要带动人们怀念和寻找一段已经逝去的历史，她要以恢弘的巨笔描绘百多年的香江岁月。同样，她把历史的见证者赋予一个女性——和如花同样身份的妓女黄得云。但有别于如花的是，黄得云并不仅仅是一个对爱情忠贞的妓女，她以自己无限深蕴的能量发挥、逢凶化吉的运筹帷幄制造了一个香江传奇：不但使得她自己摆脱了被奴役、被驱使和被殖民的妓女身份，而且以此身份为优势，展开了女性的反攻，以身体作为原始资本，一步步融入香港填海造梦的历史之中，并最终成为历史的把握者和操纵者，使她的混血后代们一举进入香港上层社会并成为精英人物。在黄得云亲历的这样一个成功的传奇历史中，虽然作者赋予女主人公以主体的自觉和反抗，但为了凸显大历史的图景及其命运转圜，她还是努力地将历史资料中有关集体记忆的记载插入个人记忆的叙述之中，以使黄得云的存在能够较为贴切地融汇到大历史的发展链条之中。如此人物处理方式，包括将香港的身份指认为妓女形象，所有这些最终都没有能够脱离男性历史大叙事的基本理念和思维定式，所以，施叔青在"香港三部曲"中致力于还原的香港百年历史，究竟如何还原？每一个企图还原历史的人，所还原的最终不过是她心目中所想象和理解的历史而已。

相反，香港本土作家西西的表现就相对淡定和从容，香港的身份定位和时空想象一直是西西的思考所在，但她的书写仅只留下问题，留下期待，从来没有贸然地在叙述中给出一个确凿的结论。从《我城》到《浮城志异》再到《飞毡》，西西的思考和情怀始终连贯一致，在1996年完成的长篇小说《飞毡》中，她也企图为香港人写一部香港的历史，但她的历史观念却聚焦于一户普通的人家：花顺记。在看似无处不是枝蔓牵扯和日常生活的描写和扯淡中，给我们展示了一幅漫长而丰富的画卷：飞毡的前途和命运，飞毡的隐喻和象征意义……在看似闲笔的描述中传达了作者对香港命运最为真挚的关切，同时，也对或"中原心态"、或"夹缝心态"的香港身份的书写和认同进行了带有微讽意味的解构。

如果说西西对香港历史身份的认同持有个人的意见，并以平淡无奇的强烈的个体文字风格解构了同时期的宏大历史建构的话，那么，黄碧云的《烈女图》则是另外一部风格特异的作品——她不是将香江的历史见证和风云变幻赋予一个人，而是许多人，许多的劳工女性——仅此一点，即可看出黄碧云写作的出手不凡。因为，从理论上来说，集体叙述者的声音比起个人的声音来说，更有说服力。集体型的叙述声音是指这样一种叙述行为："在其叙述过程中某个具有一定规模的群体被赋予叙事权威；这种叙事权威通过多方位、相互赋权的叙述声音，也通过某个获得群体明显授权的个人的声音在文本中以文字的形式固定下来。"① 与作者型声音和个人型声音不同，"集体型叙述看来基本上是边缘群体或受压制群体的叙述现象"，② 而且，这种声音"可能也是权威最隐蔽最策略的虚构形式"。创建这样一种叙述声音，使得集体型的叙述声音与女性社会群体意识的创建联系起来。何况，黄碧云在《烈女图》中所使用的基本为对谈或口述的方式，不再是一个一个的个人倾诉，最高潮的部分是许多女性的声音此起彼伏、众声喧哗。黄碧云将香港百年的历史赋予了三代几十位烈女的生活记忆，从意象到隐喻直至手法都是一次巨大的书写革命，是对之前香港历史身份书写构造的强力解构。西西小说的温和聪慧使得很多意味未得彰显，而黄碧云小说则是如此酷烈和显豁，《烈女图》对香港历史的身份书写尝试还亟待研究者充分地理解和体认。

当香港女性小说在现世的时空交叉点上确立和书写着自我/城市身份时，一些作家的想象早已超越现实生活，在更加瑰丽和神秘的空间——异度空间营造着属于香港的文化身份。所谓异度空间，是现实人群和现实生活之外的地方，是人的正常触感所无法觉知的化外地带——正因为如此，才吸引着有创造力的作家在这样一个亦真亦幻的世界里穿梭徘徊。相对于尴尬的现实空间存在，相对于混乱错杂的时间身份取舍，毋宁说

① 苏珊·S. 兰瑟：《虚构的权威》，黄必康译，北京大学出版社 2002 年版，第 23 页。
② 同上。

异度空间实在是香港文化身份的最恰切的隐喻式表达。在诸多城市中，再没有一个城市能像香港一样容纳如此诡异的历史、如此尴尬的地理、如此混杂的人种、如此多元的生存和价值观念、如此不同的生活制度所带来的如此不同的消费观念和生活方式——一句话，香港文化空间是最合适的魑魅魍魉自由穿行之地、妖魔鬼怪各得其所之处，正是在这无限地自由、无限地颓废、无限地富足也无限地绝望的地方，上演了最凄艳华美也最惊心动魄的传奇故事，从而铸造了香港的别样的文化症候。

　　在这独特的异度空间，现代人局促地生活：为了房子，为了工作，为了家庭，为了最大限度地捞钱，陈宝珍的《找房子》较早揭示了女性生活和精神上的双重困境。钟晓阳则让她笔下的人物个个充满古意，刻意规避冲突的现代人在老灵魂的前世今生里寻找最安谧的心灵，但是，这古典有余的奢望无可避免地触及到现实，最终以悲剧收稍。而一个现代人怀抱着古典的心灵与情怀在现世挣扎，其生存尤显凄清，《二段琴》中的莫非如是，《停车暂借问》中的赵宁静如是，《翠袖》中的翠袖和《遗恨传奇》中的于一平亦如是。他们一度反抗束缚，但生活仍然回到原来的轨道，如死魂灵一般默默地沉沦和湮灭。李碧华则和钟晓阳相反，如果说钟晓阳笔下的人物是生活在现代的古人，那么，李碧华笔下跑出来的则多半是真的古人。那古人一不小心跑出历史故事、传说和典籍，甚至冲破阴阳两界、人妖之别，猝然面对充满诱惑、惊险和光怪陆离的现代生活，如《潘金莲之前世今生》中的潘金莲，却一样要重复被侮辱被奴役的宿命；如《胭脂扣》中的如花，一样要黯然面对不堪的风气堕落，最终无声地离去；如《凤诱》中的李凤姐终于招架不住后现代社会的流言蜚语，仓皇地回到古书中，回到她所跑出的宋朝社会；抑或如《青蛇》中的白蛇青蛇姊妹一样，在宋朝发生的爱情巨创之后，隐藏于西湖之下一千多年，而终于在文化大革命后，耐不住时间的无涯的寂寞和妖之不死的漫长的时间困顿，终于冲出湖底，向又一个年轻俊秀的男人逶迤而去？或者像《诱僧》中的石彦生一样永远地消逝于时间和历史之外？还是像《秦俑》当中的蒙天放和冬儿，生生世世轮回、生生世世错过？无论在古代还是在现代，悲剧的发生都归结于无法变更的宿命。于是，一个个至情至性的鬼或妖穿梭于古代和今世，也徘徊于阳界和阴间，如宋话本《杨思温燕山逢故人》中郑义娘的一段话："太平之世，人鬼相分；今日之世，人鬼相杂。"太平之世的香港小说叙事，让人混沌于人鬼不分的世界，这始终是证明了香港人自我身份寻求的焦虑以及对于未来的无可把握的担忧。对于李碧华来说，她小说中的妖魔鬼怪在现世生活中的遭遇，毋宁说是表达了她对香港后现代社会的一种委婉的讽刺更为恰当，在此意义上，其小说表现出一定的后现代文化和生存的批判意味，这种批判色彩和意味在《纠缠》、《荔枝债》、《逆插桃花》、《"月媚阁"的饺子》和《双妹唛》等描写现实题材的篇章中表现得更为强烈。

所以，在后现代社会批判的意图上，钟晓阳和李碧华有某种共通之处，只不过在批判的时候所采取的方式和表现风格不同而已。如果说钟晓阳钟情于古典的审美观念，从而表达出一种审美的现代性的话，那么，李碧华的写作则充满着后现代的复制、戏仿、模拟，以至有意的改写等手法，是比较典型的后现代风格。现代香港人在时间身份、空间身份、文化身份和性别身份上的失落与迷惑是其着力展示的，她对香港的身份书写和构建无疑更具备着文化和哲学的潜在话语："虽然她所写出的故事都还是些未能进入'大历史'和'大空间'的悲欢，但这些'小历史'与'小空间'的文化文本在边缘的缝隙之处发出了自己的独特的声音——庶几也可以代表了香港人身处边缘却创造了另一种历史格局的独特经验?"① 这样独特的声音将越来越能够渗透和融汇于香港的文化和历史，以期造就新的文化身份认同。时间是身份想象和认同构造无法绕过的要素和话题。时间在李碧华的笔下，可以肆意流转，任意飞舞，她笔下的人物有着飘逸的存在形态，她们不是在现实的时间链条上匍匐前进，而是如武打影视剧中的轻功高强者，可以随意飘举，翻山越岭自不在话下。更令人惊奇的是，这些人物可以自由地穿越时光隧道，因此，时光逆流成为李碧华小说最经常使用的时间表现方式。

同样，钟玲的小说在这一点上也颇有个人创意，而且她的小说从不以数量取胜，《生死冤家》、《过山》、《碾玉观音》、《大轮回》、《黑原》等都是不可多得的"故事新编"类佳品。相对于李碧华的小说，钟玲的

① 刘登翰主编:《香港文学史》，人民文学出版社 1999 年版，第 500 页。

特色在于她的文笔的老练、想象的细腻以及文艺气息的浓郁，她不以极端的故事和叙事吸引读者，强调的是古人在特定情境与氛围下的性爱心理，尤其对女性性心理的揭示和描摹带有女性主义的充分自觉。而且，钟玲是在自觉地写生死轮回的故事，轮回已经构成了她作品中爱情观的重要组成部分。现世得不到实现的爱情，在生死轮回中会继续——直到双方达成心愿或者一方实现了复仇的夙愿为止。较之李碧华对爱情的瓦解和嘲弄，钟玲的爱情观带有古典的气息。而且钟玲很有意识地进行小说叙事方式的多方尝试，细节描绘尤其精彩。李碧华的作品很少细节，更多的是概念诠释，因而叙事上稍显粗糙，曾经为批评家所诟病。[1] 而钟玲的古典和钟晓阳的古典又有不同：前者有古典的故事、古典的词语、古典的意境从而构成古典的叙述风格；后者是古典的心意和韵味，从而构成古典的审美和生活方式。

有着超凡想象力的作家把她们的故事化入了异度空间，而深入现实的作家则在局促的生存时空中编织着一个个浪漫悲情或成功创业的故事，从而在现实的层面为香港文化身份的书写诠释着另外的不同景观，在香港后现代社会的物质主义生存、消费文化甚嚣尘上的氛围中制造着创作和销量的传奇。通俗小说在香港向来拥有不小的市场空间，从金庸、梁羽生、古龙的武侠小说之流行可见一斑。对于女性小说来说，言情题材是当仁不让的选择和胜场，从亦舒、严沁、岑凯伦、张小娴到林燕妮、梁凤仪，创下了一个个市场销量和读者追捧的神话。亦舒的故事几乎都是恋爱婚姻的家庭题材，她所着意和擅长描摹的也是现代香港都市中优裕的女性生存，但物质的优裕不能解决她们精神生活的空虚、与生俱来的寂寞，她们追逐着情和爱的浪漫幻想，又紧紧地把握着情和爱的现实条件，但现代都市无限的诱惑以及生存的变故又使她们增添了更多的烦恼。对于这些，亦舒从来不企图掩藏，她的小说对爱情、婚姻、家庭、金钱、青春、健康、工作等的看法从来都至为清醒，人物最后的选择几乎都趋同于现实生存的考量。读亦舒的小说，或许会觉得过于理性和冷

---

① 如李焯雄《名字的故事》就指出李碧华小说把复杂的现象简略为俗语套句、淡化细节、牺牲事物的复杂性等问题。见陈国球编《文学香港与李碧华》，（台北）麦田出版有限公司 2000年版。

酷，但亦舒的聪明在于她不仅表达她的世故和洞察，而且展示人的情感以及情感和现实之间的角斗与挣扎，最后连读者都不能不同情她笔下的人物，也不能不赞同他们出于现实考虑所做出的选择。亦舒的作品虽为言情小说，但比起琼瑶小说中爱情的不食人间烟火和空灵轻盈来，又有着很强的社会现实意义。无论是《喜宝》中的姜喜宝，还是《玫瑰的故事》中的黄玫瑰，尽管爱情历尽波折，但其最后的选择都从不言悔。亦舒作品中的人物情爱选择深深根植于物质社会现实的土壤，她甚至明确地宣称，世间根本没有爱情这种东西，要生活下去且生活得好，物质的需要和满足是最根本的考虑。这种真诚和明快的爱情观很大程度上满足了读者的社会和心理感受，也填补了那些因为现实生活不满足、充满缺憾的心灵的内在需要。于是亦舒一发而不可收，以其先后发表的一百多部作品，成功地扮演了商业社会中爱情消费品或者替代品的角色。

　　相对而言，梁凤仪出道稍晚，但其创作颠峰时期的兴盛势头绝不让于亦舒。梁凤仪的个人经历曲折丰富，迟至90年代才开始写作，根据其自小耳濡目染的商场生活写就了一批批畅销的财经小说，风靡台港和大陆。在梁凤仪的小说叙事中，几乎都有一个早岁历经曲折和屈辱的女性，被所爱的男人抛弃后，自尊自强从头做起，终于在商场的搏杀中脱颖而出，终于与早年抛弃她的男人平起平坐；或者在事业上独占鳌头，而抛弃她的男人则一败涂地——典型的女性复仇的故事。这样的故事套路原本平淡无奇，但梁凤仪的小说之所以吸引人，就在于她的文字干净利落，绝不拖泥带水。而且对商场女强人的描绘也着意于其日常生活的刻画，其艰辛刻苦的经历也颇能唤起普通人的感同身受；另外，很重要的一点，梁凤仪小说中所描写的商战故事、家族集团，以及为了经济利益组合而成的恋爱婚姻家庭关系，充分显示了香港资本主义社会的某种特征。在如此竞争激烈的社会里，女性可以凭借个人的能力和努力博得事业的成功，甚至可以和男人一起站在商场搏杀的阵线前面——这里当然不排除女性在个人生活等多方面所做出的巨大牺牲，但恰恰是这些女强人获取成功的方式让人玩味：一个被家族财团抛弃的女人，在不甘心于命运的摆布重新杀入社会后，往往遇上另外一个更加强势的家族财团，幸运而自强的女性得到了后一财团的赏识和关怀，藉此家族实现了其复仇计划。

仔细考量，会发现其中的可疑和悖论：女人实现对男人的复仇方式不是通过自身，或不仅仅是通过自身，而是借助另外的男人，这有多大程度的真实性和可靠性？或者，梁凤仪所叙述的根本就不是女性复仇的故事，而仅只是家族财团经济利益的争斗，但为什么偏偏要女主人公去扮演其中的主角呢？这个始而悲情终而成功的女强人形象恰恰是梁凤仪小说畅销的关键，但也似乎注定了作品的畅销仅只是昙花一现。这些因素都或多或少地体现了香港商业社会的特征：小说创作的商业运作方式。因为梁凤仪的写作总是和经济的筹划紧密相连，商战小说也只是其商场营销的策略之一，所以，不得不说，梁凤仪的创作实现了商业和读者市场的双赢，她的写作速度也越来越快。或许她清楚地知道，销售和读者欢迎的热潮必然过去，因此要抓住市场就要以最快的速度套住读者的眼球和口袋，传说中的口述兼代笔以及模式化写作的产品生产方式，都验证了梁凤仪的小说如何成为被复制了的文化消费品，至于其昙花一现的吸引力和读者热度也就不足为奇。

在香港女性小说用文字进行着上穷碧落下黄泉般地寻找、言说和构筑自我的身份认同和文化想象的时候，另一脉被遮蔽许久的论述异军突起——以性别的视角谛视并省察后现代兼后殖民的混杂文化中自我的另一身份呈现。确切地说，香港女性小说自其崛起之初，就带有自觉而内省的性别意识，在性别理论和文化视角的参照下，自我的生存和身份具有了更加吊诡的言说空间。从性别文化的视角回首香港近年来的女性小说创作，许多有意味的现象和话题就变得醒目甚至突兀。香港的身份究竟如何？香港人的身份意识又是怎样？早在 20 世纪初年，著名的新月派诗人闻一多经过香港，其所创作的《七子之歌·香港》广为传诵，耐人寻味的是，他笔下的九龙被比喻为嫁给镇海魔王的可怜的幼女，外来的侵略者被比喻为狞恶的海狮——这一被凌辱的女性形象从此成为一众作家们对于香港身份想象和言说的滥觞，以至施叔青在"香港三部曲"中，把香港身份的象征赋予了来自东莞、少时被拐卖到香港的妓女黄得云，黄得云与英国殖民官吏亚当斯之间的性别权力关系也被描述为："他是扑在她身上的海狮。"[1] 显

---

[1]　施叔青：《她名叫蝴蝶》，花城出版社 1999 年版，第 77 页。

然，这一象征来自施叔青的灵感和对新文学的阅读接受。此后，以妓女、弱女等蒙受屈辱的女性形象来代言香港身份的小说可谓不绝如缕：从李碧华的《胭脂扣》中的如花、《潘金莲之前世今生》中的潘金莲、《川岛芳子》中的芳子，再到《烟花三月》中的袁竹林……在女性写作者的笔下，这些女性主人公背负着分裂的身份和破碎的命运从香港的历史深处徐徐走来，以其逐渐清晰的面容向世人昭示着身为女性的屈辱——同时也是香港历史的屈辱，这样一个特殊的身份寄予着作家对个人身份、空间身份以及文化身份的诸种怀疑——如果一切的身份建构和悬想都建立在为男性中心话语的父权社会所主宰和奴役的基础之上，那么，这身份本身就是可疑的，同时也是虚假的。因此，只有从女性自身的立场、视角和权力诉求出发，发出女性自己的性别的声音，也只有这样才有其义化建构的诸种可能。当然，女性小说家笔下的妓女形象与男性想象中的妓女形象又有着截然的不同：如果说男性对妓女既充满歧视而又心怀占有之心的话，女性小说家笔下的妓女则摆脱了其作为欲望对象的身份特征，展开更多的是对其沦陷与无法摆脱此身份的权力来源的揭露、抨击和诅咒。黄得云身上虽然还延续着与男人之间的身体交易，但在权力交换关系中，身为女性的一方已经取得了主动权，而无论是如花、潘金莲、川岛芳子还是袁竹林，叙述者早已不再追究这身份的传统道德价值和社会伦理意义，而是藉此作为香港身份寓言的开端，来讲述一段段被剥夺、被改写、被压抑甚至被桎梏了的主体命运，在此意义上，"妓女"形象成为香港身份婉而多讽的寓言式表达和呈现。

　　既然"妓女"是男性社会对于特定群体的一种欲望载体和道德认定，那么，男性的形象是否负载得起道德的宏大声誉呢？性别论述的次一层面着重揭示的是男性权威者的真实面孔——丑怪男人、暴虐男人、好色男人等。这些或威权在手、显赫一时的男人，或冠冕堂皇、为人父夫的男人，在剥离了其对于欲望的种种渴求和无厌之后，似乎已经一无所有——仅只有丑陋的外观、凶残的性情和性的无能无力。黄碧云的许多作品中都有一个或隐或显的男性形象，他们是《盛世恋》中衰颓到无可救药的方国楚，是《其后》中安心等待死亡降临的平岗，是《呕吐》中的无以自救更无法救人的医生詹克明，是《双城月》中的错乱疲累的陈路远和涓生，是《丰盛与悲哀》中的幼生，是《捕蝶者》中的杀人狂陈路远，是《失城》中杀死全家然后镇定地请来邻人报案的陈路远，是《桃花红》和《媚行者》中那个暴虐与颓丧的父亲……他们无一例外地失去了生活的动力、勇气，活着也无异于行尸走肉，如此疲倦又如此绝望，如此年轻就已经如此苍老不堪。他们还是《像我这样的一个女子》中的那个阳光然而和普通人一样懦弱的夏，是《青蛇》中背弃爱情的许仙和难以自守的和尚法海，是《胭脂扣》中苟且偷生的十二少，是《生死冤家》中背信弃义的郑，是《感冒》中那个不懂音乐和不喜欢游水的丈夫……他们是女性视角下的男性，是解除了男权甲胄的人性的虚伪者和懦弱者。

除此之外，性别论述的勇气还表现在其大胆越轨的性别关系书写上。男女之间的性别关系一向被作为女性主义文学书写的主题，不过，香港女性小说中的性别关系更多地表现为纷繁多端的越界书写——既让人触目惊心，也让人惊叹书写者的精到与犀利。同性关系或恋情的书写成为近年来的热门话题，此话题在挑战异性恋话语霸权方面的意义不言而喻。但在文学书写的人之复杂丰富、幽深紊乱的内心欲望深处，有着更为异样的恋情和性别关系表现。李碧华和黄碧云的小说挑战传统性别叙事，揭示世人心狱的幽微魅影。《她是女子，我也是女子》中同性恋情的书写，不唯反叛主流性别叙事方式，而且挑战男性同性恋叙述；《呕吐》中的叶细细，幼年受刺激摧残，对特定物件怀有畸恋，并每伴有剧烈腥臭之呕吐；《七种静默》中的儿子，与父亲公开地抢夺母亲，并把父亲驱逐出母亲的房间；《双妹唛》中的同性恋情，半个世纪之后尚得不到对方宽恕……至黄碧云的晚近作品，此一话题更加龇牙裂目，乖张变异：《桃花红》中的女儿爱上了父亲，致使母亲离家出走；《媚行者》中的主治医生变态地喜欢上了自己年幼的女儿，致使被指控奸淫幼女；《无爱纪》中的女主人公竟然爱上了自己女儿的男朋友，并发展出一段畸形的恋情……凡此种种，无不说明女性小说锐意突破所在，揭示了人之原罪的欲望心狱，也一扫男权社会的清规戒律以及父权叙述的单方意淫和自我逍遥。

在进行了重重迷障的扫除和种种男权陷阱的拆除之后，有无一个真正的女性自我身份的建立呢？原来，真正的女性身份就是《哀悼乳房》中经历的生老病死，就是疾病与癌症的肉体和精神的受难，就是对于自我生命的珍视和坦然。对于那必然来临的生之深渊的临危不惧，言笑晏晏——好好地生，然后好好地死。此外，真正的女性身份还是"媚行者"，就是"她寻找，并且，永不会寻见"，"媚行者不相信命运。媚行者拒绝既有的历史。媚行者寻找从不存在的，从来未曾有过的，自由"。原来，自由的宣言只是自由的悖论，《无爱纪》就是"无所缺失、无所希冀、几乎无所忆、模棱两可，什么都可以"。"媚行者"是黄碧云给出的女性解放和主体自由的宣言书。

综上，香港女性小说的身份书写在时间身份、空间身份、文化身份和性别身份的逐次寻绎和建构过程中走过了众声喧哗、言辞嘈切的过程，女性作家运用其文化和理论储藏，展开超越时空的想象，将女性的生存和命运与香港的历史声息相连，于每一时空的断裂处、于每一文化现象的诡秘处触发女性身世之叹，揭示自我身份的迷障和吊诡。书写的过程是打磨记忆的过程，也是囤积历史的过程，当然，女性书写的过程更是拆解父亲权威的过程，既是对主流叙事的改写，也是女性自我发声和自我身份重建的过程。但是，性别论述的要点更在于：女性自我的身份并不是封闭的，不是固定的，也不是统一的，她本身就是一个开放的、流动的、争议的、不断地拆解和不断地质疑的过程，这不仅符合后现代文化的基本特征，也是香港这个充满着无限生机和未来的城市应有的产物。女性身份上穷碧落下黄泉的叩问本身，明鉴了女性主体逐渐显影的过程，也验证了即使同在女性作者的笔下，身份认同问题的想象和指认也充满差异和歧见——因为，断裂和差异正代表着当下社会文化的最基本特点和状态。

第二章　香港女性小说的城市身份书写

香港女性小说城市身份的书写体现为对空间身份的寻求和认同，在近30年的创作历程中大致经历了三个不同的阶段：首先是20世纪70年代，随着香港经济的起飞，本土作家书写中香港城市意识的渐次萌生；其次是20世纪80年代，在中英香港问题谈判逐渐进入实质阶段的进程中，不断出现的关于香港城市意识的争议和辩解的多种声音；最后是1997年香港回归前夕，集中体现在作品中的失城的恐慌书写和混乱的心绪状态描绘。"到底该怎样说，香港的故事？每个人都在说，说一个不同的故事。到头来，我们唯一可以肯定的，是那些不同的故事，不一定告诉我们关于香港的事，而是告诉了我们那个说故事的人，告诉了我们他站在甚么位置说话。"[①] 以上三个阶段表明，香港女性小说对于城市身份的书写经历了萌生、争议与失落的过程，也发出了不同作家个体对于香港城市身份的独特声音。近十余年来，"后九七"香港女性小说在政治和经济的重组中质问和追索，以超现实主义的笔触传达出对香港城市身份新质的认同取向，既不膨胀，也不自闭，在全球化和中国化的背景下以书写参与到新的多层面的城市文化分析框架之中。

第一节　天佑我城：城市意识的萌生

众所周知，20世纪70年代是香港经济起飞的年代。粤语流行曲开始兴起，青年一代的社会意识普遍提高，大专界学生运动活跃；普通市民

---

① 也斯：《香港的故事：为什么这么难说？》，载张美君、朱耀伟编《香港文学@文化研究》，（香港）牛津大学出版社2001年版，第11页。

亦逐渐改变"过客"心态，着眼于本地社会问题，并以实际的劳动付出直接促进了香港经济情形的好转。也就是说，20 世纪 70 年代香港居民的在港生活经历，逐渐磨砺和培养出他们对这块土地和城市的最初的认同和归属感。同样地，也是在 20 世纪 70 年代，香港作家在其作品中引入更多新的城市生活和情感经验，其中最重要的是刘以鬯的《对倒》、西西的《我城》和也斯的《剪纸》三部小说。作为其中唯一一位女性作家，西西的小说《我城》从特定的平民立场和殷切的本土情怀出发，为香港的身份书写提供了经典化的叙述样本。西西，本名张彦，1938 年生于上海，广东中山人。1949 年随父母定居香港。香港葛量洪教育学院毕业。曾任小学教师、《中国学生周报》编辑、《大拇指》周刊编委、素叶出版社编辑，现专事文学创作与研究。主要著作有短篇小说集《春望》、《候鸟》、《像我这样的一个女子》、《胡子有脸》、《手卷》、《母鱼》、《美丽大厦》等，长篇小说《我城》、《哨鹿》、《哀悼乳房》、《飞毡》等，目前有 20 多部作品结集出版。西西的小说在台湾、香港知名度很高，屡屡获奖。小说集《候鸟》曾膺选为 1980 年《联合文学》"十大文学好书"之一，《像我这样的一个女子》获 1983 年《联合报》"第八届小说奖"之联副短篇小说推荐奖，《致西绪福斯》获 1988 年《联合报》"第十届小说奖"之联副短篇小说推荐奖，小说集《手卷》获 1988 年台湾《中国时报》"第十一届时报文学奖"之小说推荐奖，1990 年获《八方》（香港）文艺丛刊首届"八方文学创作奖"，小说选集《西西卷》获"第二届香港中文文学"小说组双年奖，与何福仁合著的《时间的话题——对话集》获"第四届香港中文文学"文学评论组双年奖，1997 年获香港艺术发展局首届文学奖创作奖，1999 年长篇小说《我城》被《亚洲周刊》评为"中文小说 100 强"，2005 年长篇小说《飞毡》获《星洲日报》举办的第三届"花踪"世界华文文学奖。吊诡的是，作为香港为数不多的严肃文学作家，西西的作品在香港的读者群却很小，大陆读者就更加小众，又由于其作品大多在台湾出版，甚至一度被外界误认为是台湾作家。

西西有一系列小说直接书写香港，如《我城》、《肥土镇的故事》、《镇咒》、《浮城志异》和《飞毡》。《我城》中的人们为城市的明天祈祷：

"天佑我城";《肥土镇的故事》则结束于老祖母的自言自语：没有一个市镇会永远繁荣，也没有一个市镇会恒久衰落，人何尝不是一样，没有长久的快乐，也没有了无尽期的忧伤；《镇咒》中一纸远方的护镇灵咒融入肥土镇的山川河流、铁路车站；《浮城志异》以十三幅比利时超现实作家马格利特的画作，连贯成一篇意味深长的香港寓言故事；《飞毡》故事里的城市在小说结束时只剩下空白的书页……这里，飞土、浮土、肥土、浮城、肥土镇、飞毡等都有着几近相同的意义指称，这些与香港有关的作品表现出非常自觉和明显的香港城市意识，并构成了一个相对完整的香港身份探讨系列。同时，这一系列作品也充分显示了西西在这一问题上的系统想像和个人创造，从而使西西的作品成为研究香港身份书写和城市意识的不可或缺的范本，也使西西成为香港文学史中最具有清醒的自我意识和历史意识的优秀作家。

有研究者称其作品使用了"夸张和漫画化"的手法，并从童话小说的角度来分析和评判西西的作品,[1] 但笔者倾向于认为，西西的香港城市系列小说表现了相当深刻而强烈的现实和现世关怀。著名小说评论家王德威教授高度评价西西的作品，认为无论就创作的质量或经历而言，西西都堪称当代华文世界最重要的作家之一。从 20 世纪 60 年代中期以来，西西藉各种文类"琢磨语言形式，拟想家国文化，其写作实验风格强烈而文字却清新可观"。[2] 她的不少作品，如 20 世纪 60 年代的《东城故事》、20 世纪 70 年代的《我城》、20 世纪 80 年代的《像我这样的一个女子》、《浮城志异》，以及 20 世纪 90 年代的《美丽大厦》、《哀悼乳房》和《飞毡》等，无不引领一个时代的议题和写作风格。王德威特别推崇西西的《哀悼乳房》，认为这部小说将疾病与创作、生命和神思融为一谈，为当代女性的身体书写树立重要的典范。他更说："香港原不以文学知名，但因为西西，文学足以成为香港的骄傲。"[3] 直到 2010 年，西西作品才在大陆正式出版。在此之前，相关资料难以寻觅，零星散见于香港

---

① 艾晓明：《香港作家西西——坚守前卫第一线》，《南方周末》2001 年 7 月 30 日。

② 林宝玲：《记香港作家西西荣获世界华文文学奖》，《明报月刊》2006 年 1 月号。

③ 艾晓明：《香港作家西西——坚守前卫第一线》，《南方周末》2001 年 7 月 30 日。

及海外的各种文学杂志和报纸。①

在西西的香港系列作品中，《我城》的意义十分独特。不唯在于小说以平民化的立场、清新乐观的叙述语调讲述了对一个即将走向经济繁荣的青春期城市的美好期许，更在于《我城》是西西的香港系列小说中第一篇有意识地传达出香港身份问题和本土情怀的作品。《我城》写作于1974 年，1975 年在香港《快报》以专栏形式连载，每天一千字，字间镶嵌一幅画和几个字，平行拼贴，从一月三十日至六月三十日，连载将近半年。1979 年由香港素叶出版社首次出版单行本，1996 年再由素叶出版社增订出版。作者曾说那是她看电影的黄金时代，感觉艺术的天地无比广阔，这里其实已经包含着作者在内容、体式上尝试创新的渴求和愿望，用她自己的话说：“我决定写个活泼的小说，就写年轻的一代，写他们的生活和他们的城，用他们的感觉去感觉，用他们的语言去说话。”② 《我城》中的人物是一拨以工作为快乐的年轻人，他们是阿果、阿发、阿北、悠悠和麦快乐……他们真正代表着香港经济起飞和文化生活上升期的群体意识，反过来，他们也是上升时期香港社会情绪的自然转化和反映。他们都是刚从技术学校毕业的年轻人，从事着最平凡而实际的工作，他们的内心简单而轻松，带给城市一种风轻云淡的恬静和美好画面。小说中阿果的工作就是安装电话线，小说这样表达他的理想生活和职业愿望：

> 我在学校读书的时候，曾碰见过这样的作文题目：我的志愿。我当时是这样写的，我说，我将来长大了做邮差，做完了邮差做清道夫，做完了清道夫做消防员，做完了消防员做农夫，做完了农夫做渔夫，做完了做警察。当时，我的社会课本上刚好有这么多种职业。③

---

① 港台及海外报刊、杂志出过若干西西专辑，收有评论、访问以及西西的创作，计有《新晚报本地作家系列 3 》1981 年、《马来西亚学报》1983 年第 1049 期、《读者良友》1985 年第 2 卷第 1 期、《学文》1985 年第 9 辑、《文艺杂志》1985 年第 16 期、《联合文学》1987 年第 3 卷总第 35 期、《八方》文艺丛刊 1990 年第 12 期。其中《读者良友》附陈进权所编西西作品编目、《八方》中关秀琼、甘玉贞据此增订再编西西作品编目、评论等，颇具参考价值。
② 西西：《我城·序》，（香港）素叶出版社 1996 年增订版。
③ 以下有关引文皆出自西西《我城》，（香港）素叶出版社 1996 年增订版。

小说人物的这种朴实而务实的平民精神，意味着西西小说中本土意识的萌芽和生长，因而西西笔下的"我城"是一个年轻而美好的城，自由而安静的城，是一个蕴含着梦想的城。"如果说《我城》是有关某个时空的年轻人的小说，则这种形式，也是一种'有意味的形式'，它体现了年轻人美好的质素：开放、乐观进取、不断发展，充满可能。这形式，一如年轻人自己的生命，并非始于一个已然完成的'内容'，一个既定的答案，然后设计一套'形式'去配合，不是的。它本身就是一种边走边看，经验逐渐构成，摸索、调整的活动。"① 这句话对于西西本人及其整个创作来说，依然成立。但期待与忧患共存，小说在表现普通人乐观进取精神的同时，也穿插了一种忧患感，"仿佛叫我们不要忘记，这地方仍然时刻受到各种各样的威胁，诸如能源短缺、旱灾、难民问题，以至裹城的困扰。这种忧患意识，是现实的倒影，也源自历史的伤痛"。② 因此，小说中对"我城"的热爱赞美与针砭批判几乎是并行存在，但从其忧患意识中又不难看出，叙述者与这城市命运和前途的休戚与共。阿果的妹妹阿发只是一个小学生，以她幼稚单纯的眼睛看来，居民对环境清洁的维护实在欠缺，于是写了一封信给楼上的各家邻居：

> 因为天台上都是垃圾，毽子自然没得踢了。当我对着垃圾呆呆地看的时候，却看见了一对操着兵也似的蚂蚁，正在朝一幅墙爬上去，那墙，就是木马道三号你们的墙，墙上，就是木马道三号你们的窗了。我想，这些蚂蚁如果爬进你们的屋子，一定会给你们惹来很多麻烦的吧。于是，我找到了一条长的水喉管，对准了蚂蚁，用水冲，我做到手都酸了，才把它们冲不见掉。③

一个小学生尚且对自己生存的环境这般爱护，可见大人们对自己生息于其中的城市该是如何热爱了，成长工作在这城市里的年轻人上学、

---

① 何福仁：《〈我城〉的一种读法》，载西西《我城》，（香港）素叶出版社1996年增订版，第225页。

② 同上书，第232页。

③ 西西：《我城》，（香港）素叶出版社1996年增订版。

毕业、然后工作，体验着单纯的快乐，由衷地说：我喜欢这城市的天空，我喜欢这城市的海，我喜欢这城市的路。所有的情感和依恋，最后都归结为对城市未来的祈求："天佑我城"。"我城"的意蕴正如西西的朋友、著名评论家何福仁所说："《我城》，也寄予了作者对一个城市的怀念与希望。"① 这种城市意识和本土关切与 20 世纪 70 年代至 80 年代香港的社会发展、生活方式以及经济运行情况彼此依托、相互并存，毋庸讳言，那也正是香港政府调整政策，香港经济迅猛发展的起飞时期，这方面的社会学、历史学研究资料已经汗牛充栋。

当然，《我城》也提及不少发生在 20 世纪 70 年代的时事，如保钓示威、能源危机和夏令时间等，但作者写年轻一代的生活和"他们的城"，却没有正面表现和评价社会问题，也不卖弄特定历史事件和个人经验。如果说，《我城》表现出一种本土精神，它的价值也就在于处理本土题材的态度：本土并不等于加入本土地理景观名胜，也不等于盲目排外和对外政治文化上的敌对态度，而是站在对等的角度，关注小区社群和普通民众过去和今日的各种成长历程和生活状态，也透过文学性、具象性的语言建立思考和批评的方法与空间，最终要建立的不是膨胀的自我意识和高蹈的本土意识，而是平易亲切的人文关怀。何福仁曾这样评价西西的作品："西西的作品，想象与现实互为表里，而情理互见；在构思奇妙多变之外，显现社会发展的脉络"，其一系列小说"都有现实的依据，不过出诸超现实的形式，而追寻普遍的象征"。② 这可以说是对西西作品最恰当的把握和概括。《我城》整部小说写城市，更写观看城市的方法，其中有一段写当时不入英籍而持身份证明书（CI）的香港人，不容易到外国旅游，持 CI 者被查询国籍时支吾以对，发现自己原来是一个只有城籍的人。

——你的国籍呢？

有人就问了，因为他们觉得很奇怪。你于是说，啊，啊，这个，这个，国籍吗。你把身份证明书看了又看，你原来是一个只有城籍

---

① 何福仁：《〈我城〉的一种读法》，载西西《我城》，（香港）素叶出版社 1996 年增订版，第 234 页。

② 同上书，第 233 页。

的人。①

这段描写一方面有现实所指，另一方面创造性地提出"城籍"的概念，为没有"国籍"的 20 世纪 70 年代香港人，在否定中重新寻索身份认同的可能。《我城》对本土意识、城市书写和文化想象的寻索和反思，意味着香港城市意识的萌生，对香港文学有重要的启示作用。更有研究者指出："西西把'天佑女皇'改为'天佑我城'，可说是针对具体的现实政治，暗含不认同以至颠覆殖民统治之意，更把官方的认同转换为民间的认同，正道出 70 年代本土意识的民间自发特质。"② 由于西西的《我城》创作发表于 20 世纪 70 年代，所以更为香港女性小说城市意识的萌发及书写提供了客观的现实背景。

有研究者将西西和施叔青的香港书写进行对比，同是对于这个城市——香港的认同，"西西的叙事与施叔青'香港三部曲'最大的分别是它没有一个总揽一切的叙事者，也没有一个固定的叙事焦点，甚至不企图建立一个连贯统一的叙事结构，相对于三部曲凝重的史诗式格局，《我城》自是别有一分轻松自若与平易亲切"。③ 同时，"相对于施叔青诚恳的史诗巨制，以及来自中原的宏大论述总体想象，西西刻意的'断简残篇'自有一种颉颃意味，更加贴近零碎却更纷繁的民间记忆"。④ 或许这正是西西的含蓄聪慧之处——明知历史还原之不可能，而不去做故意还原的虚妄努力，反而愿意赋予其一个零散的、肢解的甚至是片段的记忆组合。整合固然是一切文字表达者的原始欲望，而琐屑和破碎，毋宁说更体现着生活的原生状态。西西小说叙述中的这一特点不只出现在《我城》，而且延续到其香港城市系列小说、直到长篇小说《飞毡》之中。在西西的香港叙述中，研究者都不肯错过对于《我城》的分析与解读，但几乎就在同一时期，连载于《快报》上的《美丽大厦》却似乎逸出了读者的视野，其实，《美丽大厦》

① 西西：《我城》，（香港）素叶出版社 1996 年增订版。
② 陈智德：《解体我城：香港文学 1950—2005》，（香港）花千树出版有限公司 2009 年版，第 158 页。
③ 陈燕遐：《反叛与对话：论西西的小说》，（香港）华南研究出版社 2000 年版，第 128 页。
④ 同上书，第 127 页。

完全可以作为《我城》的副本进行对照式解读。西西自己就曾经说过："如果《我城》属于开放式，不知《美丽大厦》又是否近乎封闭式？这是一个地方的两种写法，只是不同的观照罢了。"① 这已经不是在暗示，而是开宗明义地告诉读者，《美丽大厦》写的仍然是香港的生活和历史，"这大厦住了各种各样的平民，说着各种不尽相同的语言：主要是广州话、上海话、国语。大家可都平和、踏实地活下来了……认识别人同时也就更清楚了自己"。② 西西还援引了朋友们的话佐证作品："朋友说这是一个多声道的作品"，"在同一场合里，把各种说话并置，看似随意，各不关涉，实则关涉了，尽管并不一定依照传统说话的对答次第。"③ 此番自白意味着，《美丽大厦》和《我城》的写作时期，正是西西的香港意识处于自在和自由、开放和多样的时期，又因为刚刚诞生和初始认识，所以有着发展和书写的无限可能，因此西西尝试以开放和封闭两种方式去写她所生活于其间的城市，至于说到其间的变化，那也是意料之中，时间、空间的变化导致了体验和感受的不同，书写种种变化的形态从本质上也是一种自觉的身份意识的表现。

其实，早在 20 世纪 60 年代，西西的小说就已经表现出独立的文体意识和个人思考，对商业社会中人的本真生存，包括恋爱结婚现象等都有剔透的洞见：

> 有些人毫没意思，他们读书，他们就会和花一般，卷成一个圈，摊成一片扁，再后来，人就不人了。如果懂得这些，他们一定不再读些什么书。一条蛇怎么能吞掉整个世界。④
>
> 爱只不过是一刹那的，像一场风暴，大哥，人们不应该结婚的，爱是不可以买保险的，一个人怎能爱一个人一辈子呢，三十年，四十年，你甚至不能用太长的时间去爱毕加索，当我接纳了毕加索，我还可以承受马蒂斯，还可以一个都不喜欢他们而去敬仰伦布朗，但你不可以……你不可以再爱任何一个女人，爱是多窄狭呢？⑤

① 西西：《美丽大厦·后记》，（台北）洪范书店 1990 年版。
② 同上。
③ 同上。
④ 西西：《东城故事》，《象是笨蛋》，（台北）洪范书店 1991 年版，第 43 页。
⑤ 同上书，第 66—67 页。

没有书本，我依然可以生活。大哥，看看这间屋子，它们都是装饰的东西，它们是一种奢侈，你的汽车装饰你的别墅，你的西装装饰你的身体，你的书本装饰你的脑子。我不再需要它们，一只鸟和一尾鱼如何生活呢，他们从没有钢琴和书本，我相信他们比我们快乐，他们永远不必顾虑甚么。①

钟玲曾在其文章中指出，香港的商业社会价值观使得作家在社会中有很深的疏离感：作家们的反应不是直接的抗议，而是间接的回避。② 吴煦斌投身大自然的怀抱，钟晓阳沉迷于三十年前的世界，而西西自己则急流勇退，由忙碌的香港社会中退出来，并辞去教师的职务。"她们不太处理现实社会这个题材，相信也是一种间接的抗议罢！"③ 从这个意义来说，西西的小说虽然表现了从容而亲切的本土意识，但对香港社会的反省却一直存在并时刻警醒。《东城故事》的写作时间较早，从那时起，西西就已经开始了对香港生活方式和人们价值观念的反省。于是，在后来的香港城市书写系列中，在表达对城市生活的认同和喜爱时，才有正面出发的积极的肯定和与之并存的切实的忧患意识。这或许正如梁秉钧在《香港都市文化与文化评论（代序）》中所说："为什么香港人许多时对香港的文化也不认识呢？这可能是几种不同的殖民主义重叠的结果，令香港人也内化了这种作为'他者'的意识，对自己的文化鄙视、看不起、说不出口，甚至疏离而漠视其存在。在这种态度之下，是对自己的社会、文化、历史没有认识，压抑了种种记忆与感情，而渴望认同其他的模式、其他的文化。如果以无知的态度君临香港，视此地为'文化沙漠'，自然无法理解此地的文化。如果我们再一次只是引进西方的文化理论，认为不必细察香港的文化现象就可以一概而论，那亦不过是再一次抹煞了对香港文化的讨论。"④ 这段话正好可以作为解读西西作品中城市意识的钥

---

① 西西：《东城故事》，《象是笨蛋》，（台北）洪范书店1991年版，第69页。

② 钟玲：《香港女性小说家笔下的时空和感性》，载陈炳良《香港文学探赏》，（香港）三联书店1991年版。

③ 同上书，第64页。

④ 梁秉钧：《香港都市文化与文化评论（代序）》，《香港的流行文化》，（香港）三联书店1993年版，第26页。

匙，而她也正是抛弃了梁秉钧上文所说的无知的态度，摈弃了西化的理论，以纯正的香港身份体验传达出不卑不亢的本土情怀。从西西的《我城》开始，晚近的香港女性小说家在她们的作品中也开始越来越频繁和明显地以香港的时空背景、社会事件的表现为主，从而大大增强了本土内容的表现，力图设身处地地反思香港的时空和文化身份，有意识地为香港书写增添新质和提升内涵。

第二节　浮城志异：城市意识的辩解

自 1982 年中英香港问题谈判开始，西西小说中乐观和轻松的笔调开始发生变化，较早有意识地介入到对香港城市身份的文字辩解当中。有关香港的前途和命运，不同的言说者曾站在不同的立场发表针锋相对的言论，对于一直生活在香港的西西等新一代港人而言，此前的政治关涉相对淡薄。这部分缘于港英政府经济挂帅的政策倾斜，土生土长的香港人对所谓"借来的时间"和"借来的空间"的感觉并不迫切，也不与日常生活相关，只不过在切身讨论香港的未来和变化时，对于这座生活于其中、并为之付出劳动从而有效地将生存环境进行了巨大改观的城市，他们无论如何不能不担忧其不甚明朗的未来和所可能导致的失落。何况，当日中英谈判进展如火如荼，一波三折，作为这城市的居住者，他们只是被动地听取中英双方讨论他们的归属和命运。于是，《肥土镇的故事》（1982 年 10 月）渐渐从安宁快乐的语调走向复杂的情感表达，类似于一个少年从梦幻时代走入青春期的多愁善感："没有一个市镇会永远繁荣，也没有一个市镇会恒久衰落；人何尝不是一样，没有长久的快乐，也没有无尽期的忧伤，"[①] 充溢在阿果和麦快乐身上的快乐，就这样为淡淡的忧伤所代替，城市的将来会怎样？可以理解的是，这种担忧表明了过渡和谈判时期的人们对香港命运的某种关心，但字里行间依然可以读到对繁荣的期许和希冀。

20 世纪 80 年代中期以后，西西的《浮城志异》（1986 年 4 月）、《肥

---

① 何福仁编：《西西卷》，（香港）三联书店 1992 年版，第 91 页。

土镇"灰阑记"》（1986 年 12 月）应运而生。其实，相关的话题在《玛丽个案》（1986 年 10 月）中也有相当的讨论，而且这三篇收入短篇小说集《手卷》的作品在创作时间上非常连贯，几乎是一气呵成。

> 许多许多年以前，晴朗的一日白昼，众目睽睽，浮城忽然像氢气球那样，悬在半空中了。头顶上是飘忽多变的云层，脚底下波涛汹涌的海水，悬在半空中的浮城，既不上升，也不下沉，微风掠过，它只略略晃摆晃摆，就一动也不动了。[①]

这就是许多年前浮城的诞生，没有根。而生活是需要勇气的，在浮城生活，不仅需要勇气，还要靠意志和信心。于是，短短数十年，经过人们开拓发展，辛勤奋斗，浮城终于变成一座生机勃勃、欣欣向荣的富庶城市。这里不但有着现代化的五光十色、光怪陆离，而且九年免费教育、失业救济、伤残津贴、退休制度等计划一一实现；不愿意生活的人，在这里享有缄默的绝对自由。那么，靠奇迹生存的浮城，会有掌握在自己手中的恒久稳固的命运吗？这既是对虚构的浮城命运的探问，也是对现实中香港的未来命运和前途的忧虑：

> 睁开眼睛，浮城人向下俯视，如果浮城下沉，脚下是波涛汹涌的海水，整个城市就被海水吞没了，即使浮在海上，那么，扬起骷髅旗的海盗船将汹涌而来，造成屠城的日子；如果浮城上升，头顶上那飘忽不定、软绵绵的云层，能够承载这么坚实的一座城市吗？[②]

在对城市命运的思量当中，叙述者有意展示了浮城缺水的问题，在褒扬浮城所具备的现代化社会种种设施的同时，也对其物质主义的倾向进行了批判：浮城居民奋力辛劳的成果，是建设了丰衣饱食、富足繁华的现代化社会，但这充满巨大的物质诱惑的社会不免导致人们更加拼命

---

① 西西：《手卷》，（台北）洪范书店 1988 年版，第 1 页。
② 同上书，第 7—8 页。

地工作，从而陷入物累深邃的黑洞。在看似不经意的意识流叙述过程中，隐含着叙述者对特定历史时间的想象：这是一个绝对的时刻，也是一个特定的时刻，时针和分针分别指向了一和九，秒针不得而知。那么，这究竟是一个什么样的时刻呢？火车来临，穿透了壁炉，这不禁会令人联想到：历史的强行侵入或改变，一九九七的到来对香港人来说，不就是这样的一个时刻吗？这个时刻的来临是注定而无法改变的，未来的生活也是香港人难以预测的。"童话故事告诉人们，子夜之前，灰姑娘遇见了白马王子。浮城的白马王子，也在时间零的附近等待吗？"既然浮城里的人无法在镜子里预见城市的命运，那么，他们就希望自己能长出翅膀，对于这些人来说，居住在一座悬空的城市之中，到底是令人害怕的事情。感到惶恐不安的人，日思夜想，终于决定收拾行囊，要学候鸟一般，迁徙到别的地方去营建理想的新巢。迁徙的话题既是叙述的必然，同时又关联于切近的现实生活：等待过渡的香港，被比拟为悬空的城市，香港人被比拟为候鸟，而未来的家园则是理想的新巢——预示了香港即将掀动的移民潮，也真切地传达出当际港人犹疑不安的心理状态。绝对时间——浮城中的生存——迁徙，构成了城市居民的命运寓言，也传递了叙述者对香港现实的冷静体察。

但候鸟飞到哪里去呢？什么地方才有实实在在、可以恒久安居的城市？而且浮城人不是候鸟，如果离去，也只能一去不返。浮城人的心，虽然是渴望飞翔的鸽子，却是遭受压抑囚禁的飞鸟。人们不能长出翅膀，而一觉醒来，地上却长满了鸟草，风吹过，仿佛拍翼的飞禽。浮城里逐渐长大的智慧孩子，令许多母亲惊惧——由于传统父亲权威的被颠覆，另外一些母亲则感到欣喜：她们的心中一直积存着疑虑与困惑，她们有许多悬而未决的难题。这时候，她们想起了智慧孩子，也许，一切将在他们的手中迎刃而解。这表明尚有许多人对于城市的未来抱持信心和希望。就是这座奇异的城市，吸引了无数的人来探索和体会，也有关心而没有来的人，他们在另外的地方观望：他们站在城外，透过打开的窗子向内观望。他们垂下手臂，显然不能提供任何实质的援助，但观望正是参与的表现，观望还担负监察的作用。在神情肃穆的观察者脸上，人们可以探悉事态发展的过程，如果是悲剧，他们的脸上将显示哀伤，若果是喜剧，当然会展露笑容。于是，"浮城"这一文学意象成为世人瞩目的所在，也成为他者参照的镜像，更成为香港历史境遇的逼真寓言。

《浮城志异》的叙述者似乎在说着不太相关的一场画展的事情，有意无意之间将许多世界名画有机地串联到了一起，但不需多加揣测和体会，就会发现叙述者的另有所指。有评论者说浮城不是香港，甚至不是任何一座城市，但又怎能不说它是任何城市的象征呢？[①] 而香港在 20 世纪 80 年代的命运和争议，自然就在"志异"的笔法中获得释放和领悟。叙述者看似不经心，以童话般幻想式的语言、蒙太奇的叙事效果，甚至旁逸斜出的奇思怪想连缀成篇，但字里行间的所指都和城市即将面临的命运改变息息相关。毫无疑问，叙述者对城市命运的关注相当深沉，她一再地通过浮城的意象和命运启示，昭告人们即将面临的选择，同时又极其巧妙地将进一步的敏感话题避开，以免这篇志异式的奇谈流露出过多的现实诘难。但显然，面对这无可躲避的时间到来，叙述者的情怀却未必始终悲观，她以平实的口吻表达了人们的内心想法，也以庄严的立场传递出某种信心，对于未来的城市，她甚至表现出一种任其自然发展的开阔与坦荡。不过，研究者需要细致探究的问题在于：浮城在时间面前的命运的必然改变，这一问题的凸显最终意味着叙述者书写香港主体自觉的延续，香港的身份关切也由《我城》中的城市意识的初萌、发展到渐次的展开和激烈的论述阶段。

且不说《玛丽个案》的新颖别致的叙述方式——几乎在每一句话之后都有远远超过正文长度的注释文字，注释的内容既富含知识普及同时又充满各种戏谑意味……仅只正文故事本身就足以令人玄想城市身份、自我主体等各种敏感话题。而类似于超链接的特异文本形式讲述的是一个名叫玛丽、长期居住在瑞典的荷兰籍儿童，因母亲去世而不得不更换监护人的故事，经过一番国际间的诉讼周折，故事的结局是：国际法院宣布荷兰败诉。玛丽个案是否一个真实的故事已经不复重要，短短的篇幅之中，叙述者为我们搜集了大量的重要的相关文本，需要自己答案的

---

① 张系国评介《浮城志异》时就干脆说："浮城是香港吗？我肯定告诉读者它不是！浮城虽然似乎是香港，其实却可能是地球上任何一个城市。"转引自何福仁《〈我城〉的一种读法》，载西西《我城》，（香港）素叶出版社 1996 年增订版，第 234 页。

读者大可以各取所需。问题在于：无论是荷兰的监护法还是瑞典的保护法，究竟哪一个更尊重个人的意愿、个人的尊严和个人的发言权呢？被监管者的声音在哪里？叙述者所要强烈和明确表达的观念是谁更能够尊重孩童的意愿，下面的一段话明确地表达了作者的立场：

> 我们如今生存的社会，仍是以某撮成年人为重心、家长式统治的社会。小孩子，身体受到足够的爱护，思想却得不到应得的重视；在法律上，他们也没有发言的权利。别说所有的小孩子了，有时候，连大多数的成年人也缺乏真正的听众，在公堂上无法辩白。①

叙述者提到了元代李行道的杂剧《包待制智勘灰阑记》、布莱希特的《高加索灰阑记》，并希望读者帮她找寻能够尊重孩童意愿的作品——这就是西西接下来的作品《肥土镇"灰阑记"》。于是，"肥土镇"成为西西笔下的另一个固定能指，几近程式化的虚构对象，其意义所指也已经昭然若揭：香港的发言权问题。包待制重登大堂再审《灰阑记》，故事从小孩子寿郎已经死去的外祖母开始写起，并于文本中进行了某种缺席审判。寿郎的父亲死于谋杀，这固然是咎由自取，"我"自认为没有理由落井下石，但奇怪的是全家人没有一个想念他，大娘和二娘还为了钱财、性命、孩子的抚养权闹上了公堂。但更奇怪的是，"我"出场最多，排名却在末尾，是因为，"我"并不是来演戏的吗？虽然和这么多的演员站在一起，"我"是身在戏场的外角。演员们站了许久，案子也断了许久，还没有任何头绪，叙述者的用心显然已经不再是包丞精明公正的断案故事，当然也不再着意于究竟谁是马寿郎的亲生母亲的争执问题，而在于将舞台上的灯光聚焦于马寿郎，让他在终于按捺不住的时候悄然发声：

> 为什么不来问我呢？谁药杀了我父亲、谁是我的亲生母亲、二娘的衣服头面给了什么人，我都知道，我是一切情节的见证。只要问我，就什么都清楚了。可是没有人来问我。我站在这里，脚也站

---

① 西西：《手卷》，（台北）洪范书店1988年版，第74—75页。

疼了，腿也站酸了。站在我旁边的人，一个个给叫了出去，好歹有一两句台词，只有我，一句对白也不分派，像布景板，光让人看。其实，也没有什么可看，因为中国平剧的布景，十分抽象。我并不是哑巴，又不是不会说话的婴孩，为什么不让我说话、问我问题？这到底是谁编的脚本？①

试问编者的意图，寿郎的存在难道仅仅只是道具或者陪衬？在对编者进行了质问之后，寿郎也将他的疑问抛向观众：千百年来的观众，你们究竟在看什么呢？

死者已矣，要决定的可是我的将来。难道说不是我寿郎，才是最重要的角色么？这么多的人来看戏，到底想看什么？看穿关、看脸谱、看走场、看布局的结与解，看古剧、看史诗、看叙事、看辨证；还是，看我，一个在戏剧中微不足道的'侠儿'，怎样在命途上挣扎，获取尊敬？或者你们来看《灰阑记》，是想看看包待制如何如何聪明而且公平的京官？真奇怪，舞台上的灯光，都投射包待制的铁脸上，那象征了所有的希望和理想么？我站在他撒下的昏黄的小粉圈里，只期望他智慧的灵光？我和一头待宰的羊有什么分别？②

小说反复多次出现寿郎的自白和申诉，企图通过个人的声音以确认自我的身份，这种主体情绪的宣泄、缺乏关注的第三者在迫不得已的情形下的自我发声的焦灼之感一如戏剧演出时的紧锣密鼓，不断敲击并震撼着读者的心灵，挑战读者的伦理经验和个人感情的底线：

其实，谁是我的亲生母亲，也已经不再重要，重要的还是：选择的权利。为什么我没有选择的权利，一直要由人摆布？包待制一生判了许多案子，也一直继续在判，可是这次，我不要理会他的灰

① 西西：《手卷》，（台北）洪范书店1988年版，第102页。
② 同上书，第119页。

阑计，我要走出这个白粉圈儿。谁是我的亲娘，我愿意跟谁，我有
话说。

锣鼓号跋齐鸣吧，探射的灯光，集中到剧场这边来吧，我站在
这里，公堂之上，舞台之中。各位观众，请你们倾听，我有话说。
六百年了，难道你们还不让我长大吗？①

小说篇末注明写作时间为 1986 年 12 月，其时香港回归大势已定，而
关于回归的各种具体细节却还在如火如荼的交涉和谈判当中。此时此刻，
西西取材于旧的戏剧故事，敷衍出这样一篇故事新编，同时在叙述中不
断穿插宗教、历史叙述中的相关联的原型故事，不可谓不敏感，也不可
谓不尖锐。至于其所代表的特定人群的声音和对选择的权利的要求，也
不可谓不义正词严。但需要甄别和反问的却是：这样一个第三者的角色
存在，究竟应当由谁来承担责任呢？或许是有意，但也许是无意之间，
这一更加深层的问题追问却被回避或者忽略了！

更加富有意味的是，西西的《肥土镇"灰阑记"》是一部戏中之戏，
是声音中的声音，同时主人公和叙述者的间断的沉默也在强化着个体的
声音，所以，这部作品几乎以最大的可能性展现了不同身份和声音者的
立场。在整体的有效掌控之中，"发声者"马寿郎的身份也在不停地发生
变化，此变化之复杂正如黄子平在《灰阑中的叙述》中所揭示的："他至
少有三重身份：首先是故事里的那个马寿郎，一切都有他在场亲历亲见；
其次却是舞台边上正在扮演的'马寿郎'，我们经由他的耳目听到对白看
到剧情；再次便是由西西的'质询'武装起来的五岁小孩，他见多识广，
心明眼亮，莫说大娘、赵令史、苏模棱、董超、薛霸等一班恶人瞒不了
他，就连装神弄鬼的包待制，他也有一肚子的'腹诽'。这个叙述者遂成
功地将传说、传说的现代搬演及对这搬演的批判三者融为一体，将六百
年时间也顺便压缩到了同一个平面。"② 在内地人看来，香港人理所当然
应该站在祖国的一方。历经百多年的殖民统治的苦痛和屈辱，渴望回归

---

① 西西：《手卷》，（台北）洪范书店 1988 年版，第 120 页。
② 黄子平：《灰阑中的叙述：读西西小说集〈手卷〉》，载何福仁编《西西卷》，（香港）
三联书店 1992 年版，第 433 页。

祖国怀抱的心情难道不是始终如一吗？民族大义固然不容置疑，但却部分忽略了多年来形成的内地和香港之间巨大的经济、文化和政治差异。姑且不说香港和内地之间巨大的经济差异导致部分香港人不愿意降低自己的生活水平和经济水平而屈就内地，同时又由于香港百多年的殖民化统治，在公民观念以及社会管理制度等多方面几乎已经和西方发达国家持平，甚至超出其殖民国英国，重回内地怀抱是否意味着某些生活观念和生活方式的不协调呢？

实际上，最为香港本土人士所担忧的，是内地曾经疯狂残暴的"文革"政治运动所间接造成的恐惧心理。置身新中国成立后内地屡次政治运动的人们，经历了伤痕文学、反思文学和改革文学的书写与倾诉阶段，似乎完成了对过去历史的清算和个人伤痛的治愈。人们需要前行，过往的伤痛需要忘却，包括个人的、集体的甚至国家民族的创痛。香港的情形却不同，多年累积的关于内地政治意识形态的阴影在政治意识淡化的香港已然渐成习见，再加上香港居民多数由内地政治、经济难民构成，因此，对过去岁月中可怕的政治迫害的过度想象遂成为徘徊在回归主题上的一道阴影，很多香港人在并不知晓或确切了解内地的香港政策，对改革开放后的内地一无所知，甚至在某种程度上一厢情愿地夸大内地政治生活高压状态的情况下，受到被过分渲染了的恐怖与忌惮情绪影响而选择了移民他国，从而在回归到来之前离开香港。而中英会谈当中，出于政治权力和经济利益的反复斡旋所采取的步步为营策略等原因，两国领导人的谈判进程一波三折、充满着变幻莫测的成分，于是，每一次的争取和妥协都牵动着千万港人的神经。回归以后，经济能否持续发展？政治是否宽松？甚至能否保有香港当前的稳定和繁荣？"五十年不变"之后意味着什么？所有这些不确定因素都在众声喧哗中变得可疑，部分香港市民也在主权争拗过程中产生被忽略、被压抑甚至被包办的情绪，由此出发，一种异议的声音，一种要求自我身份和主体在场的声音也就随之而起。

第三节　失城之乱：城市意识的解构

如果说西西作品中的香港意识表现为自发性和建设性的，那么，黄碧云笔下的香港意识则是自觉的、破碎的和具有颠覆性的，正是论者所谓的从"《我城》文学"到"《失城》文学"①。黄碧云，1961 年生于香港，少年时曾到台湾就读中学。香港中文大学新闻传播系学士，香港大学社会系犯罪学硕士。香港大学专业进修学院法律专业文凭。她曾在香港英文《虎报》当过记者，了解社会运作，也曾当过议员助理，开过古服饰店，为合格执业律师。黄碧云著有短篇小说集《其后》、《温柔与暴烈》、《七种静默》，长篇小说《烈女图》、《媚行者》、《她是女子，我也是女子》、《七宗罪》、《突然我记起你的脸》、《无爱纪》、《血卡门》、《十二女色》、《末日酒店》、《烈佬传》和散文集《扬眉女子》、《我们如此很好》、《后殖民志》等。曾获第三届香港中文文学双年奖小说奖、第四届香港中文文学双年奖散文奖、第六届香港中文文学双年奖小说奖、第一届香港艺术发展局文学新秀奖。1981 年于香港城市当代舞蹈团演出单人表演《一个女子的论述》。2000 年于香港艺术中心演出读书小剧场《媚行者》。2004 年于香港牛池湾文娱中心演出读书小剧场《沉默。暗哑。微小。》。黄碧云是香港最具特色和野心的小说家之一，在她所描绘的危颤颤乱纷纷的各种世界图像中，吞吐着世纪末的剑影刀光。她的小说勇敢地挖掘人类心灵底层的恐惧和迷惘，人和人之间关系的离散和荒疏，为这个迅疾变化的时代作惊心而有情地注记，也是对世间一切虚伪的解构和叛逆。

中篇小说《失城》被公认为黄碧云香港书写的代表作，失城的主题从三个层面给予论证和言说。首先，第一层面也是占据篇幅最多的是陈路远和赵眉的因失城而移民的故事。中英会谈期间，香港社会暗流涌动，股市港元动荡，超市甚至出现抢购传言，建筑师陈路远和护士赵眉在失城的恐慌中匆匆结婚，匆匆移民。没有想到的是，流离异乡的生活加重了他们彼此的精神困境，并日渐增生怨怼和仇视，再加上失业和生存的压力、封闭与陌生的环境，曾许诺给妻子赵眉以关怀、爱与温柔的陈路远不止一次地产生了杀死赵眉的念头。而赵眉对这一切心知肚明："陈路远，我知道你恨我，你恨我迫你离开香港。但谁知道呢？我们从油镬跳

---

① 许子东：《论"失城文学"》，《香港短篇小说初探》，(香港) 天地图书有限公司 2005 年版。

进火堆，最后不过又由火堆跳进油镬，谁知道呢？"① 他们为追求自由和幸福来到了加国，但这里只是一座冰天雪地的大监狱——基本法不知颁布了没有。他们在那里草拟监狱条例呢。逃离它，来到另一座监狱。陈路远由香港迁至加特利城，又转到多伦多，再来到旧金山，辗转欧洲又回到香港；赵眉则在深重的绝望中自虐、虐待孩子，几近精神崩溃。终于，为了成全所爱的人，陈路远用大铁枝将妻子、四个孩子连同大白鼠悉数杀死，之后，镇定自若地请邻居詹克明见证现场并帮助报警，称说："我"爱我的家人，所以为他们做决定。

失城第二个层面讲述的是救护车司机詹克明和跟在救护车后面做死人生意的殡仪馆经纪爱玉夫妇在香港的生活，所谓失城的恐慌对他们没有任何影响，他们继续经营着死人的生意赚钱，一如既往地造爱，即便生下来的是个痴呆孩子，仍然满足并夷然地生活着，而且充满希望、关怀、温柔和爱。

> 生命真是好。午夜我还是闪着蓝灯通街跑，将伤者送上生命或死亡的道路。吾妻爱玉，听见有死人还是兴高采烈，又为死人设计了缀羊皮或人造皮草的西装大衣。痴呆孩子快乐地生长，脸孔粉红，只是不会转脸，整天很专注的看着一个人，一件事，将来是一个专注生活的孩子。城市有火灾有什么政制争论，有人移民又有人惶惑。然而我和爱玉还会好好的生活的……我们总不得不生活下去，而且充满希望，关怀，温柔，爱。因为希望原来无所谓有，无所谓无的。犹如上帝之于空气与光，说有，便有了。②

以上两个层面表现的是完全不同的两种生活方式和生命态度，在彼此之间构成强烈对比的同时，也形成了深刻的讽喻。失城的第三层面或线索则是负责办理陈路远案件的英籍总督察的故事，他不得不面对即将到来的命运：办完这最后一件案子他将退休并离开香港返回殖民故国，

---

① 黄碧云：《失城》，《温柔与暴烈》，（香港）天地图书有限公司1994年版，第192页。
② 同上书，第216页。

生命的空虚和失落令他颓唐萎靡。

据说，《失城》的创作缘于黄碧云在英国采访一个犯罪学研讨会时得到的个案：一个神志健全的男人把妻子和四个儿女杀死，然后向邻居自首。原因只有一个：I just don't need them anyone（我只是不再需要他们了）。① 此偶然发生的极端事件，却激发起黄碧云的创作灵感，通过小说勾连起香港特定时期各行各业人的精神心理状态以及他们对于现状和未来的基本感知。出于某种可能即将来临的精神和生活落差的考虑，陈路远夫妇和英籍督察不能纾解他们惘惘的失落，尽管前者历经辗转又回到香港，但家园已经今非昔比，或许安稳和永恒从来就不存在。用王德威的话说："地理空间的似非而是逐渐变成心理空间的似非而是——这家人'回来'了，却一点点失去了他（她）们念之存之的地盘。除了死亡，那最后的'归宿'，他们无以解脱。"② 而对于詹克明夫妇来说，强烈的讽喻毋宁说更是一种决然的生存态度：因感受到生命的无常，所以沉溺于生命的游戏；因时时置身于死亡场景，才对活着本身有本能的满足，大概这就是对于生命之绝望地热爱的最现实的呈示！也就是说，黄碧云的《失城》在表层叙事中写的是一座城市的命运对人的生存的影响，它的深层意蕴透露的则是人的内心深处无法救赎的绝望。这里，城市命运转折仅仅扮演着故事背景或导火索的作用而已，对于人性以及人的精神内里甚至潜意识黑洞的叩问和展现才是黄碧云小说的真正意图。在此意义上，黄碧云的失城文学表达就已经不仅仅是城市意识和现实生存的话题，甚至不再是城市身份的寻求和建构，而归结为人之精神家园的永远失落和孤独灵魂的异乡飘零。

由此，黄碧云的失城文学对城市意识的解构也就成为必然。其实，黄碧云借助城市命运改变的背景，大书特书乱离芜杂的人心人性，绝非自《失城》开始。早在其第一本小说集《其后》的故事中就已经传达出这样的解构意图，其解构意识直接触及对生存之本质和生命意义的追问，

---

① 刘绍铭：《写作以疗伤的"小女子"——读黄碧云小说〈失城〉》，载黄碧云《十二女色》，（台北）麦田出版有限公司2000年版，第252页。

② 王德威：《香港——一座城市的故事》，载《如此繁华：王德威自选集》，（香港）天地图书有限公司2000年版，第24页。

于是有关青春、爱情、友情、亲情、生命等的终极质询首先进入作家视野。《其后》收入 8 篇小说作品：《她是女子，我也是女子》、《盛世恋》、《流落巴黎的一个中国女子》、《怀乡——一个跳舞女子的尤滋里斯》、《七姊妹》、《爱在纽约》、《战争日记（在沙漠）》和《其后》，皆创作于1985 年至 1990 年间。《盛世恋》写的并不是一段旷古奇闻的盛世恋情，只是一段普通的师生恋悲剧，小女生程书静专注而执着地爱上了她的老师方国楚。但是，方国楚已然壮志消磨，由理想主义的一代渐入颓唐慵懒的中年，关键是他并没有真正地爱上书静，或者说，他没有像书静所期待和想像的那样爱上她，当然，更有可能的是他本身已经失去了爱人的能力。程书静心里反反复复纠缠不休，认定他已经完了。但她又不甘心就这样完结：她跟他下去，她也一定完了……灰飞烟灭。如此她情愿燃烧，让他在昏暗的那一头观火，然后他沉沦……一个燃烧，一个沉沦，夫妻当同甘共苦，何以至此。因此，在经历了情感的百转千回和种种自伤自虐之后，程书静选择了安静地离开。

> 头上是天，脚下是维多利亚港，书静一步一步，却知无路可走。她沿着第三街，第二街，第一街，斜斜的走下去……或许会走到零点，自此尘尘土土，各安其份。说什么，何尝有战争炮火，只是太平盛世，人一样灰飞烟灭。方国楚已经完了……①

所以说，太平盛世里的爱情不是喜剧，而是悲剧。正是这庶民的悲欢，使得太平盛世的香港隐含了深沉的反讽意味：太平盛世，个人经历的最大的兵荒马乱不外是幻灭。方才还是汹涌的眼泪，不一阵子便已经干了，程书静只是感觉脸上有点痒痒的。除此之外，好像什么也没有：这城市何等急速，连一滴泪留在脸上的时间都没有。因为是太平盛世，所以个人的悲欢可以忽略不计；反过来说，就算是成千上万的庶民的悲剧，也掩不住这太平盛世的最强音。这就是 20 世纪 80 年代的香港，最不起眼也是最惊心动魄的爱情故事，使人震撼的并不是黄碧云笔下的太

---

① 黄碧云：《盛世恋》，《其后》，（香港）天地图书有限公司 1994 年版，第 42 页。

平盛世的危机，而是那些执着于爱和理想的年轻人的失落！《流落巴黎的一个中国女子》叙述因生命中不可承受之重的感情而选择自弃的叶细细，并牵扯到另外一个人刚从感情的洪荒中泅渡出来，而依然无法摆脱感情钳制的中国女子"我"。她们敏感和脆弱的心灵既受制于个体的创伤，也因为所谓"香港也不长久"的大背景惘惘的威胁，目睹异地的流落和荒凉的死亡，在无所希冀也无所期待的绝望生存中，"我"心底仿佛有一种明白，说不清楚，只是日远天遥，事事都无干的一种情景。但她必得如此自我安慰：好好歹歹，一天也就是一天，能够活着就活着。

> 一夜过去，世界重新开始，不见得会为谁停下来。在这样的一个大城市，一个人的毁灭根本不算得甚么。我轻轻抱着自己双臂，觉得这种偶像的存在非常珍贵。我停下来仰脸向阳光，手尖却微微有温柔的触动。低头一看，原来衣袖上黏了一丝发，细细长长，分明不是我的发。我随手将发拈起，轻轻一放，发丝便随风而落去，不知流落何方。人的存在，也不外如是。我忽然很想回香港，我已经六年没想过这个地方。那个地方，狭小嘈杂，很多人七手八脚你推我挤的生长……因为小，人的存在也切实些。我就下了决定，明天去探听一下机票的价钱。①

最终，流落巴黎的女子是否回到了香港？重回香港是否可以得到生命的允盈与满足？或者就此成为《失城》中的陈路远和赵眉？黄碧云笔下的男男女女，无论飘荡何处，无非此地他乡，生命的疲乏和无望似乎与生俱来，缠绕不去，生存下去还是放弃生命一直盘桓纠结在他们的心头。黄碧云创作中二元对立、难以调和的观念冲突在其初期小说中就已经频仍出现：她视之为存在之宿命和生命之骗局。

① 黄碧云：《流落巴黎的一个中国女子》，《其后》，（香港）天地图书有限公司 1994 年版，第 65—66 页。

舞台是一个骗局。

似乎都由一连串的，个人与命运的对立交织而成。当依底帕斯王决定挖出双眼，是命运决定他弑父娶母；当虞姬决定自刎，是命运决定楚霸王的失败；当麦克白决定杀邓肯王，但命运决定他要当皇帝，而且友叛亲离——到底是命运对人的播弄，还是人决定存在的命运——

……

——生命如骗局。①

如此非此即彼的决然的判断几乎是黄碧云小说的一贯的思维方式和语言策略。而且，黄碧云小说中人物的情感状态相当特别，她笔下的人物几乎没有一个不是因为感情的极端丰富而导致过剩，最终成为人物生存的累赘甚至悲剧发生的根源。因此，黄碧云小说对人生之荒凉孤寂、绝望惨烈有深入骨髓之体验和刻画。《战争日记》这样描述赵眉在纽约的生活：一个人起来，一个人吃早餐，一个人上课，一个人到餐厅打工，病倒的时候，一个人在厨房煮意粉，周日一个人去看电影。正像她无法属于香港一样，她也无法属于纽约，她也不属于任何一个国家和民族，任何一个文化和家庭。小说写她的祖母寂寞荒凉地死去，不动声色之中有心底狂澜：

她去看祖母，打开门，只见祖母在客厅看苹果华文电视，她把带来的食物放到冰箱里，又为她煮了热牛奶，然后问她要不要洗脏衣服。祖母没有答应。赵眉便把电视转了台，又要祖母喝牛奶。祖母没有答腔，她叫她："祖母，祖母。"她半闭的眼皮上停了一只苍蝇。赵眉心跳了，伸手去碰她，原来身体是冷的。②

于是，赵眉想到：将来我死了，陪伴我的不过是一只苍蝇。因为太过眷恋，也因为太过隐忍，所有的爱恨悲欢都等到逝去才发现无可追回，

---

① 黄碧云：《怀乡——一个跳舞女子的尤滋里斯》，《其后》，（香港）天地图书有限公司1994 年版，第 80 页。

② 黄碧云：《战争日记》，《其后》，（香港）天地图书有限公司 1994 年版，第 180 页。

《爱在纽约》中的五位男女在孤独和绝望中互相抚慰，但一切都随同成长的艰辛以及所付出的惨重代价而流逝："我失去我的少年岁月了，我又失去了纽约，原来细细秀丽如狐，笑声亮如一城的细钻，之行聪明剔透，将事情的来龙去脉摸得很清楚，陈玉脸容时常都很静，克明满心欢喜。然而风尘阅历，到头来，甚么也没有。纽约已经消失在晴朗的空气之中。洛杉矶又怎样呢，又会有怎样的历险与爱情呢，怎样的痛楚，伤害，软弱，疲乏呢？生命在我面前无穷的开展。我只是嫌它太长了。"① 《其后》探讨的是病和死的问题。罹患乳腺癌的中年男人平岗，在发现癌细胞已经扩散至全身时决定回日本别府故家。以此为契机，他回忆了母亲莫名的死："死了。怎样死的，死是怎样的，全都不清楚，只是突然有人告诉你，死了，没了，不再存在了，所有的都完了，我便人哭起来。"② 妻子裕美惨烈的死，妹妹芳子无辜的死，现在轮到他了。而他的大哥早已未雨绸缪，为他们的最后归宿做好了安排：

> 大哥又着我往山上走，没多远，有两个挖空的墓，都长了草，草长及腰，大哥很高兴地指着坟地，道："还不错吧？一个给你，一个给我。你好歹拣一个。"我探足入坟，坟挖得十分深，远眺看见我家，及后园飞扬的衣服。大哥又问我，何日再回来。其实他和我都知道，再回来，我便要葬在其中一个洞里面：我便拣了较小的一个，因为我身材比大哥略微瘦削。③

"我"在故乡稍作盘桓，便拟返回三藩市。只因为那里熟人太多，便想在待了大半生的医院里结束生命。小说描写"我"与大哥最后一次告别的情景，令人震撼不已：

> 火车开动了，大哥放开了我，远远的喝道："平岗！要戒烟、早

---

① 黄碧云：《爱在纽约》，《其后》，（香港）天地图书有限公司 1994 年版，第 158 页。
② 黄碧云：《其后》，（香港）天地图书有限公司 1994 年版，第 189 页。
③ 同上书，第 196—197 页。

睡、好好的死！"①

生命之疲乏和偶然就像一个恍惚的盹，一场惆怅的梦，一次童年往事的光影重现，然后一切匆匆掠过：他发觉自己原来是一只蝴蝶，很偶然的，经过了生。平岗兄弟对于死亡的态度坦然到可怕，死亡就是一件随时来临并可以随时应对的事情，如此平常又如此重大，悉心地为死亡做种种准备只能说明死之必然和生之偶然。在必然和偶然之间，个人难道还有什么可以选择和逃避的吗？作为黄碧云的第一部小说集，《其后》是对必然赴死的生命的观望，生命以巨大的痛苦换取微不足道的喜悦，而喜悦也并非所求，仅只剩下对于死亡的期待。"在她的世界里，死亡并非人间巨创，而只是一种淡淡的忧伤，或一个苍白委婉的手势，好像有两个人漫步走进浓雾，渐渐就不见了——他见不到别人，别人也见不到他。人天暌违，也不过像他在浓雾深处轻叹了一声，如此而已。"② 黄碧云也承认，她的作品"对于很多读者来说，可能过于辛辣浓烈"，同时坦陈"因为对生命种种严峻而浪漫的要求，我不能够做一个快乐而正常的人，这是我一生最大的失败与欠缺"，但黄碧云确是以残缺生命的表现方式揭示了现代人心狱之一角，这和她所说的好的文学作品的"人文情怀"、"对人类命运的拷问与同情"、"既是智性亦是动人的"文学观念密切相连。③

　　　写作必须于人有益，虽然我的写作对读者会过于沉重而哀伤，但作品却是一个净炼与提升的过程——我期待生命最沉重与哀伤之处，都静下来，留下最清晰的——冰凉而怜悯的，对生命的透视——或许这就是陈玉。叶细细是一个纵情生活的人。透过这两个人物，我不知可否将反反覆覆，互相参照与冲突的存在状态，铺陈得清晰可读。④

---

① 黄碧云：《其后》，（香港）天地图书有限公司 1994 年版，第 198 页。
② 黄碧云：《其后·封底》，（香港）天地图书有限公司 1994 年版。
③ 黄碧云：《过誉》，香港《明报周刊》专栏《暂且》1999 年第 1587 期。
④ 黄碧云：《其后·后记》，（香港）天地图书有限公司 1994 年版。

　　这足以证实黄碧云所关心的话题即是人之脆弱、残缺、绝望、生老病死以及生活中的无法自处与平衡。当青春、爱情、友情、亲情、生命这些人之存在的基本要求呈现出其荒谬和断裂的实质时，黄碧云就完成了其香港城市意识解构的第一步。

　　而当黄碧云将生存和生命中的二元对立要素在其小说中进行了逐番的演绎并最后确认人之选择的无奈与绝望时，她再次将解构之刀对准了现代都市中的每一个体。爱与恨、生与死、离开与返回、偶然与必然的二元对立始终构成黄碧云小说中人物心理的最重要矛盾和基本张力。其第二部小说集《温柔与暴烈》共收入小说 9 篇：《温柔与暴烈》、《呕吐》、《双城月》、《丰盛与悲哀》、《双世女子维洛烈嘉》、《一念之地狱》、《捕蝶者》、《失城》、《江城子》，延续了流浪女子的绝望心路，对生命之二元对立观念进行了更为集中和深入的探讨。黄碧云经常以一个中年或老迈的、即将退休或死亡的叙事视角呈现人物饱经情感沧桑和心灵磨难的一生，如《其后》、《呕吐》等。人们经常看到成年后的作家以童年的身份和视角回顾过去，尤其是儿时的生活，但黄碧云小说背后的叙述者却分明是一个年轻人，对于生命漫长无期的等待和疲惫之感似乎从来没有离开过他们，回忆中的过往却充满着生机：那时阳光无尽，事事都可以，其间的反差颇令人玩味。《呕吐》展现了一个肆意挥霍爱情和生命的女子，因爱恋不得而导致的习惯性呕吐不但令人悚然，而且带有传染性，这诡异错乱的情感表达方式揭示了人性深处不为人所知的极端隐秘心理体验，以情感的紊乱、心理的歧变、人性的暴烈等揭示人之残缺，生命之残缺，城市之残缺，世界之残缺，再次传达对香港意识和香港身份的解构企图。

　　为了驱赶短促而残缺的生命阴影，黄碧云笔下的人物"怀着失去香港的永远的伤痛，在世界各地不断地漂泊，他们思念香港，却又回不到香港，不得不忍受着世界的荒谬和生命的残暴"，① 这至少强调了两点：一是黄碧云小说里的香港背景，二是黄碧云小说里的漂泊主题。正是有了这样的背景和牵念，漂泊者的生涯才如此孤独荒凉，也才如此自怜自

① 赵稀方：《小说香港》，生活·读书·新知三联书店 2003 年版，第 165—166 页。

恋，他们的漂泊生涯是一场场时间和空间的战争。跟时间赛跑，跟空间竞走，几乎是不眠不休地曳住时间和空间的绳索穿梭向前，但他们又从每一处能够落脚和到达的地方不厌其烦地搬离，像波西米亚族或者吉普赛人一样。仅就其小说中时间和空间的流动不居而言，也已经形成对固着的城市意识和身份认同的解构策略。《十二女色》分别写到了十二位女子的生活与命运：第一色芳菲不再、第二色人淡如菊、第三色如花美眷、第四色锦心绣口、第五色空谷幽兰、第六色姹紫嫣红、第七色在水一方、第八色岸芷汀兰、第九色蓝田日暖、第十色荔带女萝、第十一色金焦玉烈、第十二色百劫红颜。其中《锦心绣口》中的锦心是个看透世事并能够预言的女子，常常带着一种悲悯的表情，因为没有人喜欢她而倍感孤独。在她的眼里，世人的忙碌实在可笑和荒谬：

> 他们巴巴的要移民，又巴巴的赶回来。巴巴的赚钱，巴巴的把钱送进地产商口袋。巴巴的结婚，巴巴的离婚。巴巴的忙于出卖自己的立场，去选什么临时会五十年……①

《在水一方》中的一方则是一个万分珍惜时间和生命的人。时间，生就是时间，死就是没有时间。金钱固然是时间，爱也是时间，青春是时间，音乐也是时间，博物馆是时间，飞机电脑网络都是时间。时间是生存所有的价值。因此，一方总是赶火一样地赶时间，双倍甚至多倍地充分利用时间：

> 一边挤地铁一边化妆，一只手拿报纸看另一只手还可以拿三明治偷偷边吃。同时脚步可以做运动，也可以练习阴道收缩和收肚子。同时又可以谈手机。回到公司边听电话边看传呼机股价，同时收信和小伙子打情骂俏。中午约二十年没见的小学同学吃饭，一次过向她推销心理课程，人寿保险，新生命保健药物，磁性床褥，香草油，鲨骨防癌秘方，随便中一样都好。她也会懂得用在办公室的时间炒

---

① 黄碧云：《十二女色》，（台北）麦田出版有限公司 2000 年版，第 137 页。

股，兼营电话陪谈服务。对方诉寂寞时她哦哦的应着做日文功课。下了班更加龙精虎猛，去学厨艺好移民，去酒吧当酒保好认识外国人，回到家连老父老母的老骨头都不放过：你给我插插针看看我的针灸可了得，移了民，我想开个中国另类医药馆，兼营素食和卖檀香。

她果真移了民，坐两年移民监刚好拿了一个成人大学学位，同时结了婚养了一个小孩子又离了婚。所有一个现代成熟女子要做的事情她两年内做完。①

结果，才三十五岁的她已经计划退休，此生基本宣告结束。《温柔生活》中的尚伊也是个被无形的宿命阴影驱赶着不断地迁徙的人，从香港把家搬到巴黎，从巴黎又搬到布拉格，从布拉格搬到柏林，又从柏林回到了香港，如此动荡变化，他从来没有爱过。小说中的另外一个人物同样如此：先是在纽约到处寄居，从曼可顿搬到布克兰，从布克兰搬到皇后区，最后又搬回曼可顿。因此，有研究者把黄碧云的小说界定为"流离文学"。香港没有土生的流亡作家（有的是离岸作家），但就有黄碧云的流离文学。所谓"流离文学"就是：

> 流离文学问的是自己的身份，离开地理上的故乡，文化上的母体，流离海外，一方面挂念，而另方面又恐怕回去。
>
> 流离文学写的是另一种历史，是身体在不同异域交感后的个人历史。
>
> 流离本身已是一个独立的国籍。②

确实，"流离文学"的界定切中黄碧云小说的实质，而流离恰恰与香港之身份寻求形成参差对照，同时不也是一种无声的解构吗？作为一个移民城市、流徙地和过渡区域的特性，香港人群流徙所带来的变动不仅构建了独特的流徙历史和文化，而且基于特殊的"九七问题"，香港的流

---

① 黄碧云：《十二女色》，（台北）麦田出版有限公司 2000 年版，第 143 页。
② 李照兴：《记黄碧云》，《香港后摩登》，（香港）指南针集团有限公司 2002 年版，第 57 页。

徙书写和其殖民历史与身份密切相关:"可以看出香港过去一直都是一个让人流徙、穿梭和随意进出的地方,或为寻求更好的经济机会,或为追觅较稳定和自由的政治空间,香港成为'避难'和'赚钱'的商埠,然而,或为逃避不能预知的政治变局,或以此作为'跳板'引颈期盼外国更理想的落脚点,香港又成为'过渡'的空港,这种'中途站'的角色始终与它的殖民历史息息关连,而且,作为一个货物的转口港、商业的投资地,以及国际大都会及旅游点,香港的流动性更变成它的文化风格。"① 美国学者詹姆斯·克利福特(James Clifford)在"游徙的论述"(diaspora discourse)② 中将"流徙"与"移民"、"旅游"和"放逐"等类同概念进行区分之后,认为其所指不但是跨越国界边境的移动,还包含当中引发的政治挣扎、社会疏离、经济剥削、性别歧视及文化错置等问题,从而与家园、故乡、国土的空间有关,与历史、暂寄、恒居的时间有关,也和流动、无根、回归等活动相连。文化研究者斯图亚特·霍尔(Stuart Hall)在他著名的文章《文化身份与流徙》(Cultural Identity and Diaspora)中指出:"'文化身份'是恒常地处于变化和重构之中,而在流徙的过程上,这种变动尤其显得激烈——从个人到群体,从历史的线性到空间的横移,流徙、移民、旅游和放逐所带来的'文化移位'(cultural displacement),都不能避免牵动许多对自我被确认的质疑,说到底,当人处身于一个陌生的空间时,总不免想到自己的从属关系与个人方位,而且越是流动的旅程,文化身份的撕裂越大,因为越多的空间转移带来越大的文化冲击,而'文化身份'也必然会在这些冲击力下不断的变换、扭曲、再生或重组,并与环境产生各样的争持、角力、抗衡、融合或妥协。"③ 在黄碧云的小说中,人物在世界各地的流徙隐喻着种种关于历史、记忆、情爱、伦理、家庭、国族的一言难尽的意蕴。

实际上,黄碧云小说对香港城市身份的解构从内容入手,在主题环

---

① 洛枫:《盛世边缘:香港电影的性别、特技与九七政治》,(香港)牛津大学出版社2002年版,第159页。

② James Clifford, "Diaspora". Routes: Travel and Translation in the late Twentieth Century. Cambridge: Harvard UP, 1997. p. 247.

③ 洛枫:《盛世边缘:香港电影的性别、特技与九七政治》,(香港)牛津大学出版社2002年版,第166页。

节下力，经过多组二元对立概念的辩证，时间、空间转换的离析，可谓不遗余力。但绝不止于此，黄碧云小说的解构意图无处不在，并从内容走向形式。《双城月》将张爱玲笔下的人物和张爱玲本人的故事拆解敷衍，组合成另外一个特殊时空背景下悲欢离合的惨烈故事："与其说是仿作或谐拟，不若说是一种文本的暴乱，将张爱玲的个人与小说变成一堆符号，重新配置、变形、再造。"① 曹七巧成了一个革命破坏分子，遭到了革命群众的专政，用她经历无数的眼睛看过去，从前不是这样的——现在是血一样的月亮，从前的月亮又圆又白，好比她年轻丰满的脸，光彩如白夜。

中国的月亮，带一点血样的皎洁明媚，故事应该是这样写的。但如果在香港呢。在香港，曹七巧，向东，陈路远又会有怎样的命运。但月亮照中国也照着偏小的香港：历史是不容情的，个人要躲，亦无处可躲。我想写曹七巧、向东、陈路远在香港的故事，待下一个月圆吧，在另一个心的角落，残酷而清晰。②

毕竟，黄碧云笔下的人物离不开香港的空间背景，曹七巧们的香港故事又自与张爱玲笔下的上海故事不同。《丰盛与悲哀》中的赵眉和陈幼生互相安慰："你且好好的睡，我们明早早些起来吃早饭。以后也不知会不会再有机会。"陈幼生要洗男女厕所，拿着毛擦，在女厕所门前喊：有人呵？所以得了个别名：有人呵。赵眉剃了阴阳头后便开始掉头发，阴阳头变成了光头，四周却有一环黑发，所以叫作日全蚀。当两人在牛棚碰到，互相招呼：有人呵。日全蚀。像交换什么暗语。赵眉和幼生，有时联想到"有人呵日全蚀"的荒诞的幽默，便不禁相视大笑起来。如今方晓：爱之软弱与坚强。天堂与地狱只不过一线之间，光明与黑暗也只是转念之间。生命之悖论与荒诞、存在之滑稽与无奈于此昭然若揭。黄碧云写在《后记》中的一段话可以提供解读其小说的捷径，《创世纪》写

---

① 黄念欣：《花忆前身——黄碧云 VS. 张爱玲的书写焦虑初探》，载黄碧云《十二女色》，（台北）麦田出版有限公司 2000 年版，第 266 页。

② 黄碧云：《双城月》，《温柔与暴烈》，（香港）天地图书有限公司 1994 年版，第 90 页。

的是创世纪，《心经》写的是心经，《温柔生活》写的是费里尼的 la dolce
vita，《呕吐》写的是沙特的呕吐，《突然我记起你的脸》写的是宝石，依
的是一本宝石书。《山鬼》写的是山鬼，依的是《离骚》、《天问》、《山
鬼》。但作者接着又说：《创世纪》不是创世纪，《心经》也不是心经，
《呕吐》不是呕吐，《温柔生活》也不是温柔生活，《山鬼》也不是山
鬼。[1] 这大意是指作者所写的故事都有所凭依，或来自于经典作家的名
著，如张爱玲的《创世纪》、《心经》，沙特的《呕吐》，或来自于相关的
文化书籍：宝石书，屈原的诗歌等，但这显然已经不是原来意义上的经
典，甚至可以说，作者在拆解经典的过程中，赋予经典故事以全新的内
容和思考，并最终将其对香港城市意识和主体身份的解构从内容推进到
形式。

怀着惘惘的威胁和无法治愈的伤痛，黄碧云笔下的人物惶惶不可终
日地在世界各地流离，时间对于他们来说是残酷的，空间也是他们致力
于摆脱的，仿佛只有时间和空间的不断流逝和变迁才能多少证实他们的
存在，也才可以稍许缓解他们在世的焦虑。与此同时，黄碧云的作品走
向了深层内省的层面，在保持其毕露的思想和语言锋芒的同时，在某种
程度上更加切近思想的沉淀和成熟，益愈趋向内敛和顿悟。季节的变
换、个人的衰老、世界的更替仿佛就在转瞬之间，就像伦敦冬日的黄
昏，总发生在一刹那之间：还没有人清楚日的隐约，夜就盛大地来临，
其间一刻，明与暗，爱与不爱，希望与绝望，一念之间，就是黄昏。在
失落了故国和故乡的日子里，穿灰，以收藏为生，缅怀曾经生存的记
忆，寂寞侵蚀了他们的生命，成为血液的一部分，祖国已经死了：移民
开山辟石，是对意志的严峻考验。即使在天堂相遇，相爱过的人也未必
能够认得，所以，天长地久的爱情是不存在的，不是死去就是忘怀。一
切都是暂时的，宝石也会分崩离析，最终成灰成尘，所以人们需要宗教
的存在，因为人们始终渴望并需要信心、希望和爱的存在。但问题又似
乎不是这么简单，黄碧云笔下人物内心深处的黑暗、精神世界的诡异却

---

[1]　黄碧云：《突然我记起你的脸·后记》，（台北）大田出版有限公司 1998 年版，第 173—
174 页。

是无法及底的深渊，充满了赤裸裸的人之原罪。《七宗罪》讲述的是人的七种罪恶：饕餮、懒惰、忿怒、妒忌、贪婪、好欲以及骄傲，铺展了一个由罪联结而成的荒诞、粗暴，甚至虚无的世界。小说借各种人生场景和故事的展开，再现了一个狂乱而虚无的无可救赎的世界。从中似乎可以看出作者对自我的反省以及反省的力量，在开始描述和惩戒罪恶的时候，先着眼于自身的反思和忏悔。但也有研究者并不这么认为："黄碧云小说的耽溺，就在于用小说反反覆覆探索人的堕落，以及堕落中无可救赎的绝望。"这意味着黄碧云真正感兴趣的可能恰恰是这里的第八种罪：最无可宽恕、因为无从宽恕之罪——绝望，为此，"黄碧云写尽了各种绝望的姿态。她的角色、场景与情节，推到全极，都是在为这种堕落中的绝望服务。到后来让人分不清楚：到底是因为堕落而绝望，还是体尝了绝望、化身为绝望而堕落。"黄碧云的特出之处也就在于："能够冷酷地活在绝望里，一次又一次地强迫她的读者逼视绝望境遇里的人们，或狰狞或慈悲或麻木的种种表情。绝望而不犬儒，也不带一丝丝嘲讽意味。纯粹的绝望。"[①] 如此支离破碎，如此万劫不复。

无论就其内容，还是就其形式而言，黄碧云的小说都充满解构之勇气和力量，同时也意味着一种创造性的建构。以极端风格化的作品，黄碧云将她所熟悉的特定人群置之世界各处飘荡游移，既企图摆脱所谓香港"九七大限"的困扰，同时也企图摆脱自我精神的困顿，他们的内心充满游移、恐慌、虚无和惨烈，黄碧云将其生存的诡异与荒诞给予了淋漓尽致的揭示。缠绕在主人公心头的不仅仅是一个城市的存亡和未来，更是个体存在的永恒悖论，在城市命运发生转捩的重要关口，黄碧云将后现代社会中破碎与仓皇的人格精神置于这风口浪尖的特定场合与情境当中，揭示其无所适从的内心矛盾与挣扎、陷落与沉沦、死亡与救赎。故此，这些后现代的惨绿幽灵总是奔突于暗夜当中，她们从一个城市来到另外一个城市，从一个国家来到另外一个国家，她们在空间和时间中

---

① 杨照：《人间绝望物语》，载黄碧云《突然我记起你的脸·序》，（台北）大田出版有限公司 1998 年版。

深重绝望，在亲情和婚姻中伤势惨重，然后自己又在伤口上涂盐或插刀，享受着受虐和自虐的双重快感，她们不但渴望着别人给予的虐待，而且有着无比强烈的自虐情结。在救赎来临之前，她们沉醉于对世界和自我破坏的快感——既然世界、国家和城市抛弃了她们，那么，她们又有什么理由不自己抛弃自己呢？于是，各色人物在苦行僧一般的时空漂流中，在情欲和肉体的煎熬和挣扎中，在终极对立的观念悖论的不可调和中，或死于老之将至的恶疾，或活在某种方式的自戕中，虽生犹死，虽死犹生。

然而，事实终于证明：黄碧云笔下的男男女女们所担忧和惊恐的失城的恐慌只是一种自我的幻象，只是一场关于失城想像的精神上的错乱，也只是一场文字游戏的心理历险，最终是对世纪末城市的文化想象，包含着暴力、血腥、畸恋、颓废、疲倦与绝望等种种世纪末年的情绪，也包含着对于一切权威的肢解和抛弃。恐慌的真正来源并不一定就是香港的未来种种，而是后现代社会与后殖民文化中无法自赎的个体自我，简言之，那是一种面对自我的恐慌以及自我将无所适从、不知所归的恐慌。在驻足于自我的困境和分裂之时，何来完整而统一的城市意识呢？或者城市的身份和意识本来就如这分裂的世界、分裂的人格一样，分裂就是其本原的状态。在这个意义上，黄碧云以她独异的后现代书写实现了对香港城市身份的总结，这总结既是收拢的，没有一个统一的城市意识和身份的存在；这总结同时也是发散的，城市意识和身份本身就是混杂而多元的，无中心不统一正是其根本写照。

历史翻到"九七"之后。西西在 2006 年出版小说集《白发阿娥及其他》，其中包括写于 2000 年至 2001 年的《解体》、《鸶或羔羊》、《照相馆》、《巴士》、《共时》等篇。这些小说藉由中年之后的主人公表达了时间和空间的老去以及渐次消逝，对于世界的失望和悲哀，香港已经不是《我城》时代的香港，而那些快乐的青年人也步入冷寂的中老年。《白发阿娥及其他》不仅是另外一个时空中的《我城》的续写，同时也"敏锐地遇见了全球化征象下的市区重建、经济转型所导致的'有机社群解体'，在新一波的经验断裂、理念承接的悬空当中，70 年代的本土认同及一代人理念探求上的'有'又还原为'无'，《照相馆》、《解体》等篇所嘲笑和愤怒的两千年代世界，才是一个真正改写了《我城》的改编者"。①
《巨人岛》一篇创作于 2001 年，同样带有浓郁的隐喻意味，巨人岛原来
用于收容麻风病人，后来发展旅游业，结果出现瘟疫，于是肥人留下重
建家园，"从此过着并非幸福也并非不幸的生活"，② 又是一个关于香港的
寓言故事。巨人岛引发读者的种种猜测：它是我城，它是浮城，它是肥
土镇，它是飞毡，它可以是其他任何城市，它当然也可以是香港。西西
延续了过往小说中念兹在兹的"没有一个市镇会永远繁荣，也没有一个
市镇会恒久衰落"的城市兴衰的言说模式，不同的是，"重建家园"的结
尾意味着在经过一轮城市意识的解构之后，分明透露出新的建构信息。
但"并非幸福也并非不幸的生活"，似乎又传递出叙述者的新的隐忧或者
悲哀。

---

① 陈智德：《解体我城：香港文学 1950—2005》，（香港）花千树出版有限公司 2009 年版，
第 161 页。
② 西西：《巨人岛》，《白发阿娥及其他》，（台北）洪范书店 2006 年版，第 179 页。

第三章　香港女性小说的历史身份建构

香港女性小说的历史身份建构以时间的寻找和发现为依托，在种种惊心动魄的故事中传达对于历史的观感和态度。"书写历史，有人认为沉重，有人认为有趣。沉重，是因为我们自以为背负着大写历史的重担，要为百年的时间与千万个不同的故事寻绎肌理。有趣，是因为有人自觉地放下沉重，放下大论述的虚妄，游戏于日常生活之间，寻找小故事、小历史和小文化。"① 此重构历史的企图为一众香港女性小说家所难以按捺，纷纷在精心织就的历史帷幔之后变换五彩脸谱，上演种种历史悲情剧目：或者通过怀旧故事钩沉过往风月景况，营造香港曾经的绝代风华；或者通过殖民岁月的重写来还原一段被遮蔽和误读的屈辱岁月，改写女性的不堪命运；或者通过带有魔幻色彩的传说故事，拆解主流历史表达民间信念；或者以充满象征意味的家族历史书写，传递动荡时期的人群隐痛，尘封过往的历史记忆；或者以另类烈女的叛逆和反抗将昏暗中的香港底层女性历史重新照亮。但是，所有的历史书写，不过是在言说言说者的历史观念，构建构建者的主体身份，而这一切都是在话语内部进行，历史身份的建构最终只是文学的话语建构。

第一节　怀旧故事：钩沉历史

当日，应和着中英香港问题谈判的时代情绪以及文化工作者的情感需求，李碧华及其小说《胭脂扣》一时之间带起"塘西文类"的怀旧书写高

---

① 潘毅、余丽文编：《书写城市：香港的身份与文化》之《导言·写在书写之前》，（香港）牛津大学出版社 2003 年版。

潮。《胭脂扣》最早发表于 1984 年，1987 年由关锦鹏导演拍成同名电影，1990 年香港舞蹈团在"第十三届亚洲艺术节"上搬演为同名舞剧。《胭脂扣》是李碧华无可非议的代表作，50 年前的红牌阿姑、现今的鬼魂——如花现身现代香港，通过其所寻、所遇、所听和所见对香港人的身份存在进行了一番别有意味的质疑和考证。时间上，如花属于 20 世纪 30 年代的香港，但 50 年前的风物痕迹已荡然无存；如花因殉情而死归属于鬼界，偏她在地府悠悠荡荡，无法忘情而安定，于是以减去七年寿命为代价，再来世上进行一番找寻；20 世纪 80 年代的香港，找寻之中的如花更加确凿地成为一个异物——香港不是她的香港，爱情也早就不是她所想象的爱情，在阴间牵念记挂着的情人十二少早已不堪卒睹，如花在极度失望中悄然离去。

如今，《胭脂扣》已然成为特定时期的香港文化读本，研究者从不同的角度对《胭脂扣》的时代风尚、怀旧氛围、香港历史、本土意识等进行细致入微的文化分析。如花的存在和寻找经历似乎可以看作一个隐喻：在香港的生存世界中，传统的情操观念、历史的风物文化都已经永远消失了，阴阳分割而又今古贯通的时间是一种有意识的设置，借此来充分并深刻地展现现代人生存的困惑以及身份的尴尬，色欲政治阴森鬼气则是李碧华的一贯所长。其系列小说虽然没有明显地将香港作为正面描写的对象，也没有正面考量香港的历史、现状及未来，但几乎每一篇作品都贯穿着她的香港情结。

于是，文化工作者在"其诡异布局的色欲游戏中，找到有关香港有关城市有关性别有关殖民或后殖民或再被殖民或又去殖民等等问题上新的阅读角度"，[①] 文化理论界有一种观点认为：后现代文化的一个主要表现就是怀旧，所谓怀旧并不是真的对过去有兴趣，而是想模拟表现现代人的某种心态，因而采用了怀旧的方式来满足这种心态。而可以蕴含某种特定意义的物件就可以充当一种形象，这就是后现代理论所说的意象，"胭脂扣"就是这样一个既具有浓厚的怀旧色彩同时也蕴含着特定的历史见证、爱情信物的物件。物件的意义并不仅仅在于它本身，而在于它们

---

① 许子东：《二十世纪九十年代香港小说与"香港意识"》，《清华大学学报》2001 年第 6 期。

作为一种拟设的东西具有意义。而这样一种东西的象征意义与个人的回忆和历史有关，"最简单的说法就是这么多年以来，历史都是国家民族的历史，即所谓'大叙事'；而当'大叙事'走到尽头时，就要用老照片来代表个人回忆，或某一个集体、家庭、回忆，用这种方法来对抗国家、民族的大叙事"。① 所以，"胭脂扣"作为爱人之间的定情信物，具有一定的私密性，而个人记忆的私密性与大众历史的公共性之间的强烈对照正表明作者对大历史的某种质疑。同时，此物件还意味着时间，表示和过去的时间有关的风俗和时尚，胭脂扣正是如花当红时最流行的爱情信物。当然，在文本当中，这一意象又是被复制出来的，美国后现代理论中最重要的一个观点就是历史的平面化、深度削平，由它导致这样的观点：历史一方面是被造出来的，一方面则已经失去其延展性。经由"胭脂扣"所蕴含的多种象征意符，《胭脂扣》究竟在述说着怎样的关于香港历史的今昔之感呢？

　　明显地，《胭脂扣》的一个主题是对历史的钩沉和再现："重回现世的名妓向对历史一无所知的现代人讲解五十年前的香港。不过讲解的既不是官方政治史，也不是经济史，而是从一个二十二岁殉情的年轻妓女的'小'角度看来的香港的风貌。"② 周蕾在分析《胭脂扣》时说："李碧华显然为写这篇小说，做了不少历史调查，搜罗了 20 世纪初各个方面有关香港娼妓这门职业的有趣资料。小说《胭脂扣》因此也可看作是种某个历史时代的重构，透过这个时代的习俗、礼仪、言语、服饰、建筑，以至以卖淫为基础的畸形人际关系，这个时代得以重现眼前。"③ 这委实验证了李碧华重现带有浓重民间情意色彩的"小叙事"的历史意图。因此，《胭脂扣》还可以解读为一则文化身份的寓言，是"对'香港本身的'恋爱'历史的省觉'吧。而《胭脂扣》采用的不是以'公平'为名目的殖民地统治者或中国共产党官方认可的史观角度，而是从一个低角

---

① 李欧梵：《当代中国文化的现代性和后现代性》，《文学评论》1999 年第 5 期。
② 藤井省三：《小说为何与如何让人"记忆"香港》，载陈国球编《文学香港与李碧华》，（台北）麦田出版有限公司 2000 年版，第 84 页。
③ 周蕾：《写在家国以外》，（香港）牛津大学出版社 1995 年版，第 50—51 页。

度去检视一段被压抑、但是有自己个性的历史"。① 于是，小说在历史叙事的展开与现实场景的铺陈中穿插进行，在历史（如花）和当下（袁永定）时间的错位相逢中一步步昭示其文化身份的寓言。如花要求在袁永定的报社刊登寻人启事，袁永定问："你是大陆来的吧！"如花不假思索地回答："不，我是香港人"，这不仅令研究者同时也令读者惊诧，生活于 20 世纪 30 年代香港移民社会的人怎么会自称为"香港人"呢？这俨然应该是 20 世纪 80 年代人袁永定的自我身份指称，但事实恰恰相反，袁永定对一切历史陌生：

> 如花，我什么也不晓得。我是一个升斗小市民，对一切历史陌生。当年会考，我的历史是 H。②

这句话意味深长，点出了普通香港市民的历史无意识以及政治冷感，而正是藉由这个来自五十年前的隔着阴阳两界的"香港人"如花的引导，现代人袁永定才一步一步地寻找和了解了香港的历史，从而为读者构筑了一个 50 年前的假想中的香港风俗史，同时展现了在此过程中香港人本土意识的逐渐萌生，由此也暗示和嘲讽了香港人本土意识和历史意识的匮乏与不足。但是，《胭脂扣》所传达的历史意识又并不仅止于此，甚至并不仅止于历史意识。不可否认，《胭脂扣》对于香港 1997 的书写成为作家未来想象的焦点和无法回避的创作症候。在对特定历史的想象中，充满了对历史的解构和反讽，也充满着对自我身份和前途的迷惑与茫然，甚至对历史命运的担忧和无奈。下面是阿楚和如花的一段对话：

> "到了一九九七后，就不会那么恐慌了。"我只好这样说。
> "一九九七？这是什么暗号？关不关我们三八七七的事？"
> "你以为人人都学你拥有一个秘密号码？"阿楚没好气："那是我们的大限。"

---

① 藤井省三：《小说为何与如何让人"记忆"香港》，载陈国球编《文学香港与李碧华》，（台北）麦田出版有限公司 2000 年版，第 96 页。
② 李碧华：《胭脂扣　生死桥》，花城出版社 2001 年版，第 19 页。

"大限？"

"是呀，那时我们一起穿旗袍、走路、坐手拉车、抽鸦片、认命。理想无法实现，只得寄情于恋爱。一切倒退五十年。你那时来才好呢，比较适应。"①

"大限"就是生命和理想的尽头，一切人都躲不过去的灾难，为什么阿楚会怀有这样的恐惧呢？小说中的这段牢骚或可代表她内心的想法，一切倒退五十年，应该是中国 20 世纪 30 年代的生活：穿旗袍，抽鸦片，这倒有几分符合历史，但是，理想无法实现，只得寄情于恋爱，也独属于 30 年代吗？而 30 年代是李碧华最为钟情的一个带有极大的历史虚构和想象诱惑的时间段落，她在被采访中曾充满感情地说："说得玄一点，对于 30 年代，我有一种'来过了'的感觉，所以特别熟悉。说得不玄一点，就是我特别喜欢那个时空——那是中国开始繁华的时代，中西交流刚起步，战争还没开始，就像一个美丽的梦境，人们特别懒散、优雅、绮丽。但是一切不过十年就消失了。"② 即便如此，主人公仍然恐慌，这里的悬疑在于：首先，九七后的香港是决然不会回到 30 年代的，无论时人的推测，还是后来的验证都足以说明这一点；其次，九七的到来对香港所造成的恐惧却又真切地存在。这种症候多少显示出一般港人对香港回归的不了解和不信任，也是两地秉持的政治意识形态的彼此不能充分沟通和认同。但无论是无法回去的 30 年代，还是没有到来的 1997，在 20 世纪 80 年代香港人的想象中，已经构成了一对耐人寻味的时间意象。

一方面，《胭脂扣》对历史的钩沉在"怀旧"的暗潮涌动下开始，另一方面又有力地推动了集体怀旧的高潮。"怀旧"是一个记忆的过程，是对旧日历史的意识追踪，所以，文学作品中所表达的"记忆"与"失忆"都有强烈的社会象征意义。与香港历史处境的相关之处在于："过去，香港的历史和文化，由于殖民地的教育制度，以及商业化的经济与生活本质，都在有意无意之间遭受删削、涂抹、误解、以至湮灭难存，造成一

———————————

① 李碧华：《胭脂扣　生死桥》，花城出版社 2001 年版，第 55 页。
② 罗如兰：《血腥爱情的塑造者——专访香港神秘女作家李碧华》，载李碧华《霸王别姬》，人民文学出版社 1993 年版，第 265 页。

种历史失忆的状态，而所谓怀旧热潮，从社会意识的层面看，有时候实在是一项追寻记忆的过程，把失落的还原、将空白填补，纵使把持的只是一些稍纵即逝的影像、声色和流光，但透过美化与过滤的帮助，人们仍能于这些光影之间辨识自我，并寻得慰藉和认同。"① 《胭脂扣》所掀起的怀旧热潮，后来在香港小说和电影中几经酝酿成为一种潮流，由此应和并渲染了世界各地的怀旧情绪。也就是说，《胭脂扣》中的怀旧意念是开风气之先的，这也证明李碧华小说创作的敏感性和前卫性。当然，这和盘桓在香港人心中的"九七"情结无法分开，这是香港的"噩梦"或"新生"，这也是香港人身份感和历史感滋生的时刻，并且《胭脂扣》出现在一个非常适宜的香港人历史回首的片刻。

由于"九七"问题的前途困扰，80 年代中期以后，香港的社会普遍存有一种焦虑、不安、彷徨无主而又束手无策的氛围，在不满现状、对前景又充满疑惑与恐惧的群众心理下，"怀旧"变成其中一项纾解压抑、提供慰藉的途径。这种群体的怀旧意向，表现出两个层面：一是透过美化和肯定过去的记忆和生活内容，或逃避、或反省、或攻击现实处境的种种缺失，由此，过去的生活片段，无论怎样艰苦，都变成了黄金岁月。其次，是透过对自身历史与身份的追索和寻认，冀求能对混乱的现况理出头绪，并能有所了解，"九七"问题，为香港带来了强烈的自我意识。②

周蕾在文章中对"怀旧"进行了解释："怀旧往往被看作是一种时光倒流：过去发生的事情、时光流逝、我们在今天回顾过去、我们感觉旧日更为美好，但却已无法返回从前；在这种对旧日的缅怀里，我们变得'怀旧'。"③ 《胭脂扣》中的怀旧正是如此，无论是旧日的风情、风俗、礼仪还是爱情，都在与当下现实生活的对比中得到了美化，正如周蕾所

---

① 洛枫：《世纪末城市：香港的流行文化》，（香港）牛津大学出版社 1995 年版，第 74—75 页。

② 同上书，第 65—66 页。

③ 周蕾：《爱情信物》，《写在家国以外》，（香港）牛津大学出版社 1995 年版，第 41 页。

分析的："尽管这种对过去的怀恋，似乎在这个强调理性与消费的高科技社会中，提供了另外一种身份认同的途径，但是怀旧却并不是企图真正回到既定过往的一种情感，而是一种时间上的错位——一种在时间中某些东西被移位的感觉。"①

其实，李碧华并没有刻意去钩沉一段被忽略和掩埋的历史，她只是巧妙地借用一个传奇或带有诡异色彩的故事，以硕果仅存的香港旧物陈景来敷衍一段人们对于历史的期待和渴望而已。果然，《胭脂扣》一纸风行，并带动了一股塘西风月的怀旧潮流。但不能不令人起疑的是，《胭脂扣》中所一再出现的时间意象"五十年"以及"永定"之名，莫不都是一种嘲讽和戏谑？历史和时间并不是人们关注的关键所在，时间也只是意味着欠缺、断裂、差异和变化，"这种由时间的推移所造成的鸿沟，不是个人的欲望所能跨越的。文化、生活方式的演变是如此的迅速，以致80年代的港人在回首60年代以前的往事的时候，只能发现中国文化的魅影；魅力或许依然，然而只是一种残留的幻象难以把握，遑论认同。何况原来以为是信誓旦旦的古典爱情，竟然是一方失信、一方谋杀的误识"？② 叙事上的矛盾之处恰恰表明作家历史身份以及文化身份的深层危机感，或许正如陈丽芬一针见血指出的："这'身份危机'同时也是她的小说中娱乐消遣的一部分；它甚至是一个卖点、消费的意象，它因此与流通于我们学院里的无限悲情、凄风苦雨、世界末日般的'身份危机'感大大不相同。"③ 李碧华小说的广泛流行和读者的大力追捧在某种程度上也佐证了这一点。

所以，《胭脂扣》"不在重构想像一个不能再复返的过去，而在铺演一种怀旧的姿态，它所怀旧的对象到底是什么已不重要，李碧华要传达的并且要与她的读者分享的是一种怅然若失、缅怀与（带着点色欲的）赏玩的夹杂情绪，而支撑这情绪的便是种种传媒资讯符号所构筑起来的

---

① 周蕾：《爱情信物》，《写在家国以外》，（香港）牛津大学出版社1995年版，第59页。

② 危令敦：《不记来时路：论李碧华的〈胭脂扣〉》，载张美君、朱耀伟编《香港文学@文化研究》，（香港）牛津大学出版社2001年版，第135页。

③ 陈丽芬：《普及文化与历史想象——李碧华的联想》，《现代文学与文化想象》，（台北）书林出版有限公司2000年版，第183页。

拟真历史空间,《胭脂扣》作为一寻根小说不断地扮演与再现香港媒体文化中一些已被定型与经典化的历史意符"。① 对于 30 年代这个特定时空概念的使用即是如此,再次凸显了《胭脂扣》作为道道地地的消费文化产物的特点,它所展现的"历史意识"本身便十分刺激读者的消费欲,因为"'历史'在《胭脂扣》里是名正言顺地以商品的形态浮出显现出来的,这'历史'是可以购买、讲价、消费的,而且还可以随身携带的,当然还可以把玩欣赏的。甚至,我们还可以进一步地说,这'历史'正因其可交易流通、触手可及的商品性质而更显其'价值'"。② 所以,任何微言大义的寻绎在业已沦为消费品的"历史"观念面前都是徒劳。

如上所述,不同的"时间"和"历史"段落因其特定的文化政治内涵皆成为李碧华小说娱乐消费的意象和卖点,就像《胭脂扣》中她所真正关心的并不是 30 年代的历史和生活,或者九七之后香港的未来,而是旗袍、妓寨、水坑口、打茶围以及胭脂扣这样一些因其即将消失而升华为文化经典意象的物件、名词与地点,"胭脂扣"这一意象本身更是如此。当小说被改编成电影戏剧或其他图像作品的时候,它的历史意图已经越来越浅淡,"现代人对于历史已经变得漠不关心,因为历史对他们来说没有实用价值。换句话说,导致历史消失的是人们事不关己的态度。而不是他们的固执和无知……我们不是拒绝记忆,我们也没有认为历史不值得记忆,问题的症结在于我们已经被改造得不会记忆了。如果记忆不仅仅是怀旧,那么语境就应该成为记忆的基本条件——理论、洞察力、比喻——某种可以组织和明辨事实的东西。但是,图像和瞬间即逝的新闻无法提供给我们语境"。③ 那么,在失去了语境而刻意营造语境的时代,通过什么来保鲜真正的历史呢? 或者,真正的历史又在哪里? 这些问题的追问则是李碧华小说历史书写带来的意想不到的收获。

同样,《霸王别姬》倚重的依然是旧物、旧人和已然逝去的历史场景和文化氛围。戏子的生涯和情感,就题材而言,可以敷衍的意象和卖点

① 陈丽芬:《普及文化与历史想象——李碧华的联想》,《现代文学与文化想象》,(台北)书林出版有限公司 2000 年版,第 190 页。

② 同上书,第 187 页。

③ [美] 尼尔·波兹曼:《娱乐至死》,章艳译,广西师范大学出版社 2004 年版,第 177 页。

就更多。小说从 20 年代写到 80 年代，时间跨度达半个多世纪，程蝶衣最终流落香港，踯躅街头无处可去。如果说《胭脂扣》中的如花还有一个阴间可以回返，那么程蝶衣则在香港无处寄身，面临着人人不安的九七"大限"，在失去历史和失去自我的双重身份困惑和焦虑中，他将何去何从？时间既是仓促的，又是漫长的，既是喧嚷的，又是孤独的。《青蛇》中的白蛇和青蛇经历了与人相恋的悲剧之后，在无尽无涯的时间的湖底经历了漫长的追念和深思，又一次走向人间，"小青，生命太长了，无事可做，难道坐以待毙？"① 望着白蛇的身影，青蛇亦不免心猿意马。《诱僧》中对存在与时间有这样的描写：

> 人那么壮大，权位、生死、爱恨、名利……却动摇它。
> 权位、生死、爱恨、名利……那么壮大，时间却消磨它。
> ——时间最壮大吗？②

时间在这里充分展示了它矛盾的方面：对于有限的人的生存来说，时间是仓促的；而对于不死的神或妖来说，时间却又漫长到可怕。人穷尽其智慧追求着在世的长生不老，而那些能够长生不老的神或妖却经历着人所不能想象的寂寞。白蛇的话表明了人的能力有限和妖的法力无边之间的区别，其实，妖又何尝不是人的另外一种生存想象和生活理想呢？而作为小说中的第一人称出现的青蛇，其自白亦可成立："我"那么孜孜不倦地写自传，主要并非在稿费，只因为寂寞。因为寂寞，不免诸多回忆。——然而，回忆有什么好处呢？在回忆之际，不如制造下一次的回忆吧。在犹豫、矛盾和较量之后，青蛇仍然选取了现世的人生。李碧华小说偏好 20 世纪 30 年代的时空背景，像《胭脂扣》、《霸王别姬》。《诱僧》的时代背景唐朝是李碧华喜欢的另一个历史场景，美女、才女、英雄、枭雄交织出一个中国盛世，那"简直是个群魔乱舞的时代，人人都是狠角色，有李世民、也出武则天"，③ 故事也就唾手可得。

---

① 李碧华：《霸王别姬　青蛇》，花城出版社 2001 年版，第 390 页。
② 李碧华：《潘金莲之前世今生　诱僧》，花城出版社 2001 年版，第 270 页。
③ 罗如兰：《血腥爱情的塑造者——专访香港神秘女作家李碧华》，载李碧华《霸王别姬》，人民文学出版社 1993 年版，第 265 页。

　　对特定历史时段的喜爱，一方面来自写作者的知识积累，一方面也来源于其特定的历史想象，由此奠定了历史重构的可能，如《胭脂扣》中的塘西风月时代，《霸王别姬》中的 20 世纪历史风云，《青蛇》中繁华温润的南宋王朝，《潘金莲之前世今生》中的香港风物，都是能够滋生想像和虚构的酵母，也是书写尝试的成功案例，尤其内地"文革"和香港"九七"的书写成为李碧华小说的新的胜场所在，有别于内地作家的书写视角和态度，李碧华的"文革"叙述相当舒徐有致："……过了一阵子，大约有十年吧，投湖的人渐少了，喧闹的人也闭嘴了，一场革命的游戏又完了——他们说游戏的方式不对，游戏的本质却未可厚非"，① 对"文革"的荒唐所进行的解构大胆而犀利，对"九七"来临之际香港人恐慌的描述亦真切形象。此无他，读者消费欲求激发和促进了李碧华小说中对政治话题作为商业卖点的娴熟诠释。

　　除此之外，钟玲的小说也表现出穿越古代与现代的时间书写模式。钟玲 20 世纪 80 年代出版有小说集《钟玲极短篇》②，收入 1981 年至 1987 年的 20 篇作品，初步展露对时空观念的兴趣与掌控、擅长在过去与现在的时间对接中展开故事，于记忆与现实中表现冲突。在主人公电光石火的惊悸中达至故事叙述的高潮，然后戛然而止，如《半个世纪以前》、《八年初恋》、《四合院》、《一碗饭》、《墓碑》、《水晶花瓣》等篇。20 世纪 90 年代出版的小说集《生死冤家》③、《大轮回》④ 中的时空场域进一步拓宽和增容，不仅在时间上突进到过去与现在之外的前世与今生，而且故事展开的平面场域也突破了台湾、香港、大陆、美国及其之间的空间勾连与穿越，在人鬼混杂的异度空间中缔造了全新的叙事时空，并于生死轮回和故事新编的叙事中传达出强烈的性别意识，于跨时空的对接和想象中完成了对男权传统文化的解构和个人的女性主体表述。

　　《生死冤家》分为"杏花篇"和"天人菊篇"，前者包括《过山》、《生死冤家》和《莺莺》，后者包括《刺》、《女诗人之死》、《逸心园》和

---

① 李碧华：《霸王别姬　青蛇》，花城出版社 2001 年版，第 386 页。
② 钟玲：《钟玲极短篇》，（台北）尔雅书店 1987 年版。
③ 钟玲：《生死冤家》，（台北）洪范书店 1992 年版。
④ 钟玲：《大轮回》，（台北）九歌出版有限公司 1998 年版。

《望安》。《大轮回》分为两辑，包括短篇小说 7 篇，小小说 13 篇。《生死冤家》中"天人菊篇"和《大轮回》中的大部摹写的都是当代都市生活中的故事。《刺》写一个童年有着创伤性经历的女孩的恋爱心理以及自我内心的省察。凌珂自小生活在没有父亲的家庭里，母亲心理的创痛和精神的扭曲曾经深深刺激了她，十三岁的时候遭受暴徒的强奸……所有这些造成她与男生交往中的矛盾与闭塞，从而不自觉地成为一个玩弄男生感情的带刺的白玫瑰。《女诗人之死》则写一个海外女留学生因爱的失落和无法寻找走向自杀。心情孤苦和寂寞的洁在极度失望中服下了迷幻药，药物作用使她产生了幻觉：远离现代物质社会的各种惯例和规则，浓郁的古典氛围和情意，男女的装扮以及他们表达爱情的方式也令人向往，这是洁日夜追慕却不可得的。于是，她在这美妙的幻觉中拿起薄薄的刀片，向左腕上浅蓝色的脉管切了下去。《逸心园》取材于现代生活，在带有神秘色彩的故事叙述背后，质疑了现代人的生存观念和状态，呼唤着某种传统本色的人性的复归，包含着对现代生存强烈的谴责意识。《望安》写在现实生活中感情触礁的一对夫妇，在回故乡上坟寻找坟地原址的过程中，重新发现了自我，重拾起彼此之间的爱意，意味着现代人对家园、对先祖、对根的回望、思索和重新拥有。《死同穴》则是一个发生在上海和台湾两地的典型的还乡故事，老将古天仁将如何处理他与台湾老婆、儿子，大陆老婆、儿子的关系呢？小说留给读者一个吉凶未卜的悬念和想象空间。

以上的故事场景或者是台湾，或者是香港，或者是大陆，又或者是国外，甚至有的周旋于这些地域之间，也就是说这些故事的展开空间基本上是在同一个平面之上，或者在一个或多个不同的城市，但都在一维空间之内，虽是一维空间，也充分显现了钟玲小说叙事空间的开阔。但引人注意的倒不在于这开阔的空间，而是这样开阔的空间里的人物，仿佛都患上一种心理病症，他们要么存在心理问题，要么夫妻感情不和，要么对现实生活怀着惶恐与惊惧，要么在当下的困窘中迷失。总之，从这些现代人迷失于社会的生活故事中，可以看出钟玲小说对古代生活场景、生活秩序以及生存状态的某种向往和想象，不论这种想象和向往能够实现与否，也不论其文化建设意义如何，这种文化取向皆意味着对当下现实的某种抗拒和批判，也是对现代香港局促的生存空间以及狭隘的精神空间的揭示和嘲弄，更是对被异化和扭曲了的现代男女精神困境的同情和悲悯。

由此，钟玲小说的时间观念顺水行舟般地过渡到了她心目中的古代社会。一旦来到这里，钟玲的时间叙事即刻显示出她的驾轻就熟，实际上在她的文学想象中一直存在着一个难以驱除的古典情意结，这在一定程度上满足了她对于古代生活场景、生活秩序以及某种生存状态的向往。《生死冤家》中的"杏花篇"有着充分的体现。《过山》、《生死冤家》和《莺莺》选取的题材都来源于古代故事，小说的时空场景也是古代社会，但小说又不是传统故事的重复，而是带有个人色彩的故事新编。《过山》中年迈病重的皇帝挨不过三天了，年轻貌美的左夫人姝艳爱上了太子婴齐，美好而热烈的性爱使她对活着充满依恋，但等待着她的命运却是被一方白绫绞杀。与死亡相对的性爱是如此切实而疯狂，对死亡的恐惧和对年轻太子的恋慕让姝艳想出李代桃僵的方式让舞姬代替自己为皇帝殉葬，但终于还是没有能够逃出生天。舞姬手上的玉镯穿越时空和生死为主人复仇，终于不负苦心，穿越阴阳之隔、几千年的时空界限，找到了轮回今世的紫燕。《生死冤家》是《碾玉观音》故事的新编和改写，秀秀和崔宁初次单独相见就被他吸引，在秀秀有意营造的偶然相逢中两人相识。虽蒙郡王许婚崔宁，但对青春年少的秀秀来说，漫长的四年半的等待无疑是一种变相的惩罚。于是在王府的一场莫名的火灾中，秀秀和崔宁双双逃出，彻底背叛了礼教和王权。但是，秀秀和崔宁自由的情爱生活很快就受到了威胁，郡王的侍卫郭立在潭州发现了他们并汇报给了郡王，秀秀惨遭郡王毒手而死，但她的鬼魂化为人形再次追随崔宁到了建康。然而，好景不长，竟又落入郡王的魔掌！回归泥土之际，秀秀紧紧抱住崔宁，两人飞升到万里之外郡王永远追不到的地方去了。《莺莺》丝毫不逊色于《生死冤家》，其对传统文本的反抗和解构一以贯之，将一个始乱终弃的老套故事演绎成为一个女子自觉而骄傲的爱情萌生和死灭的心路历程。[1] 其实，钟晓阳的长篇小说《遗恨传奇》

---

① 陈炳良：《彻底的女性》，《文学杂志》1992 年第 36 期。

中也穿插着强烈的时间意识和历史观念，如果说施叔青的"香港三部曲"之《寂寞云园》结束于 20 世纪 70 年代，而且对这个时代的书写较之《她名叫蝴蝶》中壮志雄心的历史构建已经远远力不从心的话，那么，《遗恨传奇》就是一个有效的接续和舒徐的弥补，侧面描述了 20 世纪 60 年代以后的香江岁月和风云变幻。有读者或把《遗恨传奇》看作家族爱恨情仇故事，未免贬低了钟晓阳的文学水准，和"香港三部曲"、《飞毡》及《烈女图》一样，《遗恨传奇》钩沉的仍然是香港近半个世纪的历史记忆，从小说中时间的巧妙安排可以很容易地看出这一点。小说甫一开始，黄老太太在 1982 年底撒切尔夫人访华之后去世，接下来的叙事就从 1967 年夏工人暴动、宵禁戒严、荷枪实弹的防暴警员严阵以待等历史事件开始穿插，直至保钓风潮、七月七日维园示威、黑色周末——港元大跌引起的超级市场抢购风潮、香港九七问题、政府接管恒隆银行、佳宁集团的案情发展等等。少年时代的一平曾经问过母亲，她和父亲度过青春期的年代到底是怎样的一个年代？那时节的香港是怎样的一个香港？这同样意味着对于香港历史的觉醒和有意识书写，尽管当时社会工商落寞，政治气候保守官僚，从内地流入的难民如惊弓之鸟，都不将香港当作久居之地，只盼着终有一日寻到一个安身立命之所——然而，不管怎样人心仍然是乐观的，人与人之间仍然保持着质朴的关系，从 20 世纪 60 年代末风靡一时的新生思潮到八九十年代沦为社会机器的一个齿轮……这是又一种历史风貌。

因此，无论是李碧华以《胭脂扣》为代表的怀旧小说对 20 世纪 30 年代香港历史风物的钩沉和铺排，还是钟晓阳的《遗恨传奇》对 20 世纪 60 年代之后香港历史的搜罗和回忆，它们都是同样的政治与文化氛围下的产物，尽管这两部小说的创作时间有着十多年的间隔。这些作品在怀旧的光韵中打开故事，在材料和档案的发掘中摸索和确认历史，但不管怎样，它们的怀旧依然是"对现在的怀旧"，"是对当前的香港这城市与香港大众集体意识的想象与回应，这里若有失落与伤感，那是建筑在对现状——一个高度资本主义的物质文明——的满足之上的，在这个'过去'是暧昧隐晦，'未来'是扑朔迷离的年代里，至少看来可以掌握的是

眼前看得见、摸得着的物质世界"。① 而她们所钩沉的历史要么成为流行
文化的卖点，继续串演香港意识"浅薄"之困扰，要么成为难以承担历
史的主人公虚浮的传奇。总之，如果说香港女性小说的香港历史钩沉，
最初出于某种程度上自觉的历史提醒和构建目的，那么小说叙事最终呈
现出来的却是更加空幻和模糊的历史造影。

第二节　殖民岁月:还原历史

历史是一种无言的存在，以各种实物资料向后来人讲述着已经发生
的过去，这样，历史的面目就因讲述者身份的不同、讲述方式的差异而
发生微妙的变化。"有人持这种观点:'历史'被讲述成一个关于权力关
系和权力斗争的故事，一个矛盾的、异质的、破碎的故事。还有人持这
样一种（争议更大的）观点:统治权力只是一部分的而不是全部的故事，
而'历史'则是由各种声音和各种形式的权力讲述的故事。"② 毫无疑问，
无论是在以还原历史为目的历史研究文本中，还是在以记忆和想象为特
征的文学叙事中，女性的声音和权力在既定的中心文化中都是严重匮乏
的，这和历史女性的边缘生存状态息息相关。施叔青的"香港三部曲"
将历史的叙述聚焦在特定的时空、人群以及特定的历史细节，发掘和打
捞女性经验，以女性主人公和女性讲述者的双重女性主体性声音重构历
史，为女性文学提供自我认同和反省的精神镜像。

如果说在既有的历史记载和文学本文中，女性的历史类似于无垠的
海洋中偶或漂浮着的冰山，那么，真实而丰富的女性历史则是那冰山下
面无比硕大的黑暗地带。不但那显露出的冰山一角的女性历史不足以说
明女性真实的历史生存，而且那没有显露出来的部分还将永远沉浸在黑
暗的海洋深处，并不断地为海洋所融化和吞没。女性主义者肖瓦尔特说
过:女性"被强求认识男性经历，因为它是作为人类的经历呈现在她们

---

① 陈丽芬:《普及文化与历史想象——李碧华的联想》,《现代文学与文化想象》,（台北）
书林出版有限公司 2000 年版，第 191 页。
② ［美］朱迪思·劳德·牛顿:《历史一如既往? 女性主义和新历史主义》,载张京媛主编
《新历史主义与文学批评》,北京大学出版社 1993 年版，第 201 页。

面前的"，① 即女性对自我的认识一向都是通过男人的印象和书写获得的。所以，女性写作首要的任务就是主动地发掘和打捞女性的历史记忆。这种记忆无疑是对男性文化和历史的一种逃匿和剥离，完全以女性自我的经验和理念为基础。从而女性记忆的建构方式首先表现为：以艺术的气息和光韵将历史深处照亮的方式来建构女性记忆。穿越了漫长的黑暗的历史隧道，女性历史以夺目的光韵和色泽敞开在澄明之中，一页页泛黄的女性历史得以重见天日，并获得其应有的话语权。因此，女性写作者总是于历史尘封的深处，寻找有关女性历史真实的蛛丝马迹。施叔青关注的是 1894 年到 1997 年的香港历史：

> 下笔之前，遍读有关史话、民俗风情记载，凡是小说提到的街景、舟车、建筑风貌，英国人维多利亚风格的室内布置，妓寨的陈设，那个时代衣饰审美、民生饮食，中、西节庆风俗，甚至植物花鸟草虫，我都刻意捕捉铺陈，也不放过想象中那个年代的色彩、气味与声音。我是用心良苦地还原那个时代的风情背景。②

对于那个特定时代的历史、风情与背景的还原正是为了烘托女主人公黄得云的出场，蝴蝶的象征意象与黄得云的形象意蕴之间有太多的相似和勾连，并且她们都是香港特殊境遇中的产物："当我从标本发现一种黄翅粉蝶，那份惊喜此生难忘。我找到了地道的香港特产，精致娇弱如女人的黄翅粉蝶。虽然同是蝴蝶，香港的黄翅粉蝶于娇弱的外表下，却勇于挑战既定的命运，在历史的阴影里擎住一小片亮光。"③ 阴暗和鲜亮的参差对比就此成为女性历史生存场景的逼真写照："我在为心爱的蝴蝶敷彩时，用的是宝石蓝、胭脂红等鲜亮的色调来烘染出一个滟滟巾钗、珠锵玉摇的摆花街青楼的红妓，同时也没忘记在她周遭涂下阴影，晕染

---

① 玛丽·伊格尔顿编：《女权主义文学理论》，胡敏、陈彩霞、林树明译，湖南文艺出版社 1989 年版，第 96 页。

② 施叔青：《我的蝴蝶（代序）》，《她名叫蝴蝶》，花城出版社 1999 年版，第 5 页。

③ 同上。

暗色的调子。"① 主人公黄得云从灰暗的命运基调和历史雾霭中一步步走出来，开始了她在近代香港跌宕起伏的命运抗争。基于对香港特殊历史和风情的兴趣，施叔青把香港的形象和命运赋予了蝴蝶黄得云，从湮灭于历史深处的女性人物身上获得了创作灵感和书写理念，将她们从无名的历史叙述中带向女性主义的文学想象。

　　显然，这种对历史的新的文学叙述方式是与历史研究方法的突破联系在一起的。一般来说，最早的妇女历史多是通过把妇女提到显著的地位，将妇女写进历史，从而对男性的传统的"客观历史"提出挑战。女性历史学家们业已意识到对妇女的研究完全不同于对其他被压迫群体的研究，正是由于女性"'由文化所决定的，在心理上已经内在化的边缘地位'使她们的'历史经验完全不同于男人们'，把妇女写进'历史'，也许更多地意味着传统的关于'历史'的定义本身需要有所改变"。② 这种由女性研究者发起的对社会历史的改写受到了女性主义和新历史主义的双重影响，它一方面强调主体性具有性别，强调妇女是历史研究的中心；此外，还强调性和生育，均被当作权力和冲突的场所，对女性和男性两者的主体性的构成起十分重要的作用。而对"历史"构成因素丰富性的关注与研究则带来一种被称为"交叉文化蒙太奇"的行为："在这个行为中，非传统的史料来源妇女的书信和日记，妇女手册，妇女小说乃至集会，都与更传统的，更带有社会性的本文，如国会辩论，社会学著作，医学文献，新闻报导以及医学杂志并置在一起。"③ 所以，向来为男性研究者所忽略的历史资料，如妇女的照片、书信、日记、档案甚至日常生活图片都成为历史研究的重要凭借和载体。正是在这样的性别文化观念引导下，香港的女性写作者们带着历史考究的严谨态度，于浩繁的历史资料中捕捉和感受女性曾经鲜活过的生命印记。

　　这意味着历史记忆不仅是女性写作的永久资源，而且已经成为女性写作的历史叙述形态，甚至可以这样说，历史记忆决定了女性写作把握

---

① 施叔青：《我的蝴蝶（代序）》，《她名叫蝴蝶》，花城出版社 1999 年版，第 5 页。

② ［美］朱迪思·劳德·牛顿：《历史一如既往？女性主义和新历史主义》，载张京媛主编《新历史主义与文学批评》，北京大学出版社 1993 年版，第 203 页。

③ 同上。

世界的方式，女性写作中的记忆就是对男性创建历史和书写历史的历史观念的反动模式。这决定了女性历史的发掘以泛黄的照片开始，而不以泛黄的照片告终，也就是说，缘起于某个历史细节的故事跟随着写作者的意念开始了具有个人主体性的叙述过程。保罗·德曼在解读普鲁斯特时说过，"记忆的本领"首先不是"复活"的本领：它始终像谜一样难以捉摸，以至可以说它被一种关于"未来"的思想所纠缠。"记忆的本领并不存在于复活实际存在过的情景或感情的能力中，而是存在于精神的某种构成行为内。精神被局限于其本身的现时，并面向其自身构成之将来。过去仅仅作为纯形式因素介入。"① 或者说泛黄的照片只是女性特定历史的封面，这些照片中的女性只有在与女性写作者的心灵遇合后才可以展开女性历史的逼真画面，因为"记忆只是在那些唤起了对它们回忆的心灵中才联系在一起，因为一些记忆让另一些记忆得以重建"。②

那么，女性历史的常态或真相究竟怎样？历史女性由文化所决定的，在心理上已经内在化的边缘地位使其生命印痕流于琐碎、庸常，甚至孤寂和无聊。虽然施叔青的"香港三部曲"以19世纪香港的历史大事串联情节，但只是起点缀或者提醒作用，作者刻意描写的仍然是黄得云的命运颠踬。无论是摆花街的妓女生活，还是跑马地唐楼中与史密斯的情欲纠缠；无论是找寻史密斯的绝望，还是追随姜侠魂的无果；以致后来在典当行的悉心做人、与西恩·修洛的特殊交往都铺陈着浓重的日常生活的氛围。史书记载的香港历史正好与黄得云的个人历史形成了某种衔接，这使黄得云的命运安排有了某种借口，也将大历史的空蒙落到实处。而且，这种与女性生活常态相关的日常话语，并不仅仅表现在女性自身故事的叙述和命运的展开，也不仅仅作用于以另外的方式进入和还原女性的历史，它的创建作用还表现在叙述者将女性的日常生活与其所在的城市进行了关联性书写。如上，泛黄的照片和日常生活的营造绝不是虚掷笔墨，那是为了将在传奇或流言中生存下来的女性主人公更好地带到敞

---

① ［法］雅克·德里达：《多义的记忆》，蒋梓骅译，中央编译出版社1999年版，第69—70页。

② ［法］莫里斯·哈布瓦赫：《论集体记忆》，毕然、郭金华译，上海人民出版社2002年版，第93页。

亮之中，展示她们的天生丽质、丰妆盛容。无疑，这些女性都是美丽的：性感艳冶是她们身体的标签，而身体几乎就是她们生存的全部资本。所以，女性写作创建的女性历史也借着身体的权力关系而展开——在这个意义上，身体不仅意味着权力，还意味着文化、经济、政治的某种媒介作用或交换关系。凭借着身体与男人所形成的关系，女性参与到政治、经济甚至文化的运行当中，其结果不是身体的被杀戮或被毁灭，就是身体的涅槃和永恒。

　　蝴蝶黄得云，原是 19 世纪末期东莞农村的女孩，遭人绑架到香港后，在摆花街做起了妓女。在震惊中外的香港鼠疫中，她成为洁净局代理帮办史密斯的情妇，并住进了跑马地唐楼，遭到史密斯的抛弃后她又靠上了通译屈亚炳。后来，经过种种曲折成为典当业名人十一姑的女佣，逐渐执掌了公兴押的大权并开始发迹。又一个偶然的机会，黄得云成了汇丰银行董事修洛的情妇，一跃而为上层社会的名流。她的儿子黄查理遂成为地产业的翘楚，孙子黄威廉也成为香港著名的大法官。黄得云风云际会的一生勾连起香港的百年历史，作为一个沦落烟花的女子，黄得云除了她自己的身体外，别无所有。而正是历史赋予她的这具身体，表达了充分的奴役与被奴役、殖民与被殖民以及利用与反利用的多重内涵和意蕴。黄得云的性别关系链条中的男人，最有意味的是亚当·史密斯和西恩·修洛。他们分别出现在黄得云生命的早期和中期，一个是下级军官出身的不得志男人，一个是贵族出身的银行家，前者一度迷恋于在黄得云那里的情欲宣泄，后者则是一个性无能者，他们与黄得云之间的关系恰恰说明了这样一个事实："如果说，青春勃发的黄得云，只能以自己的肉体给不得意的史密斯提供抚慰孤寂的安全岛，从而显出她并非完全的被动；那么到了徐娘半老，倒转来反客为主地居于对西恩的支配地位。由性的象征所潜隐的这种对殖民的颠覆，正是随着岁月的推衍所带出来的结果。它也透露出殖民主义从海盗时期的豪取强夺，到依赖绅士风度的统治，其间逐步没落的信息。"①

　　但又怎么能不说，黄得云的身体就是她的权力，她凭借着身体与一

———————

① 刘登翰：《说不尽的香港》，载《她名叫蝴蝶》，花城出版社 1999 年版，第 8 页。

系列的男人——有能的或无能的，实现了多种的性别关系，并通过这样的性别关系的确立改变了自我和家族的命运。如果单纯地从女性主义的角度来考察，她充分利用了这唯一的身体的权力，反抗权威和成规，改变了她个人的历史，也改变了历史中的女人的地位。由最初的被奴役者成为奴役者，那为她的身体所诱惑的男人就已经挣扎在她的奴役之下了。相对于男权中心主义话语中，女性出卖身体的屈辱和可耻之说，黄得云提供了另外一种观照女性历史的视角。

一般来说，女性写作大都致力于探讨构建性别关系的模式，以及这一模式如何渗透在女人们和男人们看待阶级关系的方式之中。重要的是："性别的表述怎样渗透于阶级的表述之中，并且怎样塑造了阶级关系、怎样构建了一个否则就要受男性统治的公众领域。"① 可以肯定，性别关系通过各种社会成规的罅隙渗透并影响了社会的历史和文化构成，并且这种渗透和影响将会对既定的历史成规构成越来越大的威胁力量，使之最终走向解体。女性写作对史料的发掘、对日常生活的还原以及对性别关系的构建都是为了想象和重构女性历史，但女性写作的最终目的却又不是为了女性历史的重构，它只不过是在女性历史的重新想象中寻找接近完整的自我。因此，这些作品中的女性叙述者终究还是按捺不住，在一开始或中途或最后都实现了与女性主人公的对话，更多的沟通和交流通过此超越时空的对话得以完成。

女性叙述者和女性主人公的双重主体性是通过很多有意味的处理呈现出来的，施叔青曾在摄影机的追踪之下，一寸寸拾回她遗留香江的诸般记忆。"我在突然暴热的日头下，踏上皇后大道中的石板街，重叠当年黄得云的足迹一级级往上走。她曾经在这条石板街三上三下，走完了她一生的全过程；而经过漫长的八年抗战，我也终于能够为我的香港三部曲写下一个句号。"② 在第三部《寂寞云园》中，叙述者"我"粉墨登场，与黄得云的曾孙女黄蝶娘相识、相交，扮演起串场的角色，成为20世纪70年代香港历史的亲历者，也成为黄得云历史的直接见证者，双重

---

① ［美］朱迪思·劳德·牛顿：《历史一如既往？女性主义和新历史主义》，载张京媛主编《新历史主义与文学批评》，北京大学出版社1993年版，第209页。

② 施叔青：《我的蝴蝶（代序）》，载《她名叫蝴蝶》，花城出版社1999年版，第5页。

的女性主体性在此重合和交融。

　　类似的女性记忆重建表明了女性充足的自审意识，它挖掘出女性心狱中那黑暗和阴沉的一角。实际上也是对女性自我的另外一种反思，女性自我的建构应当正视自我的缺陷，并勇于袒露它，只有在完全地打开自我的灵魂时，自我的创伤才能得到治疗、拯救和发展。在同现代社会抗争的意义上来说，女性叙述者呼唤完整的自我感觉和形象，借助于历史遗照来拯救破碎的自我，重组创伤累累的女性历史，拼贴残缺不全的女性记忆。无论是女性记忆传统的重新发现，对女性历史的独特建构，还是在女性历史建构中对女性自我的审视与反思，都表明历史叙事作为女性叙述历史的方式与其个人的自我认同有着密切的关系。人类保存着对自己生活的各个时期的记忆，这些记忆不停地再现；通过它们，就像是通过一种连续的关系，人的身份感得以长久存在。

　　实际上，这意味着女性写作对记忆的重建是为了进一步实现个体的身份认同感，正如莫里斯·哈布瓦赫所说："在某种程度上，沉思冥想的记忆或像梦一样的记忆，可以帮助我们逃离社会……然而，由于我们的过去是由我们惯常了解的人占据着，所以，如果我们以这种方式逃离了今天的人类社会，也只不过是为了在别的人和别的人类环境中找到自我。"① 女性历史的重建以及这重建的历史所显示出来的光韵和意味，正是关联于女性自我特定的身份认同和反思，它更多的是以女性身份认同和反思的精神镜像而存在。"我们清楚感受到施叔青对香港的深切关怀与认同，可同时也感受到一个洞悉历史、操纵想像、无处不在的叙事者。她不但'深入白人统治者的内里，审视殖民者的诸般心态'，也深入被殖民者的身体，公开展示其情欲。在她把黄得云塑造成一情欲主体的同时，也把黄得云铭刻作她叙事的情欲客体。她穿插于今昔，出入宰制者与被宰制者之间，毫无障碍羁绊，可以纵情演绎、拆解复杂的殖民关系，在这宰制与困境之外嘲弄它。"②

---

　　① ［法］莫里斯·哈布瓦赫：《论集体记忆》，毕然、郭金华译，上海人民出版社 2002 年版，第 87 页。
　　② 陈燕遐：《反叛与对话：论西西的小说》，（香港）华南研究出版社 2000 年版，第 119—120 页。

从前期资料的搜集，到香港地理风物的考察，直到香港叙事中大量的历史资料、传说、掌故、文献等的直接运用，都可以体会到施叔青努力还原历史的意图和决心，但香港百年殖民的历史真的被还原了吗？"当作家不断以论述复制本土历史，她笔下极其量只是一个又一个既不完整又不真实的复制品，徒供作者与读者消费而已。"而且"每一次历史书写都是一次再诠释，而我们的历史阅读更是一次又一次的'误读'。并没有一种'真实无误'的历史书写，只有各种不同的'历史再诠释'"。① 历史的不可还原性成为历史的致命悖论，要强调的是，不管写作者对于历史的还原属于个人的解读和诠释，还是最终成为作者和读者的被复制了的文化消费品，文学中的历史书写对于作者和读者都具有不同程度的激发和影响作用：对于作者而言，历史书写所进行的必要的具体历史过程的穿越和回归至少意味着自我主体和自我身份的寻找和确认；同样，对于读者而言，文学中的历史书写不但提供了特定阶段历史的图景、状貌和观念，而且提供了远远超过具体事件本身的更丰富的观察和审视历史的视角。

第三节　飞毡传说：拆解历史

如果说李碧华的《胭脂扣》致力于香港民间风物历史的钩沉，以期提醒香港人的历史意识，施叔青的"香港三部曲"致力于香港殖民历史的还原，力图在殖民/后殖民、女性权力/政治论述的罅隙确立香港历史身份的话，那么，西西创作于 1995 年 11 月的《飞毡》② 则有意识地拆解各种历史成说——官方的、民间的、中原的、殖民的等等。当然，拆解的意义不仅在于拆解的过程，还在于拆解之中流露出的建构欲望。时隔十数年，西西的"肥土镇故事"重新开张，除了延续《浮城志异》中的香港本土意识探讨，再次悬疑香港前途和命运外，《飞毡》似乎意味着西西香港身份关注和书写的暂时收结。那么，这次她将向读者讲述怎样不同的香港意识、城市情结和历史想象呢？作者在《飞毡》的《序言》中写道：

---

①　陈燕遐：《反叛与对话：论西西的小说》，（香港）华南研究出版社 2000 年版，第 120 页。

②　西西：《飞毡》，（台北）洪范书店 1996 年版。

　　打开世界地图，真要找肥土镇的话，注定徒劳，不过我提议先找出巨龙国。一片海棠叶般大块陆地，是巨龙国，而在巨龙国南方的边陲，几乎看也看不见，一粒比芝麻还小的针点子地方，是肥土镇。如果把范围集中放大，只看巨龙国的地图，肥土镇就像堂堂大国大门口的一幅蹭鞋毡。那些商旅、行客，从外方来，要上巨龙国去，就在这毡垫上踩踏，抖落鞋上的灰土和沙尘。可是，别看轻这小小的毡垫，长期以来，它保护了许多人的脚，保护了这片土地，它也有自己的光辉岁月，机缘巧合，它竟也会飞翔。蹭鞋毡会变成飞毡，岂知飞毡不会变回蹭鞋毡？①

　　值得注意的是，西西在讲述飞毡之肥土镇故事的时候，有一个重要的参照系：巨龙国。在地图上寻找肥土镇的时候，先要找到巨龙国——如此，把肥土镇和巨龙国之间的历史、地理、经济甚至文化关系勾连起来，并将其并置，这是一种有意味的并置关系，由此也证明了肥土镇与巨龙国之间非同一般的密切血缘关系。在这样的话语设置之后，作者饶有趣味地介绍到了肥土镇在历史以及世界商贸关系中的重要作用——对巨龙国所起到的直接的作用。这分明也是对香港历史上屈辱地位和历史记忆的警醒之笔。飞毡的意象犹如圆明园，是耻辱和欺凌的见证，如今香港经济终于腾飞，而历史对于后人的提示在于：不能把历史再变成新的万劫不复的圆明园，不能保存旧的废墟，制造新的废墟，讲故事的人的微言大义大概就在于此了。然而，"蹭鞋毡会变成飞毡，岂知飞毡不会变回蹭鞋毡？"又回到一个被西西重复了多次、已经没有任何新意，却仿佛又不得不再次重复的疑问上面：香港的未来，依旧繁荣否？依旧稳定否？

　　正如研究者所谓："香港，一个身世十分朦胧的城市！身世朦胧，大概来自一股历史悲情。"② 同《浮城志异》一样，故事里的城市有着读者非常熟悉的香港的影子：飞土区是金融中心，南田区有跑马场，银线滩有细沙的海滩，半角区有巨大的商场，肥水区有观音庙，而跳鱼湾区，

---

①　西西：《飞毡·序言》，（台北）洪范书店 1996 年版。

②　小思：《香港故事一》，《香港故事》，山东友谊出版社 1998 年版。

没有名胜古迹，也没有现代化的新型建设……无论叫作飞土镇，肥土镇还是浮城，显然，其现实所指都是作者心目中的香港。《飞毡》的故事依然围绕荷兰水厂花顺记家展开，花家祖孙三代，银行家胡瑞祥一家，家具店老板叶荣华一家，开凉茶铺的陈老先生和太太……如果读者没有忘记的话，花家的故事已经在《肥土镇的故事》中展开过一次。《飞毡》中的主要人物有花艳颜、花可久，还有她们的叔叔和祖父母，他们生息其中的这块土地仿佛传说中的息壤，自生出无穷尽的肥沃的土壤——隐喻着香港新填地的日渐扩大和繁华。但是，没有一个市镇会永远繁荣。如此，《飞毡》就成为《肥土镇的故事》的扩充和改写，扩充的内容却不是花家的家族史，或者线性的香港历史，改写也没有离开香港盛衰繁荣的主题忧叹；真正添加的内容是"各种各样的知识，有化学、昆虫学、植物学、天文学、心理学、考古学、炼金术、飞行原理，以至乐器介绍、木材知识、文物拓引技巧等各种软硬科学知识；当然更少不了地水南音、儿歌民谣等民间艺术，以及拜七夕、打小人等市民生活，也有街市、大排档等城市景观，十足一张百衲被，又像一部翔实的地方志，包罗万有的百科全书"。[1] 如此百科全书式的著作几乎已经成为西西小说的某种标志（小说《哀悼乳房》同样具有百科全书式的内容和品格）。在这片繁衍生息的肥沃土地上，叙述者的困惑依然不断重复显现："这传说是飞来的土地，水中浮出来的土地，龟背上的土地。将来，会回到水中淹没，还是默默地继续优悠地浮游，安定而繁荣？"[2]

　　从《我城》开始，西西开宗明义地表述了其浓郁的香港本土意识和情怀，然后从《浮城志异》开始，对香港的城市身份认同进行思考和辩证，这对于香港文学中本土意识的萌发与开启都有相当的影响作用。但是，从《镇咒》、《苹果》、《玛丽个案》以及《肥土镇"灰阑记"》等篇章中，我们看到了叙述者内心的忧虑和矛盾，如果我们把它阐释为文学家的某种带有时代预言性的吁求，作家的执着则让所有的读者感动。事实上，香港问题从中英谈判伊始的 20 世纪 80 年代到平稳过渡的 20 世纪

---

① 　陈燕遐：《反叛与对话：论西西的小说》，（香港）华南研究出版社 2000 年版，第 127 页。
② 　西西：《飞毡》，（台北）洪范书店 1996 年版，第 508 页。

90 年代，香港的移民潮也经历了由高潮到回落的过程，甚至部分移民在回归之前返回香港——电影《春光乍泄》与小说《失城》都客观地表现了这一点。但遗憾的是，西西小说却没有能够为香港的身份认同的变化增添应有的新质，而是津津于"飞起来"还是"沉下去"的危言耸听或者说类似于杞人忧天的絮叨。固然，我们承认和欣赏西西在香港本土书写方面的贡献，但十数年间其一系列有关香港城市书写的篇章几乎都在反复重复着一句话，这不能不令人感到作者的某些局限。

撇开这些不说，《飞毡》作为一部在篇幅上远远长过西西以往的有关香港书写的作品，其于香港身份书写的贡献或者说其于香港历史、生存、文化等又做出怎样广博而新质的诠释呢？西西以看似超然的笔触，写下了她对这城市的认同立场，机智地规避了对大历史的重述和简单地反殖民论述，她描述香港这城是如何从零时间和零空间开始，农民和渔民如何最早在这土地上繁衍生息，同时对鸦片战争也有另辟蹊径的叙述视角。也就是说，西西在幻想与现实之间、在寓言和童话之间讲述了另外一种香港的历史：基于历史和现实的境遇，香港与内地的联系密切相关，也许一度它的作用微不足道，但在必要的历史关口，它又可以发挥举足轻重的作用。这宣言正是西西这些知识分子的心声，也是香港回归之际本土的真实声音。九七到来就在眼前，小说结尾仍然留下了隐隐的不安和牵挂，也许 50 年的许诺再次成为质疑的重点。而读者也不能不问，为什么"马寿郎们"会充满如许的忌惮和不信任的情结呢？甚至把九七的到来当成是香港的"大限"将至？事实是否果如预料的那般呢？普通百姓无所忌惮，他们所要求的只不过是一个平稳而繁荣的香港而已，真正忌惮的恐怕是那些历史、政治的无知者，或者只是出于个人经济利益的考虑而移民海外者。除了期待，除了对小岛短期昌盛历史的回顾和感怀，叙述者再也没有对于未来的干预性或建设性声音了，这是否从另一方面表明着香港意识的削弱不彰呢？抑或经过时间的考验，香港的未来虽未全面展开，但方方面面似乎都在预示着一个更加"美好的明天"？该如何来解读西西独特的历史意识和说故事的方式呢？西西的一段自述很好地阐述了她写作中的历史观念：

　　西方史学家把历史解释为"组合的记忆"（History is organized

memory）。晚近若干英美女性主义者把 History 一字拆读，引申出所谓
"历史"就是男性霸权中心的产物，换言之，即是偏颇的、他的记忆；
扬言须另塑 Herstory 一字，以示抗衡。我呢，从写作的角度着眼，却
似众里寻它千百度，忽而重逢，禁不住说声 Hi，story：故事，你好。①

这或可提供理解西西作品的入口，原来她沉醉其中的只是一个个故
事，那么，《飞毡》也就只是一个故事而已。从其本意来说，香港在地理
版图上扮演的是一个从西方到中国大陆的"蹭鞋毡"的角色，换句话说，
香港成为东西方人群迁徙流动的一块跳板。而由于"九七"的临近，一
方面香港人汲汲于寻找移民他乡的机会，另一方面，也带来内地人移居
香港的热潮。"'九七'不但更换了香港殖民历史的蓝图，同时也改变了
它的'地理政治'（geopolitics），使它在担当'过渡城市'的角色之余，
也成为别人'寻梦的领土'，只是有时候这个'寻梦的领土'也是短暂
的，当移居者找到更好的落脚点时，又会舍它而去，令它又再还原为
'过渡'或'跳板'的身份。"② 西西还有许多的妙喻设譬，如羊皮筏子
"涉渡说"，如苹果、洋葱和辣椒的"水果说"，西西的故事背后都有丰富的
知识，也有智性的思考，最特殊的当是她在作品形式上求新求变的努力。

正如西西的一贯风格，《飞毡》的叙事是"缀段式的，每段一千几百
字，起一个古怪有趣的标题，段与段之间没有严谨、必然的逻辑关系，
有时挪前挪后对小说的发展看来没有太大影响，即使删去一些似乎也不
打紧"，③ 或者说故事本身也是次要的，西西的兴趣更在于以原创的形式
绘制一幅地方志。既是地方志，就包含着社会生活的方方面面；同时，
地方志的打捞也只能显示为断简残篇的形式，零碎而多样的形态。由此，
倒可以见出西西的执着——她决意要以自己的方式讲述一个丰满的香港
风物历史地方图志，而且，历经十数年此心不移，无怪乎评论者会说：
"西西是一个真正淡泊的人，在香港这样的社会之中，而有西西这样的

---

① 西西：《故事里的故事·序》，（台北）洪范书店 1998 年版。
② 洛枫：《盛世边缘：香港电影的性别、特技与九七政治》，（香港）牛津大学出版社 2002
年版，第 171 页。
③ 陈燕遐：《反叛与对话：论西西的小说》，（香港）华南研究出版社 2000 年版，第 127 页。

人，堪称异数。香港的一切繁华富贵，声色犬马都令人为之目眩心跳，但西西无尤，她就是她自己，倔强地淡泊，把香港在她的心中，化为世外桃源。"① 2005 年年末，马来西亚《星洲日报》举办的第三届"花踪"世界华文文学奖颁给了香港女作家西西。第一届世界华文文学奖得主王安忆在给西西的颁奖词中这样说道："香港是一个充满行动的世界，顾不上理想。如西西这样，沉溺在醒着的梦里，无功无用，实在是这世界分出的一点心、走开的一点神。所以，西西其实是替香港做梦，给这个太过结实的地方添一些虚无的魅影。西西，她是香港的说梦人。"② 西西的小说因其香港都市寓言的敏锐和警醒，对香港人普遍的本土意识的有效诠释，引起了研究者的充分注意。王德威曾说："识者称她为香港经验 30 年来最重要的记录之一，应非过誉。"③ 台湾研究者施淑也曾对西西的小说予以高度评价："她提供给我们的是发现香港、认知香港的一个新方式，是关于一座 20 世纪城市的寓言，而这首先表现在特殊的地域感情和人文认同之上。"④ 因此，《飞毡》足以代表西西香港城市书写的终结，在九七终于到来之前，将她的忧虑、怀疑甚至是她的思辨完整地总结和表达，然后就此作结——回归后的世界，已然与那个夙夜忧叹的叙述者再不相关，因为飞起来或沉下去本身就是一个悬置的二元悖论结构，实际上的物事变迁要比叙述者的设想乐观、丰富和复杂得多。

在此意义上，笔者更愿意把西西关于香港的城市书写看作是个人的城市书写以至纯粹的书写个人。与其说讲述的是城市的命运和故事，不如说是自我的历史和承担，以自我的思索为特定的历史承担，从《玫瑰阿娥的白发时代》当中阿娥晚年开始写自传或可一窥玄机，西西的书写是一种接近固执的个人化的行为，是一种对时间和空间的抗拒，是对香港高度的物质生活的远离，也是对时代变迁的静观和被动……总之，西西的写作内容及其风格，都标志着一种生存模式的认可：那就是简单烂漫、纯净静止，一点的反叛，足够的知识。西西的作品以知识性

① 宋小荷编：《香港女作家风采》，（香港）奔马出版社 1986 年版，第 275 页。
② 陈智德：《西西：香港说梦人》，《南风窗》2006 年 3 月 16 日。
③ 王德威：《如何现代，怎样文学？》，（台北）麦田出版有限公司 1998 年版，第 287 页。
④ 施淑主编：《两岸文学论集》，（台北）新地文学出版社 1997 年版，第 351 页。

的文字给我们筑起了文本的篱笆，篱笆里又开满了繁花万朵，而篱笆上结满了刺，花纵然美丽烂漫，但必须经由知识的刺方可抵达智者的淡泊境地。

因此，无怪乎研究者在解读西西作品的时候，或从绘画的角度、音乐的角度、医学的角度、人类学的角度去诠释，足以说明西西的文字与百科知识同在。从《我城》中后设小说的自我评判、《浮城志异》中的十三幅世界名画，到《玛丽个案》、《肥土镇"灰阑记"》中的文本超级链接和书目开列，到《哀悼乳房》中的百科全书式的文本杂糅，再到《飞毡》中的奇谈志怪等，在在皆为知识的展览。笔者并不反对知识，但是，过多的知识对于一部文学作品来说，某种程度上就是刺或赘疣——其知识罗列所造成的对读者的阻隔是次要的，文字的趣味性、文学性和审美性的断裂和缺失才是最重要的，这也是西西作品的读者群受到限制的重要原因之一。

第四节　家族寓言：埋葬历史

回归前后，香港普通民众的香港意识层层叠叠涌起，街谈巷议，嘈切缤纷。一众作家也因应着普遍的民众心理，结合个人体验和感悟，或打捞梳理、或描画绘制各不相同的香港历史脉络和图景。唯其生活经历、基本立场和情感指向的不同，对于香港历史的观念和把握也随之迥然不同。陈慧的《拾香纪》则是香港历史书写中极为特殊的一篇，它既不同于李碧华笔下的风物历史、时间象征，也不同于施叔青的鸿篇巨制、殖民反写，甚至不同于西西的庶民情怀、冲淡风致……小说以亡故者的悲情与沉痛的口吻，回顾了香港动荡与繁华并存、最终一去不返的历史，以充满象征意味的家族历史书写，来传递动荡时期的人群隐痛，尘封过往的历史记忆。

陈慧，原名陈伟仪。祖籍福建，20世纪60年代出生于香港，20世纪80年代加入电影编剧行列，其间参与编写多部电影，也曾为香港电台电视部编写剧集。曾任香港演艺学院电影电视编剧讲师。先后出版《补充练习》、《四季歌》、《人间少年游》、《爱情戏》、《我和她的二三事》、《女人戏》等作品集，长篇小说《拾香纪》获第五届香港中文文学双年奖小说组奖项。短篇小说代表作有《日落安静道》，写一个从小生活在殡仪馆内的女孩，父亲是灵车的司机，看惯了死亡，跟各种各样的死人见面，所以不怕死，但也没有爱，后来离家出走遇到了秦先生，终于得到温暖和关怀。这时她的父亲却死了，她参加完父亲的葬礼，重新回到当年出走的地方放声大哭。故事原型似乎来源于西西《像我这样的一个女子》，西西笔下的那个殡仪馆化妆师女孩因为特殊的职业以及身上的特殊气味，将要永远失去她的爱人，不同的是，陈慧小说里的乐霞则找到了她的归宿。《拾香纪》是陈慧的长篇小说代表作，她在《拾香纪·后记》中开宗明义，交代写作动机：

> 《拾香纪》的构思来自一九九七年六月。一九九七年六月，我在香港，城市的躁动沿着地表传给了我，我坐立不安，张口却无言。
>
> 二十九日，我的"母难日"，殖民地上的最后一个晴天。
>
> 三十日，天开始下雨，我动笔写《事》。
>
> 后来发现，《拾香纪》是我生命中的一桩大事。①

《拾香纪》以连城一家的故事，印证香港半个世纪的历史，"作者无意写历史的惊涛骇浪，只满足于窃语家族的私隐，实则以一种民间的叙述策略，补'正史'之阙"。② 而实际上，陈慧的历史书写的野心并不仅仅在于补充历史，而是在于以人物的逝去来埋葬一段曾经奋斗和辉煌过的历史。小说主人公连城和宋云一共有十个儿女，分别取名大有、相逢、三多、四海、五美、六合、七喜、八宝、九杰、十香，这些名字和连家在香港遍地开花的生意网络相系——四海办馆、五美时装、六合百货、七喜士多、八宝制衣、九杰运输、十香酒家。其中每个人都是一种香港命运或一段香港历史的见证者和隐喻体，甚至每一个人的出生时间都与香港历史大事件有着某种神奇的联系，而且每一个人的人生大事似乎也

---

① 陈慧：《拾香纪·后记》，（香港）七字头出版社 1998 年版。
② 蔡益怀：《想象香港的方法》，中国社会科学出版社 2006 年版，第 315 页。

都受到了香港历史大变动的影响和牵连。

先来看这些子女出生的时间：大有出生于一九五〇年十月五日，这天是香港主要媒体《新晚报》创刊首发；相逢出生于一九五二年一月一日，大陆边境始设检查站，两边的人不再能够自由入境和出境，因而男孩的名字就叫相逢；三多出生于一九五三年六月三日，前一天是英国女王加冕的日子，这一天弥敦道上会景巡游，导致交通停顿；其间穿插内地轰轰烈烈的"三反五反"运动，连城的父母皆被斗死。这年十二月二十四日，深水埗大火，连城捡来一个约莫两岁的孩子，就是四海，一九五四年三月三日，"四海办馆"在庄士敦道开业。同年九月三十日五美出世，这年的圣诞节，由美国人入货的"五美时装"开张。一九五七年十二月三十一日，港督葛量洪任满离港，这一天是连城宋云结婚十周年的日子。一九六三年夏天，六合出生，正逢香港大旱，"六合百货"在一九六三年十月十七日开业，这一天也是中文大学开幕的日子。林黛在一九六四年七月十七日晚上自杀，七喜在七月十八日出生。接下来是一九六五年的"银行挤提"风波，大马票中彩，天星码头绝食，一九七〇年五月四日，八宝出世。同年九月，大有考入香港大学。"八宝制衣厂"在十月开业。一九七一年九月一日，大有、相逢娶了马家姐妹。

第二代的故事还没有完，第三代的故事已经开始。相逢的女儿曼容，在一九七二年八月三日出世，那一天海底隧道开放通车。九杰比曼容大不足两个月，一九七二年六月十八日出生，恰逢香港"六一八"事件，大有的儿子可升在一九七三年六月二十七日出世，香港股市下跌，同年七月二十一日三多出嫁，嫁的人是个李小龙迷，而李小龙刚好在七月二十日晚上暴毙。撒切尔夫人在北京人民大会堂门外跌了一跤的那个晚上，相逢又添了一个女儿，连城为她取名上姿。一九八三年底，大家都在谈论"前途问题"，导致超级市场发生抢购事件，接着就是暴动。连城六十二岁生辰前夕，恒生指数升上三千点，创下历史新纪录，连城意态飞扬："记下这个日子——一九八七年六月四日。"三个多月之后，恒生指数不停向下跌，跌，跌，终于跌停市。

一九八九年的蝉，鸣叫得份外轰烈，从五月到十二月。秋深，会在暮色里看到树下一堆一堆的蝉尸，我细细检阅蝉尸，恍若似曾相识。①

叙述者对特殊时间段的特别政治寓意进行了有意识的强化，很多的时间和场景，读者似曾相识。一九九零年一月一日，连城说日光之下，再无新事，宋云的神经开始出现问题，然后失忆。诡谲的是，宋云的失忆是有选择的失忆，她只记得过去的种种委屈和痛苦，遗忘了过去所有的美好和快乐，连城开始带着她在香港遍地寻找过去的生活痕迹，以唤回曾经的记忆。这里的象征意味非常明显，不仅传递了香港民众对香港前途的担忧和恐慌，而且成为铭刻地方记忆和建构香港历史的开始，因此举凡香港的电影、地铁、隧道、书局、招牌、商铺，以及流行歌曲，都在叙述者津津乐道之列，正是在寻找记忆的过程中，那些曾经伴随着香港人生活的日常生活场景、流行文化事件悉数来到眼前。年轻短命的十香扮演了全知叙事者的角色，对于家族和香港的历史无所不知，无所不晓，也正因为这知晓和了解使她的命运更多了一层悲情，小说叙事较为隐晦含糊，对于十香如何结束她年轻的生命？什么原因？甚为语焉不详，但或许是故意隐去不说。明显地，《拾香纪》以连家最小的孩子十香的早夭来永久地铭记香港的历史：1974—1996。

我，

连十香，

生于一九七四年六月五日，

卒于一九九六年十一月二十五日。

仅有二十二岁，年轻的美好的年华，实际上这也是作者心目中最美好的香港历史的载体，十香的生日正是连城的四十九岁诞辰。十香说她是最幸运的：

连城一直都说我的命好。十个孩子里我的命最好。他们出生的

---

① 陈慧：《拾香纪》，（香港）七字头出版社1998年版，第56页。

年月里，有些极旱，有些大风大雨，四海甚至是火里来的，只有我，在风和日丽的日子里出世，出世的时候，应该有的都有了，小学教育是免费的，黄金进口的限制也撤销了，就连"廉政公署"都已经在办公……①

十香生活的时代体现着香港经济文化上升期朝气蓬勃的情绪，代表香港最美好的记忆，拥有最完满的爱，所以，在小说结尾的时候，她说："原来，回忆，就是，爱。"② 小说名为《拾香纪》的用意恐怕也就在这里，作者以文字呈现记忆，以文字再现历史，以文字捡拾历史，永远珍藏点点美好岁月的记忆。

此外，小说的叙事结构设计奇特而巧妙，满足于内容中历史观念表达的需要。开篇先介绍了所叙之事，然后表达所述之情，接下来关键人物登场：连城、宋云。夫妻俩20世纪40年代末从广州来到香港，然后半世为人，打拼事业，哺育儿女，同时见证并参与香港半个世纪的历史。接下来则采用倒叙的手法，以小说中连城、宋云的第十个孩子十香为第一人称全知叙事，以连家另外九个孩子九杰、八宝、七喜、六合、五美、四海、三多、相逢、大有为线索，逐次展开家族和城市历史的叙述。层叠叙事之间，不但铺陈家庭成员的情感命运及彼此关系，而且每每将家庭成员的某一成长历程、关键事件和香港大事建立关联，看似不经意之间，铺陈出一部香港历史大事记录。此记录非关正史，但和民众生活息息相关，甚至关于历史大事的铺陈一度溢出了香港的边界，随着连家兄弟姊妹的行旅变化，牵出深圳、广州、上海、北京等中国内地城市于特定历史时刻所发生的事件，同时穿插两地关系变迁所导致的人物命运转圜，更牵出了连家子女去到美国、英国以及世界其他国家所发生的种种世界大事。在某种意义上，《拾香纪》又俨然是一部世界大事记。当然，叙述者念兹在兹的仍然是香港，尽管她笔下的人物不断地往返于世界各地，但香港是她们精神和魂魄的归宿，就连连家家庭住址的搬迁变化都

---

① 陈慧：《拾香纪》，（香港）七字头出版社1998年版，第34页。
② 陈慧：《拾香纪·后记》，（香港）七字头出版社1998年版。

和香港的经济发展、城市改造工程息息相关。

第五节　烈女记忆：重构历史

毫无疑问，黄碧云的《烈女图》是又一页完全不同的香港历史："生而为中国女子，苦难是她生命的记认。不管在什么年代，中国女子都要比男子更坚忍、更努力、更豁达。活不下来的，早已零落成泥碾作尘，活下来的，一代代延续生命。一幅烈女图，走下三代香港女子，各以她们的生存方式书写自己的历史，也顺便书写香港的历史。"① 同样是家族生活所展现出的香港历史命运，如果说陈慧有意识地将香港的历史赋予一个家庭的变迁，并以此隐喻历史的消道，黄碧云则借助不同年代众多的女性发声，以群体的声音米铺陈敷衍历史的不同段落。小说共分三个部分，第一和第二部分以第二人称叙事分别讲述了我婆、我母的历史，第三部分则以第一人称叙事讲述了"我"的故事。正如王德威所说，黄碧云"从女性的观点，追述百年香港的点点滴滴。外力加诸的政治暴力当然是她念兹在兹的史实。但她更有意点出女性所最刻骨铭心的是日常生活的暴力，'琐碎'历史的恐怖"。②

首先，《烈女图》以三代女性生活的故事来铺陈香港百年的历史，打破了男性主导的叙事话语和方式。叙述从百年香港最热的一天开始，农历七月初八，送你婆婆上山埋葬，但你婆婆的棺木不动。你母破棺背你婆婆上山，葬于林氏坟茔。你婆婆宋香生于1919年，饥荒战乱，苦吃苦做，担沙洗衣，清洁厕所，养活自己。你婆婆林卿，被卖为童养媳，先后被叔公和家公强奸，早上四时倒臭水，喂猪挑酒，五时走到九龙城，十二时走回飞鹅山，背两桶馊水，拖着一包米。落田插秧除草担粪施肥斩柴劈柴扫地，却没有吃的。你婆婆上山斩柴，险些被日本人杀死，又在松树林遇见黄斑大老虎，带着两只小虎。

　　你婆婆背着阿满，跪倒在地，说，老虎大姊呀，老虎大姊，我

---

① 黄碧云：《烈女图·封底》，（香港）天地图书有限公司1999年版。
② 王德威：《如此繁华：王德威自选集》，（香港）天地图书有限公司2005年版，第37页。

好命苦呀，你不要吃我。那黄斑大老虎，嗅了嗅，望了望林卿，大力的摆了摆尾巴，两只小老虎跟着，跳入松树林中去。

你婆婆林卿对着松树林说，日本仔不杀我，老虎都不咬我，我是不这么容易说死就死。你们要我死，你们想也别想。①

在"男人是天你是地，男人是树上雀你是路边鸡"的世界里，你婆婆林卿终于忍无可忍地反抗了：把翻头婆浸进鱼塘，拿枪对准了你婆婆家公，"一连开了四枪，开到你婆婆家公脑袋开花，爬在地上，你婆婆林卿用脚翻他过来，回去上了子弹，枪嘴按着他的春袋，砰砰开了两枪，将枪扔到鱼塘，扔掉凉帽，急脚跑离飞鹅山村"。② 背着盲母逃亡，一直到死再也没有回去，在旺角以买卖旧衣服安顿下来。

在第一代女性林卿们的身上，叛逆性与传统性并存，只要能够生存下去，她不会想到采用暴烈的手段来反抗，除非是生存都已不再可能。原来林卿也是私生子，正因为这个阿母把她卖掉，"野种也好，正种也好，林卿养阿母，葬阿父葬阿叔，你母林饱饱说，她要葬回去。你婆婆林卿上山那一天，好热，百年来香港从来没有那么热"。③ 宋香在九七之前死去，林卿在九七后去世，本来是你死我活的情敌，最终却成为相濡以沫的姊妹，林卿悉心照料卧病在床的宋香，又为她养老送终戴孝。林卿对家族亲情一无眷恋："我真傻。阿叔这样，家公又这样。想又没想，女人就是这样，没话说，这是命。几十年了，应该觉得很惊，但不很惊，过年时宰鸡会想起，一开枪。阿叔骨头煲汤，我说，阿母，你喝这汤，她照喝，我嫌不好喝，倒掉。你为什么要卖我。好几次都想杀掉我阿母，很容易，她又盲，比宰鸡还容易。她看到，她明白。她说，冤枉。阿卿，你是花针跌落黄草隙，身不由主呀！"④ 联系到其间复杂的血缘关系、反抗举动之间所隐喻或影射的大陆与香港之间的政治历史关系和命运，其意义所指不言自明。

挨到六十八岁，说长不长，说短不短。当时不觉得怎样，一天

① 黄碧云：《烈女图》，（香港）天地图书有限公司 1999 年版，第 38 页。
② 同上书，第 45 页。
③ 同上书，第 91 页。
④ 同上书，第 95 页。

很快又过一天，也不知有没有得吃，有得吃又怕命不长，又怕活不下……要死不能拖，要活有得你挨。一个人出来，能活就活，可以做就做，有手有脚。那天出飞鹅山走出来，刚天黑，九龙好多灯，好亮，好美丽。我从来未曾见过这样美丽的灯。①

　　这里，显然也在某种程度上包含着对香港身份和命运的辩解。你婆一代是艰辛多难的，其私生子的身份包含着模糊的政治指认，其所逃出的家庭则充满着父权制社会的血腥和暴力，香港第一代的女性凭着其坚韧和勤劳、强烈的生命力量支撑下来。香港的吸引力量来自她的繁荣和美丽，她的繁荣和美丽里又岂能没有苦痛、暴力与恐怖？

　　其次，小说没有将人物附着或过分拘泥于与历史事件之间的勾连，而是在作者大量阅读香港历史记录、图志和对各协会机构的采访与共同协助下完成，促成了其文学表现历史生活的真实性和民间性，也使得小说在贴近香港历史、还原香港历史方面显示出较多的努力。香港第二代女性、你母彩凤的故事从和平后开始，其时香港正值经济上升时期，许多无名的女工为香港的经济发展的原始积累贡献了她们的汗水、时间，甚至青春、生命。你母彩凤先做五金厂，又做玻璃厂、纱厂，一做做了四十六年。你母金好出生于香港，和平后去大陆，很快又全家返港，搭帐篷地铺睡在冷巷，爸妈卖生果，子女做乞儿。金好想要读书，十三四岁才读到二年级，又要去制衣厂做工：裁床、搬衫、执衫、扫地、包装，从早上八点做到夜晚十二点，结果累出了肺病。你母金好排行最大，阿母生完又生，连生十一个女儿，也没有追到个儿子。你母银枝和老鼠一同出生，银枝阿母大肚，没钱去流产所，就在青山道阁楼床位生，床下有只大老鼠，吱吱叫，银枝阿母生时她又生，阿母生银枝，老鼠母生十几只粉红老鼠。你母带喜出生时就同死尸睡觉，无父无母，唯一的阿哥成天见不到，自己一个人去玩，阿哥回来便有得吃，阿哥不返便没得吃，三岁就自己在大坑渠洗澡，四岁就帮小朋友剪头发，一直穿阿哥的旧衣服，直到入制衣厂才知道衣服原来还分男装和女装。十二岁的时候，已

①　黄碧云：《烈女图》，（香港）天地图书有限公司2000年版，第99页。

经先后做过地毡厂、烟仔厂、拾汽水管、洗衫、卖纸扎等杂工。

你母带喜和你母银枝的姊妹情谊就在车衣厂的劳动中培养起来。看戏归来的带喜学着男明星的舞步，想象着自己在拍电影，戏里对银枝说：我爱你，我一生一世都爱你。

> 你母银枝笑起来：我们都要嫁人的。
>
> 带喜说，嫁了人，我还是会爱你。银枝说，好吧。就拖住了带喜的手。
>
> 两个人，手仔摇摇。如果世界上没男人，该多好。①

两个人手拖手，一齐返工，一齐放工，一齐上工会。学唱歌，拉手风琴，学国语，旅行，扭秧歌。支援祖国建设回来，银枝要和工会干部结婚了，好似嫁女儿一样，带喜打了两只金戒指，一对金耳环送给银枝。酒席上银枝一眼都没有望过带喜："又不是给男人抛弃，又不是失掉处女，但你母带喜，万箭穿心。"② 特殊时代和生活中结下的姊妹情谊就这样有了裂隙。多年以后，带喜和银枝都还记得她们不多的几次见面。中秋节，怀孕的银枝来到带喜狭小的宿舍，彼此都很尴尬，一度甚至冷淡到无话可说。香港暴动的时候她们又见过一次，再见面的时候已经是携着女儿们走在游行的队伍中。这一年五月，很多人，肩并肩，在街上。你母银枝和你母带喜，挽着自己女儿，并着行。俨然重新捡回过去的记忆，一副和解的样子。事实上并非如此，不久银枝选择移民加拿大，远离香港，也远离了她们两人曾经的历史和记忆。在欢庆回归的街头，两人再次相遇，互相看见却都没有招呼。归来后，带喜把那一包毛章如红雨般向窗外洒落，意味着一个时代的永远逝去，也意味着两人关系的终结：

> 你母带喜，打开那袋毛章，跟你爸张金发说，我见到银枝了。
>
> 站在窗前，将那一袋毛章，打开窗，一个一个掏出来，扔到街上。

---

① 黄碧云：《烈女图》，（香港）天地图书有限公司2000年版，第120页。
② 同上书，第140页。

　　　　好像下了一阵大颗大颗的红雨。一九九七年七月一日，电视机
播放着：这是一个时代的终结与开始。

　　　　银枝没有叫我，带喜说。①

　　年轻时，带喜曾经对银枝说过的"我爱你"究竟是什么意思？"我一
生一世都爱你"的誓言到底还是经不住时代变换的考验，终于她们彼此
互相丢失。这一段亲里亲的爱，同时也是一个时代的铭记。你母春莲活
了一世，太累了，什么都不想带，只想死。死了也不想见你父阿牛，并
请求千万不要把他们合葬，但求死得自由自在，一个人。劳作了一世，
也忍受了一世。你母彩凤跟你阿爸没什么好讲，"返工放工，养儿育女，
除了讲钱，两大妻，你有你我有我，没什么好讲"。② 阿爸死时，彩凤哭
都没哭，过了头七，想到还有下半生要挨，想到一场丧事不但花光了的
四万元积蓄还欠下一万元债务，就哭了。"好似造一场梦，无端端，你母
彩凤结了婚，生了你两姊妹，阿九就死了，死了和没死，差不多，少个
人少双筷，少差不多成千元家用，床大一点，厕所少个人争，屋里又少
了烟味，没人咳，清明重阳要去拜，好麻烦，有好有不好，好处比不好
处，多一点。"③ 你姑母玉桂年轻时守身如玉，但偏偏遇上了富家少爷连
海棠，在他温情脉脉的诱惑下，你姑母失去了自己的处女身，以为从此
以后就是连家少奶的玉桂，心思细密，感情缠绵。但是，终有一日连海
棠再也不露面了，玉桂找到连家的洋服店，好心的老师傅让她坐下来，
这一坐就是三十二年，她的一生从十八岁那年就已经停顿了。面对着四
堵墙，玉桂把自己囚禁在家里，照顾瘫在床上的阿爸。也曾马不停蹄地
四处做工，爱劳恤做了四年，黛安芬做了两年，车衣不行了，又去印刷
厂做了半年，证券行做了三个月，清洁公司八个月，中文打字三个月，
快餐卖了五个月，家私店做了两年，已经算是最长的。其间经历不断地
失业、不断地找工作的磨砺，而每次失业的时间也越来越长。但想起连
海棠她却没有后悔过，没有人勉强她，全是她自愿，再来一次，陪上一

---

① 黄碧云：《烈女图》，（香港）天地图书有限公司 2000 年版，第 208—209 页。
② 同上书，第 163 页。
③ 同上书，第 168—169 页。

生的寂寞她都会给他她的处女身，她最珍贵的爱人胜过一个无用的丈夫。玉桂从来不需要一个男人，也不需要婚姻，她会悠悠地活到老，因为她的一生曾经好好地爱过一次。以上，无论玉桂、春莲还是金好，她们的婚姻都是怨怼的，没有情感更谈不到和谐，只是为了吃和做，拿钱回家，添双筷子，而阿坚的无能、阿九的早死以至连海棠的花心等都表明父权婚姻、夫权家庭的涣散和荒谬，在底层女性日渐强化着个人的经济能力和独立自主身份的时候，这种家庭权威的解体也将成为必然，这也为第三代女性李晚儿的生存状态和生存观念嬗变埋下了伏笔。

从而，黄碧云以烈女之历史和回忆来重构香港历史的超越之处还在于：以性别关系的书写和变化来指称和隐喻女性主体的升华和专制政治的没落。当然，没有必要非得把这部小说肢解成女性主义的反抗文本，黄碧云也没有刻意运用女性主义的时髦理论。她只是以逼真的民间语言铺陈出过往女性真实的生存场景和状况，其中包括物质的状况和精神的状况，传达出百年女性生存中或自豪或屈辱或压抑或自由或苦痛或无悔的真实的声音和一路蹒跚走过的痕迹。

烈女的第三代传人李晚儿则是一个极端发展了的个人主义者，不受家庭的约束，不受异性的约束，甚至不受自我身体的约束，自顾自地追求着金钱和物质的享受。李晚儿代表香港新生代的女性，她们既是追求自由的一群，享乐、自私、欲望无边，同样也是孤独、恐惧甚至绝望的一群，生活在太平盛世的她们，有着太多没有来由的敏感、伤痛、悲哀，甚至无法自控的情感、无从说起的忧郁、无法排解的空虚以及无法治愈的绝望。

自由就是，自己可以决定自己的生活，永远不老，可以飞来飞去，好出名，美丽高挑，喜欢穿甚么牌子的衣服便穿甚么，有三间房子在手，开小宝马跑车，说三国语言，在跨国公司当总裁，世界说有多大便多大，递起手，有人会帮我扣衬衣的钮，拿起香烟，有人会拿走，说，这对你不好，清晨四时，如果我寂寞，有人会来我的公寓房子，给我开亮灯。

> 最好无父无母，有个有钱人养我，从不要求我做甚么甚么。①

游忧、多明尼、米克轮番地进入她的身体，灵魂却从未与她走近，为了各种不同的原因，他们都不会爱她。1997 年 6 月 30 日夜，仿佛狂欢的除夕，在疯狂而痛楚的爱后，李晚儿忽然想到：将游忧和多明尼的精液混合，精子和精子，能有一个孩子，该有多好，这会是一个最爱的孩子。每一个人都那么好，但每一个人都不是她所愿意再见。

> 爱不是弱肉强食。在这一场心的游戏里，如果一定要有人受伤害，那个人应该是我而不是其他人，因为我是始作俑者。因为游戏从我开始，我必须承受，承受离开，承受欺疲。②

游忧、多明尼、米克和李晚儿之间的性别关系某种程度上象征着香港曾经的尴尬境遇以及政治权力角逐中的取舍结果。当母亲嫁给老外后，婆婆带她去街上吃东西，她是她的骄傲。她的母亲恨着她的婆婆，她的婆婆恨着她的阿母，李晚儿是否也在恨着自己的母亲呢？恨与爱之间复杂难辨的关系是香港与它的母体之间曾经的伤痛记忆。十五岁那年发生的事情成为永久的秘密，终其一生都不可能再有人知道事情的真相。这宗谋杀案甚至影响了李晚儿的一生：她不幸成为同谋者，但却不知道阴谋的真正内容。如果她选择不说，则什么事都没有；她说则必须面对整个敌对的世界；因此，她选择不说，并为此一生背负沉默。那么，这个十五岁的事件究竟意味着什么呢？

> 每一个人都要保护自己，在这残忍荒谬的世界。
>
> 每一个人都有她自己的秘密。
>
> 无论我们多么渴望，我们都无法接近。③

---

① 黄碧云：《烈女图》，（香港）天地图书有限公司 2000 年版，第 216 页。

② 同上书，第 253 页。

③ 同上书，第 257 页。

这是否是对香港命运的阐释呢？是否是对香港人的身份困惑与城市认同的一个注解呢？小说第三部分篇幅最短，用意却最为深沉，各种矛盾的起伏冲突更加剧烈，多重意味的隐喻象征、意义指称随处赋形、信手拈来，但作者处理情节和思想收放有度，最终将其规避于婉而多讽的沉默之间，规避于一段段文字的字里行间。

明显地，小说以三代女性的命运勾连起香港百年的历史。用黄碧云的话来说："《烈女图》的写作过程，对我极为重要。这是我第一次仔细思索，历史论述。我第一次眼见，原来我们为历史的肉身——我婆，我母而生。"① 这历史不同于施叔青的"香港三部曲"，人物的命运跌宕在历史事件的涛峰浪尖之上，在历史的每一个重要关口都会出现主人公的身影和她对自己命运的有力改变——这一切自然决定于作者的香港意识和历史观念，同样，黄碧云的香港意识和历史观念使她笔下的人物活在民间，活在最底层，活在苦难的真实当中，作者着意提及的历史事件大概有：日本占领香港，香港和平，港澳同胞回国支援建设、香港暴动、1989 年 6 月天安门事件，1997 年 6 月 30 日香港回归前夜……小说中的三代女性，历史或从其身边擦肩而过，或者她们也曾踩着历史的步履走上街头，但从未借助于历史的浪峰将自己抛扬上去，甚至，只是历史无情地碾过的一群：故事结束于 1997 年 7 月香港回归，一个新的时代开始的时刻：我婆死了，上山埋葬；我母决裂了其少年时代深情而灰暗的情愫缠绵，也埋葬了一个时代的盲目狂热的个人崇拜和信仰；而第三代的"你"则结束了在不同男人间的周旋，回归故家：母亲之家。尽管她曾埋怨阿母的无用，但现在愿意并准备回家陪同她度过晚年——结束浪游的生涯。

　　我母说，婆婆那个年代，女子都不读书，种田担泥，日做夜做，还要给男人睡，没得选择。到阿母那时候，读都不过读到小学，细细个，就到工厂做工，拍拖手都不敢拖，如果不是处女，都没人要，

---

① 黄碧云：《来去屋下》，《后殖民志》，（香港）天地图书有限公司 2004 年版，第146 页。

到死都只得一个男人，哪像我们这一代，崔儿一样，喜欢飞那里飞那里，多自由，自己赚钱自己花，还有甚么不快乐。①

　　此处颇有些"白头宫女话玄宗"的意味！恰如《烈女图》封底所言："没有尊严的年代，只能苟活。奢言理想者，到头来志气消磨。一旦得到自由，却又失去生活的方向。"每个时代都埋藏着它自身的悲剧。

　　作为重构历史的尝试，《烈女图》以底层女性的众口喧哗实现了香港历史书写的创新和突破，同时，小说的叙述方式也与众不同：分叙、合叙和并叙连环相接，倒叙、插叙和并叙巧妙组合。小说先是由宋香和林卿以第一人称分头叙述，直到第16部分第56页开始合叙，"你婆婆宋香流一身汗"，"你婆婆林卿踩一踩脚"，第29章将两个主要人物进行并叙，一节宋香，一节林卿。而整篇小说则以倒叙开始，倒叙中又有插叙和倒叙，同时穿插并叙。其双线交错的结构方式正如刘亮雅所谓："两线故事起初如平行剪接般隔几个小节地互为排比，后来两线合股，最紧密时一句林卿、一句宋香地交错，后来又分开、又合股，这样的错杂一方面互为烘托，另方面则强调女性生命的连结。"② 小说第二部分的叙述则带有多声部共鸣的效果，间或有零星变奏，造成互相交错和参差映照的效果，人称也不断地从第二人称变为第三人称和第一人称口述，增添了叙述的声音效果。第三部分则转入第一人称叙述，人称的变化暗含着女性主体性声音的变化，在此过程中女性的叙述声音得到加强。从小说开始时候的完全被后人（孙女辈）讲述到后面的部分为后人讲述（女儿辈）再到完全由自我来讲述属于个人的故事，意味着香港女性的主体性在香港百年历史中以及女性生命史中的逐渐强化过程，女性自我的声音由此逐渐变得响亮。故而，《烈女图》也成为环绕着"九七回归"的众多有关香港论述之一，并以其浓厚的方言色彩和政治寄寓当然地带有刻画香港的主体意涵的意图，不过，在书写策略上采取的却是曲笔侧写。除此之外，《烈女图》不仅以性别借喻殖民与被殖民关系，最重要的是对香港历史的

---

① 黄碧云：《烈女图》，（香港）天地图书有限公司2000年版，第259—260页。
② 刘亮雅：《情色世纪末》，（台北）九歌出版有限公司2001年版，第169页。

再次发掘。如果说《胭脂扣》通过怀旧的方式描绘塘西风月，"香港三部曲"更颠覆性地让殖民与被殖民关系相互缠绕，谁也无法做主，甚至让东方女性被殖民者向西方男性殖民者取回身体的操控，《烈女图》则"跳脱以妓女借喻香港的想像，着眼于底层非妓女的劳动女性，在某方面乃是'香港学'的再发掘"。① 而且通过分别口述、回忆历史和插叙等多方面的手法实践来实现这一突破。

如果说西西对香港历史身份的认同持有个人的意见，并以看似平淡无奇的强烈个人风格解构了同时期香港文学的历史建构的话，那么，黄碧云的《烈女图》则是另外一部风格特异的作品——她不是将香江的历史见证和风云变幻赋予一个人，而是许多人，许多劳动女性——仅此一点，就可看出黄碧云的卓尔不凡。因为，从理论上来说集体叙述者的声音比起个人的声音更有说服力。集体型的叙述声音是指这样一种叙述行为，"在其叙述过程中某个具有一定规模的群体被赋予叙事权威；这种叙事权威通过多方位、相互赋权的叙述声音，也通过某个获得群体明显授权的个人的声音在文本中以文字的形式固定下来"。② 与作者型声音和个人型声音不同，"集体型叙述看来基本上是边缘群体或受压制群体的叙述现象"，③ 而且，这种声音"可能也是权威最隐蔽最策略的虚构形式"。④ 创建这样一种叙述声音，使集体型的叙述声音与女性社会群体意识的创建联系起来，何况，《烈女图》所使用的基本为对谈或口述的叙述方式，这不是单个的个人在倾诉，最高潮的部分是许多女性的声音此起彼伏、众声喧哗地发声。小说将香港百年的历史赋予了三代几十位烈女的生活记忆，从意象到隐喻直至手法都是一次巨大的书写革命，是对之前的香港历史身份构造的强力解构。西西的温和聪慧使得很多意味未得彰显，黄碧云则是如此的酷烈和显豁，《烈女图》对香港历史身份书写的尝试还需要得到研究者更加充分深入的理解和体认。

如此，三代女性各自不同的命运所隐约暗示的香港作为中国的私生

① 刘亮雅：《情色世纪末》，（台北）九歌出版有限公司 2001 年版，第 167 页。
② ［美］苏珊·S. 兰瑟：《虚构的权威》，黄必康译，北京大学出版社 2002 年版，第 23 页。
③ 同上。
④ 同上。

女、卖掉的孤女、英国与日本的童养媳等暧昧不明的身份所指渐次走向敞亮，林卿的归葬母家、银枝的回港观礼和李晚儿收拾行李回家陪伴母亲又多少暗示着香港对大陆母国身份的认同和回归。藉由多种暗示和隐喻，黄碧云企图指认："香港主体既是劳动的，资本主义的，强悍的，杂种的，也是在强权威胁下怨怼的，无奈的，冷淡的，暧昧但坚韧地求存。"① 但其 "'让香港底层女工成说话主体'，并描写三代女性争取经济，家庭，情欲，各面向的自主"②，很难不将其与女性主义书写联系在一起。在这个意义上，笔者并不认同关于第三代女性主体反抗定位的说法：第一代是怨女式的，反抗的林卿和宋香只是少数中的少数；第二代的女性能够自强自立，认同了职业妇女的角色，某种程度上甩掉了男人的掌控；第三代则是 "'在爱与忘怀之中，得到自由'的一代"。姑且不说第一代女性林卿的反抗，也不说第二代所受的传统观念的桎梏，单说第三代，李晚儿们真的得到自由了吗？这答案是否定的。无论是在《烈女图》，还是在后来的《媚行者》中，黄碧云都没有给出肯定的答案，自由只是人类不断在寻求的东西而已。人们或许找不到自由，但可以剔除那些不是自由的东西。其 "不行动"、"不涉人" 和 "不承诺" 只是表明现代人责任和情感的麻木和丧失，而不是什么主体自由自主的明证。也就是说，在看似自由自在的表象下，其所显示的虚浮性、无历史感以及缺乏认同的焦虑都意味着对香港新新人类的反思。

总之，小说以三代女性生活的故事来铺陈香港百年的历史，打破了男性主导的叙事话语和方式，是为一大突破；没有将人物附着或过分拘泥于历史事件之间的勾连成为第二点突破；而小说在大量阅读香港历史记录、图志和依据各协会机构的采访与共同协助下完成，造就了其历史生活的真实性和民间性，也使此小说在贴近香港历史、还原香港历史方面做出了相当努力，是为第三个方面的突破。此外，黄碧云以烈女之历史和回忆来重构香港历史的超越之处还在于：以性别关系的书写和变化来指称和隐喻女性主体的升华和专制政治的没落，通过铺陈某种真实的生存场

---

① 刘亮雅：《情色世纪末》，（台北）九歌出版有限公司 2001 年版，第 192 页。

② 陈雅书：《何谓 "女性主义书写"？黄碧云〈烈女图〉分析》，载范铭如主编《挑战新趋势——第二届中国女性书写国际学术研讨会论文集》，（台北）学生书局 2003 年版，第 382 页。

景和状况、包括物质的状况和精神的状况，传达出百年女性生存中或自豪或屈辱或压抑或自由或苦痛或无悔的真实声音和蹒跚走过的足迹。

在沉默数年之后，2012 年黄碧云推出《烈佬传》。坊间的报道和评论都认为这部小说是黄碧云重回老本行，从犯罪学的角度写下了一个吸毒者的历史，甚至在语言上都是对黄氏风格的颠覆，完全是烈佬的语调。她则在《自序》中写道："小说叫《烈佬传》，对应我的《烈女图》。小说也可以叫《黑暗的孩子》，如果有一个全知并且慈祥的，微物之神，他所见的这一群人，都是黑暗中的孩子，小说当初叫《此处彼处那处》，以空间写时间与命运，对我来说，是哲学命题：在一定的历史条件里面，人的本性就是命运。时间令我们看得更清楚。"[①] 可以看出，黄碧云感兴趣的不仅仅是香港各色人物，更多的还是时间和命运的哲学话题，个人与时间和空间的对抗，无论怎样惨烈，最终都必然落败而去，"我曾经以为命运与历史、沉重而严厉。我的烈佬，以一己必坏之身，不说男，也不说意志，但坦然的面对命运，我摄于其无火之烈，所以只能写《烈佬传》，正如《烈女图》，写的不是我，而是那个活着又会死去，说到有趣时不时会笑起来，口中无牙，心中无怨，微小而又与物同生，因此是一个又是人类所有；烈佬如果听到，烈佬不读书不写字，他会说，你说甚么呀，说得那么复杂，做人哪有那么复杂，很快就过——以轻取难，以微容大，至烈而无烈，在我们生长的土地，他的是湾仔，而我们的是香港，飘摇之岛，我为之描图写传的，不过是你们一个影子"[②]。归根结底，黄碧云念兹在兹的仍然是她灵魂和记忆中的香港。

对照数年前出版的《烈女图》，一切昭然若揭，烈佬的传记意味更加耐人寻味。如果说《烈女图》是黄碧云透过香港女性写下的百年香港历史，那么后者岂不是透过烈佬写下的又一页香港历史呢？并且，在这两部有着相似名称的香港故事中，为了体现道地的香港特色，采用的都是口语和广东话结合的语言方式，用黄碧云的话说，"书用很多广东话，除了因为叙述者不识字，所以我写得愈接近口语愈好，但我也想到香港愈

① 黄碧云：《烈佬传·自序》，（香港）天地图书有限公司 2012 年版。
② 同上。

来愈为'统'与'一'，我不会叫口号撑乜撑物，但我写香港用口语，有一种身分的肯定，并且赋予尊严"。不过"纯用广东话，又失去'传'的味道，所以写得半白话半书面语"。① 烈女是曾经为香港的繁荣打拼过的一众底层女性，烈佬无疑是那些底层的男性，黄碧云以她笔下的烈女和烈佬互相映照，瞩目底层生存，揭示出命运中沉重而被忽略的一群。这一次，黄碧云不说性别，不说生死，不说自由，因为在籍籍无名、芸芸众生的底层面前，性别、生死和自由都是奢侈之物，所谓无火至烈，无名至响，至微至大，至轻至重，以文字为名器，黄碧云的香港历史书写依然具备强烈的颠覆意图、叛逆决心和重建气象。

---

① 袁兆昌：《黄碧云：湾仔烈佬有话说》，《明报》2012 年 8 月 16 日。

第四章　香港女性小说的文化身份想像

"异度时空"是香港文化身份想像的特殊创造，时空生存与身份认同的局促和困顿使香港女性小说的人物和叙事纷纷逸出现实场景，藉由人鬼相杂和阴阳不分的鬼魅世界，委婉地传达了身份认同的焦虑与困惑。"我早就死了！我们都是所谓的'鬼魂'。鬼魂又有什么关系呢？我依然是我，他依然是他。我已经做了很多年的孤鬼游魂，现在不一样了，我有了一位鬼侣。谢天谢地，我终于找到他了！原来在阳世找不到的，在阴间会找到，即使在阴间找不到，在某一辈子的轮回之中，终究会遇上的。"① 作为想像的产物，异度时空是现实世界的投射，也是现实世界的延续，更是现实世界的转化，异度时空寄寓着作家的理想和信念，也书写着人之局限和缺憾。异度时空的存在提供了一种出离现世的特殊空间，包含着作家对人之存在的种种深刻而玄妙的理解，为窘迫压抑的现代人提供了精神休憩的假想空间，它既是对现实世界的抗衡，又扮演着现实世界的同位素角色。异度时空的营造和书写表明人们对社会的高度物质文明和工具理性观念的某种反思与对抗。究其本质，异度时空不过是另一个现实世界而已，异度时空的故事凭借错位的时间、空间、文化、情感状态下人物的猝然对接，在更加剧烈的冲突里展现生存的和人性的悖论。

第一节　"夹缝人"的生存困境

从"天佑我城"的城市身份萌生，到"浮城志异"的城市身份想像，

---

① 钟玲：《黑原》，《大轮回》，（台北）九歌出版有限公司1998年版，第63页。

再到"失城之乱"的城市身份解构,① 香港女性小说的城市身份书写完成了一个空间想像从建立到失落的相对完整的过程。同样,"塘西文类"的怀旧书写、百年殖民历史的还原、怪谈传说对历史成说的拆解以及口述烈女记忆重构完全另类的香江历史等,② 对历史的寻找、爬梳、钩沉、错乱、戏谑甚至倒转都表现了香港女性小说对时间身份表达之迷思的破解企图。当香港女性小说在现世的时空交叉点上确立和书写着自我/城市身份的时刻,一些作家的文学想像超越了现实生活层面,开始在更加瑰丽和神秘的空间——"异度时空"中书写香港的文化身份想像。所谓"异度时空",是现实人群和现实生存场景之外的地方,是人的正常触感所无法觉知的化外地带——正因为如此,才吸引着有创造力的作家在这样一个亦真亦幻的世界里穿梭徘徊。

相对于尴尬的现实空间存在,相对于混乱错杂的时间身份取舍,异度时空实在是香港文化身份最为恰切的隐喻式表达。在众多的城市中,再没有一个城市能像香港一样容纳如此诡异的历史、如此尴尬的地理、如此混杂的人种、如此多元的生存和价值观念、如此不同的管理制度所带来的不同的消费观念和生活方式。作为一种文学书写,身份的表达始终是一种和自我相关的想像,而回归前后的香港人心浮动、幻象百变,历史回忆、现实场景与未来企盼相交织的特殊空间为作家提供了身份想像最润泽的土壤,作家正是凭借这"山雨欲来"的氤氲氛围穷尽其碧落黄泉之想像。总之,香港文化空间是最合适的魑魅魍魉自由穿行之地、妖魔鬼怪各得其所之处,正是在这无限地自由、无限地颓废、无限地富足也无限地绝望的地方,上演了人所想像的最凄艳华美也最惊心动魄的诡异传奇故事,从而铸造了香港别样的文化身份想像。

关于香港文化这一特殊的空间所指,法国哲学家和历史学家米歇尔·福柯在他的文章《关于异类空间》(Of Other Spaces)中有过专门论述,20 世纪是以"空间"为主导的时代,每个人都无可避免地被置

---

① 指西西《我城》、《浮城志异》及黄碧云《失城》等作品。
② 指李碧华《胭脂扣》、施叔青"香港三部曲"、西西《飞毡》及黄碧云《烈女图》等作品。

于不同的"空间"（space）、"位置"（site）或同一个空间里不同的"地方"（place），譬如说，公共的空间、私人的空间、家庭的空间、社会的空间、文化的空间、实用的空间，甚至是娱乐或工作的空间，每个人都不可避免地出入于多重的空间之中；福柯还说，生活于城市之中，人们生活在一个驳杂的空间（a heterogeneous space）里，"时间也被这驳杂而多重的空间割切，而每个空间，或空间里不同的位置和地方，都具有各自的功能价值"。① 福柯在列举被多元化和散射性的城市生活所切割出的不同空间的意义时，特别强调一种处于边缘、颠覆的位置而同时又具备折射社会文化功能的空间，他称之为"异类空间"（heterotopias），是属于外在性的，人类生活的不同位置，也是空间与空间之间产生的不同关联，它与"乌托邦"（utopia）之间一如孪生的镜像，是人类生活理想与现实冲突的反照。如果说"乌托邦"是人类美好生活的渴望与想像的蓝图，那么，"异类空间"便是这些渴望与想像不能实现的现实处境。在这个意义上，本文所使用的"异度空间"和福柯的"异类空间"有神似之处。为进一步阐释"异类空间"的具体内涵，福柯从存在模式、功用价值、矛盾并存、历史时性、特定仪式、现实关联六个方面分析了它的准则，而"异常"和"边缘"则构成其核心特性，它不但能投射人类文明繁盛表面以外另类的内容，还能勾画人类生活的生死信仰、文化艺术、历史观念、政治权力、法制思想等内容。而回归前后的香港时空恰恰就具备了福柯所说的"异类空间"的多重意旨：以特殊的历史、地理、政治、文化命运发展出的一段暗潮涌动、缤纷驳杂的心灵悸动。

近年来香港女性小说在香港意识、身份认同方面的书写热潮无疑与九七香港回归的命运有关，和香港庶民具体生存场景中的后现代、后殖民境遇也息息相关。人的现实生存除了宏大的政治意识形态因素的影响之外，还与个人生存的小环境、小气候或者说个人的经历和感受有关。研究者充分注意到李碧华小说《胭脂扣》中如花身份的获得缘于信物和怀旧，从而对香港人的历史意识的缺失进行提醒，并在某种程度上藉由

---

① Michel Foucault, "Of Other Spaces." Diacritics, 16：1, 1986, pp. 22—23.

如花的出现进行重建。但生活在现代世界中的袁永定和凌楚娟对自我身份的寻找却相当困难，一方面，他们的历史感在自身的教育和成长过程中先天匮乏，另一方面，进入社会后的生存竞争压力使得他们没有充裕的时间和空间等条件去思考和确认自己的身份问题，所以，他们处在无法找到能够证明自己真正存在的现实证据的困惑之中：出生纸、死亡证、身份证、回港证……从而迷失于各种外物的限制和囚禁中：

> 还有太多了，你看：护照、回乡证、税单、借书证、信用咭、提款咭、选民登记、电费单、水费单、电话费单、收据、借据、良民证、未婚证明书、犯罪记录档案编号……
>
> 我一边数，一边气馁。一个小市民可以拥有这许许多多的数字，简直会在其中遇溺。到了后来，人便成为一个个数字，没有感觉，不懂得感动，活得四面楚歌三面受敌七上八落九死一生。是的，什么时候才可以一丝不挂？①

这是人所受到的存在的非存在因素与状态干扰，也即人为物役。这也意味着现代香港人在时间和空间夹缝中谋求生存的艰难，当现代人被套上种种数字和证件的枷锁，人之在世所依存的已经不是人自身，而是能够证明人的存在的各类纸质文件的时候，那么，人的存在就显示出某种危机。对于生存异化的揭示和生存危机的批判是李碧华小说的一个显要主题，仔细体味她的小说，会发现几乎每篇都在叙说着一个"容不下"的故事。《青蛇》中白蛇、青蛇对世俗幸福的追求为法海所代表的佛法伦理所不容，被迫委身于西湖之下越千年，一任寂寞啮咬，听时间的钟声震荡；《霸王别姬》中程蝶衣对霸王的恋情不但为世俗人间不容，也不为政治和历史所容，即便流落到香港也无处存身："整个的中国，整个的香港，都离弃他了，只好到澡堂泡一泡。到了该处，只见'芬兰浴'三个字。啊，连浴德池，也没有了。"《胭脂扣》中的如花为她所生存的时代所不容，50 年后的香港社会仍然容不下一个追求爱情不灭的鬼魂，同样，

---

① 李碧华：《胭脂扣　生死桥》，花城出版社 2001 年版，第 78—79 页。

《凤诱》中的李凤姐也因为现代社会容不下她才重新返回宋朝，当然，《川岛芳子》中的芳子也无法被她曾经出入其中的三个国家所容。李碧华的小说通过时间空间的流转将人物时空生存的逼仄进行了化解，而转换游移的结果仍然是逼仄。《潘金莲之前世今生》中的潘金莲，从宋代的淫妇原型到阴曹地府里的无头女鬼，从转世后上海芭蕾舞校的单玉莲到下放工厂的女工，从流放福建的落后分子再到移居香港的新贵，在生存空间的变动不居中，不能改变的是她的命运，是她宿命的为男权所引诱和迫害的性别身份，故此，她有这样的感喟：

　　天地之大，无处容身。她记得，从小到大，她都没什么落脚处立足地，总是由甲地，给搬弄到乙地，然后又调配到丙地。后来到了丁地。最后呢？
　　香港这般的繁华地，人口五六百万，但依仗谁来爱惜她？①

　　现代香港人在时间身份、空间身份、性别身份和文化身份的失落与迷惑中，将如何确定自身的生存感？失去身份感的现代人鹄突于城市荒原之上，他的生存中既没有时间、也没有空间、更没有性别，甚至家与国、恨与爱、传统与将来都是不存在的，他成为一个游荡在城市边缘的本雅明笔下的"拾垃圾者"②。《霸王别姬》中的程蝶衣，从如火如荼革命中的大陆逃到了政治边缘的香港，而隐隐在望的所谓"九七大限"又使香港这个暂存之地再次成为边缘，他还逃向哪里？逃向城市的边缘抑或城市的中心，逃向历史和文化的记载之外？其生存空间的由中心到边缘的逃离，最终只能证明无处可逃也无处存在。《诱僧》中的静一和尚，在经历了肉体和精神的层层考验和浩劫历练之后，出现在茫茫雪野中："他跨上马背，溶入迷濛的天涯海角。自

---

① 李碧华：《潘金莲之前世今生　诱僧》，花城出版社 2001 年版，第 97 页。
② ［德］本雅明：《发达资本主义时代的抒情诗人》，张旭东译，生活·读书·新知三联书店 1989 年版。本雅明认为拾垃圾者是诗人形象的隐喻，在更广的意义上作为文人形象的隐喻，还是通向本雅明的中心形象的一个过渡。意指人为了保住自我的经验和形象，只好从公共空间退回到私人领域，也是寻找自我身份的象征。

唐朝，走向未知的年代。"① 于是，"整个唐朝，正史、野史、轶闻、民间传说、笔记小说……皆无'石彦生'，或'霍达'之名字"。② 就这样，静一和尚终于从历史时间和地理空间中成功逃匿。但是，他逃出了此前的历史记载，却没有逃出李碧华的文学书写。

除李碧华之外，最能显豁地表现香港女性局促生存状态的小说家则是陈宝珍。陈宝珍，广东东莞人，1953 年 2 月生于香港并在香港成长和受教育，1979 年毕业于香港中文大学研究院，现任教于香港浸会大学中文系。著有短篇小说集《找房子》、《角色的反驳》、《改写神话的时代》，长篇小说《广场》，散文集《狂朋怪友》、《不惯伤感》。《找房子》于 1991 年获市政局第一届香港中文文学双年奖。相对于其他女作家的香港书写，相对于身份认同和生命探询的轰轰烈烈，尽管其长篇小说《广场》表现出浓厚的探讨香港"九七大限"、内地政治运动的兴趣，但陈宝珍的写作却似乎并不太为人所知。值得注意的是她写于 20 世纪 80 年代的《找房子》，因对女性问题的有意关注和独特的探讨角度曾经获得女性主义研究者的欣赏。对于现代女性的生存来说，空间和时间的局限变得越来越局促，寻找自我的安身立命之所，或者仅仅为寻找肉身的容纳之地，已经耗费了女人们诸多的心血和劳动。在往高空和海洋延伸着的无限可能的空间里，女性的居所到底在哪里呢？如果说李碧华笔下人物的生存异化为一页页"本本"或"证证"的话，"框框"则是陈宝珍笔下都市人生存现实的隐喻："框框。一个紧挨一个的小框框。庄士敦道、湾仔道平楼。高士打道高层海景。一支红笔的尖端挨着小框框从右往左慢慢移，不时停下来绕一个圈圈。"③ 寻找自己的居所就是在一个一个的框框中打转，香港地皮有限，而居民众多，可谓寸土寸金，对于女人尤其是离婚了的女人来说，房子的意味就更加非比寻常：

　　　　像我这样的女人，好像注定一辈子住别人的房子；婚前住父母

---

① 李碧华：《潘金莲之前世今生　诱僧》，花城出版社 2001 年版，第 270 页。
② 同上书，第 272 页。
③ 陈宝珍：《找房子》，（香港）田园书屋 1990 年版，第 122 页。

的房子，婚后搬进丈夫的房子，离了婚，又回到爸妈的房子去。要找一间完全属于自己的房子吗？①

作者对女人自主权的阐释可谓入木三分："结婚是拆散了自己的房子，眼巴巴看着它化成大堆小包的杂物，滚进别人房子的角落里。你原先还天真的以为在一间堆满旧家具显得非常狭窄的旧房子里，建一座属于自己的新房子。"② 这里，女人就好像是"大堆小包的杂物"，她的存在价值就是从"父母之家"转移到"丈夫（公婆）之家"的一件无足轻重的物品。所以，作者最后不得不说：

> 一定得搬出去，失去自己的房子，寄居在别人的房子里，往往连跟别人对话的权利一并失去。也许各自守着自己的房子，各自过自己喜欢的生活，见面时才能够真正互相尊重！③

房子固然重要，女性主义的先驱弗吉尼亚·伍尔芙说过：女人要想解放自己，首先要拥有一间自己的房间。陈宝珍的小说命意显然得之于此经典话语，但陈宝珍的突破并不仅仅在于描述一个女人一生中居所的寻求和变化与她未婚、结婚和离婚的生命过程之间的紧密联系，而是在于她把"房子"这一物质题旨提升到精神的层面——在此层面上反观和审视女性的现实命运和精神困顿。除了有关"房子"的论述外，还有这个女性"在房子"里的生活描述："我"进入一个奇怪的梦中，梦里的生活情景充分表明，社会对少奶奶和女性的要求必须符合男人和家公家婆的意愿，既不可以高，也不可以胖，更不可以有脾气：

> 你听见嘎嘎的声音，发觉自己跟大群女子站在一条输送带上，望去输送带的尽头有一个人形的模，一个个送进去的女子都给压成同一个形状：脑袋小，四肢丰满，胸部臀部丰满，腰围细小，至于

---

① 陈宝珍：《找房子》，（香港）田园书屋 1990 年版，第 123 页。
② 同上书，第 128 页。
③ 同上书，第 137 页。

面部，则一律是双眼皮、大眼睛、高鼻子、小而丰厚的嘴。

"这样的形状好，既好看又方便携带。"一群男子在鼓掌。

"这样的形状好！好看不好看还是其次，重要的是脑袋小，方便差遣！"一大群家公家婆模样的人在鼓掌。①

符合传统男权社会规范要求的女子是按照同样的模子制造出来的，它既要好看还要方便携带，最重要的是脑袋小方便差遣——如此，女性完全地沦为男权主义家庭的附庸和奴隶。所以，家庭制度就其产生根源来说具有某种罪恶性，因为每一个家庭都建立在一个牢固而封闭的房子中，都必须服从于一个封建家长权威的统治。于是，在社会和家庭的双重制约下，在社会生存压力和男权主义统治的双重规约下，女性的生存倍加艰难：女主人公不得不在困顿和焦灼中反抗："烧掉这房子，否则你永远找不到自己的房子！"小说以 A 和 B 分角色齐头并进展开叙述，她们各自经历了一番曲折和自省，A 说："如果那个女经纪再问你想要怎样的房子，你一定会告诉她说你要的是一间全新的房子——没有传统或流行观念做成的间隔，一切按着你和宇的生活习惯和需要布置，任何人都有属于自己的空间，不必折叠自己，也不必把自己喜好的一切像无用而累赘的杂物般塞在角落里……"② 这或许是叙述者对女性生存空间最理想的期待和追求目标了，但细究起来会发现，这里却没有女性主义的凌厉姿态，只不过是要求着普遍意义上的人之生存空间和生活习惯的自由舒展而已。

相对而言，作为较长时间居留香港的作家，钟玲的创作涉及较为多样的体式，作为其创作一部分的小说大多收在《生死冤家》集中。不同于上文所述的"杏花篇"里的旧事重提，"天人菊篇"摹写的都是当代都市生活中的故事，而这些生活中的小故事详尽展现了作者对香港人夹缝中求生存的生命状态和精神畸变的观察和理解。《刺》写一个童年有着创伤性经历的女孩在恋爱中的心理以及自我内心的省察，凌珂自小生活在没有父亲的家庭里，母亲心理的创痛和精神的扭曲曾经深深刺激了她，

---

① 陈宝珍：《找房子》，（香港）田园书屋 1990 年版，第 143 页。

② 同上书，第 155 页。

十三岁的时候不幸遭受暴徒的强奸……所有这些造成她在与男生交往中的矛盾与闭塞，从而不自觉地成为一个玩弄男生感情的带刺的白玫瑰。故事的结尾意味深长：在对自我进行省视、对自我的问题症结相对明了之后，女孩子却没有任何明显地改观，她依然带着神秘的笑意出现在人们的面前……有的研究者认为小说表现出钟玲写作中女性主义立场的局限，恰恰相反，笔者认为这正是作者深意所在：以女孩子的精神和心理创伤之重、难以彻底治愈和根除等症状来凸显男权社会中女性成长环境的艰难和险恶，同时强化了香港城市局促生存的夹缝困境。《女诗人之死》则写一个因爱的失落和无法寻求而自杀的海外女留学生洁，小说的谴责主题直接指向了社会造就的"爬梯子"式的"模式化"男人：

> 为什么碰来碰去都是这类男人呢？个个都任由社会扭曲自己，推到模子中，铸成同一型的人。"他"怎么还不出现呢？他不爬梯子，他飞，他拒绝给推进模子中，因为他要手创自己的塑像，制度摧毁不了他。要是这个人出现，她将抛弃一切，用全副柔情，来温暖他证明周遭的冷落。有这样一个日子吗？即使有，可能她等不到了。①

心情孤苦寂寞，再加上无人倾诉与安慰，洁在极度失望中服下了迷幻药，药物作用使她产生了幻觉：幻觉中出现远离现代物质社会的惯例的世界，伴着浓郁的古典氛围和情意，男女的衣饰以及他们表达爱情的方式都是那么令人向往，这也是洁日夜追慕但不可得的，于是，她就在这幻觉中拿起薄薄的刀片，向左腕上浅蓝色的脉切下去……

有意思的是，钟玲小说创造的这种"模子"式的男人，他们依循社会惯例，任由他人塑造和扭曲到完全失去自我的真性情。这与前面刚刚提到的陈宝珍小说中的"被模子塑造和输送的"女性形成了鲜明而富有意味的对比。同是被扭曲的模式化的人物，也同样是失去自我的非我，其间的细微差别在于：男人是心甘情愿地被塑造，而女人是孤立无助地被塑造；同时，女人出于寻找不到不被塑造的男人的失望而自杀，女人

---

① 钟玲：《女诗人之死》，《生死冤家》，（台北）洪范书店 1992 年版，第 147—148 页。

自己也在挣脱着被塑造的命运，为此她宁可离开家庭而离婚，烧掉象征着男权压制和束缚的旧房子，但男人却是在不自知中被塑造或者说主动地进入到模式化的生活规范中去，并以此作为达成理想和实现自我的目标。无论是这里的男人还是女人，都共同证明了现代社会对人的异化，以及人在现代生存环境中的绝望和愤怒。《逸心园》和《望安》都取材于现代生活，在带有神秘色彩的故事叙述背后，质疑了现代人的生存观念和生活状态，唤醒着某种传统本色的人性复归，包含着对现代生存强烈的谴责意识。特别需要指出的是，《望安》是一篇颇为沉实的作品。一对夫妇在现实琐碎的生活中感情触礁，在回故乡上坟寻找原址的过程中，重新发现了自我，同时重拾彼此之间的爱意，小说包含着现代人对家园、对先祖、对根的回望、思索和重新拥有。总括这些现代人迷失于社会生活的现实故事，可以看出钟玲小说对古代生活场景、生活秩序以及生存状态的某种向往和想像性书写，不论这种想像和向往能够实现与否，也不论其文化建设意义究竟如何，这种文化取向皆意味着作者对当下现实的抗拒和批判态度，同时也是对现代香港局促的生存空间以及狭隘的精神空间的揭示和嘲弄，更是对被异化和扭曲了的现代男女精神困境的同情和悲悯。

此外，施叔青的香港书写不仅在于《香港三部曲》中对于历史的钩沉和绘制，还在于她创造性地书写了香港特殊的一群——"香港新移民系列"。何谓"新移民"？"投奔东方花都的大陆同胞也。"① 以《香港的故事》为总题的系列小说包括《愫细怨——香港的故事之一》（1981）、《窑变——香港的故事之二》（1982）、《票房——香港的故事之三》（1983）、《冤——香港的故事之四》（1983）、《一夜游——香港的故事之五》（1984）、《情探——香港的故事之六》（1984）、《夹缝之间——香港的故事之七》（1985）、《寻——香港的故事之八》（1985）、《驱魔——香港的故事之九》（1985）等共9篇，香港系列故事着眼于边缘人的生存与失落，正如香港故事之七"夹缝之间"所涵盖的那样，施叔青写尽了奔

① 王德威把施叔青的小说《都是旗袍惹的祸》、《韭菜命的人》和《妖精传奇》命名为"香港新移民系列"，于"香港的故事"系列中人物同样适用。

波游离于大陆、台湾、香港三地之间的"边缘人"在"夹缝之间"生存和挣扎的种种情态和心态。《愫细怨》中的愫细随美国夫婿重回香港，出于对中国文化的失望，夫婿恋上了一个普通的美国女孩，愫细则在仓促来临的婚变中厌倦了自视高雅的西方文化，一时之间，香港商人洪俊兴身上所具备的中国男子的可爱让她觉得新鲜、舒适和温暖，直至不久之后投入他的怀抱。但从这个时候开始，愫细就开始挣扎于东西方文化的夹缝之间、性与爱的夹缝之间、自我的主体和他者之间，充满了矛盾与游移，最后，精神和心理的不适终于以生理上剧烈呕吐的方式发作。职业女性个人生活方式和精神定位的取舍成为矛盾的困兽，但"呕吐"能否意味着愫细的新生呢？《窑变》中的女作家方月同样跟着丈夫由台湾移居香港，丈夫的事业蒸蒸日上，而方月却找不到她生活的位置。为打发寂寞她找到一份博物馆的工作，就此认识了姚茫，并沉溺于姚茫所给予的柔软、松弛而舒服的生活方式。经由偶然遇到的初恋情人的提醒，方月这个文学上的逃兵才重新归营，姚茫所携带的暮气、寒气以及死气终于使方月由生活的夹缝中挣脱而出。《票房》中的丁葵芳是自内地来香港的京剧名角，一度险些沦为阔人的陪唱。在人群的钩心斗角和生存的巨大压力下，她的命运还在两可之间。《冤》中的妇人吴雪在台湾学成一身的好武艺到香港发展，并成为人人皆知的武侠名角小艳秋，却因丈夫的屈死上告无门压力巨大最终导致精神错乱。《一夜游》中的被玩弄和抛弃的演员雷贝嘉，岂又不是在玩弄和利用着别人呢？争锋的结果是自我的挫伤。《情探》中的严蕊蕊、殷玫为了生存而寻找肯出钱收买自己的男人，而出轨的男人寻到最后才发现梦中的情人原来只是从一个男人流浪到另一个男人的妓女。《夹缝之间》描绘了台湾人李凌在与大陆特区官员谈判时辗转于身份和立场的尴尬境地。《寻》刻画了上流社会贵妇的无聊与虚伪。《驱魔》对物质挤压下现代人精神上的孤独、流浪和自我对抗的情绪渲染具有普泛意义。

　　这些生存、颠簸于东西文化之间、传统与现代之间、性别与金钱之间、内地与香港之间、台湾与香港之间、过去与现在之间的人物犹如鬼魂再生，他们的颠仆命运、蹇促生涯，自是香港生活的又一景观。因此，研究者认为："施叔青笔下的香江男女，个个浮沉于情欲金钱的轮回间。

上焉者游戏征逐，'叹世界'叹到百无聊赖，下焉者寻寻觅觅，无从辗转，每每成为冤孽的牺牲。施的香江绚丽多彩，但转眼之间，却变作阵阵鬼火磷光，繁华却也凄清。施所构筑的视景，充斥世纪末式的机巧、颓废与肉欲冲动。可取的是，在堕落沉溺的深处，她常能藉自嘲（或嘲人）而召唤道德角度的自省，虽非意在批判，却能成就悲悯戒惧的感叹。"① 如果说李碧华、陈宝珍和钟玲笔下的香港现代人鹘突于经济社会中物质生存所带来的精神压力和心理扭曲的话，那么，施叔青笔下的"新移民"的生存则更加艰难，一方面是物质生存的压力，他们必须为自己寻求经济上的靠山；另一方面是个人身份感的寻求更加迫切和焦灼，"外来者"（无论来自西方、还是台湾以及大陆）的身份更凸显了其中西文化、传统与现代精神之间的矛盾与张力。所以，相对而言，施叔青笔下人物所处的夹缝空间更加幽深和窘迫。

　　由以上分析可以看出，在众多香港女性小说家笔下，现代香港的生存时间和空间以及混杂的社会文化都是一种夹缝式的局促存在，众多的文学人物则艰难挣扎和生存在这夹缝当中。夹缝式生存所构成和影响着的生存空间的有限和沉重使人物的存在发生某种变异：他们或者沦为金钱的奴隶，或者成为证件的附属，或者就是一个个模式化的男人和女人，或者造成新移民的尴尬、挫伤、矛盾、游移及至最后的堕落或死亡。一句话，现实生活空间的逼仄改变着人、异化着人也摧毁着人，小说家固然不能担负民生大计的责任，但文学想像总是要为人提供一处暂时的精神栖息之地，于是，小说家突发奇想，其笔触从现实生活的文本世界轻盈逸出，为人们构想和营造了另外一处特殊的空间——"异度时空"。"异度时空"，顾名思义，就是时间之外，空间之外，现实时空之外；异度时空意味着时光可以倒流，未来可以提前抵达；异度时空里人鬼可以相见，爱情可以轮回重生，冤死者可以转世复仇。异度时空不排斥现世生活里活动着的一个个苍老的前世灵魂；异度时空持续着现世空间里的爱恨情仇，人鬼混杂、言笑晏晏。总之，异度时空的存在提供了一种出

---

① 王德威：《从传奇到志怪》，《阅读当代小说》，（台北）远流出版有限公司 1991 年版，第 225 页。

离于现世的存在空间，包含着作家对人之存在的种种深刻或玄妙的理解，为局促压抑的现代人提供了暂时摆脱困苦的假想空间，在这里，叙述者的文思纵横捭阖，虚构人物纵情爱恨，笑谈生死，阅读者则快意恩仇，酣畅淋漓。

作为想像的产物，异度时空是现实世界的投射，也是现实世界的延续，更是现实世界的转化，异度时空寄寓着作家的理想和信念，也书写着人之为人的局限和缺憾。因而，在非现实的意义上，异度时空的出现是对现实世界的抗衡；在现实的意义上，它则扮演着现实世界的同位素角色。所以，有人在异度时空里逃避现世，如钟晓阳的作品；有人在异度时空里讽喻现世，如李碧华的作品；有人在现世生存中注入鬼魅的气氛，如黄碧云的作品；有人则在生死轮回的世界里延续爱情，如钟玲的作品。至于施叔青香港故事系列作品，则是着重于人的内心世界的梦魇与魔影。从文学范畴的角度来说，异度时空的出现是一个创造，是人在时空夹缝中挣扎后的逃匿之所。其实，自有文学以来，对于异度时空的描写就已屡见不鲜，妖魔鬼怪的传说古已有之，但在现代社会以前，那些作品很大程度上表明人对于神秘世界的好奇和向往，或者是对生命之外的另一世界的玄想猜测。究其根源，是人对于生命的贪恋和对死亡的参悟——如果永远不死将会怎样？死亡之后又将会去向哪里？所谓的轮回和转世之说都在延续着不死的传说和向往。所以，世人想像有神鬼人三界，于是有神仙世界，有阴曹地府，更有人间万物。但在进入现代社会以后，科学技术的发展解答了生命现象的存在之谜和自然界的诸多奥秘，人们对异度时空的存在往往一笑哂之，尤其是在富庶繁华、处处充斥着现代文明的香港，这样的文学书写方式只能理解为一种后现代的反叛。

更进一步，异度时空的营造和书写表明人们对高度物质文明的反思和对抗，也表明现代的科学技术虽然带来了物质的发达，却不能拯救人的灵魂，反而使这个灵魂被发达的物质社会所碾碎挫伤。为了灵魂的拯救，也是为了证实个人的存在感，现代人宁愿重返古代，在拙朴的生存中规避现世的烦嚣、压力、竞争以及没完没了无处不在的工具理性的牵制和主宰。具体表现为钟晓阳笔下老灵魂前世今生之传奇、钟玲笔下生死轮回的故事新编以及李碧华笔下的妖魔鬼怪之诡异叙事。于是，出现在异度空间里的妖或鬼都是可爱的，她们追求坚如美玉的爱情，只为自己所爱的人而存在，但是，这些善良而美丽的妖或鬼们（如花、白蛇、秀秀、李凤姐等）拼却性命，最后才发现她们所爱的人竟是如此虚浮无力、软弱不堪，以至徒有其表。这既是对异度时空的嘲讽——即便在这里，理想也不是都能够实现。究其本质，异度时空只是另外一个现实世界而已。异度时空的故事借助错位的时间、空间、文化、情感和人物的猝然对接，在更强烈的戏剧氛围里描绘人性和展示人性。

第二节　"老灵魂"的人格模式

"老灵魂"的故事虽不是从钟晓阳小说肇始，却因《停车暂借问》而成名。《停车暂借问》又名《赵宁静的传奇》，此长篇小说一纸风行，时年十八岁的名副其实的才女钟晓阳横空出世。钟晓阳，原籍广东梅县，父亲是印尼华侨，母亲是东北人。1962 年 12 月生于广州，在香港长大。中学就读于玛利诺书院，并毕业于美国密西根大学电影系。1992 年移民澳洲。十三四岁开始写作，诗词、散文、小说均见才华横溢。作品散见《大拇指》半月刊、《素叶文学》、《当代文艺》、《香港时报》及台湾《三三集刊》、《联合报》等。因为和台湾"三三"文学的特殊关系，一向被视为"张腔"作家之一。香港天地图书 90 年代印行有钟晓阳系列，分别为《哀歌》（1991）、《流年》（1992）、《春在绿芜中》（1993）、《停车暂借问》（1995）、《爱妻》（1995）、《遗恨传奇》（1996）、《燃烧之后》（1997）。钟晓阳的作品是香港文学市场上的异数，没有时间和空间区隔的人物潜回历史，在旧时代的光影中复活，述说着出离现世的老灵魂们的爱恨纠葛。

《停车暂借问》的第一部为《妾住长城外》，讲述的是 1944 年的奉天城，一个偶然的机会，赵宁静认识了日本青年吉田千重，萌生一段深挚纯真的爱情，但因为日本战败千重归国而结束。第二部为《停车暂借问》，讲述的是 1946 年前后的抚顺，赵宁静巧遇远房表哥林爽然，渐渐坠入情网，但终因阴差阳错而各奔东西。第三部为《却遗枕函泪》，时间地点发生转换，20 世纪 60 年代的香港，已为人妇的赵宁静街头邂逅孑然一身的林爽然，两人有了再续前缘的可能，但原来的林爽然已经死去，现在的他苍老，邋遢，意志消沉，畏惧疾病和死亡。尽管赵宁静还有着重新改变生活的勇气，但林爽然已经身心俱疲，无力试爱了，甚至连被爱的勇气和力量都没有，他选择了不告而别。面对舍弃一切所换来的爱的虚空，赵宁静或许守着宁静终老！小说的结尾意味无穷：今天好风，衣服想必很快就会干的，宁静的眼泪，很快的，也就干了！一则 20 世纪的凄婉的爱情故事，在 20 世纪 80 年代香港社会现实的映照下，无异于远古时代的爱情传说了！小说对赵宁静待字闺中时东北生活风情的描写，年轻人恋爱时的心理波动的刻画，幽怨抒情，且有种时光错落的萧然远意，从而为小说人物构建了充满怀旧意蕴的古色古香的古典氛围：

> 月亮升起来了，光晕凝脂，钟情得只照三家子一村，宁静手里也有月亮，一路细细碎碎筛着浅黄月光，衬得两个人影分外清晰。①

> 赵家的院子积雪盈尺，云白的雪铺在树桠杈上、屋檐上、梯阶上，好像不知有多少思凡的云，下来惹红尘的。②

这些风物氛围的奇思妙想都营造了一种古典诗词的韵味，而具备着更古典的人格模式和爱情趣味的则是小说里年轻的林爽然和赵宁静，心有钟情，无邪相思。如果说钟晓阳笔下的人物是老灵魂转世，那么，出现在《停车暂借问》前两部里的人物则是老灵魂充满青春气息和无限生机的前世故事，虽生逢乱世，但仿佛无事不可以。到了第三部，虽然中间只有十五年的时间间隔，地点由东北转移到了香港，但老灵魂却已然是沧桑一世。对林爽然来说，前世的生命轨迹几不可寻，往事不堪追忆，宛若镜中之花，空留嗟叹！赵宁静香港邂逅的他，已然是个不折不扣的苍老灵魂，残留的只有老灵魂现世生存的软弱、胆怯、回避与逃离。

---

① 钟晓阳：《停车暂借问》，（台北）三三书坊 1982 年版，第 38 页。
② 同上书，第 44 页。

相对而言，女主人公赵宁静却还没有使自己的人生期待完全萎缩下去，她还在争取也还有希冀。这个人物使我们想到钟晓阳作品中的许多类似形象，如《翠袖》中的翠袖、《卢家少妇》中的细君等。《翠袖》的故事并不陌生，一个年轻的富家太太为了追求情欲的满足离家出走，但转瞬又回来了，甘愿重新接受笼子里的金丝鸟的命运，这是为什么呢？年近五十的香港商人沃耕耘回上海公开张罗续弦，三十岁左右仍待字闺中的陈翠袖简直再合适不过，而且本人又是小学教师，父母都是知识分子，言谈举止更是落落大方。初次见面，陈翠袖给沃耕耘留下了深刻的印象，大约两年后，翠袖不但与耕耘结婚，而且获准入香港。翠袖的变化，作者有神来之笔的巧妙交代：

> 镜中的翠袖很快就变了样子，头发电卷了，眉毛拔成极细的一条，邪邪的斜飞上去；眼睛画了眼线，嘴唇涂得红红的，手指甲脚趾甲都搽满蔻丹。她能够穿一双三寸跟的高跟鞋而走路稳步如牛。[①]

耕耘没有刻意教导翠袖，但香港的社会生活就是一所大学校。不多久，耕耘倒已经判定她无可挽救地成为了一个庸俗劣陋的都市妇女。他当初觉得她的笑声如莺啭，如今则像电压，所到之处，万物枯槁。家用上的龃龉也开始了，就在这时翠袖认识了陆至崇，只因为嫁作商人妇的女人，他了解得里外通透，都是深闺怨妇，所以他的撩拨正迎合了翠袖寂寞里的情欲渴望。他本无心她却有意了，翠袖居然在委屈和自怜中为他离家出走，那是翠袖再也不愿意想起且永远不会向人提及的荒唐一幕：她在黑暗中爬了七层楼梯才摸到至崇的门牌，狭小的屋子里，一家八口全体下床看是谁来了。至崇脸色非常难看，随便把她安顿在他妹妹房里，背着人怪她太鲁莽，不先通知他，什么都好商量。她彻底领悟了。他家里这么穷，又这么大的家累，她不能害人害己。所以一早上她就跑回来了。一切又安静下来，从头开始。

一般研究者倾向于认为：翠袖经过了重重权衡重新回归家庭。岂不知

---

① 钟晓阳：《流年》，（台北）洪范书店 1983 年版，第 8 页。

这一走一回之中蕴含着翠袖的多重悲剧：为了金钱嫁给香港商人，这当然是翠袖自己的选择——此前她也有过男朋友，不过是闹翻后悔婚了，这是翠袖的第一重悲剧；交际场中认识了陆至崇并因他的撩拨而动情，这是第二重悲剧，因为陆毕竟只是逢场作戏，而翠袖的幼稚之处在于她不但以假当真而且采取了实际行动。最后一重悲剧在于，翠袖不得不重新回家庭继续她那笼中金丝鸟的生涯——做一个庸俗劣陋的都市妇女。像翠袖这样的一个女子，恐怕也只会是独属于钟晓阳的，她少了些许思量，更少了些许心机，从她到香港后迅速地被同化就可看出一斑。不管她出走与否，她在男权社会中的命运都将是悲剧性的，她不自知甚至完全地出于自愿去完成这个悲剧的仪式："我不觉得，至少我得到的，数不清；失去的，数得出来。""你失去的其中一样，可能就是你的全部。"陆至崇的这句调情话恰恰道出问题的根源所在，但他们两人理解的这"一样"究竟指的是什么？爱情？性？自由？如果不能上升到自我人格和主体自由的高度，对翠袖命运的观照就仍然是匮乏的，何况当初嫁与沃耕耘也是完全出自她的自愿。

无论是赵宁静的大辫子，还是翠袖的滚边上衣以及细君守在窗下的刺绣姿势，都传达出人物身上的古典流韵，正如赵宁静和翠袖都曾经以离家出走的方式反抗过命运一样，守着僵尸一样的丈夫和刁钻的婆婆的细君也以她的方式进行过私下的积极的反抗：悄悄地结交男朋友，想方设法取得遗产等——但反抗的结局最后都一样，逃不出老灵魂的命定归宿。离了婚也失去了林爽然的赵宁静将何以终老？无疑，她将在孤独和回忆中逐渐地变成一个老灵魂，在前世与今生的冲突中厌倦现实，沉迷过去。出走后又回来的翠袖也将守着苍老的沃耕耘一点点地委顿——变得更加牢骚多嘴和世俗。但设若林爽然不远远逃去美国，赵宁静下半生的日子不也是同样守着苍老消沉的他度过余生吗？同理，细君的故事也没有完结，即便她有了新的丈夫和家庭，多年以后她又怎么能够摆脱成为她的婆婆——卢老太太那样的命运呢？无论如何，这些女性于青春尚在的时刻肆意张扬了自己的神韵：单纯、率直或泼辣的性情。有人惊呼钟晓阳笔下的赵宁静哀婉缠绵得一点不像是东北姑娘，但其实赵宁静包括钟晓阳本人身上毕竟有着一定的东北文化的血缘传承，翠袖以及赵宁静的决绝出走都是张爱玲笔下的女性绝对做不出来的。曹七巧为了金钱舍弃了与姜家老三的爱情，更断送了儿女的幸福；甚至顾曼桢也为了区区误会，任由姐姐关押，姐夫强奸，怀孕并生下孩子，甚至逃离姐姐曼璐家之后，也没有设法去寻找自己的恋人，却及早地屈服于命运的安排，不做一丝挣扎和反抗。或许挣扎后的命运也没有实质性的改变，但挣扎总是必要的情感反应，钟晓阳的特出之处就在于她描绘出了人在希望里的挣扎以及挣扎后的绝望状态，渲染和深化了这些"古老灵魂"的悲剧性，仅凭这一点，就是对张爱玲的超越，无怪乎有研究者将其作品的主题概括为"腐朽的期待"。

而《腐朽和期待》作为《燃烧之后》的压轴之作，正仿佛《停车暂借问》故事的续篇，汤老太太萧桃园怎么看都有着赵宁静的影子，她们都出身于抚顺豪门富户，而且世代书香；她们都有着两段刻骨铭心的爱情，汤老太太的晚年简直就是赵宁静的晚年。迟暮之年的汤老太太得了健忘症，但她忘却的只是现时的时间和日常生活，永远存留在记忆中不会更改的是过去的历史和经历，这即是老灵魂的最基本的特征：生活在当下而遗忘了当下，远离了过往而偏偏沉浸于昔日。

在即将一天天走向腐朽的晚景中，她仍怀着莫名的期待，这使她一度燃烧起来，不停地变换头发的样式和颜色——但那只是夕阳下山前的回光返照，她所朦胧期待着的人物真正感兴趣的并不是她，而是她年轻的离了婚的女儿式屏！小说叙述以双线展开，在正文故事展开的同时，萧桃园的回忆录《耳冷轩杂忆》以不同的文字样式交代了萧家的历史：下关东、创业，萧家小姐桃园与李切的青梅竹马的爱情、和丈夫汤镇域传奇般的相遇和婚姻——老灵魂的前世的生活和爱情。生活在现代都市里的古老魂灵汤老太太，身处半岛酒店的无边繁华，看到的却是繁华背后的极度凋零：

> 现在半岛酒店也平民化了，不像她初来的时候，有歌剧式的装潢便有歌剧式的服饰，每到黄昏，一个老头提着长杆，剔亮沿街的那一盏油灯。但也罢，活了这一辈子，甚么地方没去过，甚么山珍海味没有尝过，再伟大的朝代她也眼看着它毁坏崩塌，一夕之间变成了一堆土。少年时期看《红楼梦》背熟了的："陋室空房，当年笏

满床。衰草枯杨，曾为歌舞场。蛛丝儿结满雕梁，绿纱今又糊在蓬窗上。说甚么脂正浓，粉正香，如何两鬓又成霜……"她几乎是幸灾乐祸地观望着眼前这些面目模糊的不知谁的子子孙孙。等着瞧吧你们，前头日子多着呢。[①]

这是一种既怀有优越感然而又很不甘心的心理状态：既无力追赶时代，又对时代前行的意义予以否定；既对即将到来的腐朽表示释然解脱，同时又对今日之下难以把握的现实充满热望和难言的失落。母亲萧桃园在冬日悄然死去，式屏将如何面对与年长她二十余年的王社春将来的共同生活呢？这岂不又是一个期待和腐朽的故事？从宁静到翠袖、细君，从萧桃园到式屏，老灵魂的故事代代相传，当对于命运的反抗无效或无果时，这些灵魂就永远地老去了！此后，就做一个局外之人，观望着现世生存里的爱恨情仇以及悲欢离合，在曾经的前世辉煌的追缅里消磨余生！

但既然是腐朽的期待，又说明这些老灵魂未能完全忘情于世俗生活的感官满足，对现世的物质欲望和生活享受采取既迎又拒的态度，钟晓阳小说在升华与堕落、规避与浸润之间深刻揭示了老灵魂生存的心理和情感悖论。《阿狼与我》写的是青春少女性的悸动以及由此引起的内心的混乱、挣扎，直至最后凶杀案的发生，其中牵扯到问题家庭、问题少女等敏感话题：

当一个人爱上了另一个人，是多么地奇妙。无论你见过他多少次，你都觉得好像是第一次看见他。你全身都是异样的感觉。刹那间你觉得眼前的一切都明白了，像冰雪一样容易明白，同时又甚么都混乱了，像噩梦一样的混乱。有时你觉得自己是瞎的，有时完全聋了，有时又完全哑了。你的心和身体从来没有如此紧密地结合过，互相带领。你的血像火一样烧着起来。你会觉得生了重大的病。你怕他会猝然死去。你但愿他永远不要死，你自己也永远不要死。要死就死在一起。[②]

---

① 钟晓阳：《腐朽的期待》，《燃烧之后》，（香港）天地图书有限公司 1997 年版，第 305 页。
② 同上书，第 58 页。

阿娟爱阿狼如此深沉，却用阿狼送给她的那把刀杀死了他，只因为阿狼前女友姚玉丽的出现。《燃烧之后》中的唐力、凌暖在长途电话中叮咛："多吃一点，每天要磅一磅；睡觉睡右边，别压住心脏；危险时在身体周围想像一圈白光——"《不是晴天》中的谢家楠和鲍美淳就要结婚了，家楠在新房里一次次把电话打给许胜慧，沉浸并回味在特殊的感情深意里，而胜慧却在着急地等待从未谋面的梁先生——那是她的姐姐，谢家楠的前女友给她推荐的男朋友的新人选。《普通的生活》中分别讲述了在茫茫人海中，寂寞的已婚女人米娜和寂寞的离婚男人敏钊之间的婚外感情生活，藉此展开都市男女的恋爱、青春、婚姻等各自一面，揭示都市人普通生活的畸形常态。《未亡人》似乎更具解构意义，双双赴美的梁律、梅茵显然是 对恩爱夫妇，梁律的猝然去世使梅茵痛不欲生，但被梅茵视为生死爱人的梁律却也同时是她的两位女友王伊凡和徐宝珊记忆中永远的爱的秘密。故事由这两人的相见聚谈开始，以两人的电话结束，却是各怀心思，或许正是对于同一男人的牵挂和纪念才使她们维持着某种不间断的交往。《爱蜜丽，爱蜜丽》颇类似于张爱玲的《红玫瑰与白玫瑰》，一个疲惫而空虚的男人周旋于妻子与情人之间，她们的昵称同样是爱蜜丽，出于空虚而发生的婚外情使他更加空虚和疲惫，在这个感情的征逐游戏中，每个人都心知肚明，但没有一个人愿意改变自己的生活和生活中的角色定位。

> 也许紫遽说得没错：再怎样她也是两个孩子的母亲，联名户口的户主，房契上的签署人。她进产房是他握着她的手陪她进去的，每天晚上睡在他身边的是她，表格的配偶栏他填的是她的名字。瑶保有甚么？只有他的感情。感情又是甚么？她跟丈夫回英国之后他们之间也许连这个都没有，只有距离，几千里和几万里的海洋和地球上的表面。而他还是原来的他，只是刚刚做了一场梦。[1]

这些"现在和将来"的老灵魂的另一个主要特征是现实生活中的无力

---

[1] 钟晓阳：《腐朽的期待》，《燃烧之后》，（香港）天地图书有限公司1997年版，第251页。

感，他们空有虚幻的想像，却没有付诸实际的行动能力。《二段琴》中的莫非自小生活凄凉，母亲被父亲抛弃后自杀，莫非跟着养父生活，个人经历的磨折使他变得逆来顺受，对生活没有过多的苛求，甚至当爱情来临时依然置身事外。而他遇上的偏偏又是倔强自尊的女孩凤回，在悄悄地生下了他们的孩子后，无言地分手。莫非的第二段爱情源于执着傻气的女孩杨清妮，这个女孩使出了泼辣、含蓄等所有的示爱招数后，依然不能使莫非的感情死灰复燃，莫非一无所求，只有胡琴才是他的一切，他相依为命的永远。

　　莫非的胡琴，说起来真是长长的一段事情。太长了，一切都没有的时候，先有了它，一切都消失了后，剩下了它，整个世界，不管是朝上还是朝下，总是往前去的，而且不断地翻新。独有那胡琴声，是唯一的一点旧的，长性的，在汹涌人潮的最底层，咿咿哑哑地呜咽人生的悲哀无绝期，一切繁荣虚华过去了，原来是那胡琴声，济沧海来，渡桑田去，朝朝暮暮，暮暮朝朝。莫非的事情，只是其中一个日白云灰的早晨，或者一个日清云冷的夕暮，谁也记不得了，说起来，就是这么回事。①

　　莫非的身世、莫非无疾而终的爱情、莫非的胡琴都在生命里毫无痕迹地滑过，莫非简直不是一个生活在现世里的人，这个古老的死亡的灵魂借咿呀的胡琴声倾诉着他前世今生的哀怨和不平，绝望和冷漠。

　　其实，钟晓阳的大部分作品中都有这样一个内心不为外界所动的男性人物，不仅仅是不为所动，简直就是一个个老灵魂转世而来，一切世态变幻对他们来说莫不若白云苍狗。《爱妻》里的李天良，《唤真真》里的杜良作，《流年》里的江潮信，《卢家少妇》里的汪沦以及《遗恨传奇》中的于一平，都是生活在今世的不折不扣的老灵魂。这些人物的肉身是年轻的，但是他们觉得自己仿佛背负着一具活了太久的灵魂，在人群中失魂落魄地行走，两眼无神地看着周围的人兴致勃勃地为了各种目标而奔走，要自由，要幸福，要快乐。他们不知道他们的冷眼旁观是因

---

① 钟晓阳：《流年》，（台北）洪范书店 1983 年版，第 115 页。

为他们本能地选择了较容易和安全的道路，抑或是较难的。他们跟自己说只想做一个乱世里的闲人，然而不知道这是否只是自己在自圆其说。这些老灵魂既冀想着古典社会的幽雅闲适，愿意在现世安稳、岁月静好的古典想像里恬淡一生，但偏偏他们又生活在现代社会，尽管他们有意识地与现代社会保持着某种疏离之感，企图做都市里的闲云野鹤，但现代社会对他们的冲击和诱惑又使他们无可抵挡，正是其性格中的恬淡在现代社会诱惑的面前变成了一切的无可无不可，于是放弃自我就变得分外容易。

于是，老灵魂在前世今生的冲突与矛盾中彻底舍弃了前生的想像，纵情现世今生的声色成为没有出路的出路，无可与无不可的随波逐流的选择，也造成了其彻底的绝望和崩溃。《爱妻》中的李天良，与他古典的妻子霍剑玉有着很深的感情，但在婚前情人华荃三番五次的撩拨进攻后主动投降，而剑玉的恬淡隐忍越发使他自我放纵下去，直至剑玉患病吐血而死。在这个三角关系中，剑玉注定是要输掉的：她更像是一个纯粹的老灵魂，而她的对手华荃却是纵情物质的现代人。华荃对李天良的内心世界的不堪一击有着一针见血的把握："不过，我看你呀，还是算了吧，你和我一样，骨子里都是贱种！"正是华荃这含带嘲弄的话语促使李天良当晚留在了她那里过夜，堕落原本就是一刹那一转念之间的事情，甚至堕落原本就是人性和欲望的一种，它随时潜伏在人性的隐秘之处，一旦发现那诱惑之物就迫不及待地跳将出来。《流年》中的江潮信同样纠缠于古典与现代气质的女子叶晨和香伦之间，最终他仍然选择了香伦，就像李天良抛弃剑玉选择了华荃一样。《遗恨传奇》中的于一平同样是这样一个男人，在他的成长过程中，包括大学和就业以后，所有没有经历过和原先不能接受的事情都在他身上发生了，而且他居然做得如此老练和不着痕迹。知识分子家庭的清高自恃没能使他避免卷入金钱和情欲的旋涡，最终一任自我无力和无助地沉沦堕落下去：

　　　　那就像是一场荒唐颠倒的乱梦，教他醒之后几不欲生。梦中的一切如此销魂蚀骨，如醉如痴，而梦后的一切如此苍白颓预。他想来想去也想不出来是什么原因使他走上了这样的一条堕落的路。

结果他发现汇聚在他周围的人为与非人为的力量远远超出了他的肉身与灵魂的力量。他堕入了无边的荒谬之境，无力的双手和双足无法助他安全着陆，粉碎也许是必然吧！①

于一平甚至觉得，如果生活在古代，那个忠君、爱国、信义仁勇的年代，一切或许要简单得多。至少他会觉得有所凭借，在天地间立地生根，生死都得其所，即使为了一个最最无用的昏君血溅沙场也是心甘情愿，顶天立地的事情。为何事到如今人们的道德精神却陷入了一片无止境的虚空？找寻寄托的人们，摇摇晃晃地走上了虚无和厌世的路途，他自己就是这一群中的一个，想到这些他更感到茫然。老灵魂们的如许困惑正说明现代社会中古典的道德观念以及人情正义的逐渐消失，浮游于当下世界里的老灵魂们或者寂寞到死，或者迅速堕落——除此之外没有更多选择。如果说剑玉们代表的是老灵魂的前世，华荃们则代表了老灵魂的今生，这些老灵魂虽然携带着古典世界的情意结，但现代社会的生存和人情却已经容不下这些，所以，他们也必然地要改变——堕落为现世今生之人，于是那前世不是消亡死去就是破灭失踪。在钟晓阳笔下，无论是具有反抗精神的女性如赵宁静、翠袖、细君所指认着的老灵魂的前世，还是被生存的无力感主宰的男性如莫非、李天良、于一平所象征着的老灵魂的今生，都以其呜咽的命运给现代人讲述了一则古意悠然却怅然的传奇，并藉由这些老灵魂所依凭的古典世界的消失来展示现实世界的变化、人的变化，传达过去与未来、时间与空间之亘古悖论。

第三节　生死轮回的情爱理念

无论是《大轮回》中三生三世的轮回、《轮回》中的前世因后世果，还是《黑原》中的鬼魂世界，《过山》中的复仇故事，钟玲的小说都在诠释着一个亘古的话题：爱情的寻求和归宿，而轮回的主题意象则分别以不同的形式和情节出现于其中。钟玲，1945 年生，广州市人，东海大学

---

① 钟晓阳：《遗恨传奇》，（香港）天地图书有限公司 1996 年版。

外文系毕业，美国威士康辛大学比较文学博士。曾任教纽约州立大学、香港大学、中山大学、香港浸会大学，现为澳门大学教授。她不仅对中美文学关系、女性文学有深入的研究，更是文学创作的多方位尝试和实践者。曾获得国家文艺奖。先后出版小说集《钟玲极短篇》、《生死冤家》、《大轮回》；诗集《芬芳的海》，散文集《爱玉的人》、《日月同行》，文学评论集《现代中国缪司：台湾女诗人作品论析》等，有《大地春雨：钟玲自选集》行世。钟玲的作品早年以诗和散文为主，值得注意的是，1984年后写下了《美人图》组诗和七部短篇小说，即小说集《生死冤家》所收的"杏花篇"和"天人菊篇"，前者包括《过山》、《生死冤家》和《莺莺》，后者包括《刺》、《女诗人之死》、《逸心园》和《望安》，曾引发性别研究者的热议。那么，她的作品是重新书写性别之权，还是重新构拟古代文化，抑或只是重新想像爱情？

可以肯定的是，钟玲吟咏古代女性的诗歌可以与其小说进行某种对照性的解读，从而离析其作品中的女性主义思想倾向以及对男权话语和文化传统的解构与重写意图。首先，钟玲作品对女性性爱心理有大胆细微的张扬和挖掘，直至穿越生死的执着爱情追求的描写。《美人图》共有10篇，除第6篇《白玉舞姬》、第10篇《织女》之外，皆为史书上有确切记载之女性人物：苏小小、李清照、西施、花蕊夫人、王昭君、唐琬、绿珠、卓文君。作为一种新奇的尝试，钟玲在这些篇章中都采用了女性第一人称的写法，以女性主体发声的自白方式为千百年来男权话语遮蔽和压抑中的女性张目：或抒发一腔隐忍而专注的深情，或伸张一种慷慨赴死的从容。

> 夫差啊，只有你不怨我/你在我眼中丰收过恋慕/你成就江南空前的霸业/我成就千秋万世的艳名/今夜一样的灿烂/姑苏台和姑苏山。（《西施》）
>
> 陛下、你的深情也刺痛我，/纵使你爱我，以无尽温柔，/你的宠眷能多久？/倒不如你魂率塞外，/因为得不到的，属于永恒。（《王昭君》）
>
> ——主公，你获罪不在绿珠，/没有我，你一样结党结怨，/没

有我，你一样沦为囚虏。/白白担待了虚名啊！　　　　　（《绿珠》）

在半数以上的篇章中，作者有意在诗末附加了后记，以说明史书记载的历史背景以及作者在诗歌中所要表达的创作意图。令人困惑的是，作者并没有表现出过度的诠释——亦即对历史的决然反叛态度，而是依从历史，让当事者现身说法，既没有激越的辩白，也没有超越特定历史的牵强附会。如此，重新诠释历史女性的意图究竟何在？或许只有爱情的表达能成为合适的理由。无论唐琬记忆里的务观、李清照心中的德甫、西施眼前的夫差、绿珠背后的主公、昭君眼里的陛下，还是花蕊夫人心头的主上……都曾经拥有一段轰轰烈烈的爱情！钟玲的意图倒并不在于以现代的女性意识来图解古人，而是揭示其死亡、人生悲剧中某种不为世人所知的秘密。

以此为对照，其小说中"借尸还魂"的"故事新编"又有怎样的突破呢？以现代情爱观念和行动赋予古代人物，注重女性主义的情色书写是钟玲小说的又一个显著特点。《过山》中年迈病重的皇帝挨不过三天了，年轻貌美的左夫人姊艳爱上了太子婴齐，美好而热烈的性爱使她对活着充满依恋，但等待着她的命运却是被一方白绫绞杀：

> 我是夏夜御池的涟漪，震荡又散开，他是覆盖池水的夜气。我闭上眼，任他带我穿越一重又一重的黑暗，柔软而温煦的黑暗。死亡也会这般吗？不，墓室的黑暗，冰冷而坚硬。不像这里，他的躯体四肢由外面热辣辣地包裹我，强壮得像拉满弦的弓。他由里面充实我，春日迸发的芽茎，刚中带柔的芽茎啊！池上的涟漪，震荡又散开。震荡到我快要禁受不住了。一霎时，御池周围的火炬全部燃起，刺眼的光亮，惊飞一只夜宿的火鸟，箭一般射向天空。我在满地白灿灿的波浪中震颤，繁花在我体内一朵朵开放……①

与死亡相对的性爱是如此切实而疯狂，对死亡的恐惧和对年轻太子的恋慕使姊艳想出以李代桃僵的方式让舞姬代替自己为皇帝殉葬，但终

---

① 钟玲：《过山》，《生死冤家》，（台北）洪范书店1992年版，第29—30页。

于还是没有能够逃出生天。舞姬手上的玉镯穿越时空和生死为主人复仇，终于不负苦心，穿越阴阳之隔、几千年的时间界限，找到了轮回今世的姊燕。在这里，复仇只是一个故事框架，生死轮回也只是为了复仇提供条件，作者所主要体现的仍然是古今不变的情爱主题：为了爱而生，为了爱而死，性爱足以使人抗拒死亡。

《生死冤家》乃本小说集的主打作品，是《碾玉观音》故事的重写，凸显了故事中秀秀的女性主体性。小说描写秀秀、崔宁初次单独相见："我滑嫩的鹅蛋脸，清凉的一双眼，玉榴樱桃饱满的唇，水蜜桃丰满的身材，府中许多干办和侍卫都以同样的眼神追随过我。"在秀秀有意营造的偶然相逢中，"仰望他微荡如酒的目光，心口像给艾草炙到，没有男人令我的心这般颤动如蝶翅……"女性自我的自信建立在物化身体的基础上当然值得推敲和怀疑，但内心情欲的觉醒和主动表达却是非常醒目的。在秀秀和崔宁的性爱关系中，秀秀始终处于主动的一方和主体的位置。虽蒙郡王许婚崔宁，但对青春年少的秀秀来说，漫长的四年半的等待无疑是一种变相的惩罚："一千六百天的等待，如何度过？他会上花街柳巷吗？"这既是对男人的担忧，也是情欲煎熬的焦虑。于是在王府的一场莫名的火灾中，秀秀和崔宁双双逃出，彻底背叛了礼教和王权："我不管了，郡王睁圆的怒目，差役高举的长棒，我都不管了。我要做一只飞翔的鸟，不做绣死在郡王锦袜上的一朵葵花。"女性主体的觉醒在此得到进一步发展，秀秀开始了和崔宁短暂的自由而幸福的生活：

> 我是他手中的一块玉材，他轻滑地切我蹉我、琢我磨我……，白天我们像一壶七宝茶，他是进进出出的热汤，我是沉底的芬芳茶叶；晚上我们是二色灌香藕，我是香脆的藕肉，他是把我圆洞塞满的糯米与蜜糖。[①]

但是，秀秀和崔宁的自由情爱生活很快就受到了威胁，郡王的侍卫郭立在潭州发现了他们并汇报给了郡王，秀秀惨遭郡王毒手而死，但她的鬼

---

① 钟玲：《生死冤家》，（台北）洪范书店 1992 年版，第 64 页。

魂化为人形追随崔宁到了建康。然而，好景不长，再次落入郡王的魔掌！回归泥土之际，秀秀紧紧抱住崔宁，两人飞升到万里之外郡王永远追不到的地方去了。《莺莺》丝毫不逊色于《生死冤家》，其对传统文本的反抗和解构一以贯之，将一个始乱终弃的老套故事演绎成为一个女子自觉而骄傲的爱情萌生和死灭的心路历程，将女性性心理的隐秘悸动描写得奇异大胆："我喜欢骑马的趣味，就像此刻，在回暖的初春，青嫩的叶芽在夹道的榆树上闪亮，我双腿夹着健硕的马腹，即使隔着层丝绵夹裤，隔着层铺在马背上的薄毯，我仍然感受到这匹黑马悸动的肌腱，感受到它贲张的血脉。这种颠簸好刺激……"并有意通过梦境和潜意识活动来表现人物的心理和欲望。在维之表兄拯救普救寺的当晚，她就做了一个离奇的梦：

> 有个粗壮的大胡子紧抱住我策马飞奔，马鞍上还挂了三个切下来的和尚头颅。他的胡子乱针一般地猛刺我的脖子。忽然，他被人砍下马去，一只有力的手抱我上了另一匹马，我在元维之的马上，他只轻轻地扶住我的腰。忽然我们俩又坐在小舟上，顺溪流而下，两岸都是杏花树，蜿蜒像两行白色的花障。而溪水的颜色竟是胭脂红！左岸出现了十多个穿黑色袍子的男童，他们唱说："元生退贼策，夫人许结亲，君子配淑女，英雄救美人。"过了不远右岸杏花树下也出现了十多个着黑袍的女童，唱说："圣明唐圣主，勒赐为夫妇，永老无别离，万古常完聚。"维之晶亮的眸子盯住我，我顺从地仰身躺在船上，他把杏花插在我发上，我鬓旁，插在我低胸衣框住的乳沟中……①

这梦境描写表现了莺莺对性爱的饥渴与向往，也暗示了她与元维之之间的情爱关系。因为坠入情海的无助，莺莺不愿和他相见，但勉强和维之相见后的又一梦更具隐喻意义：莺莺在奔逃之中抱住的维之却是一截枯木，而他缘枯木上爬，已经很高很高并钻入云端了……这无疑带有一定的预言性质，是他们爱情悲剧的象征。莺莺的爱情充满了骄傲和由之引起的怨怼，深深的自卑和强烈的爱的渴望交织在一起，在一刹那间，莺莺对爱情的渴

---

① 　钟玲：《莺莺》，《生死冤家》，（台北）洪范书店1992年版，第85页。

望战胜了自卑和可能的被遗弃的重重命运忧虑，爱情终于战胜了一切：

> 　　神州无限辽阔，而元维之和郑莺莺会在这荒野中的古刹相遇，两
> 颗心怦然为对方悸动，不知道是多少世的因果才修得这份缘。下一个
> 月呢？我们会各奔东西，今生我再也见不到他了。而今夜，他仍在庙
> 中，就在东园外不远的一个厢房里，我还等什么呢？①

　　何况，他还有着深情的专注和冷冷的自矜。但莺莺错了吗？在她和他的爱情角逐中，她始终处于矛盾之中，一方面是爱的沉沦和深陷，一方面是自卑和清醒的未来认知。但每一次面对他的示爱，她都超出预料地往前走了一步，如果把他们之间的较量比之为一场拉锯战，他是一步步地有把握地匀速前进，而她则是后退半步，在失衡中前进两步，一次比一次剧烈，一次比一次绝望，在这样的无奈而绝望的心情中，她已经把自我完全交出。自此不复相思，自此之后的时间就是回忆和等待，直到她生命中的伤和痂剥落——那是维之的死。

　　如此相似地，这三篇故事新编类的作品和《美人图》组诗有着同样的女性第一人称叙事，在突出女性的主体性和发出女性声音之外，表达的同样是对于永恒爱情的缅怀和执着。若果有爱，必得有双方的心意一致，《生死冤家》中的秀秀和崔宁是一致的，但最终当秀秀以鬼的身份出现的时候，崔宁也已经走到了坚贞的尽头，如果不是肉身的瞬间脱落，极有可能又是一个悲剧。而在《莺莺》当中，爱情只是短暂的，甚至是单方面的，因此莺莺面对着必然的悲剧结局无以自控，爱情的伤痛几乎蔓延了她的一生。男人终究是靠不住的，但女性却宿命般地要爱上他们，然后在漫长的岁月中独自疗治伤痛。这些女性就其个人的力量而言，无疑都是卑微而弱小的，但她们企求能够幸运地与心爱之人相逢，哪怕只是很短暂的时间。因此，有研究者断言："从这些作品来看，钟玲已变成了一个完完全全的女性主义作家。"②确实，《生死冤家》系列小说显示出超越《美人图》组诗的女

---

① 　钟玲：《莺莺》，《生死冤家》，（台北）洪范书店 1992 年版，第 96 页。

② 　陈炳良：《彻底的女性》，《文学杂志》1992 年第 36 期。

性命运探讨的丰富性和复杂性。

《大轮回》叙述的是一女二男之间三生三世的情爱纠葛：第一世豪门巨族的小姐玉儿，锦衣卫的千户和金公子；第二世名角杨玉荷，沈公子应金和师哥；第三世舞蹈团的白玉荷，乩童沈金以及沈的大哥。他们历经三世纠葛不清的三角关系，最终无法化解，世世相因，因果轮回。《轮回》叙述20世纪60年代由一间保守女中进入教会大学的女孩子，把自己当作神圣不可侵犯的贞女而筑起心灵的高墙，直到那位痴迷的求爱者在缺憾中因病离世，才唤起了"我"的爱情觉醒，觉醒的时刻也是歉疚的时刻，同样是对生死之谜参悟的时刻："他的死，是我复活的触媒剂；我所忽略了他生前的作为，在他过世后，都像一盏盏路灯似的点起，把我引向我一生决定性的觉醒"①。钟玲曾经谈起《轮回》的创作缘起："这一时空的你之所以悲哀就是因为你前一辈子自己做了甚么而导致的，就是所谓'因果'，我相信的就是这一种。这也可说成是孽，自己行为由自己来负责。"② 这或许正是问题的关键所在，是否正是这"决定性的觉醒"才促使钟玲写下了这一篇篇以女性为主体的情欲觉醒的生死轮回式的新编故事呢？无论是《大轮回》中三生三世之轮回，《轮回》中的前世因后世果，还是《黑原》中的鬼魂世界，都在诠释着一个永恒的文学主题：爱情不灭。

但也有评论者指出了钟玲作品中女性意识的局限或矛盾之处，"读完全作，我们会错愕地感觉在一些地方钟玲犹似迫不及待地要成为父权结构的共犯；而在另外一些地方则作者是意识到了女性自身的一些重要问题，但却陷于提不出积极的构图的困境中"。③ 不能不说有一定的针对性："钟玲的小说有意无意仍陷入'男人拥有性，而女人则为性物品被拥有及被使用'的宰制关系中。尽管着墨于女性自身的性感受，可是内容及描写却不无更强化父权社会中女性甘为男性拜物对象之嫌。"④ 写作者并不是完全根据某种理论来虚构人物，而是在某种理论的借鉴中摹写现实生

---

① 钟玲：《轮回》，《大轮回》，（台北）九歌出版有限公司1998年版，第150页。

② 《钟玲创作座谈会》，《香港文艺》双月刊第2期。

③ 杨弃：《女作家，女性人物，与女性主义：评钟玲的〈生死冤家〉》，《联合文学》1992年第90期。

④ 同上。

活，而且这两者的关系也是不可以颠倒的，否则就失去了文学作品的应有之义。或许钟玲的作品和人物有着某种理论上的局限，却有着更多现实生活的真实性。但不可否认的是，钟玲在为她笔下的女性形象定位时，不时陷入到物化女性的沼泽，对女性美的比附落入窠臼，如前面对秀秀美貌的描写，对莺莺衣饰的着意刻画等。已经有论者注意到这一点：莺莺在故事前半部显得高傲，冷淡，难以亲近，但在两人的关系发生实质性变化之后却变得被动而谦卑。"到了最后，她好似已经'物品化'，变成不露面的，闺阁中的一个花瓶。"① 甚至夜夜失眠，终日以泪洗面了，这与小说开头热爱骑快马，并时时逸出马队（意味着对封建伦理规范的逾矩）的大胆而骄傲的莺莺迥然不同，甚至判若两人，这才是钟玲写作中最有悬念和意味的创作症候！是否就如前文所论断的后期爱之力量的匮乏呢？但那反抗的勇气和骄傲到哪里去了？这是否和身体——或处子身体的失去有些许内在的关联呢？

此外，还有一个性别关系的建设问题。莺莺的丈夫一直是个被忽略了的人物，他并不因为莺莺不是处女而不喜欢她，而是得知了莺莺与元维之之间的情事——而且这情事业已朝野尽知后，才开始纳妾从而冷落了莺莺的，那么，这是否意味着他更在乎的是男人的面子和尊严呢？这倒和《生死冤家》中的崔宁有几分类似了：秀秀并不担心崔宁不爱她，而是担心崔宁一旦知道她是鬼就不再爱她。在他们向着自由的高空飞升之际，有两样东西脱落：彼此的肉身。秀秀的肉身由实体变成线条，再化为虚线不见了。崔宁的肉身软巴巴地横在地上，只是一具尸体。此小说以秀秀的绝对主体地位作支撑，崔宁在很多情况下只是附庸、被动的角色，他由始至终的变化，对变成鬼的秀秀的盘问以及惧怕等，都进一步体现了作者在高扬女性主体意识的同时，对男权（郡王）的讽刺和批判。一方面其借助于权势施行淫威，另一方面就其本质而言，是软弱的、胆怯的，同样也是不坚贞的。在男性世界里，无论拥有权力还是没有权力，无论丑者还是美者，无论年老者还是年轻者，都是被诅咒或被批判

---

① 魏纶：《女性主体性的蜕变与突破：从元稹的〈莺莺传〉到钟玲的〈莺莺〉》，载吴燕娜编著《中国妇女与文学论集》，（台北）稻乡出版公司1999年版，第259页。

的，都在秀秀等女性主体的光照下显得逊色、单薄和贫瘠。

其实，生死轮回并不是钟玲的专利，李碧华的小说《潘金莲之前世今生》与《秦俑》讲述的都是典型的生死轮回的故事，但其表达的主题与钟玲显然有很大的差异：如果说，钟玲藉由轮回的生命，表达较为纯粹的爱情的不灭神话，那么，李碧华的生死轮回故事则有更丰富复杂的现实隐喻：潘金莲三世轮回都改变不了她淫妇的罪名，这一方面是对内地"文革"政治迫害的谴责，另一方面是对香港拜金商业社会的抨击；而《秦俑》的故事则接近爱情的旷世缠绵，作者展开奇诡想像，实现商业效益，并达成现实讥刺的目的。钟玲小说对原型故事的改编不在情节，不在人物命运甚至小说家普遍感到兴趣的故事结局的改变，而在于基本顺从故事发展脉络的基础上，有意识地展开细节描写，以女性第一人称叙述充分展现女性情欲的觉醒和感受，并吸收和转化了西方精神分析理论中的某些符码：如梦境的描写、潜意识的活动、欲望波动的意象等。而其对女性自我意识及女性主体地位的张扬显然也受到西方传统女性主义理论的影响，至于说到其作品中的彻底的叛逆、对男权主义观念的颠覆则非常薄弱，钟玲小说里的生死轮回是为其笔下人物爱情的追求服务的，其故事新编的形式也并不在于出奇制胜，只不过意欲将女性情欲的自主心理进行必要地彰显。由此对历史中的女性的发掘和重写，达成对其情欲主体地位和身体自主权利的充分肯定。

第四节　荒诞暴力书写的生存超越

以韩丽珠、谢晓红为代表的香港新生代女性作家，其共同特点大致可以归纳为："20 世纪 70 年代末生，成长于八、九〇年代的香港；在港接受高等教育并取得学位；担任过写作班导师；曾在大大小小的文学比赛中得奖；创作以小说及诗歌为主；作品内容多围绕'我城'等。"[1]　相较于上代作家对于香港深情款款，新世代的作家或许受到黄碧云作品的影响[2]，进

---

① 梁秉钧策划：《书写香港@ 文学故事》，（香港）香港教育图书公司 2008 年版，第 281 页。
② 黄碧云：《无爱纪》，（台北）大田出版有限公司 2001 年版。

入充分的"无爱"时代，用刘绍铭的话说，那是一种对于香港的"绝情"或者"疏离"，阅毕其作品，竟有"恍如隔世"之感。① 或者换句话说，她们把对于香港的情怀以另外一种完全另类的形式表现出来：即韩丽珠小说中的荒诞与异化，谢晓红小说中的冷酷与暴力。

韩丽珠，1978 年出生于香港，曾获 2008 年《中国时报》开卷十大好书中文创作类、2008 年及 2009 年《亚洲周刊》中文十大小说、香港中文文学双年奖小说组推荐奖、第 20 届《联合文学》小说新人奖中篇小说首奖。长篇小说《灰花》获第三届红楼梦文学奖推荐奖。目前，韩丽珠著有五本小说集和一本合集，包括长篇小说集《缝身》、《灰花》，中篇小说集《风筝家族》、中短篇小说集《宁静的兽》，短篇小说集《输水管森林》及合集《Hard Copies》。她的小说，常以女性角度设定人物，《灰花》中的家族史也是以母系为主线；《缝身》中的第一人称"我"则是个年轻女子，认真和冷静的女性笔触使韩丽珠赢得了"韩式卡夫卡"的称号。

谢晓红，1977 年出生于香港，毕业于香港中文大学中国语言文学系，香港科技大学人文学哲学硕士。现为香港中文大学中国语言文学系导师。曾获大学文学奖小说组及散文组冠军、香港中文文学奖小说组冠军、《联合文学》小说新人奖首奖。小说集《好黑》得第八届香港中文文学双年奖，另出版有《月事》。台湾作家陈大为这样评价谢晓红："她常觉得自己需要一个窗户紧闭的房间，喜欢独自行走在陌生的无人街道。她不相信社会进化论，正在努力理解世界；而且反复梦见牙齿全部崩坏，乃怀疑身处的城市快将消失。种种古怪的念头和生活观感，让谢晓红的小说世界读起来幽默，且灰冷，仿佛在暗处半睁着一双诡异的猫瞳，凝视着自己创造出来的世界。"② 其实，这也是谢晓红观察世界的视角和独特的写作观念。

巧合的是，2012 年韩丽珠、谢晓红合写的小说集《双城辞典Ⅰ·Ⅱ》由台北联经出版事业股份有限公司出版，并于 2013 年获得"第六届香港书奖"。《双城辞典Ⅰ·Ⅱ》一书内容结集自香港文学杂志《字花》的常

---

① 刘绍铭：《香港文学无爱纪》，《信报》2004 年 6 月 19 日第 24 版。
② 陈大为：《谢晓红和她的小说》，载谢晓红《好黑》，（台北）宝瓶文化事业有限公司 2005 年版，第 4 页。

设栏目，连载开始于 2006 年秋天，到 2011 年秋天为止。栏目的设计像是一题两写，起初是为配合该期杂志的专题，后来杂志的专题变得愈来愈具体，韩丽珠、谢晓虹则另定主题，遂成为别出新意的《双城辞典Ⅰ·Ⅱ》两册，韩丽珠与谢晓虹藉由每一则命题的故事，发挥成完整的长篇小说故事架构，写出了香港双城中的人、事、物和平民百姓的日常生活。这两位香港知名年轻作家的小说集书名"双城"，固然有向狄更斯《双城记》致敬的意思，但她们二人均住在同一城市，她们笔下的双城当然不是两个具体的城，更是一城两面，一地双城，以不同风格的文字书写筑起的两座想像之城。双城的营造，正好把构成城市机器的条件——串联、交织成不可分割的时空，犹如字典里的每个字，都以字典里其他字词来解释彼此。双城使人联想到黄碧云所说的"双生"："双生的意思是：同一个灵魂，有两个肉身。同一个故事，有两个版本。同一命运，有不同的意志去演绎。有同一个，对生命的解答。"① 由此，韩丽珠和谢晓红对香港的不同书写，构成香港新生代作家笔下现代都市的一体两面：双生花下的生命解答。一个香港，一题两写。从我城、Ｖ城、到双城，两种故事，双声合唱，各自表述，韩丽珠、谢晓虹以对写、互写的小说方式，写出了不一样的香港双城记。为当下香港的城市书写、女性身份言说等提供了更多的文本个案。

众所周知，卡夫卡的小说运用象征手法，揭示了一种荒诞、非理性色彩的生存景象和个人的、忧郁的、孤独的现代性情绪。卡夫卡是表现主义文学的杰出代表，三四十年代的超现实主义余党视之为同仁，四五十年代的荒诞派以之为先驱，六十年代的美国"黑色幽默"派奉之为典范，其小说艺术的独创性对现代小说的发展产生了极大的影响。神秘的象征、真实的怪诞、主观的色彩、冷峻的笔调是其小说的主要特征。被称为"香港卡夫卡"的韩丽珠，其小说意象简洁、文字利落，抽离现实、模糊地方，具备充分的荒诞和魔幻文学特质。在资本主义高度发达的香港，清一色写字高楼、摩天商场、横贯电梯的都市风景线下，盘根错节的输水管森林，想不卡夫卡都难。韩丽珠的小说带着卡夫卡式的明净与

---

① 黄碧云：《后殖民志》，（香港）天地图书有限公司 2004 年版，第 166 页。

奇诡，不偏离真实却又不可思议。韩丽珠在"借来的房子"里开始小说写作，在"借来的香港"空间构建一种超越现实生存的香港文化身份想像。这正如她在自述中坦陈的心底动机：从大的空间里逃出来，寻找到一个自己的空间，而这个空间就是写作，从而在写作中建立一个自我的空间。

> 我从来没有属于自己的房子，而在别人的房子里，渴望拥有一个能独自置身其中的房间，是注定落空的希望，而且，有许多年，我住着的房子，除了盥洗室和厨房，就没有任何以门间隔而成的房间。我曾经请求 K，让我睡在其中一个衣橱里，我可以把它当作自己的房间。可是 K 说，由于衣服和棉被的数量太多，家里并没有任何空置的衣橱。
>
> 然后我要求一个抽屉，但是家里所有的抽屉都挤满了林林总总的杂物。
>
> 于是我搜集鞋盒，企图把自己的物件藏起来，我一直在寻找可以藏起来的东西，却一无所获。
>
> 过了一段时间，我才发现，唯一要藏起来的，只有自己的脑袋。[1]

事实上，对照她的小说，社会现实才是终极的魔幻和荒诞。她不是一个住在象牙塔里的文学作家，她关注被边缘化的弱势社群，她为不愿意服从社会规范的人群思索，如同冷静地观察自己的挣扎一样。她说：思考是一个人最低限度能够进行的反抗。《输水管森林》是韩丽珠早期的短篇小说代表作，也是她就读中学时期写就的作品。小说以即将拆除的老旧大厦里"出了毛病"的水管与女主人公的外婆"出了毛病"的肠子并置书写，互为隐喻。女孩透过观察输水管活动，了解到大厦中一些陌生人的行径作为，而外婆患上肠癌，更引发她对输水管与肠道的奇妙联想。最后女主人公搬离旧楼，却对看不见输水管的新居十分不满，感觉非常失落。"我看见对面大厦的水管像一堆肠子，弯弯曲曲地缠在一起，

---

① 韩丽珠：《写在小说之后——关于发呆和自由》，《风筝家族·后记》，（台北）联合文学出版社有限公司 2008 年版。

盘结在一楼的檐篷上。那之前，它笔直地爬上楼顶，然后走进每所房子里，如无意外，它会从厨房的窗子进入。"文中反复出现的输水管意象，如果不是跟"一堆肠子"的意象连在一起，只不过是一种实物的代名词。但在韩丽珠的刻意经营下，却森森然成为一个独特的疏离象征。故事中的外婆是个垂死的病人，"毛病在肠子"。她每天所吃的食物是女儿用猪肠煮成的汤。小说中不断出现的是一连串残雪式的细节："洗肠、偷窥、病房"等。但最残雪式的表征应该是女儿对母亲死亡后的反应，老人家在医院去世后，医生问她的女儿要不要解剖验尸，她摇摇头。

　　"如果不解剖尸体，那你喜欢在死亡证上写上什么死因？心脏梗塞还是肝硬化？这两种都是常见的病症。"
　　母亲说："随便。"
　　"那么心脏梗塞吧。"

　　有研究者认为，韩丽珠的小说是表现"城市异化"的实验小说，某种意义上，"作品里也透出一种他乡之感，也是对眼前的都市风景、生活方式、存在秩序表示困惑惶恐怀疑不安乃至抗拒排斥。不过这种心理上的'失城感'常常并没有特定原因，并不必然与诸如九七忧虑或金融风暴等政治经济因素直接相关，而是某种更为抽象的对都市（特定形态的香港都市）的陌生与疏离"。[1] 从《输水管森林》（1998）到《宁静的兽》（2004），韩丽珠小说的荒诞不经更加变本加厉："那人对我说：你儿子大抵是给升降机吃了。他说他看见过很多升降机吃人的事件。那些挤在升降机内的人莫名其妙地消失。"[2] 不仅人和人之间的关系极其冷漠阴森，妈妈居然一直以符号 K 的代号存在，"我"、弟弟和 K 之间的关系居然是：

　　K 完成了自己的生命，我和弟弟就再也没有碰面和聚在一块的藉口，那根捆着我们的线终于消失，我们忙碌几近麻木，沉着而机械

---

① 许子东：《香港短篇小说初探》，（香港）天地图书有限公司 2005 年版，第 54 页。
② 韩丽珠：《电梯》，《输水管森林》，（香港）普普工作坊 1998 年版，第 4 页。

地购买墓地，筹备一个葬礼，也是我们欢送对方的一个仪式。①

　　与此同时，文学书写自觉地和现实对话的力度也加强了。这种和现实对话的自觉，到了《风筝家族》时发挥得淋漓尽致，以至于香港作家董启章不由得惊叹："《风筝家族》让韩丽珠站稳了香港最优秀年轻作家的阵脚。"②《风筝家族》一共收入韩丽珠的六部中篇小说：《坏脑袋》、《风筝家族》、《林木椅子》、《门牙》、《悲伤旅馆》和《感冒志》，皆以都市为背景、都市人为主角，格调阴沉、情节荒诞离奇。《坏脑袋》写的是走进商场橱窗生活，以被客人窥视为工作的新移民；《风筝家族》里患有遗传性肥胖基因的家族，胖得占据了屋子里的所有空间；《林木椅子》的失业者学习成为一张椅子，提供给客人坐的服务；《门牙》里的牙医买下一位不断长出牙齿的客人的牙齿；《悲伤旅馆》里大厦倒塌了，住客入住悲伤旅馆，并买了从废墟捡到的男人做伴；《感冒志》中感冒的成因是因为孤独，很多人从事扮演"家人"的行业，陌生人像一家人一样住在一起。故事具有超现实感，文中大量情节都采用现实生活作背景，只不过在一些地方用力扭曲，具体细致地描述不可能的事情，然后套入精辟的对话，把超现实与现实相互交错。因此，读起来的感觉颇为奇特：一时产生日常生活上的共鸣之感，一时又被牵到一处不着边际的抽象领域。超现实与现实之间徘徊往复，的确让人感受到现实生活的某些空洞和残暴。

　　首先，《风筝家族》各篇集中书写了现实生存的无意义感，每个人物都在想方设法逃遁当前的生存场景。韩丽珠小说里的人物大都生活在千篇一律的地方，人与人之间的关系麻木、厌倦、冷漠、残忍，他们企图逃离，但逃离之后的世界跟之前却又没有任何变化。《坏脑袋》中的白是一个偷渡者，作为唯一的幸存者被送到医院，后来被安置在一家大型家居商场里工作，最后因贩卖脑袋而被起诉。在颠三倒四的回忆中，有几个要点值得关注：一、白和母亲在一起生活，母亲是个爱撒谎的人，没有什么话可以相信；二、他们的生活令人厌倦，没有任何私人空间可言；

---

　　① 韩丽珠：《宁静的兽》，（香港）青文书屋 2004 年版，第 2—3 页。
　　② 董启章：《自然惧怕真空——写作的虚无和充实》，载韩丽珠《风筝家族·推荐序》，（台北）联合文学出版社有限公司 2008 年版。

三、无论母亲还是医生护士以及顾客，都在教导着白忘记，忘记昨天，忘记过去，忘记一切，昨天对今天没有意义，今天对明天也没有意义。白之所以偷渡，就在于在原来生存的地方，感觉不到任何生存的重量，"在那地方，我们必须把自己尽量压缩，比一颗豆子还要小，比一根针还要小，让任何人都不觉察，才能无恙地过活"。① 事实上，他所到的每一地方，都是对另外一个地方的复制，无论走到哪里，世界并没有多大的不同，无论在什么地方生活，都只能克制忍受。透过白这只坏脑袋的支离破碎的叙述，我们看到了一个真实而令人厌倦的世界，它没有任何新奇，人人都在麻木和遗忘中生活。同样，《风筝家族》一篇也讲述了一个家族里的人们通过种种方式企图逃匿出令人厌恶的现实生存的故事。小说以大型维修工程剧烈刺耳的电钻声开始，展示了一幅令人厌倦但却必须日日面对的生活图景：

　　　　电钻把墙壁钻破后，钻动的声音无处不在。

　　　　我总是耗上过长的时间凝视一堵墙，却无法确知事情起始的年月，只知道大型维修工程开始，尖锐的声音便钻进每个生活的细节里，没有人宣布工程何时完结，地盘的牌子上写着竣工日期，但那是久远以前的日子。最初我们只听见钻子空白的声音，后来听见墙壁四散的粉末、有垃圾房气味的楼梯、人手铺砌的砖块、商店的天花板，头部周期性的剧痛。不久后，我听见一所被清拆的学校、还没有长大的树木、独居老人流血的双腿、昏迷着爆裂的头部、流浪猫破损的肚腹和工人的断手，淹没了争吵、电话和呼救的声音。然而耳朵和钻子的声音已融合成一体，眼泪和愤怒像干涸的水泥，成了一堵坚硬的墙，缺乏运动的人们无法攀越。②

　　这迫使叙述者开始她残缺不全的回忆：这一切的生存境况是如何开始的？由此她回忆了自己的童年，如果童年曾经存在，而且那确实可以

---

① 韩丽珠：《风筝家族》，（台北）联合文学出版社有限公司 2008 年版，第 32 页。
② 同上书，第 38 页。

称作童年的话：

> 在残缺不全的回忆里，我，和许多跟我同龄的人，年纪幼小，在一个不属于我们的世界里，拙劣地挣扎、模仿，互相较量，企图尽快学会这世界的生存法则，避免成为被排拒在外的人。所谓的童年，就是这样子。①

此后的岁月便是在充满装修噪音的城市里开始成人角色的扮演。风筝家族的人，除了妹妹之外，都不能逃脱肥胖的命运，无论是祖母、姨母，还是母亲和我，都在脂肪的迅速增生中飞快地肥胖起来，以至于挤破了门，出不了房间，吃掉了房间里的各种东西甚至墙壁，最后连房间都盛不下了。而妹妹则瘦弱异常，像风筝一样飞到了树上，如果不是警察及时赶到把她从树上解救下来，真的不知道要飞到哪里去。小说采用种种变形夸张之想像，给予人更多的对残酷现实生存环境和人与人之间冷漠关系的深入思考。

> 维修和扩建的过程似乎从我出生开始一直在进行。我曾经问我母，那是什么时候开始的事情，她总是茫然地摇着头说不知道，这里的人要不是吸入过多灰尘使记忆力衰退，就是对周遭环境失去知觉，才能在某种情况下显得逆来顺受。例如不分昼夜的钻墙声、洗澡时浴室天花板被钻破，清晨时分，维修工人从窗子爬进来，表示要把水管重新接驳，甚至在晚饭后正在聚精会神地看电视的时刻，突然被告知正在居住的楼房是一栋僭建物。②

在装修工人没有打任何招呼的情况下，妹妹的头颅被电钻钻破，在她还没有长到发胖年纪的时候死于非命。母亲的反应只是让我把妹妹的身体冷藏进冰箱，她去寻找肇事的工人，但满街都是拿着电钻的装修工

---

① 韩丽珠：《风筝家族》，（台北）联合文学出版社有限公司 2008 年版，第 39 页。
② 同上书，第 46 页。

人，母亲无果而返，最终背上行李离家出走。对于每一个安于扮演自己的角色而言，家只是个空间，是一个人人可以进入的空间，没有任何隐私可言，也没有任何地点可以躲藏。

> 我们在早上离家出门，晚上回到家里，那已是不一样的房子，我们总会发现墙壁破损，油漆剥落、或电线铺设的位置改变、或煤气喉管的位置改变、或地上有别人的鞋印，然而日子久了，我们渐渐不以为然。那空间只是睡觉和作息的地方，并不属于我们。而我的烦恼却是找不到隐藏的地点，只是有角色可以让我躲起来。①

发胖的外祖母被送到舅舅家里，所有的人都对她冷漠。忍受着肥胖的疯狂增长，也或许是因为饥饿，外祖母吃下了房间里可以触到的所有东西。母亲在外祖母的胃里找到了她钟爱的珍珠项链，舅舅和他的妻子在那里找到他们丢失多时的结婚指环，舅舅的儿子在那里找到他的弹珠玩具，还有一件编织了一半的毛衣，祖父的遗物，包括一些玉石和金器、打不开的皮箱的钥匙、纸张的碎片、墙壁的瓦砾和石块。大家在挑拣自己喜欢的东西，仿佛是在瓜分外祖母布满伤痕的胃部，而没有一个人对外祖母的痛楚感到讶异。在她尚能行动的时候，孙子戏弄她，媳妇厌恶她……在某种程度上，外祖母的肥胖是亲情、关爱的匮乏所导致的心理变异从而引发的生理变异。我的同学浮土意外地失去了一条腿，同样也没有引起周围人的讶异，那条腿极有可能是被粗心的建筑工人锯去了。

小说中的母亲在无爱的家庭中成长，她总是渴望能走出家庭，但从来没有那样的一座天桥。她对父亲怀着不满，对子女怀着难以觉察的恨意："实在世上所有的母亲都对子女怀着或深刻、或微小的恨意。如果当中有爱的部分，而爱的部分又比恨的部分多，是因为母性中具备了对命运屈从的成分。"② 妹妹是个勇敢的人，她每天用撕碎纸张的方式来对抗电钻钻破墙壁的声音。而那些所谓幸运的人，则是完全忘掉了自己本是

---

① 韩丽珠：《风筝家族》，（台北）联合文学出版社有限公司 2008 年版，第46—47 页。
② 同上书，第65 页。

一堆没有形状的东西，认为自己就是一具躯壳，不存在扮演和适应角色的难题。

其次，《风筝家族》描绘各色人物在无法逃遁现实生存的空虚的窘境中，只好借助荒诞的想像以变形的方式存在，实质的目的则是再次逃遁。变形存在在小说描写中一般有这样两种方式：第一种变形的方式是人身变成物件存在，从而实现对现实世界的某种拒绝。《林木椅子》中的林木是个失业者，在百无聊赖和没有希望的奔波与等待中，他经受了母亲的冷漠和唠叨，父亲的诡异和迟钝，甚至弟弟的无形的威胁，以及女友的疲倦和冷淡，最终他变成了一张椅子，不但可以随时租用给所有需要的人，而且被远销到了海外。在林木生活的世界里，空气污染指数、紫外线指数和失业率都达到了那年的最高点，林木终于明白，这么多年来，他吃饭、睡觉、挣扎着醒来，接受无可避免的难题，只是为了作为一个椅子躺下来，当认识到这一点，林木开始拒绝进食：

> L没有告诉林园，在林木拒绝进食的第五天，她坐在他身上，抚着作为椅子扶手的双臂，那粗糙而冰冷的触感使她想到经过处理的木块。最初，她以为林木与生俱来带着椅子的气味，然而他皮肤的色泽随着时间变灰，双腿和腰腹僵硬得像铁枝，即使他的颈项和肩膀依然保持着弹性，但干裂的皮肤就像人造纤维，她不得不承认，林木的身体发生着微妙的变化。①

最后，林木依照L的指示，脸孔朝下俯伏爬在地上，以手脚支撑身体，手肘和肩膀成了完美的直角。她在他身上铺展一块花布，再坐上去，那时候，他已经完全融入了椅子的世界，而且他是自愿的。当林木的母亲听完L的叙说，竟然开始重复地练习一段对话，他的儿子已经成为从事椅子工作的专业人员，正是因为他的专心致志所以才等到了去国外工作的机会，虽然永远不再回来，但又有什么关系呢？通过变形为椅子，林木终于实现了他从现实生活的暂时逃遁。《悲伤旅馆》中的生存空间仍

---

① 韩丽珠：《风筝家族》，（台北）联合文学出版社有限公司2008年版，第138—139页。

然由门、窗户、沙发和床组成，同样是局促单调的现实生活的象征。一幢大厦的倒塌，使很多人被迫住到这家廉价、简陋的旅馆中来。他们已经习惯了现有的生活，对生活中所发生的一切没有任何新奇感和追根究底的兴趣，他们只是在一个新的空间里开始堆砌更多的生活垃圾，以营造和从前一样的生活场景和秩序。购物的意义也只为填补空虚："所有眼神空洞的人都需要通过购物来填补空虚的部分。"尽管陈年一再声明不需要购物，但她还是走进了旅馆旁边的杂货铺，并从中选择可用和不可用的物品。"购买"本身的异化在于，最大宗的一次购买行为是买到了一个陪伴者江湖。大厦的倒塌使他失去了记忆，而失去记忆则意味着更多的用途，为了自己正常的生活继续进行，陈年选用江湖作为陪伴者，两个人可以说是各取所需。而江湖也确实曾经有过陪伴者的经历——尽管那个人的形态甚至性别他已经搞不清楚。

除了购买物化了的人作为物件使用之外，人们还可以通过网络将自己作为物件出租。走出悲伤旅馆，陈年租用的这个陪伴者也被挂上网络并将被买卖，从而进入城市的循环再用系统。可以说，这也是一个逃遁的个案，陪伴者通过出租自己并进入网络流通将自我异化为物质，在物化的过程中实现了对规定生存的逃脱。《感冒志》则进一步渲染和强化了人们生存场景的可怖，以象征手法书写了人之逃遁的艰难。这是另一个戏剧化的场景：罹患感冒的人被送进了诊所，不同的人在这家诊所中扮演了不同的角色，他们之间以家庭成员的关系互相称呼，诊所也就成了家。人所生存的地盘，在这里是被设定了的无法逃脱的空间，人的悲剧性就在于永远蜷伏在这个无望的千篇一律的空间里扮演着虚伪的角色：

> 我曾经以为，早在我踏进屋子之前，那些伪装成父亲、婆婆、弟弟和丈夫的人，已经待在那里，就像示范单位内相同系列的陈列品，坐在沙发上，随着我的脚步声一同转过头来，脸上浮现相似的神情。
>
> 然而，褐色的沙发上并没有任何人，只有四扇紧闭的棕色的木门。有一扇门面向沙发，另一扇门面向墙壁，也有一扇门藏在隐蔽的角落，紧挨着另外一扇窄小的门。只有一扇接近出口的门朝我敞

开着，那里有两只沾满油污的窗子，窗外是邻居的水管，还有冰箱和煮食的炊具。冰箱里满是鸡蛋、冻肉和蔬果，我的胃部便涌起暖和的感觉，那使我认为，冷硬的大理石地面，并不会妨碍入睡。而且，当我把脸凑近满是污迹的窗子，便可以看见对面大厦的窗子内，一个女人瞪着眼睛看我，使我感到已回到 S 地，那个如一根试管般熟悉的小房子。①

这也是一个即将倒塌的世界景观，没有未来，没有希望，处处是陈旧和麻木，处处是水泥森林，处处是冷漠和扮演，处处是怨恨和消失，处处是被侵占和打扰，没有个人的空间，也没有自己的房间。就算在自己的房间里，充斥的也永远是那些陈旧得令人呕吐的事物。都市中那些鳞次栉比的房子，给城市带来了可观的房地产收益。没有人能想像，那些排列整齐的大厦，当时就像装潢豪华的储物柜，出现在价格高昂的住宅区，吸引世界各地的独居者前来，为的只是在那种适合单独居住的环境，住上一星期，甚至一晚。对于居住者来说，那些房子就成了洞穴：

> 我曾经就是那些外来的独居者，住在那种像抽屉一般把人妥善收藏的屋子。可是后来当我把视线投向四周的楼房，楼房内的窗子泄露出屋内高阔的天花板、圆形的桌子、长方形的沙发、电视机，甚至站在露台为数众多的人，我便感到独居者的洞穴，其实只是染上感冒前的一种幻觉。②

房子就是世界，当真的世界如同洞穴，人的生存就类似于动物，彼此之间的关系也变得戏剧化，一切的真实是那样虚假，而虚假的扮演则和真的世界和生活一样惟妙惟肖：

> 扮演"弟弟"的人离开了他的电脑、扮演"父"的人从沙发上

---

① 韩丽珠：《风筝家族》，（台北）联合文学出版社有限公司 2008 年版，第 230 页。
② 同上书，第 248 页。

站起来、瘦子也不再坚持外出，他们朝着那过分耀眼的一方围拢，躺在木地板上，尽力伸展四肢。"弟"睡在"父"的身旁，他们的另一端是瘦子和"婆婆"，所有人都在看着我，就像在等待我以自己的身子填补剩下来的空缺。①

母亲又要离家出走了，这次的出走是为了完成庞大的购物计划。出走之前，母亲先到超级市场购买了一个暂代她位置的女人，那女子年轻美艳，是刚从南面城市来的人。并且，价钱出乎意料地合理，三年的合约已经签订，并且在保用期内可以享受免费更换服务。母亲的外出采购实际上是对生存环境的永远的逃离，因为在她的购物清单中包括以下内容：逐渐龟裂的墙壁、因潮湿而霉烂的地板、发黑的毛巾、布满蜘蛛网的天花板、缺页发黄的书、不够冷的冰箱、坏掉的门锁、早已无法运作的洗衣机、碎裂的玻璃窗、太暗的灯光、存款数字低于规定的银行账户、冬季时过冷的室温……还有父亲愈来愈稀疏的头发、愈来愈少的声音，很久没有响起的电话、眼睛里的恨意等等。母亲用这样特殊的方式终于逃出了这个陈旧僵化濒临死亡的家庭地狱。

另外一种变形的方式则是发生在人身内部的畸变。以畸变的异常反衬现实生存的荒诞，如上面《风筝家族》中的外祖母疯狂发胖的身体，全家人无法治愈的肥胖病。《门牙》写一个女孩一共长了四十六颗牙齿，因为牙齿过多，她的脸严重变形，不能微笑，被单位解雇后也找不到其他工作，于是来到了牙医的诊所。而她充满牙齿犹如森林的口腔则成为残酷世界的象征，在这个世界里，到处都是门，但所有的门都无法开启，没有一扇门能够打开。

牙医身前有许多门。他推开一扇门，面前是另一扇门，门后也是一扇门，侧旁是一扇门，全都是大小不同的、不规则的门。他走进自己的诊所，就像进入一所房子，内里有门做成的窗子、门做成

---

① 韩丽珠：《风筝家族》，（台北）联合文学出版社有限公司2008年版，第250页。

的书桌、门做成的地板和门做成的衣橱。①

在门组成的世界和家庭里，母亲对父亲、哥哥和女儿充满了怨恨，以至终于有一天，从窗户里跳出去攀爬水管离家出走。在这个冷漠的家庭空间，只有一只老鼠使她感觉亲近，这只老鼠也有着长长的牙齿，并尖锐到把自己的嘴巴穿破，在它死去的时候，嘴巴张得异常巨大，惨白的牙齿像监狱的栅栏，栅栏内的口腔组织发黑如干涸的阴沟。只有在想起这头灰黑的老鼠的时候，"林白便会觉着一种微妙的共同感像一道暖流贯通她全身，包括每一个无所不在的小点"。② 小说因此具有更加丰富的隐喻意味。确切地说，长篇小说《灰花》是一个家族通过变形的方式逃离的故事。小说写一个横跨五个不同世代的家族，以外祖母米安为中心，上溯到她的父亲米长根及米长根的父亲；下则及她的女儿陈葵、陈莲以及陈葵女儿——即第一人称的"我"。人们如树一般带着自己的根部在不同地域之间流徙，却始终找不到一片合适的土壤。米安的女儿陈葵出生在一个被限制睡眠的时期，入睡后的人们总会做出逾越规则的举动，要是他们困了，只能走到大厦附设的地窖，并为无法自制的睡眠付出难以估计的代价。在那里他们再也不相信执法部门和律法，陈葵的女儿分明感到，生者怀着的往往就是对死的想望。在那个死者太多而墓地不敷使用的时期，骨灰便被制成各种家具和器物，甚至掺进混凝土成了坚固的墙壁，或者埋在土里长成了鲜艳的花朵。那些花朵会发出奇异的香气，令人产生对未来不实的期待。为了找寻一片合适的土壤，人们在不同地域之间流徙。其中有冲突驱逐的移民血泪，有严酷失序的城市生活，也有污染加重的人群逃离，小说一方面强调生命流徙的必然和无奈，一方面以灰泥里冒出的花朵祭奠亡灵。

韩丽珠所建构的这个不可思议的世界，源于她个人敢于挑战现实的勇气，研究者无不惊叹她那老辣的文字、批判社会的角度以及独特的生活态度。到目前为止，其小说对人之异化的书写和探索最为精彩的则是

---

① 韩丽珠：《风筝家族》，（台北）联合文学出版社有限公司 2008 年版，第 144 页。
② 同上书，第 157 页。

其最新长篇小说《缝身》，小说以匪夷所思的故事再次揭示个人和家庭、家族之间的关系，并把焦点浓缩到两个人如何连接成一个新的共同单位，带有极其强烈的社会隐喻性质。出于经济上的考虑，立法机构订立了《缝身法例》，成年者可通过身体配对中心提出缝身要求，根据两人身高、体重、肤色、年龄和新陈代谢的速度，进行缝身配对，申请缝身者可以自行选择连体部位，连身人的工作能获得优先保障。为了顺应连身人的需要，被迫提早退休或失业的人们纷纷被召回原有岗位，制造数以万计专供连身人使用的各种生活用品，并重新规划适合连身人生存的环境工程。此法一经颁布，不但促进了经济的大幅增长，而且失业率骤降。同时，愈年轻的人进行缝身手术，对另一半身体的排斥便愈少。医生们一再告诫：不要担心产生任何负面的感觉，一旦成为习惯，不需任何药物治疗；但是，接受缝身手术以后，再进行分离手术几乎不可能成功，即便勉强分割，也要付上沉重代价，并引发不可知后果。

小说中的"我"是一个女大学生，本来对于缝身法极度抗拒，并且经常跟宿舍室友"微"和论文导师"腿子教授"对此进行讨论和批判。然而她自己活在严苛的规范中，能反抗的余地很小；她选择的方式是以连体人为毕业论文题目，甚至仅是不停地思考。韩丽珠讲究小说结构，巧妙安排书中章节，分别以故事情节和论文内容相区分：前一章是故事，后一章是论文大纲，如此类推，例如：第一章"鱼遇"，第二章"论文大纲一"，第三章"独脚"，第四章"论文大纲二"，第五章"安魂"，第六章"个案研究一"，第七章"倾斜"，第八章"个案研究二"，第九章"标本"，最后是后记。读者一方面跟随"我"在故事部分逐渐陷入缝身的罗网，另一方面又变成"我"的论文读者，以理论和文献制造参与对连体人的论述。韩丽珠发挥其魔幻现实主义的想像，将一对对现代男女经由缝身书写永远连接在一起：

> 门打开了，微和一个男的站在昏暗的走廊，捧着一个硕大的篮子，篮子内挤满了碧绿色的饱满的苹果，苹果映照着他们的脸，使微的笑容看来热情而陌生，我不禁感到吃惊，但令人讶异的并不是他们的笑意，而是他们的身子紧挨着，身上的衬衣却有着耐人寻味

的缝口，即使那么隐蔽，却还是被看到。可以想象，在衣服的掩盖下，两个体格迥异的身体，都在胸腔的位置钻了一个洞，把二人的皮肤、肌肉、软骨和组织缝合，像一道短小的桥梁，把他们系牢了，此后，他们只通向对方。①

　　这看起来荒诞不经，但其间的种种描写充满着强烈的现实讽刺和警示意味。首先，准备做缝身手术的两个人，在手术之前必须签订协议以忍受各自不同的作息时间所带来的不便；然后，不但必须得忍受手术带来的肉体和精神的痛苦，还得忍受术后的种种不适反应：如肉体的刺痛、伤口发炎、情绪的焦躁以及无法自由行动的痛苦等，但在两个身体发生冲突之前，只要其中一个服下医生开给的淡褐色颗粒，很快焦躁就会被昏昏欲睡代替，"因此，我们从没有吵架，也没机会说出让自己后悔的话。当我们谈及这一点，便会感到难得的快乐，那快乐近乎骄傲"。② 这不仅讽刺了现实社会中的人们不得不为了恋爱而恋爱，为了结婚而结婚，甚至为了同居而同居的惯性生活和思维模式，忍受着对方完全不同的生活作息习惯，放弃所有个体行动和思想的自由，消耗着时光和生命。"缝身"其实是一个隐喻，似乎暗合了爱情、理想、灵与肉的悖论关系。正如《缝身》中的一位心理学家在做客一档探讨缝身法例的电视节目时所说，"没有任何人是完整的"、"只有通过与另一个身体接合，在经历过反复不断的愉悦、心碎、融合和纠纷以后，才有可能迈向彻底的圆满"。而事实上，连接是痛苦的，分离也是痛苦的，再完美的缝身也无法消除个体内在的孤独。当缝身人出现时，那刻意的或者说不得不如此的统一步调只能意味着某种人生的表演：

　　　　他们喝光了咖啡以后，便一同站起来告别。我跟他把头颅并拢，站在窗前，待他们经过大厦旁的街道，便向他们挥手。

　　　　"无论走到哪里，他们都有着整齐而一致的步伐。"我说，而且

----

① 韩丽珠：《缝身》，（台北）联合文学出版社有限公司 2010 年版。
② 同上。

不禁为自己感到羞愧。

"不过是一种久经训练的表演罢了。"他不以为然地说，"那些在连身生活里沉浸已久的人，都喜欢这样的把戏。"

我看着他们的身影消失在街道的拐角处，感到有某种熟悉的东西，已永久地远去。然后我忽然想起，微曾告诉过我，那男的名字，但我还来不及搞清楚，是"具"还是"巨"，他已经成为她没法割舍的一部分。①

小说既讽刺了世俗婚姻生活中人的麻木和虚假，也揭示出现代社会中人的无奈和空虚。正如研究者所谓："虽然没有可供辨识的具体时空、地景，但实实在在地，还是反映了香港近几年的社会现况，对于少数、弱势'他者'的贱斥与边缘化。再没有个别与独特，只有沉默、团块的大多数。"② 相较于连体婴寻求分割，在现世的缝身条例里，则要把一个一个单独出生的个体于成年后再缝接起来。"我"于是变成"我们"，原来的名字、身份洗掉重来，因而成为阶级流动、身份改写的大好机会：只要把自己的躯干，连接到一个拥有固定职业和稳定收入的人身上，让彼此的血液流通，雇主便会配合政府的法例，一并聘用连身的伴侣。配合缝身所需的连体衣，使得原本快要倒闭的缝衣工厂订单大增，促进了经济的发展，此外，连身者搭计程车不需要排队，连身者购屋有特别优惠等等，而婚姻则成为另一种形式的连身。虽然"缝身"的表象看起来荒诞不经，但其内里，却可植入现实中被默默灌输、习而不察的主流思维，例如买东西第二件半价，情人节的双人浪漫烛光晚餐，同居者（包括同志）远远没有法定夫妻可享的优惠或保障，健保条例对未婚单身者的歧视等等。

因此，在韩丽珠的小说中，人的物化和商品化是一组经常出现的主题，人们很容易从她的小说中看到人际关系的疏离、都市生活的空虚和荒诞，甚至可以联想到对后现代社会的讽刺和批判。其实，现实生存的

---

① 韩丽珠：《缝身》，（台北）联合文学出版社有限公司 2010 年版。
② 房慧真：《孤独的人是可耻的》，《中国时报》2010 年 11 月 28 日。

一切难言之隐在韩丽珠的小说中都有或多或少的揭示：人的病态不仅表现在身体和心理上，还表现与家人、亲戚、朋友的变态关系上；还有生存的困顿：无意义的重复的工作、都市生存环境的恶化、被侵占的私人空间、医疗工作的伦理丧失等等。韩丽珠的小说会让人不由自主地想到套中人的机械生存，想到卡夫卡的荒诞变形："他们笔下的世界同样是那么的荒凉、疏落、诡异，而又最寻常不过；他们笔下的个人同样是那么的脆弱无力，同样面对那不能名状的巨大的神秘的体制或力量，同样不得不屈服和顺从。不同的是，卡夫卡的人物往往以死亡为终结，而在韩丽珠的世界里，迷路是永恒的。"① 其独特性在于："韩丽珠的'冷'并不无情，她的'暴力'并不血腥，她的'残酷'并不草菅人命，她的'恐怖'并不令人毛骨悚然。"② 这源于韩丽珠的书写借助超现实的想像所传达的现实生存关切。

一般而言，"社会由许多家庭建立而成，透过家族体系与角色控制及塑造个人。人没有家的话，社会就不能运作下去，因此社会需要透过家庭去控制人"③。因此，家庭是韩丽珠小说中的重要概念，同时也是重要的意象符号，她以"家庭"作为连接个人和社会的中枢神经，一方面表现家庭内部人的自私与冷漠，同时，另一方面透过家庭表现社会对人的严苛钳制与机械使用。此外，在韩丽珠的小说中，除了家庭，还隐含着性别的话题。"以前不会思考女性身份的问题，只觉得人就是人。但这次写的时候，却想很多女性身份的事，多了一份自觉，人们对你有期望，你又会因应期望，做出不少选择。随着这种身份，又带给别人另一些东西。因此小说中大部分角色都是家庭的女人。你不难发现，男人都是被叙述者。"④ 其实，在韩丽珠创作之始，就有一种女性叙述的自觉，几乎她的所有作品都是以女性第一人称或第三人称叙述的，当然，她的性别理念并不仅仅在于机械地对男权社会进行评判，她更加热衷的是对人性

---

① 董启章：《自然惧怕真空——写作的虚无和充实》，载韩丽珠《风筝家族·推荐序》，（台北）联合文学出版社有限公司 2008 年版。
② 同上。
③ 李卓贤：《韩丽珠：放一只风筝 剖一个如果》，《文汇报》2008 年 6 月 9 日。
④ 同上。

的揭示，其中很大程度上是对于都市化背景下女性心狱的暴露。从而，"韩丽珠的小说在社会性和时代性的表象下，深入到这最原始的核心，触动生存本质的恐惧——对真空的恐惧"。① 因此，写作对于韩丽珠和同代的作家来说，"就是把存在的真空填塞，通过不断的位置替代，无尽的意义更新，企图以一己微小的力量，去抗衡虚假的交易，去充实这个空洞的世界，去把握那稍纵即逝的，自然存活的真实感觉"。② 在这个意义上，韩丽珠的荒诞实则出自对人之现实生存的最深切的关怀。

如果说韩丽珠的小说较多地采用荒诞叙事，那么，谢晓红则侧重于暴力书写。香港女性小说的暴力书写并不始自谢晓红，早在 20 世纪 90 年代，黄碧云就已经将暴力书写发挥到极致，她通过暴力的书写对男权传统和规范进行了最大限度的挑战。《其后》中平岗在心理上残忍虐待他的妻子，而他的妻子裕美则以其人之道还治其人之身，用更为残忍的方式对他进行报复：

> ……她选择了最残酷的方法结束她自己。或许折磨我。她穿了我们婚宴那件莲青粉荷和服，左手还拿着一枝尖刀（裕美是左撇子），半蹲半卧的，血泄了一地，微微露出粉白的肠子来。她的眼睛微张，半笑似的，看着我……③

更加惨不忍睹的场面出现在黄碧云小说《媚行者》之中：

> 蔷薇哭着叫：赵重生。赵重生。从厕所里，穿着一件白色通花棉质睡裙，血一直流到她的脚跟，她走出来客厅找他，双手满是血，掬着，小小的，虫一样细小的，胎儿。
> ……
> 蔷薇震震的，拿起电话，边哭边道：我要去医院。医院的电话

---

① 董启章：《自然惧怕真空——写作的虚无和充实》，载韩丽珠《风筝家族·推荐序》，（台北）联合文学出版社有限公司 2008 年版。

② 同上。

③ 黄碧云：《其后》，（香港）天地图书有限公司 1991 年版，第 192 页。

几号，我要去医院。赵重生扯下了电话筒，说：你弄污了电话。你要去医院，等一等，我开车送你去。还有十五分钟，这场球赛便打完了。小产很小事情，不用紧张，你总不明白。①

这里，与其说是黄碧云对女性血腥和暴力的书写，倒不如说是对男性冷酷血腥心理的反衬书写。蔷薇已经如此，冷漠如铁的丈夫还在看足球赛，还要她再等上十五分钟。流血的过于软弱，而不流血的极度冷血，所以，黄碧云的暴力书写在很大程度上是对男性世界的反击。谢晓红的暴力书写呈现出与黄碧云截然不同的风格：同样是暴力和血腥的事件，黄碧云的文字冷冽如冰刀，而谢晓红的文字则轻飘如童话。谢晓红的小说集《好黑》曾于2003年在香港出版，2005年由宝瓶文化出版的这一版则收入了《礼物》、《关于我自杀那件事》、《风中街道》、《旅行之家》、《1130号巴士》、《理发》、《叶子和刀的爱情》、《幸福身体》、《甲甲》、《黑猫城市》、《头》和《大厦》等12篇短篇小说。《礼物》是一个例外，唯一没有正面涉及暴力描写的一篇，其余每篇小说都包含着一个暴力或死亡的血腥故事，但故事的叙述语言和语调却极其平淡随意。《礼物》言说的是关于友情、爱、时间、信任以及死亡的多重主题。小说的主人公是个名叫三叶的女人，她的丈夫早早就去世了，她一个人孤独地生活着。突然有人给她送来礼物，三叶一点都不相信，并产生各种推测和预想。事实上真的是件礼物：一个米黄色的礼盒，印着暗绿圆点，像梅雨天里长出青青绿绿的微菌，以粉红色碎花丝带捆绑着，还结了个张牙舞爪的蝴蝶，但是却没有姓名和地址。由这个莫名其妙的礼物开始，呈现了三叶的生活：

三叶已经很久没有收到过礼物。偶尔收到一张明信片，写着：近来生活好吗？念甚。找来找去的找不到下款。还有那些刚拿起就断了线的电话，已教她慌慌张张、失魂落魄。明信片的空白仿佛筑成两道墙，在电话的忙音里铺开，延伸成一条长长的走廊，通向那

① 黄碧云：《媚行者》，（香港）天地图书有限公司2000年版，第62—63页。

吵吵闹闹的世界，人来人往，熙熙攘攘的，三叶不知道谁会突然回头，盯着她，把她盯进那个世界里去。①

在这个冷漠隔膜的世界，人际关系也充满了各种紧张和戒备。但这个礼物唤起了三叶曾经的青春记忆，使三叶开始面对真实的自我，但这个自我却吓住了三叶，她急于要把这件礼物送出去。回忆起丈夫曾经送给她的礼物，但在丈夫的葬礼上，她的哭声里却带着一种轻松，也许她和丈夫之间并没有什么仇恨，只是生活过于苍白无力，让疲乏的个体难以承受生命之重。故事以极其简单的人物，用极其精简的语言活化了现实生存中人的孤独和冷漠。《关于我自杀那件事》是一件在姐姐导演下的家庭伦理悲剧，当事人"我"对所发生的一切漠然无知，姐姐洞悉一切并操纵整个事情的发展，不外乎结婚、离婚、婚外情、杀人以及自杀的逻辑，明明是一场凶杀，写来却模糊漠然。《风中的街道》从一个家庭的平静生活写起，没有任何波澜的生活，居然和正在播映的电视剧中的谋杀案同步发展起来，小说有几米童话的风格，人物单纯，语言轻盈，一方面是现实世界的莫须有，另一面却是大脑内的残酷想像，生活已经将人严重割裂。"体型胖大的阿芬忽然觉得自己的身体前所未有地变得轻飘飘的，仿佛一个小女孩手执的一只粉红色气球。阿芬这时抬头看了看林顿，她抬头那刻觉得小女孩牵着细线的手轻轻松开了，于是她就斜斜地飘向那片淡红色的天空。天空里是温柔细软的云霞。"② 老鱼贩只是个不断走向衰颓的、孤独的老人，浑浊而缺乏焦点的眼珠在林先生看来却诡谲莫测，并把他幻想成警匪片中的下毒者，显示了人和人之间沟通和理解的绝望。

老鱼贩眼里其实只有一片朦胧的光影。

他靠着椅背，在这个夏夜里漫无目的地等待着时间的流逝。老鱼贩居住在这条街道上已经许多年。自从妻子去世以后，也似乎只剩下这条凸凹不平的柏油路、路边几个已经扭曲变形的铁栅栏和那

---

① 谢晓红：《好黑》，（台北）宝瓶文化事业有限公司 2005 年版，第 12 页。
② 同上书，第 54 页。

隔十来步便耸立着的街灯，才能给他以踏实安全的感觉。

然而这熟悉的街道在夜里却也常常变得异常虚幻。像在毫无防范下一闪而过的银色电单车，在尖锐生涩的响声中，鱼贩感受到生命的真实感正急速远去。鬼魅似的幻象常出其不意向他袭来。老人怀疑自己已丧失了分辨现实与梦幻的能力，梦幻最终会吞噬他整个生命。就像这样朝露台的左面望去，那一堵灰白的老墙，也可以无端的一再生出一个奇怪的影子，仿佛一个倒栽的身体，长伸着一只手，张开尖瘦的手指，要在空中抓住一些什么。老鱼贩不知道这是否是死亡对他作出的重大暗示。他想起爱端一张矮凳坐在墙角啃小说的妻子。去世前她常常突然抬起头来，老鱼贩看见她一张枯黄的脸，干巴巴的嘴唇重复吐着一句话：

我看到死亡的影子逐渐迫近。①

这里不仅有被误解的鱼贩，还有无人关注的林顿，每天不知在忙着什么的林欣，还有四十多岁一心憧憬着爱情的阿芬。他们之间互不往来，互相误会。《旅行之家》是一次假想中的旅行，就在旅行之中，父亲母亲先后离开，"我"把对他们的怒气迁移到那些花草昆虫身上。剪去甲虫双翼、踏扁刚冒出来的小草、把蜈蚣切成一段一段……在巴巴齐，只有蝴蝶能逃过"我"的毒手。"我"和姐姐都喜欢蝴蝶，而且这里的少女只要穿上蝴蝶屋的衣饰便会化身成为美丽的蝴蝶，于是，姐姐也因为进入蝴蝶屋再也没有回来，"我"没有看见美丽的蝴蝶，只看到一只黑色蛾。然后，祖母也将离去，看着祖母的身躯渐渐缩成了一颗尘粒，然后被风吹得无影无踪。离去的过程就是死亡的过程，每一个亲人的离去都是人生中的生老病死和无常变故，而人生就是一场无常的旅行。就像祖母所说：旅行的目的，便是要离开行将消失的家，寻找属于自己的空间。"我"既是一个见证者，也是一个寻梦者，"我一直蹲在那里，开始造着各种各样的梦，我决定要蹲在那里造梦，我常常梦见自己骑着单车，绕着巴巴齐曲折的街道行走，寻找属于我的地方。现在，当我抬头望向我曾经有过

---

① 谢晓红：《好黑》，（台北）宝瓶文化事业有限公司 2005 年版，第 56 页。

的家，我不知道，我是否已经离开了我的梦"。① 这个幻想家和造梦者对未来的期许并不清晰乐观：

> 有时候，我也真希望能结束无止境的寻找。或者，我其实在寻找另一个家？我想，现在巴巴齐大概只有我一个仍抱这样的幻想。然而，这也只是我偶然的希望而已，我说不出那个时候，一切会不会变得比现在更好。②

这是新世代对香港命运的期许，也是看不到关怀里的现世关怀。《1130 巴士》写的则是土瓜湾，这是香港的另一个隐喻。巴士绕着走遍的地方就是新界，但小说叙述者最后瓦解了个人的叙述，在爸爸妈妈和妹妹的笑声中，原来并没有那样一个巴士，也从来没有那样一个姑母，甚至从来也没有一个妹妹。《理发》中主要展现的母亲、父亲和我彼此之间的奇怪关系。油亮头发的父亲，有着一副游手好闲的败家相，在镜子中对着我诡异地笑。母亲脾气暴躁，总是拿鸡毛扫忘形地抽打我的腿。但时候一到，她还是丢下我，恭恭敬敬地为父亲上香。"然后站在那里，看着他，有时用抹布小心地抹着香炉旁那小瓷瓶——后来我才知道那里盛着父亲的一只耳朵——母亲会微微地笑起来，我从来没有看见她对谁笑得那样温柔，温柔得教我躲在桌子下发抖。"③ 而理发则成为我和母亲之间的一种亲昵行为，有点像情人做爱前亲亲腋窝、脚板那种特殊的举动，别人做来则叫人毛骨悚然。我发誓要恨死所有的男子，这样想的时候我才刚满八岁。在那之前我从来不知道母亲那么讨厌男人，除了偶尔的一顿抽打，我沉醉于母爱之中。在母亲所开的这家理发店中，我渐渐长大并吸引男人的目光，甚至爸爸也在这时出现。但小说到此中断，叙述者回到了小说里面，并坦承人物的问话是对这篇小说的干扰。

> 现在是一个温暖的下午。母亲仍站在背后为我剪头发。但我不

---

① 谢晓红：《好黑》，（台北）宝瓶文化事业有限公司 2005 年版，第 82 页。
② 同上。
③ 同上书，第 92 页。

得不承认，这里不是什么理发店。我正坐在家中厕所门前的那张红色塑胶凳子上，回来的人是我唯一的爸。①

叙述者甚至开始交代，她忘了怎样想起要写这样一篇小说，又说主要是想藉理发写写和母亲的关系，但又不知道小说怎么离它的原型越来越远，并解释说手里正拿着残雪的《黄泥街》，接下来的叙述就开始不断地颠覆前面的叙述，结尾则是："这是一个温暖的中午，母亲第一次替我剪头发。"小说将母女关系、父女关系以及母亲、父亲、祖父母之间的关系进行了现实的描绘后，重新回归母慈子爱的图像，彰显了解构的喜剧化意味。《叶子和刀的爱情》是一篇读起来淡然、想起来却惨然的爱情小说。叶子和刀都期待着对方的爱情，并为此不惜夸张个人的感受，他们都在期待另外一个的爱意表达，却吝啬于自己任何爱意的付出。情人节的晚上，在这两个极其普通的年轻人的家里，表达爱意的方式却如此剑拔弩张：叶子从床下拖出一个旅行箱，从里面拿出一把一把式样各不相同的刀，堆成一座冷冰冰的刀山。

> 每一年的生日、圣诞节、复活节、情人节，叶子几乎都送上不同的刀子给刀，然而这是数量最多的一次。叶子不禁为这个壮举沾沾自喜，
> 一共是一百三十一把。
> 情人节快乐。②

刀则冷冷地从组合柜抽屉中取出另外一个箱子，从中拿出一串串形状不同的叶子，一共一千零二十六张。两个人都希望从对方那里收获感动，但没有一个人有任何主动表示。叶子跌倒了，以为刀会伸手拉她起来，刀却重重地打了自己一巴掌。刀以为叶子会痛惜地抚摸他的面颊，结果叶子只是狠狠地打了自己一巴掌。接下来开始出现可笑而惨烈的戏

---

① 谢晓红：《好黑》，（台北）宝瓶文化事业有限公司 2005 年版，第 99 页。
② 同上书，第 107 页。

剧性自虐场面：刀咚咚咚往墙上撞去，把前额撞得发红。叶子见状，便往另一面墙撞去。

如果你再撞墙，我就把我的手砍下来了。

这时叶子回过头来，额角显然也撞得发红了。好！她连忙也举起一把牛肉刀：那我也把我的手砍下来。

刀这时手起刀落，叶子也就不甘示弱。

咕咚一声，一截手臂像莲藕一样掉在地上，滚向墙边。也许叶子的力气比较小，她的一截手臂却还吊在手肘处，摇晃了好一会，才掉在地上，发出沉闷的一声，同样滚到墙边。①

于是，在情人节的夜里，街道上的男女或手持花束，或拿着毛娃娃、心形气球，而刀和叶子则各拿着对方的一截手臂在街上漫步。就连这个时候，他们都还吝于感情的主动的付出，当双方都想对方抚摸安慰一下自己的时候，他们拿起的也只是自己手中的对方的手臂。这可以说是黄碧云小说《无爱纪》最为惨烈无情的注释，这是后现代社会里都市人生存的冷漠、自私与麻木的最为极致的体现。《幸福身体》说的是一个男孩子和一个女孩子的故事，故事发生在 Y 地。

Y 地没有婚姻制度。它以色情事业的昌盛闻名于世。这里的色情场所甚至容许以以物易物的方式进行交易——付不起钱的嫖客可以用自己的身体作交换。在欲望高涨的时刻，男人站在门槛窥探昏暗的房间，女人倚在床上，一个随意的姿态，也能令他们轻看自己的一条胳膊或一条腿。但当欲望退朝以后，睁着眼看本来属于自己的肢体被割下、冷冻，然后放在玻璃瓶中被带走，男人便不禁为自己当初鲁莽的决定惊讶不已。②

---

① 谢晓红：《好黑》，（台北）宝瓶文化事业有限公司 2005 年版，第 110 页。
② 同上书，第 114 页。

因此，Y 地伤残的男人随处可见，他们以一种壮烈的神态，带着残缺的身体穿街过市。女孩就是在这个时候跟随她的哥哥来到 Y 地的，满街的奶油夹饼的香气只令女孩作呕。不久女孩开始出售自己，少年向女孩走来，脸上泛起的红晕就像长街上飞过染血的胶袋那样缤纷。身体的故事却有着一往情深、惊世骇俗的爱情：

> 女孩告诉少年，在他没有来以前，她常常觉得自己一个人在海面上颠来倒去的，风一起就把她吹到无法辨认的地点。于是起床后她总是以为自己来到了一个陌生的口岸，一个新的地方。
>
> "在你来到后，我觉得我们在一起，拼命想游到岸边，但当我觉得快要到对岸的时候，你便要转身离去。"
>
> 女孩的话令少年伤感，并且落泪，泪水带着咸味，像海水一样。少年的伤感后来化成蓝色笼罩了整个梦。所以他以为，那是一个很大很大的海。
>
> 少年醒来后把梦告诉了一个在家门前经过的人，那人穿着黑色夹克，以低沉的声音说："大约这就是他们所说的爱情吧。"①

为了这爱情，少年失去了他的一条胳膊、一条腿和一颗眼珠，接下来失去了全部身体。当阳光再次来临的时候，少年说："好黑。"在怀孕后返归的船上，女孩寻到了男孩的眼珠并把它装在自己的口袋里。《甲甲》是一种生物的代名词，也是一种生命存在和追求的象征，是最勇敢也是最美丽的死亡。《黑猫城市》仍然是城市，这次它的名字叫 K，猫是这个城市的灵魂，女人如猫，不断地被捆缚被猎杀，为躲避这些，他们不断地通过失忆来抗拒。丈夫、妻子、朋友、情人以及医生护士，最后统统失忆，只有鲁西西的《黑猫城市》对接了小说的开头：在记忆开始消逝的时候，人们潜意识里都有杀猫的冲动。《头》更加匪夷所思，深具讽刺和隐喻意味：

> 阿花早上起来便发现儿子阿树的头不见了。

---

① 谢晓红：《好黑》，（台北）宝瓶文化事业有限公司 2005 年版，第 122 页。

　　她拿了长长的晾衣竹，弯着腰往床下、墙的缝隙里捣，把家里的抽屉逐一打开，又翻出橱柜里那些肯肯牌巧克力夹心饼以及奶油曲奇的罐子（阿树曾说那个牌子的饼干很好吃），阿树的头却还是没影没踪。①

　　于是阿花夫妇来到医院，受到这里的俨然节日气氛的感染，阿花哭了起来，阿木决定把自己的头捐给自己的儿子，于是就发生了父子俩换头后的荒诞故事，这故事不但不可笑，相反极其沉重而悲伤。阿木回归家庭，与阿花重新厮守在一起。阿树的情人阿豆对于换脑袋这件事情并无强烈反应，在一个熟悉的身体上，发现一套陌生的思维方式，未尝不是一件有趣的事情。

　　阿豆有时非常回味，小时候拥有的那些纸制娃娃，她喜欢把各个只穿内衣裤的身体与他们的头分开，重新组织，然后以胶纸黏合起来。面对现在的阿树，阿豆有时会想到这种游戏，它们的乐趣都来自，切割与拼合带来的陌生感。②

　　每个人都延续着或新奇或古板的故事，畸形的身体、畸形的关系以及畸形的世界，甚至父子俩后来又玩起了互相切割头颅的故事，整篇小说血腥残暴，但没有任何血迹。倒是在最后一篇《大厦》中，在看似寻常不过的琐细书写中，传达出隐隐的杀机和血腥气味：小说分别写到了一幢大厦的十三楼几家住户的日常隐秘生活，当然，这些生活都是透过后现代的眼睛看取，无不充满着琐屑、无味、意识流、幻觉、想像以及变形。最明显地，所有出现的人物全部使用字母替代，尽管字母替代人名在谢晓红的小说中已属屡见不鲜，但如此大批量的全部替代还是第一次，因此，字母不仅是人名代码，还是象征符号，甚至更深的生存隐喻。字母的变换、楼层房间的转换以及各种意识流和无厘头：在洗手间昏暗

———————————

① 谢晓红：《好黑》，（台北）宝瓶文化事业有限公司 2005 年版，第 154 页。
② 同上书，第 161 页。

的光线中，难以确定那是一本书、一只梳子或一把刀。而沿着 C 的嘴角不断往下掉的，或许那是唾液，或许是鲜血……使人联想到惊悚的侦探片中的谋杀案现场。

叙述者展开淋漓尽致的想像性书写，但无论如何荒诞离奇，都让人感觉这一切并不荒谬，正如陈大为所说："其实这是现实人生恒久上演的故事，只不过谢晓红以冷漠、怪诞、虚无的叙述，让这个故事充斥着巨大的空虚，和哀伤。"① 像谢晓红的小说这样把爱情写到如此冷冽阴森程度的确不多见，以至于会分不清故事和现实，究竟哪一个更加荒诞。尽管人们知道，小说不过是虚构或者重塑，但谢晓红却以淡然的文字标示了真实世界的残酷，产生一种诡异的穿透力。《叶子和刀的爱情》、《旅行之家》、《理发》等篇尤其诡异绝伦，甚至跟韩丽珠的《输水管森林》一样，类似残雪的小说，但是比残雪小说更残酷的地方在于，这些书写代表着新生代的一群对于爱情的集体瓦解和绝望。其实，自黄碧云的小说开始，香港小说的无爱纪就已经开始，而此时，只见家庭里的杀戮和血腥，只见家庭成员之间诡秘的笑容和暴力，最终她们的言说不过是香港现世人情的共同观感：

> 如果我流了眼泪，
> 你知道我并不伤心。
> 我只是不曾忘怀，也无法记起。
> 我们的生存何其轻薄。
> 我在渐暗下来的房子想着你。但你已经不在了。我还爱你么？
> 在这难以安身的年代，岂敢奢言爱。②

在后现代的社会景观中，香港新世代的女作家凭借离奇的想像在她们的作品中呈现出不一样的时间和空间，构筑出完全不一样的都市景观，虚构了穿梭或虚浮于这个景观中的各色人群，以极端的冷漠、残酷和变

---

① 陈大为：《谢晓红和她的小说》，载谢晓红《好黑》，（台北）宝瓶文化事业有限公司 2005 年版，第 5 页

② 黄碧云：《无爱纪》，（台北）大田出版有限公司 2001 年版。

异突出生命和生存的虚妄和荒诞，极尽各种象征、讽刺、隐喻之能事。在这个被书写的香港城市空间中，可以看到卡夫卡的"城堡"世界——现代人的穴居之所，也可以看到卡尔维诺笔下的"看不见的城市"，一如风中的街道，可以飘浮入雾中，也可能沉入大海。在韩丽珠的书写中，可以看见卡夫卡的影像，但正如韩丽珠所说，她和卡夫卡又是不同的；在谢晓红的书写中，也可以看到卡尔维诺的影响，她的《礼物》、《风中的街道》等篇以极其轻逸的文字，以小女孩和礼物的故事虚构了一个类童话的世界。研究者多分析西西作品与卡尔维诺的关联，而谢晓红作为新生代作家的某些鲜明的语言文字和书写风格却被忽略了，但这也许和谢晓红作品数量过少有一定关系。

　　特别需要注意的是，韩丽珠和谢晓红城市书写的意义在于摆脱了前辈女性作家现实层面的描绘或个人情感抒发，无论是早前的西西、钟玲、施叔青，还是后来的李碧华、黄碧云、钟晓阳和陈宝珍，甚至对于香港这座城市及其人群的认识也突进到一个新的层面，那就是以荒诞来写真实。荒诞一方面是现代社会异化的某种必然结果，甚至有小说永远无法企及的更多数更广大的荒诞时刻存在，逐日上演。另一方面，窃以为也是更深刻的层面在于，写作者以此深致委婉的方式传达了新的世纪里香港族群社会变迁的难以言说的内在心理：正如黄碧云在《血玫瑰》中所说的："她是一个，懂得温柔的女子。温柔是：包容并静默，不问不怨，不哀伤。"① 作为时代和历史的见证者，她们必得经历这样的分崩离析的重组过程，眼见过往的城市肌体在挤压和冲撞中渐次脱落，某些附着其上的记忆不复重现，新老一族都会对这样的脱落产生某种切肤的痛感："我可以选择离开，但他们呢？尚特拉说，这是我的土地。我在此。我为什么要离开。"② 痛感敲击灵魂，催生深沉的文学。反过来说，香港城市的包容性以及身份书写的混杂和多元也只能在不断的融入和渐变中保持其持久的新鲜，其间不断流徙的人群、不断更生的话语以及历经缝合和重组后的水泥森林方始保持其不衰的观感，及其作为一个特异城市有待

---

① 黄碧云：《后殖民志》，（香港）天地图书有限公司2004年版，第96页。
② 同上书，第111页。

进一步完成和书写的种种异质。

第五节　香港女性小说的诡异叙事

　　出入于妖魔鬼怪之间的小说创作是香港女作家的特色，她们的作品几乎不约而同地选取与死亡相关的物件做背景或主人公，阴森鬼魅的老宅气氛不唯钟晓阳独擅，西西的《像我这样的一个女子》同样令人毛骨悚然，钟玲的《墓碑》中的男女主人公则分别是墓碑店主的儿子和殡仪馆老板的女儿，西西的《像我这样的一个女子》的女主人公的职业是殡仪馆的化妆师，黄碧云的《失城》里詹克明、爱玉夫妇是专门做死人生意的救护车司机和殡仪馆经纪……妖魔鬼怪与诡异叙事在钟玲小说中首先是一种文化想像，《碾玉观音》、《过山》、《大轮回》等集中表现了爱情与死亡的主题："实际上反映了现代知识女性对于两性间纯真爱情的无可奈何的悲观心态：爱情女神死了！无论在芸芸众生的人世间，还是在安放死者的停尸间，都找不到爱情的栖身之所。于是，便只有寄希望于阴间，'即使在阴间找不到，在某一辈子的轮回之中，终究会遇上的'。"① 这里包含着批评家阅读和审视作品的男性视点以及经验误区，女性生活中的顺从、屈辱是其无可奈何的性别生存现状，其对命运的反抗和改写则只能通过来生、下一世或死后化为鬼魂的方式来实现，此传统不可谓不悠长，唐传奇、宋元话本、明代"三言二拍"故事以及《聊斋志异》等都涉及类似的女鬼复仇故事。当然，一部男权中心主义的文学史中也不乏以鬼或妖来丑化女性的描写，甚至通过女鬼和女妖的形象来实现某种欲望的满足。如此说来，有鬼并不一定有害，女性写作者笔下的"她们"甚至是可爱乃至可敬的。《碾玉观音》中秀秀的鬼魂在不得不回归泥土之际，这样说：

　　　　我本来就身属这堆黄土，只不过向穿越阴间的风，借到一季在叶隙间闪烁的金阳。可是在这里，伴我入眠的只有蚯蚓、蛆虫和蚂蚁，我需要的是崔宁暖和的双臂，蜜糖一样的黏腻；在这里，只听见夜枭

① 钱虹：《与死亡为伍的爱情奇葩——钟玲的小说创作》，《香港文学》1989 年第 2 期。

的讥诮，冷雨的哭泣，我渴望的却是他吹嘘入耳的温存细语；在这里，夜夜只能化身为竹林中飘荡的鬼影，而我向来追求的却是在流变的岁月中，两个人坚如美玉的深情。不，我绝不放弃崔宁。我需要他，他也需要我；没有我，他不过是个艺匠，有我，他才能发挥创意。①

　　这里的自白真切深情，秀秀对崔宁爱情的执着只因为彼此的需要，只因为她追求的是"流变的岁月中，两个人坚如美玉的深情"，所以她勇敢地向穿越阴间的风借到一季闪烁的金阳。钟玲小说《黑原》所描绘的即是鬼魂的世界，当然，很多意象都有着深刻的象征意蕴，例如，在黑原上飘荡多日的女鬼终于遇到了他，可是"他外表一直都那么冷峻。这个人的内心有没有火焰呢？他救我，是因为我这个人，还是他天生就侠义心肠？在他脸上，我看不出一丝表情。他只默默地走着，望都不望我一眼。多么内敛的一个人，我不想离开他，真的，我要守住他的内心，看着它花般一瓣一瓣地开放"。② 这里的"他"实际上是"我"主体的对象化，表明"我"的自我认同感的迫切需要，与其说"我"已经爱上了他，倒不如说"我"在期待着"他"的爱——自我情感的投射和回应。"他"越是表现出内敛的特征，则"我"对内敛的需求有过之而无不及。就是这个不知生于何时何世的女子，独自在黑原上奔波流浪，只是为了寻找她生生世世相依不变的爱情。

　　　我早就死了！我们都是所谓的"鬼魂"。鬼魂又有什么关系呢？我依然是我，他依然是他。我已经做了很多年的孤鬼游魂，现在不一样了，我有了一位鬼侣。谢天谢地，我终于找到他了！原来在阳世找不到的，在阴间会找到，即使在阴间找不到，在某一辈子的轮回之中，终究会遇上的。
　　　想到这里，我的心一宽。划然天地又裹在闪闪银光之中，他的手轻抚着我的，我听见他的耳语："你看，开花了。"

---

① 钟玲：《生死冤家》，（台北）洪范书店1992年版，第81页。
② 钟玲：《黑原》，《大轮回》，（台北）九歌出版有限公司1998年版，第61页。

黑原上，遍地怒放着黑色的花朵，一直开到天际。①

很显然，钟玲作品中的女性在寻觅爱情的时候，起初往往主动有余，但后续力量匮乏，显示出男女主人公双方爱情权力关系上的变化，具体表现为早期感情的过度投入和后期关系的把控不足，体现的是女性传统的被动型的性爱认知与接受方式，渴望为某种强悍的异性力量所击中、劫持从而沉醉其中——这在一定程度上说明女性主体性的匮乏以及对男权中心文化的服膺。从内在心理而言，则显示了叙述主体爱的需求与供给之间的脱节。正如研究者所谓："男性现实生活中所不能得到的，在想像的世界获得补偿。《黑原》里反映的则是女性潜意识里对爱情的寻觅、渴念，是超现实的爱情小说，并非寻常的鬼故事。"② 一言以蔽之，《黑原》是女性情爱需求现实匮乏的补偿性想像，这说明鬼故事延续的是现实中人的思想，人的欲望和人的自我主体寻求。

其次，妖魔鬼怪与诡异叙事更是一种题材表现，如李碧华的小说。香港归属变动的历史使其民族的和文化的根源呈现出复杂性，身份感的逼仄是自然的，李碧华的小说努力将人物生存空间上的逼仄感进行了转换，而转换游移的结果仍然是逼仄。那么，如何来最终解决人物在世的逼仄感呢？李碧华硬是让她笔下的人物跳出了拘囿中的时间和空间格局，甚至文化限制，在无涯的时空之海中游弋。李碧华香港书写的特色也就在于她引进了阴间世界和妖鬼世界。既然现实世界如此狭窄局促，这些人物就纷纷逃避到了现实时空之外的异度空间。现代香港人时间身份、空间身份、性别身份的失落与迷惑造成其文化身份的困顿，同时也成就了李碧华香港书写身份存在的诡异。《青蛇》中的小青在西湖边断桥下生活了一千三百多年，何以打发慵懒、闲适而漫长的无涯的时间？于是，发生在南宋王朝的那次事件使小青觉醒，一路从杭州追到苏州，又打到镇江，再回到西湖下。对于妖来说，如此的空间转移固然算不上什么，但从此西湖在她眼里就大不相同：那被历代文人骚客吟咏不已的西湖，

---

① 钟玲：《黑原》，《大轮回》，（台北）九歌出版有限公司 1998 年版，第 63 页。
② 黎海华：《钟玲的超现实小说〈黑原〉》，（香港）《读者良友》1988 年 2 月号。

也变得可笑，"西湖本身也毫无内涵，既不懂思想，又从不汹涌，简直是个白痴。而我在西湖的岁月，从来不曾如此诗意过，如果可以挑拣，但愿一切都没发生"。① 异度空间的介入使人物的活动余地增大，也使她的观察视角发生了变化，那原本被赋予了正统文化金粉的物事则纷纷脱落其伪饰，将其"本来无一物"的深层内涵进行了淋漓尽致的展现，不可避免地增加了文化批判和嘲讽的效果。

但是，青蛇白蛇终于还是耐不住无涯的时间的寂寞，先后向西湖上俊秀的青年逶迤而去，从此，世间又增添一段关于妖的痴情传说。更不用说《胭脂扣》中的女鬼如花，50 年后从阴间返回寻找情人十二少；《凤诱》中的李凤姐从古书中的宋朝走来，与现代香港人发生了一段痴癫爱恋；《潘金莲之前世今生》中的潘金莲几次穿越生死轮回，希图改变被侮辱的命运；《荔枝债》里的宫本丽子是杨贵妃转世再生为人；《纠缠》中被母亲流产掉的小孩寻来复仇，破坏了家庭并带走了弟弟；《逆插桃花》中的母亲在"偷来的时间，没时间了"的紧迫中与人偷情，被父亲发现并杀死，人物的情欲激荡与灼灼的桃花进行映照，不料成年后的儿子却成了同性恋者；《"月媚阁"的饺子》中的过气明星为了重新获得丈夫的宠爱，不惜吃下婴儿胎盘做馅的饺子以求青春永驻、皮肤姣好，结果周身散发腥臭；《潮州巷》中名闻遐迩的卤水鹅之所以大受欢迎是因为母亲把有了外遇的父亲杀死后，一块块地放进卤水中蒸煮，母亲与父亲之间的爱恨纠缠不清；《双妹唛》中收藏品展览会上的一瓶双妹唛花露水，珍藏着陈桂娇一段隐秘的个人往事：那是两个女孩痴心相恋却不为世俗所容后来被迫分手的故事，多年以后她拿出这珍藏的定情信物，冥冥中希望求得对方的谅解。但展览中那根本没可能被移动的所有"双妹唛"产品商标上一个女子的脸，却被生生挖掉，只留下一个一个空洞的白痕……这只能说明"她"来过并始终不肯原谅：

陈桂娇并没有把真相说出来。

她盯住那"双妹"的图片：她俩暧昧地永不分离。省，港，澳，

---

① 李碧华：《霸王别姬　青蛇》，花城出版社 2001 年版，第 235 页。

中国各地：上海，北平，南京，苏州，大连，长春……只有图画
中人笑得那么春意盎然。那个瓶子，绿色的：一头猫在静夜中的眼睛。

走到一半，叶明进怔住——他分明看到，那根本没可能被移动
的"双妹唛"产品，所有的商标，其中一个女子的脸，被生生撕挖
掉了。只留下一个一个空洞的白痕……①

《雨夜》里四处寻找女友复仇的出租车司机鬼魂，在凌晨的街道上截
获女人；《饺子》写过气女明星嫁给富豪，为挽救丈夫的心，大吃人胎饺
子；《惊蛰晚上的赤足少女》写被奸杀女孩的冤魂，半裸赤足来寻她丢失
的白鞋子……每一篇都充满诡异与血腥，无不使人触目惊心。李碧华的
文字，要血腥有血腥，要妩媚有妩媚，要诡异有诡异，要霸道有霸道，
要乱伦有乱伦，要爱情有爱情……一句话，李碧华的书写题材可谓俗到
极处，她也曾经声称最喜欢的读物是银行存单。毋庸讳言，李碧华是为
大众写作，通俗文化的东西在她作品中被发挥到极致。尽管李碧华的小
说被研究者称赞为有比言情丰富得多的文化内涵，但其细节描写、文化
想像的缺憾之处有目共睹。其小说独立并畅销于通俗文学与严肃文学之
间，很大程度上跟作品题材有关，李碧华正是善于寻找和捕捉这些流传
或风闻的奇闻逸事，街巷怪谈，鬼怪妖孽等，并将之敷衍成文，极尽残
酷、血腥、诡异、恐怖渲染之能事，吊足读者的胃口，从而也抓紧了读
者的腰包。而且，李碧华的诡异叙事并不局限于香港，她似乎对内地特
定时段的政治、历史特别有兴趣，尤其是那些容易出现乱世枭雄的年代，
因为这里都可铺陈出吸引读者的好故事，难怪李碧华的作品不仅在内地
畅销，而且研究界也一片叫好，这足以说明其妖魔鬼怪故事及其诡异叙
事已经充分发挥了其读者接受的潜能。值得肯定的是，李碧华的文字尽
管粗糙，故事也许只是一个框架，但她的现实关切却从未缺席，无论是
性与情的话题，还是爱与恨的纠葛，无论是政治权威的解构，还是物质
社会的讽刺，都直指现代社会的弊病所在，其犀利敏锐不能不为人叹服。

最后，妖魔鬼怪与诡异叙事还是一种叙事风格，如黄碧云的小说。《温

---

① 李碧华：《樱桃青衣》，花城出版社 2002 年版，第 175 页。

柔与暴烈》中充满着鬼魅气氛，母亲小得像木乃伊，晚上睡在将葬的草席之中，已经三年没有吃东西，父亲则七年没有睡觉，双眼发亮，不用开灯也能读古埃及历史书。母亲和父亲在午夜嘈杂不堪地吵架：快死吧快死吧，你死先你死先……姑姑的生命非常黑暗，住在缅甸边境的山区里训练一个共党妇女游击队，一方面对革命的成功持否定的态度，一方面不得不如苦行僧一般投身其中，找不到消磨生命的更好方法。于是，生命的虚无问题再次浮现出来，漫无目的，但却再认真没有，生存成为无可逃避的责任。《创世纪》中定居美国的香港女子游以暗，身怀六甲。因为母亲的遽逝而返港奔丧，重回故居的她心神恍惚，屡见父母的鬼魂频频出没，阴森的往事重见天日，大腹便便的以暗开始疑神疑鬼。她侦查父母的秘密，追踪哥哥的行动，怀疑丈夫不忠，无限恐怖与无限危疑，最后生下了个双头怪婴。《无爱纪》中的三姊妹，太初、太乙和太一都九十岁了，不愿做人愿做鬼，虽为人身却鬼影幢幢，鬼话连篇。《山鬼》讲的其实并不是鬼的故事，但诡异的气氛丝毫不下于真正的鬼故事。偏僻山区的女孩子选择做巫竟是其逃避愚昧和奴役的唯一出路，黄碧云曾在《记述的背后》[1] 中说："山鬼是一个女子的心魔历程。山鬼是女子的炼狱和解脱。"山鬼说：

> "我没有别的选择。那是村里女子唯一认字的机会。我不学巫他们不会给我念书，就像大脸不当巫她也不可能认字，不可能学医，跟师傅学历史，地理，天文，还可以自己赚钱，不必依靠男人。她这种被人侮辱的女人在山里最终都会被人逼死。她当巫，没有人敢逼她。"阿诗玛说。茴茴站在阴影里看阿诗玛。才十六岁，双手灵巧坚定，脑袋清晰理智，容貌安静娟好，而且险处求生。[2]

或许一切正如黄碧云所说：记忆就是鬼魂，我写作，不过在呼应鬼魂的召唤。[3] 《无爱纪》之后，2004 年，黄碧云出版了《后殖民志》和《沉默。暗哑。微小。》，继续她的末日情怀书写，之后长长的七年沉默，

---

① 黄碧云：《突然我记起你的脸·后记》，（台北）大田出版有限公司 1998 年版。

② 黄碧云：《山鬼》，《十二女色》，（台北）麦田出版有限公司 2000 年版，第 125 页。

③ 黄碧云：《江城子》，《温柔与暴烈》，（香港）天地图书有限公司 1994 年版。

2011 年小说《末日酒店》出版，其间发生的焚心蚀骨的变化，正像她在后记《小书小写》中所说：

> 没甚么，不过是从人生的一端到另一端。中间经历长长的沉默。
>
> 现在我知道了，其实我已经知道，沉默就是沉默。
>
> 它最丰盛，也最艰难。无法述说。
>
> 我失去我的过往，国度，亲人，朋友，工作，字。我得到一个陌生语言，阳光土地，骨灰，知悉与断绝，心病，画。我忘记我的字："你最好把它忘记"。①

这意味着此间发生过很多人和事的巨变，黄碧云不能不写，写出来仍是一本时间之书，一本记忆之书。在澳门回归十二年之后，黄碧云以魔幻现实主义的笔法，借文字重现旧日帝国景光，带领读者返回到 20 世纪 40 年代酒店初创时的嘉年华：

> 当初还很光亮，酒店开张的时候，葡国人还在澳门，男子穿一套早晨礼服来参加酒会，女子都露着肩背，执一把珠贝扇，戴粉红翠绿羽毛的大草帽，不见脸孔，只见耳环和嘴唇。很热，酒店的经理嘉比奥鼻子好尖，挂了一滴一滴的汗。②

回忆由此开始，陆续展现澳门在历史变迁中所残留在人们记忆中的帝国夕阳景光。所以，这还是一本失去和死亡之书，书写仍然是在忘却与记忆之间的挣扎："我萎谢的时候，时间停止。泥土湿润的时候，请你记着我的眼泪。"③

可以说，黄念欣在评论中所提到的黄碧云小说的框架切实把握到其小说创作的精髓："末日、酒店、暂借、旅寄、遗忘——一篇始于空间（'他们都已经忘记我了，和那间 107 号房间。'）而终于时间（'这个小银钟，一

---

① 黄碧云：《末日酒店》，（台北）大田出版有限公司 2011 年版，第 116 页。
② 同上书，第 14 页。
③ 黄碧云：《末日酒店·封面》，（台北）大田出版有限公司 2011 年版。

直放在依玛无玷修女的校长室桌面，忠心行走。'）的小说，所承载的繁华与虚空（vanity），我们多么熟悉。"① 而黄碧云在香港版的《序》中则写道："小说总结生活，并且比我们的生活骄傲，跳脱，自由，长久：我们生活之中，无法得到的，小说赐予，因此我必须写。"② 故事的场景在澳门展开，一间葡萄牙人开的酒店里发生的故事，疾病、死亡、撤退、人事更迭是穿插其中的主要情节，人物的生死固然悲切甚至恐怖，但黄碧云有意使用的一种看起来极其平淡的语言，让一切变故的发生来得自然而必然。上百人的外国人名令阅读充满阻隔和恍惚，在代际的更替之后仿佛又一个幽灵徘徊在酒店内部，见证着一切衰落和隐退，令她耿耿的依然是失落的话题：

> 一个时代的终结的意思是，没有人再记得曾经发生的事情。
> 因为也不重要。③

有些事情发生了又结束了，人们没有记忆，有些时间和空间曾经存在和驻留，但一切流逝之后又有什么能够证明曾经有过和存在过？"神父，他问，你见到的，一定在吗？你看不见的，是否就没有了？如果我见到的，有时在，有时不在，这物到底在也不在？"④ 正如黄念欣在评论中所指出的："千百种离乡背井的末日帝国心情，英国人在香港，英国人在印度，法国人在越南，法国人在福州，以至于葡国人在澳门，对早年在西报任职政治新闻记者的黄碧云以及她的读者而言，还有什么不能理解的呢？"⑤ 是故，黄碧云笔下的澳门景光与香港何其相似，一个城市的被接管与一个酒店的被接管又何其相似，而酒店和修道院、病院似乎也没有什么区别：

> 酒店是甚么？和修道院一样吗？小也诺连莫问。

---

① 黄念欣：《末日之后、若寄浮生——笔记黄碧云〈末日酒店〉》，《信报》2011 年 7 月 9 日。
② 黄碧云：《末日酒店·序》，（香港）天地图书有限公司 2011 年版。
③ 黄碧云：《末日酒店》，（台北）大田出版有限公司 2011 年版，第 39 页。
④ 同上书，第 108 页。
⑤ 黄念欣：《末日之后、若寄浮生——笔记黄碧云〈末日酒店〉》，《信报》2011 年 7 月 9 日。

酒店是旅人过夜的地方，或者，神父说，你说得对，和修道院一样，我们在此知道肉身的暂时。[1]

耿耿十年之久，奔波放逐于世界各地，黄碧云依然不能释怀，这次借着一个血腥的故事，回到澳门的海岸，铺陈了近半个世纪澳门一家酒店的历史，又一页殖民地的历史，正如一众读者所解读到的，澳门又岂不是香港？心中的旧痂还在，黄碧云一念耿耿的旧日情怀虽经十余年岁月的沉淀依然念兹在兹。而且记忆就这样不经意地来到笔下，使她不得不书写，"我萎谢的时候，时间停止，泥土湿润的时候，请你记着我的眼泪"，[2] 惘惘情怀一如既往，书写是为了遗忘更为了记忆。而诡异叙事的小说氛围更加浓郁，神秘的死亡事件、奇怪的人物命运，"我"的祖父在四十二岁的时候就无法握紧一只杯子，而"我"的祖母则十二年没有说话，祖父说是珍珠卡住了她的喉咙，祖母从澳门返回里斯本后开始说方言，"我父亲说，你出生的那个晚上，你祖母去到里斯本后，开始说方言，没有人能够明白的语言，其后六年，她换了生活的六种方式，同样没有人明白的不同方式"，[3] 母亲则沉迷于未知，在塔罗牌中寻找命运的启示。

如上，文化想像、题材表现和叙事风格这三个方面之间有着密切的联系，只不过每位作家各有其具体侧重而已。而无论是题材的着眼、风格的渲染还是文化想像的铺演，都和写作者对于当下文化的观感、文化出路的考量以及文化构造的旨趣息息相关。正所谓：太平之世，人鬼相分；今日之世，人鬼相杂。西西、钟玲、李碧华、黄碧云的作品都出现在这自我身份暧昧不明的时刻，"她们藉着鬼魅般的意象或想像，触及了男性世界所不能或不愿企及的议题。久被压抑的欲望、无从表达的冲动、礼法以外的禁忌，仿佛藉'鬼话'幽幽地倾吐开来"。[4] 在在说明鬼的故

---

① 黄碧云：《末日酒店》，（台北）大田出版有限公司 2011 年版，第 106 页。
② 同上书，第 16 页。
③ 同上书，第 46 页。
④ 王德威：《女作家的后现代鬼话》，载《落地的麦子不死》，山东画报出版社 2004 年版，第 209 页。

事、妖的故事以至巫的故事在某种程度上就是女人的故事，女人生命中的情感压抑、心灵隐秘，被侮辱被奴役的命运，被爱的匮乏和缺失，爱的力量的短促和脆弱……无一不是通过鬼和妖的故事暂时得到伸张，其诡异血腥的特异风格企图实现边缘对中心的突围和反抗，表达充满人性的妖和鬼对已然非人的世界和所谓的人类的挖苦和嘲讽，驱动着女性生命图像逐渐从遮蔽走向敞亮。在这个意义上，女鬼/妖复仇的故事还将继续搬演，只要女性还背负着苦难和屈从，还罹经着奴役和强权，女鬼/妖的故事就将生生不已。

第五章　香港女性小说的主体身份消解

香港女性小说的身份建构经由空间、时间和文化的探讨，终于走向性别这一直接关乎自我主体身份的深层论述。背负着分裂身份和破碎命运的妓女形象，昭示着女性的历史和文化的屈辱，藉此成为香港身份寓言的开端，来讲述被剥夺、被改写、被压抑甚至被桎梏了的主体命运。性别论述的另一层面着重揭示的是男性权威的委顿——丑怪男人、暴虐男人以及色欲男人等，在剥离其欲望的渴求和无厌之后，仅只剩下丑陋的外观、凶残的性情和身体的无能为力。性别论述的深刻性还表现在女性小说大胆越轨的性别关系书写，于人的复杂丰富、幽深紊乱的内心欲望深处，揭示更为异样的恋情百态和跨界的性别关系。最终，真正的性别身份不仅是对于自我生命的珍视和坦然，还是"媚行者"，她永远寻找，永不相信命运，拒绝既有的历史，寻找从不存在的、从来未曾有过的自由。"人以想像与谬误创造世界，创造了上帝，以解释人的存在。女子以黑暗、温暖和血做最冷静邪恶的同谋者。第七封印的启示，女子明白，却不能说"，"因此女子有写"。[①] "媚行者"是黄碧云以女性书写昭告于世的性别解放和主体自由的宣言书。

第一节　"妓女"形象隐喻的香港身份

现代著名诗人闻一多曾在《七子之歌》中将香港比喻为失散的女儿和姊妹，[②] 这是宏大"中国叙事"对于香港想像的典型话语。在诗人的想像中，英国殖民者是面目狰狞的"海狮"和"魔王"，而香港、九龙则是

---

① 黄碧云：《创世纪》，《七种静默》，（香港）天地图书有限公司 1997 年版，第 68—69 页。
② 闻一多：《七子之歌》中将九龙比作追嫁的幼女，《现代评论》1925 年第 2 卷第 30 期。

挣扎于魔爪下的幼儿幼女。这种想像在很多年后也慢慢演变成国人的一种爱国情结，渐渐融入民族集体意识。但也正如研究者所说："《七子之歌》在九七香港回归之前被谱成曲子，流传于大街小巷，对于营造国人的香港想像起了重要的作用。但面对港人对于回归的抵触和回归前的恐慌，这一想像实在令人有荒谬之感。"①

　　香港

　　我好比凤阙阶前守夜的黄豹，

　　　母亲呀，我身分虽微，地位险要。

　　如今狰恶的海狮扑在我身上，

　　　啖着我的骨肉，嗳着我的脂膏；

　　母亲呀，我哭泣号啕，呼你不应。

　　母亲呀，快让我躲入你的怀抱！

　　母亲！我要回来，母亲！

　　九龙

　　我的胞兄香港在诉他的苦痛，

　　　母亲呀，可记得你的幼女九龙？

　　自从我下嫁给那镇海的魔王

　　我何曾有一天不在泪涛汹涌！

　　母亲，我天天数着归宁的吉日

　　我只怕希望要变作一场空梦。

　　母亲！我要回来，母亲！②

　　香港、九龙的命运唤起更多时人的共识，"弱女"的寓言于焉扎根。尽管也有作家将其比作浪子，③ 但为数更多的作家还是倾向于将其比作失

---

　　①　赵稀方：《小说香港》，生活·读书·新知三联书店 2003 年版，第 87—88 页。

　　②　选自闻一多《七子之歌》，《现代评论》1925 年第 2 卷第 30 期。

　　③　蔡益怀认为黄谷柳《虾球传》中的虾球是一个典型的"香江浪子"、"港都孤儿"形象。见《想象香港的方法》，中国社会科学出版社 2005 年版，第 96 页。

散的女儿、被迫流落烟花的女子，其中不乏女性作家的手笔。此性别身份的比附在某种程度上彰显了大国的寓言，暴露出大国为尊的父权文化威力，但香港的历史和命运却又不能不说和父权制历史下呻吟着的被压抑被忽略抑或被摆弄的"弱女"命运异常相似，香港由一个破落边缘的小渔村、发展成一个国际大都市的神话般传奇经历，好似灰姑娘一夜之间变成舞会公主的辉煌，夜夜灯火通明，欢歌达旦。大陆作家王安忆曾经这样描写她想像中的香港：

> 香港是一个大邂逅，是一个奇迹性的大相遇。它是自己同自己热恋的男人或者女人，每个夜晚都在举行约会和定婚礼，尽情抛撒它的热情和音乐……它其实是最富传奇的那种。香港的热恋还是带有私通性质的。约会也是幽会，在天涯海角，是一个大艳情。①

香港浓郁的殖民色彩的历史、混杂的中西文化特征以及作为一个兼具后殖民、后现代、消费主义和通俗文化特色的现代城市，其文学想像与女性之间的比附关系其来有自，这情形也在验证着"后殖民理论的一个隐喻，即对于西方来说，殖民地东方是一个充满性魅力而又渴望征服的女性"。②于是，妓女想像则成为香港书写中最能得到普遍认知的隐喻之一。笼统地说，"香港的妓女形象，最早肇生于西方对香港的殖民书写；后来一些华文作家及电影导演夹着外来者眼光也挪用上了；再后来，尤其是1997年后，香港不少创作者将妓女身份自我转化，以本土化眼光参与了'妓女作为香港隐喻'的论述。好一部'妓女三部曲'，勾出香港百余年身世"。③

潘国灵的"妓女"隐喻已经超越了肤浅的情感褒贬，带着极深沉的用意来看待身世离奇的香港。"妓女之所以是个隐喻，是因为它事实上折射了更加丰富的文化视角，其中有殖民视角、也有外来者视角，而在香港人自己，却是悲情与励志视角。当然，所有的目光都是权力的目光，

---

①　王安忆：《香港的情与爱》，《岗上的世纪》，云南人民出版社2000年版，第277页。

②　赵稀方：《小说香港》，生活·读书·新知三联书店2003年版，第35页。

③　潘国灵：《城市学：香港文化笔记》，上海人民出版社2007年版，第130页。

潘国灵写的就是妓女隐喻折射出来的权力位移和对抗。"① 现实生活的歧异纷繁为多元性的文化想像提供了原料，西方的殖民书写只是香港妓女隐喻的一种面向，妓女生存的悲惨或许普遍，但这并不一定就是单一化的殖民意识的投射。妓女形象，承载着西方殖民意识、反城市化、女性意识、共度时艰精神等不同的意念寄托。张爱玲的小说《沉香屑　第一炉香》中的葛薇龙及其姑妈，在作品中还仅仅只是含蓄的交际花形象，到了施叔青的《香港三部曲》，则以为香港立史的写作野心将妓女隐喻进行了正面而彻底的书写。

其实，早在半个世纪之前，英国小说家李察·梅逊（Richard Mason）就已经将"苏丝黄"作为自己书写东方的文字入口，继而影响了其后整个"男性西方"对"女性东方"的意象解读。《苏丝黄的世界》（The World of Suzie Wong）是其于 1957 年所创作英文小说的中文译名。当年，梅逊作为记者访问香港，即刻被这个充满异国情调的东方城市所吸引，特别是那些轻盈曼妙的东方女子更是令他痴迷不已，返国之后很快便创作了这本发生于香港湾仔骆克道的小说。小说展现的是一段白人男子与东方女子的奇异爱情历程，而小说女主人公苏丝黄的身份也被层层揭开：从矜持娇羞的千金小姐，到堕落风尘的湾仔吧女，最后再到悲情世界的单身母亲。小说极其完整和充分地书写和再现了西方人眼中的东方：异域的风土、情色的诱惑、拥挤的货摊、杂乱无序的城市，而这里的东方是以香港为指称的，轻盈曼妙的女子则是香港的妓女。之后，随着小说的走红，同名电影也于 1960 年上映，于是，电影中那位身穿旗袍、长发披肩的东方女子形象，更加深入西方人士之心，遂成为无数西方影迷幻想中美丽的、穿旗袍的东方美女的典型代表，最重要的是这些东方美女都对西方男子怀有好感以至青睐有加。小说、电影以及随后歌舞剧的轰动，终于使"苏丝黄"成为心地善良、感情深挚的东方妓女的代名词，从而在西方世界掀起了一阵香港热，后来香港湾仔的红灯区也被叫作"苏丝黄的世界"。

因此，在许多西方人的心目中，"苏丝黄"就是香港的象征和标签，

---

① 《香港好似"风尘女"》，《新京报》2013 年 11 月 5 日。

苏丝黄的曼妙的身影成为半个多世纪以来描画香港殖民地风味的符号代表，在历久不散的文化传播中被浓缩成香港风情的独有写照：帆船，长衫，善良的东方妓女，英俊的西方男子，华洋杂处的地域，湾仔的美丽传说……而每一次有关"苏丝黄"的文本、影像、剧场的再造与扩大，都招揽着无数梦想得到东方美人青睐的外国人，徜徉在湾仔霓虹闪耀的酒吧之间，追逐着"苏丝黄"的魅影。曾在香港居住过十多年的来自台湾的作家施叔青，于 20 世纪 80 年代初创作了多篇香港人耳熟能详的香港故事，其中《愫细怨》的女主人公姓黄名愫细，"愫细"与"苏丝"同音，名字即从 Suzie Wong 而来；在此之前，张爱玲写香港的小说《沉香屑　第二炉香》，女主人公的名字也叫愫细，与"苏丝黄"的香港想像可谓　脉相承。而当"九七"回归之后，"苏丝黄"的文本想像又伴随着香港探索身份的文化热潮重新被西方诠释，新的隐喻则隐藏了更多重的意蕴：例如，东西方权力关系、香港末世心态、精神堕落、后九七香港与内地的融合与隔膜等。问题的关键在于，此论题的意义并不在于妓女本身，而是妓女被用为香港隐喻。李碧华小说《胭脂扣》中的如花即是一个妓女，她不仅是香港历史兴衰的见证者，同时也是一个文学的隐喻，不仅寄予着香港人对"五十年不变"的理解，同时也寄寓着生死轮回后的沧海桑田。

除了"弱女"、"妓女"、"交际花"形象之外，还有更为特异的"女间谍"、"女特务"、"女汉奸"等形象所隐喻的香港身份。李碧华的小说《川岛芳子》中的"间谍"、"汉奸"芳子，则直接涉及国族身份书写的问题：芳子本来是清朝满室肃亲王的十四格格，后来被日本人川岛浪速收为养女并东渡日本，在复辟清室的活动中，她为日本人效力，最后被作为汉奸处决。

在这里，"女性作为殖民地的隐喻显而易见，川岛芳子的复杂故事意味着殖民地身份的失落而非寻获。她的身份含混不清，拥有满、汉、和三种民族身份，游走于三者之间，抱着瑰丽的幻想，试图利用多重身份换取自由及空间，但又被当中的内在冲突所困囿，并在这些名词之中丢掉了她的身份。她的形象及其复杂的命运无不令读者惊讶，身份的象征最终成为德里达（Jacques Derrida）所说的浮流符号，意义被无限推延，最终找不到答案".① 或者，也可以作这样的理解："如果《川岛芳子》是一个国家寓言，则国家的意义在一开始的时候便已失落，川岛芳子在多重身份的掩饰之下，永远是异类，并不拥有任何一个身份。这大概是作者对于自身作为香港人、中国人、女人的一种暗喻。"② 因此，小说《川岛芳子》就具有了远远超出真实历史人物川岛芳子的多种隐喻意义。

小说意念开始于 1988 年，修订稿完成于 1989 年 12 月的东京。定稿的地点在日本，无怪乎学者李小良感悟："作为一个香港/华裔（中国?）作家，又是女性，置于多重边缘性之下，那种国籍文化身份的迷惘，和不稳定现实的压迫感，复杂矛盾地体现在川岛芳子这女性隐喻人物身上。"③ 在小说中，川岛芳子常常被问及"到底是中国人还是日本人"的问题，当芳子被带往日本的时候，她曾哭闹着说："我是中国人！……不是日本人！我不愿意去日本!"在小说最后的刑场一节中，芳子大嚷："我是中国人!"后面则是叙述者的一段文字："——她根本不愿意当日本人。但中国人处死她。"而在战犯法庭之上，芳子却说："我是日本人！不是中国人!"叙述者反复强调的是日中两国的国家意识形态是如何消解了满族意识的个人悲剧的：

> 她半生究竟是为了什么呢？两方的拉拢，中间的人最空虚。末了往哪方靠近都不对劲，真有点恨中国!④
>
> 一个被命运和战争捉弄的女人，一个傀儡，像无主孤魂，被两个国家弃如敝屣。⑤

凡此种种对于自我身份的追问，都凸显了性别身份在国家和民族话语中的尴尬。小说中还有一处描写特别强调这一身份的暧昧：芳子在战

---

① 潘毅、余丽文编：《书写城市：香港的身份与文化》，（香港）牛津大学出版社 2003 年版，第 497—498 页。

② 同上书，第 498 页。

③ 李小良：《揉性的身份认同》，载潘毅、余丽文编《书写城市：香港的身份与文化》，（香港）牛津大学出版社 2003 年版，第 591 页。

④ 李碧华：《满洲国妖艳——川岛芳子》，人民文学出版社 1995 年版，第 127 页。

⑤ 同上书，第 168 页。

争末期从日本再回北平，被日本皇军喝令行礼时，芳子一字一字地问：
你知道我是谁？研究者认为："这也许是文本对芳子作为一个身份失落的
隐喻的最终注脚。"① 那么，她到底是谁呢？她是一个从一开始就失掉了
身份的人，身不由己地，从出生就已经陷入了政治斗争的现实当中，在
三个民族的角力中，她的国籍被混淆了，她一生为满洲国的复兴所做的
一切都是虚无和荒诞的。"清朝的覆亡，不但令她失去了'国家'，失去
了稳定的民族，文化身份认同，也令她不自觉地混淆了'满洲国'与
'中（华民）国'、丧失了思考'满/汉'之间的差异和张弛关系的能
力。"② 李碧华把这样一个人物置放在国家、民族、性别的多重身份迷宫
中书写，让这个历史悲剧人物的质问一直回荡：

　　——"你知道我是谁？"……
　　坚定但辛酸的声音，在法庭中回荡。③

因此，李碧华对川岛芳子的书写寄予并贯穿了她对女性身份思考的
几乎所有内容和向度，而川岛芳子则是表达这样一种身份言说的最为合
适的代表。其实，川岛芳子的存在意味并不仅仅在于她的国族政治身份，
还有性别身份。七岁的芳子已经无法改变她被政治所安排的命运：

　　"我是中国人！"爱新觉罗·显玗哭喊，企图扯开这披在身上的
　　白色枷锁，"我不是日本人！"④

芳子拼命撕扯身上的白色和服，那束缚她的白色枷锁，企图通过这
样的举动来反抗既定的命运，但是，这样的反抗不仅幼稚而且无效。在
大清肃亲王和日本人川岛浪速的政治交易当中，芳子起初充当的只是一

① 李小良：《揉性的身份认同》，载潘毅、余丽文编《书写城市：香港的身份与文化》，
（香港）牛津大学出版社 2003 年版，第 593 页。
② 同上书，第 592 页。
③ 李碧华：《满洲国妖艳——川岛芳子》，人民文学出版社 1995 年版，第 153 页。
④ 同上书，第 15 页。

个可爱的小玩具——那是他父亲大清皇朝复辟大计的重心部分。在她读小学的时候，受到日本学生的歧视，关于同学所诘问的故乡，她的机智回答是：在妈妈肚子里。在日式教育中成长的她，很快到了每个女孩子都会有的恋爱季节，但是，养父在一夜之间摧毁了她的青春梦，迅速而残酷地将她的性别认同转换为另外一种身份存在：

> "谢谢你，都剪掉。——我要永远的与'女性'诀别。"
> "不过，"他仍一脸惋惜，"以后却得戴假发了。"
> 她不再搭理，只见镜中人，头发越来越短，越来越短……，最后，剪成一个男式的分头。昨天的少女已死去，她变成另外一个人。①

她用这种方式跟自己的性别身份也是天赋的初始身份告别，这告别毋宁说是一种仪式，藉由此诀别仪式，川岛芳子完成了她对女性性别身份的清算，而开始了她向男人世界的报复，从而一步一步走入由男性所构建的政治、战争和阴谋的狰狞世界中，先是达成了与蒙古王子的政治婚姻，后来又促成了伪满洲国的建立，同时建立了与日本特务之间的合作关系。

在满清遗老们面前，在旧式的贵妇们面前，穿着彩缎旗袍的新娘川岛芳子俨然是一个胜利者，她冷冷地笑着：

> 她不是这些女人中的一个。
> 她是异常的能者，即使她是女人，但要做一个女人中的男人，集二者的长处。②

既是主动地同时又是被动地，芳子通过性别身份的乔扮一步一步地踏进虚荣和权势的陷阱中去，并且这样的身份让她获得荣耀，她以为这是实现家族伟大梦想的必经之路，同时也短暂地感受到自我实现的满足：

---

① 李碧华：《满洲国妖艳——川岛芳子》，人民文学出版社 1995 年版，第 34 页。
② 同上书，第 39 页。

记得一生中最风光的日子——

芳子身穿戎装、马裤、革履，头上戴了军帽。腰间有豪华佩刀，以及金黄色刀带。还有双枪：二号型新毛瑟枪、柯尔特自动手枪。

革履走起来，发出咯咯的响声，威风八面地，上了司令台。

……

她是一个总司令，且拥有一寸见方的官印，从此发号施令，即使反满抗日的武装，鉴于她王女身份，也会欣然归服，投奔她麾下吧？金司令有一定的号召力。自己那么年轻，已是巾帼英雄——芳子陶醉着。①

这里的"巾帼英雄"的意味非常丰富和复杂：芳子心目中的国家到底是什么？民族又是什么？在利用和被利用之间，芳子本人已经无法甄别，甚至不需要甄别。她只需要明白一点：被利用是为了利用别人，不管如何她需要的是权力。性别身份的更易使她能够不断满足建立政治身份的强烈欲望，但与此同时，她也渐渐在政治身份的建立、耽溺和沉醉中模糊了国族身份。川岛芳子一手导致了上海"一·二八事变"，却认为自己不是在为日本人工作，只因为此刻她的利益与日本的利益一致，也正是这样，她不需要向任何人解释。她说着流利的中日语言，往来于中日之间。一时是整套的西服，一时是和服，一时是旗袍，一时是曳地晚装；一时是女人，一时是"小男孩"。她不但征服着男性，也征服着同性，更征服着那些怀着政治和军事欲望的日本军官。金司令、芳子小姐、东珍、显玗格格、十四格格，是对她的不同称呼，两方的拉拢，中间的人最空虚，她不过是困兽。她曾对云开说，她没有一分钟忘记自己是清朝后裔，是中国人，他们俩是同一阵线，应该好好合作。她在和山家亨分别的时候想到的是，中国的女人逃到日本去，而日本的男人立在中国的土地上，到底谁是主宰？但当这个政治的小玩具失去它的利用价值后，她并未意识到她的悲剧性，反而在悲剧的旋涡中越陷越深。在被昔日的恋人安排返回日本后，川岛芳子出于对权力的迷恋再次回到中国，于是

① 李碧华：《满洲国妖艳——川岛芳子》，人民文学出版社 1995 年版，第 76—77 页。

出现了小说开头她被作为汉奸逮捕和万众声讨的场面。最终，川岛芳子被作为汉奸执行死刑，使得这个政治迷宫中的身份追索显得更加吊诡：为了自救，她终于承认自己不是中国人，但是她向养父索求的用以在法庭审理中减轻罪责的户籍证明却迟迟没有来到，实际上，她仅仅是个模棱两可的、没有正式申请日本户籍的、日本人的中国养女而已。

> 芳子慢条斯理，但一字一顿地声明：
>
> 我不算"汉奸"！
>
> 她睨着法官，看他反应。
>
> 然后，再用日语，一字一顿地：
>
> "我是日本人！不是中国人！"
>
> 堂上哄然有声，唛喋私议。
>
> 她不肯承认自己是中国人！
>
> ——是中国先不承认她吗？
>
> 那一年，她七岁。①

终其一生，她只是在奋力践行一个谎言，而关于性别、民族和国家身份的种种寻求无非是建立在谎言基础上的荒诞人生，基于种种欲望所构造出的滑稽悲剧：被中国抛弃，更被日本抛弃，被汉族抛弃，也被满族抛弃，被男人抛弃，也被女人抛弃，最终被胜利者抛弃，也被失败者抛弃，川岛芳子的悲剧既是命运和战争的作弄，同时也是男人间的游戏，更是她自己无穷欲望的牺牲品：

> "我是中国人！"——她根本不愿意当日本人。但中国人处死她。
>
> 那一年，她七岁。②

因此，关于川岛芳子的言说有着超越历史和民族国家的寓意，"我是

---

① 李碧华：《满洲国妖艳——川岛芳子》，人民文学出版社1995年版，第11—12页。

② 同上书，第167页。

谁”的发问拷问着每一个在世者，在 20 世纪 80 年代的香港，在紧锣密
鼓的香港归属的谈判中，在人心和股票的反复升降中，川岛芳子话题的
出现因其滑稽和吊诡更加具备了文学上的超越论述。其实，文学上的超
越和性别上的革命性论述并不是李碧华创作的重心，有研究者曾指出其
在女性意识方面不但没有站在应有立场发言，反而在某种程度上对父权
制的性别论述有所加强。或许，正如李焯雄在《名字的故事》中所分析
和提示的：李碧华只是将敏感的话语和词汇揉进了她的故事中，在文化
消费主义的意义上大获全胜。有研究者①就李碧华的《潘金莲之前世今
生》、《秦俑》、《青蛇》和《霸王别姬》四篇故事新编类的作品，探究其
中“情欲”与“政治”的互动作用，将神话化了的政治偶像贬至妖界，
而且将神话引入历史中，对历史做出彻底的否定与颠覆：

> 感谢文化大革命！感谢由文曲星托世，九转轮回之后，素贞的
> 儿子，亲手策动了这一伟大功业，拯救了他的母亲。也叫所有被镇
> 的同道中妖，得到空前大“解放”。②

李碧华对于历史的解构不止于此一着，再如《胭脂扣》中：

> “什么？”如花急问。
> “三月八日是一个节日。”我告诉她：“妇女节。”
> 如花皱眉：“我没听过，这是外国的节日吧？纪念什么的？”
> 一切只是巧合。一个妓女，怎晓得庆祝妇女节？何况还是为情
> 而死，才廿二岁的妓女。妇解？开玩笑。③

正如前文所论述的那样，李碧华不仅对人物的身份标签很关注，同
时，与人物连带的带有时代表征的物件也是她关注的重心，甚至在这些

---

① 陈岸峰：《李碧华小说中的情欲与政治》，载陈国球编《文学香港与李碧华》，（台北）
麦田出版有限公司 2000 年版。
② 李碧华：《霸王别姬　青蛇》，花城出版社 2001 年版，第 385 页。
③ 同上书，第 43 页。

物件里面，投入了过多的不需要言说的符号象征意义以及对文化消费时代读者欲求的呼应。一般说来，展览品都是人们的珍藏，一些充满浓情蜜意，一些写着苦难折腾，它是族群历史和时代生活的见证，诸如旧照片、母亲送的第一只手表、战时粮票、古董、一品夫人像、邮票、首饰、石头、证书、玩具、储蓄箱、四节小指的掌印、微型手抄唐诗三百首、海难邮件、用银纸折成的菠萝、弓鞋、定情信物等等。各人珍重自己的物件，各人珍重自己的故事。这不是什么"艺术"，到了最后只赚得"回忆"。正如李小良所说，李碧华书写的女性主体，"没见得有冲击和颠覆既有的男性中心和男女两性的二元性别意识，反而时常显得巩固现存的父权机制"。① 在后现代加入世纪末的风潮里，李碧华既俗且雅，既颓废又警醒的姿态，竟然成为香港文化奇观之一。

　　然而，到了1997年以后，即便如李碧华这般的想像力，也已露出了疲态。大历史的时刻来了又过去了，"什么都没有发生"。但"五十年不变"的倒计时已经开始——另外一种大限已然悄悄弥漫开来。香港的"大邂逅"与"大奇迹"还可能吗？李碧华的答案是她的长篇报告小说《烟花三月》，这个动听的书名不再标示一本小说，而是一本"报导文学"。隐隐约约，李碧华似乎也配合了"时代需要"，摆脱了虚伪游戏，来点有血有肉的真材实料了，对"香港情与爱"又作了一番定义。如果说，李碧华此前的小说多半在前世今生中打转，并由此思考香港前世今生的转折点，那么，《烟花三月》中那虚无缥缈的人鬼情突然落实到现代中国史的血泪中；而莽莽大陆，陡然提供了一个新的言情述爱的空间。她要探究的是两个被历史作贱、被时间遗忘的男女，最终能否在迥然不同的时空环境里重续前缘。然而，细读《烟花三月》之后才发现，在"报导文学"的名义下，李碧华又以"慰安妇"为主人公书写了另外一则缠绵悱恻的"香港寓言"。尽管小说叙述中以被报导者的呈示为主，但作为报导者的李碧华却无处不在，也因此更加耐人寻味。换句话说，李碧华不仅写下了袁竹林与廖奎的乱离之爱，同时也写下自己对这乱世爱恋

────────────────

　　① 李小良：《边缘写入中心——李碧华的〈故事新编〉》，载王宏志、李小良、陈清侨《否想香港：历史·文化·未来》，（台北）麦田出版有限公司1997年版，第213页。

的忧和爱。如前所述，1997 年前后香港文化界开始大谈特谈"北进想像"，如何北进？如何想像？李碧华以实地的故事采访和之后的书写报导，将"北进想像"的学术论辩一步步落到现实的层面，淋漓尽致地实证并阐发了她的香港情意结。跟随作者，读者一步步了解到袁竹林与廖奎的生平故事，了解到作者如何运用自己的人脉关系，展开跨境跨国的追踪。因而，"廖奎，你在哪里？"就不再只是袁竹林的深情叩问，也成为李碧华的终极追问。更加戏剧化的是，当一众香港传媒，如《明报月刊》、《天地》图书、《壹周刊》都纷纷加入到寻人行动、引来多方回响时，袁竹林和廖奎的不了情几乎就要成为历史转圜之际所有香港人的不了情了。

回归后的香港作家，要如何调整和安置他们的感情立场？中国，对于他们来说，既是那诱惑的极致，又是创伤肇始的所在。女性作者以个体的性别身份，激发爱的想像与禁忌。疲惫的、历尽虚情假意的香港俨然走向新时代的追本溯源，一边是地老天荒、生离死别的俗调，一边是层层叠现不断解读的新含意。生死爱恋叙事的寄托和意义由来已久，这次，却要由香港制造，逆向输出。在此之后，更多的香港作家笔下的爱恋故事可以获得更为深入的解读：陈冠中的《什么都没有发生》与黄碧云的《无爱纪》分别描述香港情与爱想像幅度的两极，前者精刮算计，以不愿和不能爱来摒挡一切随爱而来的牵扯；后者则大事铺张无所顾忌的爱与恨，以玉石俱焚为结局和出路。但这两种姿态都有自我颠覆之处：《什么都没有发生》留下了挥之不去的爱的遗迹，作为"没有发生"的反证，《无爱纪》在遍阅种种爱欲的逾越与冒险之后，归结为无爱——并无言——以对。李碧华的特出之处在于：身处回归后的香港，她没有坐以待爱，反则要送爱到大陆。事实上，她的这一次书写策略和行为比以往任何一部小说都更加让人惊异和震撼。

在《烟花三月·后记》中，李碧华曾说她的第一个小说名叫《胭脂扣》，讲述的是女鬼如花五十年后上阳间寻找她最心爱的十二少的故事——回头一看，虽然有很多虚构的情节，但竟与这次的寻人过程有诡异的巧合。《烟花三月》便是现实版的《胭脂扣》，这是怎样的巧合？也是怎样的血泪？故事成书了，不断地流传开去，冥冥中是借一些亡魂在传情寄意吗？香港"九七回归"之后，李碧华走上了千疮百孔的中国土地，寻觅着她在文字中描画了无数遍的景致和历史，也叙说着她笔下从来都"不完全"的爱的故事。回到前面的讨论，李碧华归根究底是"自作多情"的。她的这种女性人物的书写和性别身份的建构可能是自以为是的、表演性的自作多情，但更可能是自力更生的、催发建设性的联想。于是，在这一撕缠辩证过程中，女性的主体性、香港的主体性才有了各自不同的奇妙安置。

第二节　"丑怪"男人象征的父亲权威

香港女性小说性别论述的勇气不仅在于将自我的形象和香港的象征紧密地结合在一起，剥除无谓的自恋和肤浅的表象，将女性的性别的群体置身于被凌辱的水深火热的历史深处；还在于能够毫不畏惧地揭下另一性别群体孔武有力、威严强悍的面具，将其彻底还原到一个一无所有、穷凶极恶、丑陋无比以至轰然倒塌的父亲权威的书写上。无论是早年钟玲小说中的古代帝王、英俊青年，还是后来李碧华小说中的有情男人、富豪少爷，无一不呈现其濒死的形容，尤其是到了香港作家黄碧云的小说中，则对家庭中的男性角色进行了逐一地解构，在这里，父亲不是父亲，儿子不是儿子，丈夫不是丈夫，女儿的女朋友也不是女儿的女朋友，等到香港新生代小说家韩丽珠和谢晓红的小说中，所有的男人似乎都消失不见了，仅只剩下一个个肥硕、沉重、残缺的躯体，他们已经不再有性别，甚至不再有面目，犹如行尸走肉蠕动和漂浮在这城市当中。由此，香港女性小说从20世纪70年代的真正蔚然成风，一路走来，不断执着于身份书写和建构的结果，竟然也只是在近距离地透视周遭的时候，不得不走向自我解构之途。

钟玲的小说创作数量虽然不多，但几乎篇篇都是精品。在其轮回系列小说中，都有意刻画了不同的男性形象，特别能够引起注意的是《过山》中对老男人的性行为的描写：枯瘦的手抖索着，手背上撒遍地钱苔似的老人斑，嘴里越来越浓的恶臭，僵尸跳的动作，声嘶力竭的丑怪摸样……都让人厌恶不已。这样直截了当的对男人的丑化描写非常罕见，无独有偶，同样丑陋不堪的男人形象又出现在《碾玉观音》中：郡王的阴影在梦中向"我"逼近：一座肉色大山，一山的蚯蚓在蠕动，有时堆满了尸体……那个肥胖衰老的身躯，犹如脱毛老狗一样，疤痕纵横：

> 他胸口的灰色长毛，肚脐下有层层肥肉，那个又黑又皱的难看事物，都令我发毛。对他身体的厌恶与对他功业的敬畏在心中纠结，我脸上肌肉都扭曲了……他庞大的背部猛摇，汗像黄梅天墙上的水珠，不断渗出来，背上的疤红亮起来，一条条蠕动的蚯蚓。我努力引导我的想法，他保卫疆土身受的刀疤剑创，不应该厌恶，但却忍不住联想到战场上堆积的尸体，好恶心。①

这些威权赫赫的男人居然是这样的不堪入目，钟玲小说中的丑怪男人书写无情地嘲讽了握有权力、甚至掌握生杀大权的男人们的外强中干和丑陋变态，也在一定程度上瓦解了男人们精心筑就的不可撼动的权威世界。丑陋男人固然如是，年轻英俊的男人是否就一定美好坚贞呢？崔宁的相貌无疑俊美，性格也温柔，但当他和秀秀的恋情历尽波折，经受严峻考验的时候，其人性真相也就现出原形：崔宁则夜夜失眠，瘦得竹竿一般。但秀秀终于没有能够逃出郡王的手心而被毒打至死，尽管崔宁侥幸捡到一条命，但也已经被郡王的威怒吓破了胆子！钟玲在描画女性的美好和坚贞的同时，进一步揭示出男人内心的丑陋和懦弱：秀秀的肉身由实体变成线条，再化为虚线不见了。崔宁的肉身软巴巴地横在地上，只是一具尸体。此小说以秀秀的绝对主体地位作支撑，崔宁在很多情况下只是附庸、被动的角色，他从头至尾的变化，对变成鬼的秀秀的盘问以及惧怕等，都进一步体现了作者在高扬女性主体意识的同时，对男权（郡王）的批判和讽刺，一方面其借助于权势施行淫威，另一方面就其本质而言，却是软弱的、胆怯的，同样也是不坚贞的。在男性世界里，无论是拥有权力还是没有权力，无论是丑者还是美者，无论是年老者还是年轻者，都是被诅咒或被批判的，都在秀秀的主体的光照下显得逊色、

---

① 钟玲：《生死冤家》，（台北）洪范书店1992年版，第57页。

单薄和贫瘠。

李碧华的小说《青蛇》中的许仙和法海和尚无论作为哪一种男人的代表，都不是美的象征。许仙善良而多情，但他的软弱和善恶不分已经成为古往今来负心男人的标识，尽管他有着年轻的躯体，体面的相貌，但他一而再再而三的糊涂行为，已经造成了这千古传颂的爱情的悲剧结局，也在世人的心目中永远留下了不可原谅的背叛者的印记。作为另一股势力的代表，法海不谙世间风情，不问男女情事，他存在的唯一理由和目的就是捉拿妖怪。于是，外表凶恶的法海和尚就成为破坏爱情的刽子手，白蛇对许仙的爱情越痴迷越坚贞，法海的除妖动力就越加充足和勇猛，以至于世人对法海的残暴无情就越加憎恨。事实上，这是人、妖、佛三界永恒的矛盾和斗法，因此，李碧华在她的小说改写中，有意识地处理了法海这个角色，故意让青蛇去挑拨法海，故意要试探法海的本性，在这一试探之下，法海掩饰或深藏着的本能就经不起诱惑了，通过这样的描写，李碧华对男人进行了更加深层的挖苦和嘲弄，对其好色爱欲的本质进行了进一步的揭示：俊美的许仙也罢，凶煞的法海也罢，无非是不堪一击的欲望载体。

除钟玲、李碧华小说之外，对男性权威进行彻底解构的则是黄碧云的小说。且不说在黄碧云的作品中，从来没有出现过一个完美的男性——他们不仅变态衰颓而且冷漠血腥，单单那些出现在正常家庭中的角色，也已经纷纷异化，以至于父亲不再是父亲、丈夫不再是丈夫、儿子也不再是儿子。在黄碧云早期的个人经历中，一定经历过些什么，那也许是常人所无法想像的惨烈和血腥，暴虐与撕裂。小说《媚行者》中有一段童年的回忆和描写，这既是作家生命历程的某种注脚，同时也是解构父亲形象的巅峰之笔：

> 他等我吃完午饭，老虎等待兔子一样等我吃完饭，忽然一把抓着我的头发，就往地上拖。
>
> 你逃？你想逃？他拖着我，抓着我的头发，从客厅拖进去，用绳缚着我的双手，我的双脚，吊在窗前。
>
> 那是我姊的钢琴房和书房。我望出去，窗外有蓝天。那天天气

很好，是初夏。

叫得多大声都没有用，就像在坟墓里叫。

但我几不觉痛苦。好奇怪，太像做梦了，以致不能有甚么激烈的反应。

……

他说：我是军人，杀人无数，你想逃？

然后剪光我的头发。拿出事先预备的，大约直径一寸半的木棍，就朝着我双腿狂打。

脱掉我裤子的原因，是要打得痛一点，这时我明白。

我看着，看电影一样，棍子打下去，就现了红痕，痕上有血。几条红痕相叠，血便一行行的流下来。

到底打了多久，完全无法估计，大概打到他累了为止，大约是下午三时。他打到一直喘气，他打完了我已经没有叫，只是奄奄一息，伏在床上。

他像踢开一只受伤的狗一样踢开我。①

这恐怕是古今中外文学史上绝无仅有的父亲暴打亲生女儿的镜头，张爱玲曾经在她的散文《私语》和自传体小说《雷峰塔》中描写过类似的童年经历，但亦没有如此惨绝人寰。一个做过军人的父亲何以如此暴虐地对待自己的孩子？而被虐打的孩子居然表现出令人诧异的镇静：很好的天气、像做梦一样、像看电影一样。

精简的描写也无法掩盖其中巨大的反差：强壮的父亲之所以如此凶悍地对待柔弱的孩子，无非是源于她曾经挑战了他的父亲的家庭权威，企图从这个家里逃出去，而他施暴的目的就是为了稳住他作为家庭无上权威的地位，但事实上，正是随着他的捍卫行为的结束，他的威权也就完全地、永远地轰然倒塌，而丑陋无力的父权形象却因为女性的书写而永恒地载入文学的历史。

谈到书写的意义，黄碧云曾经说过："正如书写，因为可以表达，承

---

① 黄碧云：《媚行者》，（香港）天地图书有限公司 2000 年版，第 11—12 页。

担了我所有的，生存的重担，书写就成了我的生命里，最接近自由的存在。"① 这个寻找自由的女子逃出了父亲的家庭、父亲的威权，是否就获得了自我主体的自由、温暖和爱了呢？在父亲的家庭之外，她还要面临一个丈夫的家庭。尽管这个丈夫是温文尔雅的，甚至从不动武，但这个丈夫依然要建立他的从不存在的威权，他甚至不惜以另外的方式来建立，但终究只能塌毁于无形。这是《盛世恋》中程书静和方国楚的爱情故事：

> 她以为自己在做一个明亮的噩梦：白骨之前，何事不烟消云散，岂容你骄贵。方国楚忽然说："不，那只是第三大谎话。"生命何其短暂，相逢何其稀罕，千思万想，万般痴缠，在这白骨之前，都是一场谎话。方国楚说："第二大谎话是：我爱你。我只爱你一个。"虚话与否都不重要，何事不是镜花水月，在白骨之前，或许最固执之人也会甘愿受骗——方国楚转过身来，一手靠着驾驶盘，笑说："你要不要听世界最大的谎话？"书静始终看着那白骨森森的手，搁着驾驶盘上，她什么也无所谓了，方国楚说："你和我结婚，好吗？"书静轻轻握着自己的手，感到血与肉——不外是血肉之躯。或许就是这样。婚姻。有什么关系呢，此身不外是血肉。她说："好。"她始终没有转头来看他。②

方国楚以他语言的俏皮逃脱了现世的责任和爱人的担当，当虚无主宰了他的思想的时候，他已经一无是处并且一无所有。小小年纪的书静，因为崇拜和敬羡而爱上了她的老师，结果她发现这个外表上接近完美的青年导师只不过是个空心人，也许是时代的苍凉巨变剥夺了他早年的热忱，也许是无望的未来绞杀了他心底的激情，但是，在流淌的时间和空间中，在满眼的太平盛世中，对于这么在乎着他的书静，他竟也完全抽空了自己的感情和义务，所以，何尝需要战争和炮火，只是太平盛世，人和感情一样灰飞烟灭。书静心里非常清楚地知道：方国楚已经完了。

---

① 黄碧云：《媚行者》，（香港）天地图书有限公司 2000 年版，第 23 页。
② 黄碧云：《盛世恋》，《其后》，（香港）天地图书有限公司 1991 年版，第 26 页。

书静刹那感觉心如雷劈，即刻下了决定，挺着肩走入人丛里，很快不见形迹。这城市的变化何等急速，连一滴泪留在脸上的时间也没有，现代主义建筑已经过时，个人在太平盛世经历的最大的兵荒马乱不外是幻灭。而此刻，方国楚还在一味地感慨：生活里太多的事情，来来去去都非人所能掌握。

> 太平盛世的香港，太平盛世里的香港人，面对的最大危机，不是九七之后太平盛世的结束，而是就连九七也无法结束的这种浮面飘荡的太平盛世。太平盛世，才是对人最大之斩伤。
> 在战乱，在有形的灾难里，人还能靠对爱及幸福生活的想望活下去。然而在已经是幸福的太平盛世，一切的苦痛将成为虚幻，因为虚幻所以无从排解。然而虚幻的苦痛，毕竟还是苦痛。在虚幻的苦痛中，所有太平盛世的人，只好绝望地搬演他们虚幻的苦痛。①

其实，《无爱纪》的故事从程书静和方国楚已经开始，尽管程书静一次次期冀，但方国楚终究失去了爱的能力，这样的男性人物在黄碧云的作品中屡有出现，不过是在重复一个曾经的父亲神话。等到《无爱纪》发表的时候，小说里的游忧和米记都是居家好男人，甚至是个无可挑剔的好父亲，但是他们同样无一例外地摒除了爱，抛弃了责任和义务，成为一个个没有爱的能力的空心人。

如上，无论是钟玲、李碧华笔下的丑怪男人、色欲男人，还是黄碧云笔下的暴虐父亲、温柔丈夫，他们都是男权社会父亲权威的象征；而女性小说家对其从外在状貌到内里情态的描写，也就是对男性中心主义话语的由表及里的瓦解。丑怪男人、色欲男人通过对女性的奴役和迫害来维护其不可撼动的霸权地位，但其丑陋和贪婪已经显示了这种权威地位的摇摇欲坠。同样，暴虐父亲和温柔丈夫也都企图以各自的方式来挽回他们被冲撞了的男性权威，前者以暴虐的方式，后者以温柔的方式，

---

① 杨照：《人间绝望物语》，载黄碧云《突然我记起你的脸·序》，（台北）大田出版有限公司1998年版。

但是，暴虐背后的虚弱和温柔背后的无力都显示出男性权威内在的无穷匮乏。在这个意义上，香港女性小说男性形象的塑造成为反抗男性话语霸权、建立女性自我主体的最为直接也最为有力的书写策略。

第三节　抗衡异性恋霸权的越界畸恋

当下，性别研究越来越成为文化研究的重镇，这至少说明作为人类自然区分的首要标志，性别所具备的不可代替的重要性。李碧华不但擅长描写各种奇异精怪的女人，痴情怯弱的男人，而且对男女性别中的阿尼玛（anima）和阿尼姆斯（animus）原型[①]有深入的领会，并将其运用到极致，故此，性别身份的错位就成为其作品中男女命运的喜剧开端和悲剧结局。李碧华的《霸王别姬》中，戏文里的"我本是女娇娥，又不是男儿郎——"，在小男孩小豆子口中总是被念成："我本是男儿郎，又不是女娇娥——"在不断的念错口和不断的被惩罚中，小豆子迫使自己异化了自我的性别身份："好！就想着，我小豆子，是个女的。"香港学者洛枫这样分析："所谓'阴柔'、'阳刚'，并不是一些绝对的、相对的、固定不变的观念，所谓'性别易装'，也不是简单地'男扮女装、女扮男装'的调换衣服，而是较深层地从一个性别身份走入另一个性别身份的内容和处境中去，感受社会文化对特定性别赋予的限制、束缚和异化。"[②] 所以，也正是戏台表演和现实生存的人生境遇迫使小豆子在异化了的性别悲剧中越陷越深，以致万劫不复。先是倪老公的猥亵，再是袁四爷的凌辱，菊仙和小楼的婚嫁终于使在戏中和小楼做了二百三十八场夫妻的蝶衣失魂落魄，投入了与袁四爷的"有戏不算戏，无戏才是戏"的游戏之中。

　　　　这夜，蝶衣只觉身在紫色、枣色、红色的狰狞天地中，一只黑如地府的蝙蝠，拍着翼，向他袭击。扑过来，他跑不了。他仆倒，

---

　　① 霍尔：《荣格心理学入门》，将人格中男性气质和女性气质进行了分析，所谓的阿尼玛（anima）和阿尼姆斯（animus）原型分别指男人心理中女性的一面和女人心理中男性的一面。

　　② 洛枫：《盛世边缘：香港电影的性别、特技与九七政治》，（香港）牛津大学出版社2002年版，第57页。

它盖上去，血红着双眼，用刺刀，用利剑，用手和用牙齿，原始的搏斗。它要把他撕成碎片方才甘心。他一身是血，无尽的惊恐，连呼吸也没有力气……蝶衣以自我的侮辱和虐待实现了对另外一个男人的报复。①

这里，对另一个男人小楼的报复尚在其次。关键在于：程蝶衣在潜意识中是把自己作为一个女性的性别身份来思维和行动的，他的性别身份扭曲或者异化已经不仅仅是游戏，而且已经主宰了他所有的意识和行为，亦即完成了上面洛枫所说的"性别易装"。但是，真正的生理的性别身份是难以彻底改变的，所谓改变种种都是历史和文化中最血腥也最显豁的烙印，所以，《潘金莲之前世今生》中的潘金莲一番番转世托生，尽管对自己的轮回角色多有不甘，却也无法撼动宿命轮回的既定法则。

此处是永恒的黑夜，有山，有树，有人。深深浅浅，影影绰绰的黑色，像几千年前的一幅丹青，丹青的一角，明明地有一列朱文的压边章，企图把女人不堪的故事，私下了结，任由辗转流传。②

此处，"永恒的黑夜"恰恰表达了女性的生存历史，被"黑色"遮蔽着的女性无以申告的痛苦和屈辱。既然性别身份已经是错位的，那么两性之间的爱情当然也是畸形的，因此，错位的爱情圆满的神话被李碧华进行了彻底地解构：

这便是爱情：大概一千万人之中，才有一双梁祝，才可以化蝶。其他的只化为蛾、蟑螂、蚊蚋、苍蝇、金龟子……就是化不成蝶。并无想象中之美丽。③

这句话集中颠覆了传统意义上的爱情与永恒、缘分与神话的观念。

---

① 李碧华：《霸王别姬　青蛇》，花城出版社 2001 年版，第 91 页。
② 李碧华：《潘金莲之前世今生　诱僧》，花城出版社 2001 年版，第 3 页。
③ 李碧华：《胭脂扣》，人民文学出版社 1993 年版，第 102—104 页。

《梁山伯自白书》更是借助梁山伯的自白正面瓦解了化蝶故事的所谓忠贞传说：敬告各位，本人乃为面子而死，决非殉情，千秋万世，切莫渲染误导，同时对民间传说中美好的爱情也进行了解构。《胭脂扣》中的阿楚说过："世间女子所追求的，都是一样滑稽。""到了最后，便落叶归根，嫁予一个比她当初所定之标准为低之男子。得以下台。中间提心吊胆，成为习惯之后，勉为其难地大方。"① 这是戏谑也是嘲讽，正如李碧华借小说人物之口表达的对香港社会的透彻观察与精辟理解："在香港风月场中，什么叫情？什么叫意？还不是大家自己骗自己。什么叫痴？什么叫迷？简直是男男女女在做戏！"② 无怪乎《青蛇》中小青悲哀于自己的越来越聪明，以及对于世情的明白和洞察：

> 每个男人，都希望他生命中有两个女人：白蛇和青蛇。同期的，相间的，点缀他荒芜的命运——只是，当他得到白蛇，她渐渐成了朱门旁惨白的余灰，那青蛇，却是树顶青翠欲滴爽脆刮辣的嫩叶子。到他得了青蛇，她反是百子柜中闷绿的山草药，而白蛇，抬尽了头方见天际皑皑飘飞柔情万缕新雪花。
> 每个女人，也希望她生命中有两个男人：许仙和法海……③

有研究者特别注意到李碧华作品中的新女性主义视角，而实际上，李碧华并不是一个刻意的女性主义者，甚至这称呼与她无甚关联，她对于男人、女人以及男女之间性别关系的精辟论断和分析来源于对性别身份的经验和感知，来源于对此文化传统的深切洞察，这是香港（中国）本土的女性主义的精华：

> ——不要提携男人。
> 是的，不要提携他。最好到他差不多了，才去爱。男人不作兴"以身相许"，他一旦高升了，伺机突围，你就危险了。没有男人肯

① 李碧华：《胭脂扣》，人民文学出版社 1993 年版，第 106 页。
② 施建伟等：《香港文学简史》，同济大学出版社 1999 年版，第 226 页。
③ 李碧华：《霸王别姬　青蛇》，花城出版社 2001 年版，第 378—379 页。

卖掉一生，他总有野心用他卖身的钱，去买另一生。①

同样，《凤诱》中的李凤姐从古代史书历史叙述的间隙逸出，现身现代香港，其所企求的爱情最终证明是虚妄的，于是只好回到书中，回到古代，回到命定的结局中去。至于《满洲国妖艳——川岛芳子》，虽带有一定的纪实成分，但其悲剧命运不能不说和其性别的错位也有推诿不开的关系，为了光复大清，她在很小的时候就被送到日本，当作男孩进行复国训练，其性格的乖僻和毒辣都和其畸形的性别身份息息相关。李碧华的这些取材于老故事的爱情抑或传奇小说，基本上都对原有的成说进行了颠覆，其中包括许多怪谈小说，如《樱桃青衣》等。李碧华的小说很少直接取材于现时现世生活，即使有，也必然勾连起某一历史典故，如《荔枝债》与杨贵妃，反而有一往情深、三生不变的爱情；《秦俑》则是畸情畸性所带来的又一则人性变异的悲歌。

美国论者亚历山大·多蒂（Alexander Doty）在他的文章《这里有些酷异》（There's Something Queer Here）中指出，"酷异"作为一种"观照"，是游离于男性/女性、同性/异性之间的二分法以外，在包含这种种的差异之余，同时也涵盖其他性别的边缘类别，例如双性、易装和变性，它甚至是一种浮动于各种性别身份变换的状态。其次，他强调"酷异"是一个"抗衡的位置"（site of resistance），用以对抗异性恋的霸权意识及由此衍生而来的单一观照，"酷异"讲求的是开放的文本、多元的阅读，既关乎创作者的性别呈示，也关乎读者的性别立场，两者撞击便可带来多种面向、复杂而又能走入深层结构的观察。基于个人性别认同游离的经验，多蒂对酷异文化现象的理解带有流动、多元和复向的视角——性别的认同与身份的建构绝不是一个稳定不变的过程，当中会有许多反反复复的浮游、偏离、否定的探索或确认的追寻，而"出柜"不独是"性取向"的宣示，更是一种性别身份的"演出"，以及对这个身份和自我形象的认可。② 是故，以上李碧华小说中的畸形恋情的书写就成为一种典型的"酷异"景观，这不

---

① 李碧华：《霸王别姬　青蛇》，花城出版社 2001 年版，第 380 页。
② 洛枫：《盛世边缘：香港电影的性别、特技与九七政治》，（香港）牛津大学出版社 2002 年版，第 59 页。

仅仅是人物性取向的问题，还是人物性别身份的一种宣告和认同，甚至是一种性别身份的表演。此外，李碧华如此集中而系统的性别关系书写，也表现了她对传统文化中主流观念的异议，甚至在某种程度上，是对香港不尴不尬身份的深层婉讽。

无独有偶，黄碧云的小说从一开始就对传统的、性别主流文化进行了挑战和质疑，其创作之野心在创作伊始即可看到。《她是女子，我也是女子》以女性之间的同性恋情挑战性别禁忌，亦已显示出对人之主体自由的寻求和表达。小说以深致多情的书写深层揭密女同性恋者彼此的心理感受和性别表达：既不是完全出于所谓心灵感情的吸引，也不是男性所想像的肉体的吸引和接触，那是一种悖反于传统观念而生成的自我欲念的自白：

> 我发觉我留意她的衣服、气味而多于性情气质——可能她没有性情气质，我忽然很惭愧。这样我和其他男人有甚么分别呢，我一样重声色，虽然我没有碰过她；或许因为大家都不肯道破，我与她从来没有甚么接吻爱抚这回事，也没有觉得有这需要——所谓女同性恋哎哎唧唧的互相拥吻，那是男人想像出来搅奇观，供他们眼目之娱的，我和之行就从没有这样。我甚至没有对之行说过"我爱你"。①

事实上，很多情况下女性文本的颠覆性并不仅仅在于它对男权中心的控诉，更在于它拆解了种种既有的二元对立模式。而黄碧云对传统的异性恋模式的反写，对于打破亘古幽深的男女二元对立的思维模式，起着异曲同工之妙用。既然在世，却无以为爱，人是否必然有所眷恋呢？是否必然要寻求一物并用生命进行维系呢？《温柔生活》中的尚伊无可选择，只有爱"物"——世间已经无人可以眷恋，只有物质是实实在在、并永远不会背叛，也只有对物质的爱才可以不管不顾对方死活。于是，爱者爱物之表现呈现出如下之极端、惨烈和凶霸的状态。

---

① 黄碧云：《她是女子，我也是女子》，《其后》，（香港）天地图书有限公司1994年版，第5页。

所以疯狂的买东西，整个房子她活动的地方不超过两平方米。她有二十三套床单三十五只咖啡杯六个芝士盘可以够她开一间酒店连饭馆，还有八十九只鞋三十三套睡衣连牙擦都有一打，有时她觉得她好像住在女童院。

物这样多她怀疑发生一场火警她应该逃生还是救她的物。

她搅不清楚物重要些，还是人重要些。

她这样变成恋物狂。

最重要的是去爱。爱甚么不重要。爱到令被爱者极其不幸都不重要。①

在一个破碎与冷漠的后现代社会景观中，将自我的存在依赖或寄托于物质之上的人就成为"恋物狂"，只有贪得无厌的物质才能够填补她空虚的心灵。在黄碧云充满惨烈与暴虐的小说世界中，每一爱者都经历了与被爱者的血与肉的较量和撕裂，剩下无可救药的畸形狂人。或许是对于城市及未来生存空间的仳离，或许是对于相爱者爱而不能的决绝，但都造成了永不能磨灭和忘怀的创伤记忆，于是，苟活于人间的躯体，以各种奇嗜怪癖为填充物，痴恋于生命中各种不舍不愿不甘和不能不如此。留下和离开，爱和不爱，生还是死，最后都归结为绝望地存活，而且畸形地撕裂着自身……爱的方式也是千奇百怪、痛苦莫名：不仅有女同性恋、有自恋症、有恋物癖，还有恋母和恋父。小说《七种静默》讲的是一个儿子与父亲争夺母亲的故事：

"呀——"冬冬冲进来拉开他。他已经长到和他父亲一样高了。他皱眉看着他父亲，沉默、悲哀而恐惧。又看看他的母亲，拉他的父亲道："你到我的房间去睡吧。我留在这里。"他的父亲摇摇头。冬冬道："不是你便是我，让我留在这里吧。"这是第一次子寒看到沉默、悲哀而恐惧，出现在冬冬脸上。就在这一刻，冬冬长大成人。

---

① 黄碧云：《温柔生活》，《七种静默》，（香港）天地图书有限公司1997年版，第118页。

这是子寒所知道的，最悲哀的生日会了。①

　　对于父亲来说，儿子的长大成人竟然意味着如此惨烈的对白：不是你便是我。在和母亲的关系上，儿子与父亲成为对立的两极。除此之外，小说《七种静默》里还讲到了妹妹恋上哥哥的故事，无忧、可欢和张悦在商量着从高楼的窗户里跳下去的时候，可欢却突然带着欢喜地说："我死了，我哥哥一定会哭。他会很后悔。"不为别的，正因为哥哥谈了女朋友，并且可能就要结婚了，为了惩罚哥哥，可欢和同学一起夜不归家、在外流浪，甚至准备跳楼自杀。最终，一切爱恨痴缠都化为《无爱纪》中的男男女女，父亲、母亲、外婆、外祖父、女儿、女儿的男朋友，父亲的外遇纷纷登场，在犹如末日的世界景观中透过个人心灵和情感的曝光将所有的空虚与绝望进行种种清算：这一个个无所皈依的孤魂野鬼真能够了却宿怨，回归无欲无爱吗？"《无爱纪》也是在透过对罗曼史的模拟，企图颠覆掉通俗小说的爱情主题：没有天长地久、海枯石烂这一回事，唯有一封封固执等待的情书，穿越漫天战火，反倒成了爱情最大的嘲讽。"② 女主人公楚楚认为：二十年的婚姻生活，如果让她明白了什么，竟然就是可有可无。这时她心头一霎忽然明白，母亲说死了都不要和阿爸合葬的意思。不是不爱更无所谓厌恨，只是可有可无并且已经够了。事情也并不多，当时觉得很大的事情，过后就轻若雪，转眼成云雾，不复记忆了。连丈夫身边多了李红这个女人这件事好像也不是什么事，一切都可以可有可无。

　　在黄碧云的小说世界中，生命如此短暂，又是如此漫长。林楚楚为什么不能够无所顾忌地、张扬恣肆地、狂欢地去爱任何一个人呢？她正在下一个决定，正在准备采取一个行动，那人却不是别人，正是女儿的男朋友。林楚楚不但爱上了自己女儿的男朋友，而且和他发生了亲密的关系。黄碧云说："无爱纪无所缺失、无所希冀、几乎无所忆、模棱两可，什么都可以。"③ 她不但否定了爱情，也否定了人本身："没有什么事情是长久的。我们说

---

① 黄碧云：《七种静默》，（香港）天地图书有限公司 1997 年版，第 143 页。
② 郝誉翔：《情欲世纪末》，（台北）联合文学出版社有限公司 2002 年版，第 188 页。
③ 黄碧云：《无爱纪》，（台北）大田出版有限公司 2001 年版，第 271 页。

爱，但我们自己的命运都不能把握，细弱的生命独自飘摇，每个人拼尽全力都不过保着自己不致毁灭。我们从来不可能照亮其他人。"① 《无爱纪》为香港女性小说越界畸恋的跨界书写描画下最惊心动魄的一笔，也为香港文化身份的暧昧写下酷异绝伦的注记。

第四节　疾病书写中的生命思索

其实，在西西的小说中，一直存在一类关注女性生存、表达特别的女性意识和性别关系思考的作品。综观西西的小说，较少有关个人经历和生活、带有明显自传性质的作品，1993 年出版的长篇小说《哀悼乳房》则是个例外。尽管这篇小说在 2006 年被改编成电影《天生一对》时，故事内容已经被肢解挪移得面目全非，但也不能就此否认这篇小说的自传价值——某种意义上，《哀悼乳房》是西西个人与癌症抗衡的精神记录。重要的是，西西由此生发开去，对现代香港人生存和精神的困境进行了百科全书式的批判和反省，同时开出了救治的药方，这是她女性意识正面表达的集其大成之作。而她对于女性意识的有意关注，却早在 20 世纪 80 年代的那些看似和她的个人身份及其经历没有任何关系的作品中已经开始了。她对女性的审视是如此意味深长：从外祖母开始，且对这个旧时代母系家族的长老的审判还相当严厉：

> 千百年来，像我外祖母这般的老妇人何其多，她们的运气倒是不错，在家里做女儿时，有父母抚养；嫁到丈夫家里做妻子时，有丈夫抚养；丈夫过世之后，就由儿女抚养。一生之中，从摇篮到摇椅，摇得脊骨发育不全，一旦遇上困难，一点办法也没有，只求自己丰衣足食，不理儿女死活，仿佛女儿一生下来就是让她继续摇下去的钱树。至于儿子，却由得他像个摇摇般骨碌碌地滚走了。②

对于女性主义者来说，这样的外祖母、女性长者形象是如此的不堪，

---

① 黄碧云：《无爱纪》，（台北）大田出版有限公司 2001 年版，第 87 页。
② 西西：《手卷》，（台北）洪范书店 1988 年版，第 81 页。

她们完全地成为男权中心主义文化的附庸，被男权历史和传统所内化，比起女性主义者性别对抗的革命性话语，这种对于女性自身的历史和生存环境与事实的反思不可谓不尖锐。但是，叙述者却完全不是企图站在女性主义的立场上去宣扬什么，而是有所指涉：直指那些在生存困难面前将自己的儿女抛开甚至作为交换条件的父母们。敏感的读者已经从香港百多年的历史中体会到她的谴责所在，这大概也是叙述者所代言的香港人对中国（祖国）的一腔幽怨吧？同样地，有这样的祖母，就必然会有这样的女儿和孙女们：

> 千百年来，又有多少像我母亲这样的女儿，原也是好人家的子女，只为家贫，无法维生，不得不出外卖俏求食。谁家女儿一生下来就愿意当娼妓呢？她们只会怨一句生不逢辰，只得默默屈服于命运。在愚忠愚孝被视为精神法典的年代，孝道就成为逼迫女儿倚门卖俏的紧箍咒了。至于和她们交往的男子，反而成为翩翩潇洒的人物。她们还得为达官贵人守志，为风流才子立名，被猎奇者传为佳话。可怜的女子们呀，她们何曾真正有过好日子来。她们做女儿、做妻子，然后做母亲，可从来不曾做过自己。卖身葬父的，是她们；当丫鬟婢女的，是她们；被抢去做压寨夫人的，是她们；当娼妓养家的，也是她们。
>
> 辱没家族的，又是她们。婚姻，是唯一的出路，可是，从了良，依然给人揭起底牌。①

两相对比，这两类完全不同的女性命运书写是否代表着两代女性的真实命运和生存体验呢？但是在叙述者的接近激昂的阐述中，人们倒不难发现其中的悖论和矛盾所在：有哪一个媳妇不是从女儿时候过来的呢？又有哪一个外祖母不是从母亲演变而来的呢？不是所有的外祖母都应当批判，也不是每一个母亲都值得同情。从西西早期的短篇小说《像我这样的一个女子》、《感冒》，到后期的《玫瑰阿娥的白发时代》、《哀悼乳

---

① 西西：《手卷》，（台北）洪范书店 1988 年版，第 93 页。

房》，西西的性别批判和传统文化反思自成一脉。

《像我这样的一个女子》是一篇独白式的小说，"我"坐在咖啡室的一角等待男朋友夏的到来，"我"的职业是一家殡仪馆的化妆师，每天和各种各样的尸体打交道：甚至那些破碎得四分五散的部分，爆裂的头颅，"我"已学会了把他们拼凑缝接起来，仿佛不过是制作一件戏服。但"我"并没有把这一切告诉男友，为的是考验他的态度，但今天见面之后，一切将昭然若揭。可以想像，夏在参观了她工作的地方之后，还有勇气接受她吗？当她的双手触及他的肌肤时，会不会令他想起，这竟是一只长期轻抚死者的手呢？在有可能是和男友夏的最后一次见面之前，"我"回顾了我的家庭、生活和无奈的命运：对于命运，"我"是没有办法反击的，也许"我"毕竟是一个人，"我"是没有能力控制自己而终于一步一步走向命运所指引的道路上去。因为知道要失去，她特别珍视她那难得的常人的快乐：和夏一起坐在咖啡室里的时候，看起来是那么地快乐，但心中充满隐虑，"我"其实是极度地不快乐的，因为已经预知命运会把她带到什么地方，而那完全是由于自己的过错。紧接着，她以大量的极其坦然的心理独白揭示"我"必然的生活命运：像"我"这样的一个女子，原是不适宜与任何人恋爱的，世界上哪一个男子不喜欢那些温柔、暖和、甜美的女子呢，而那些女子也应该从事一些亲切、婉约、典雅的工作，但"我"的工作是冰冷而阴森、暮气沉沉的，整个人早已染上了那样的一种雾霭。慢慢地，她将倾诉指向了那些男人，他们之所以不喜欢"我"有着充分的理由：他们因为"我"的眼睛常常凝视死者的眼睛而不喜欢我的眼睛，他们又因为"我"的手常常抚触死者的手而不喜欢"我"的手。起先他们只是不喜欢，渐渐地他们简直就是害怕了。因此，男人们的离去看上去完全符合常理：他们一个一个从我的身边离去，仿佛动物看见烈火，田农骤遇飞蝗。到最后，那一起山盟海誓过的人也仓皇逃逸；"我"可以原谅他的做法，可以承受这种伤害，但仍然忍不住要问：不是说为了爱"我"，什么都不怕的吗？到这里，就已经在看似极其平淡和不经意的口吻中解构了世间的万千情爱传奇和忠贞爱情神话传说，而这时候又将出现一个同样的男性，而读者对于这个男性将要进行的选择也已经了然于胸。在"我"的轻描淡写的回忆与叙述中，男友夏怀抱一大束鲜花出现了——他所喜欢的女朋友身上的特别的香水味，只不过是防腐剂的味道，而鲜花在女友的行业之中就是诀别的意思。小说在这里戛然结束，留下一个不需要再交代的结局。其实，在故事讲述的一开始，这种职业就已经决定了女主人公爱情的悲剧，但对这种爱情悲剧的揭示只是小说的表层意蕴，小说更深层的指向则是挑战人们面对死亡的勇气，或者，更确切地说，是人将如何克服对尸体的厌恶和恐惧，这恐怕是正常人所永远无法正视的难题。《像我这样的一个女子》是如此地阴郁，如此地平静，唯其如此，才让人魂魄不安，无怪乎王德威称其为"恋尸癖"了！但西西对如此特殊行业的人的生存境遇的揭示和对这些人物所特有的心态的呈现，已经挑战了世俗观念的极限！

小说《感冒》讲述的是一个已过摽梅之年的女子的婚姻故事。仍然以第一人称讲述，在父母的催促下，"我"很不情愿地和一个不喜欢的人见面并订婚了，在决定要和这人结婚的时候"我"患了感冒，在拍婚纱照的时候，连摄影师都说从来没有见过感冒这么严重的新娘，结婚的时间越久，"我"越发感觉到自己的感冒已经没有治愈的可能了——显然，感冒在这里象征着情感的不和谐和婚姻的不情愿状态。丈夫不喜欢音乐，也不喜欢游泳，只喜欢打牌，"我"觉得自己就是一只枯死了的鱼。就在一次游泳的时候，突然有所醒悟，决意要重新做人：

> 但我并没有枯死，如今我在水中游泳，有一种说不出来的欣喜，……是那么地自由自在、无拘无束……我们一直朝海的远方游出去，一直游出去，我们可以游得很远很远，然后我们游回来躺在沙滩上晒太阳，那是我一生中最快乐的日子。①

终于，"我"决定结束这段婚姻，跟丈夫说要走了时，"我"的声音变得清晰明朗，连自己也感到奇怪，整个冬天，声音一直沙哑，喉咙粗糙，嗓子模糊不清，感冒居然不治自愈了。有意思的是，整篇小说都穿插着古典或现代的爱情诗句，"计前后引了十九次古典诗歌：三次楚辞，

---

① 何福仁编：《西西卷》，（香港）三联书店 1992 年版，第 66 页。

两次唐诗，四次汉乐府，其余都是诗经，而且引用得恰到好处，适足以表现女主角的心情。这些名句都是经典之作，一再引用，表示她受过高等教育，抛不开传统的束缚"。① 但是，不同于一般研究者的看法，这两篇小说虽然表面上讲述的都是女性的爱情故事，但实际上故事中的男主人公都是虚设的，包括《感冒》中与女主角坠入爱河的旧同学楚。或许这两则故事中的女性人物也只是一种虚设，作者所要真正表达的恐怕只是人的生存境遇问题：生死问题以及婚姻问题，归根结底，还是人的自由选择问题。人如何才能达至自由呢？无所惧怕，包括死亡以及和死亡相联系的一切；其次是摆脱束缚，家庭婚姻的束缚，只是一个人，一个清新美丽自由、做自己想做的事情的人。也就是说，爱情婚姻都不是西西小说表现的题旨所在，自由才是书写的终极的追求。而关于自由这样艰难空虚的言说，终于在以上小说的框架和隐喻中得以形象而鲜明地完成。至此，接续以上《像我这样的一个女人》的论述，才会发现"我"和男友夏的恋爱成功与否、"我"与楚的结婚与否都已经无关宏旨，关键问题在于"我"将如何坚定地做一个我所理解的清新愉快的人，淡泊宽容而自由的人，一个无所畏惧的完满的人。

同样，《候鸟》讲述的是女性迁徙的故事。带有一定的自传性质，也是西西作品中为数较少的带有自传色彩的作品之一，自传的书写标志着女性自我意识的话语权力的建立。《玫瑰阿娥的白发时代》中年迈的余阿娥通过回顾往事，梳理了她所理解的女性历史：何不写回忆录呢？把一生经历的事，仔仔细细写下来，可以写上十二年。于是她从头回忆：在一个下午天阴无阳光儿女们都已上班去了我独自一个在家中寂寞无聊回忆起以往的故事……②玫瑰阿娥的自传尚在开始，她从头回忆，这一段长长的女性历史正在徐徐打开，并将被读者不断阅读。在"玫瑰阿娥"的回忆中，最恐惧和悲哀的梦魇恐怕属于发生在《哀悼乳房》里的故事了。小说女主人公洗澡的时候，偶然发现了乳房长有硬块，不久即确诊为乳腺癌。面对这样一个人生突如其来的灾难，她不声不响地住进了医院，

---

① 林以亮：《像西西这样一位小说家》，载何福仁编《西西卷》，（香港）三联书店 1992 年版，第 387 页。

② 何福仁编：《西西卷》，（香港）三联书店 1992 年版，第 229 页。

在没有告诉任何亲人和熟人的情况下，进行了乳房切除手术。以下文字内容出现在小说开头部分："我一个人进院，所以，做手术的同意书就由我自己签名。自己的生命就由自己承担。"① 冷静地行动，伴之以冷静地叙述，在这个许多人的生命由别人所掌握的时代，小说女主人公行使了对自我生命的最强掌握，这是女性个体对自我的决断。事实上，作者所要表达的却是，乳房这一凸显女人性别特征的器官，尽管经过了数千年历史的变迁，但始终没有摆脱为男性社会窥探和塑造的现实命运。乳房作为女人身体的一部分，它在多大程度上属于女人？在婴儿眼中，它代表着食物，在男人眼中，它代表着性。医师眼中只看到疾病，商人却看到钞票。宗教领袖将它转化为性灵象征，政客要求它为国家主义服务，心理分析学者则认为它是潜意识的中心……所有这些都是通过男人眼光折射的结果，是男性中心主义的文化规范下的乳房功能。

众所周知，在一个所谓的身体的狂欢时代，人们对躯体的高标似乎已经超越了历史上的任何时期，身体不但是肉体，而且直接取代了生命，甚至灵魂，但是有关身体的"乳房虽是性、生命与哺育的亘古符征，却也同时承载了疾病与死亡"，② 性感的身体和疾病的身体，成为身体的一体两面，"身体作为一种事件，要么为疾病所累，要么为性感所累。性感和疾病是身体的两大主题。它们如今却奇特地相互对立起来。在关于身体的这两类审查中，疾病的反面不是健康，而是性感"。③ 于是，"这两类身体构成自身的事件：一个事件令人难受地压抑，另一个事件则充满着戏剧般的欢快。身体在被这两种状况压倒性地统治的时候，它就会获得自身的主权"。④ 那么，乳房究竟是什么呢？在医学显微镜下，一切美好的可爱的东西将无情地失去其表象的色放："手术后的第二天早上，我的标本也送来了，塑料袋子里一团破絮似的浮游物体，这就是我的乳房了。聊斋小说里的书生，遇见了绝色美女，一宿欢乐，第二天才发现抱着一具

---

① 西西：《哀悼乳房》，（台北）洪范书店 1992 年版，第 15 页。

② ［美］玛莉莲·亚隆（Marilyn Yalom）：《乳房的历史》，何颖怡译，（台北）先觉出版社 2000 年版，第 364 页。

③ 汪民安：《身体、空间与后现代性》，江苏人民出版社 2006 年版，第 43 页。

④ 同上。

白骨。真是色即是空。"① 这是小说女主人公对乳房及其女体的清醒认知。

于是，乳房以及相关的女体在特定的医学场景中完全失去了其诸多的功能和意义。在剪刀、钳子闪闪发光的手术室里，不但女体的隐私性自动废除："解除纽扣、脱衣，袒露身子；穿衣、扣纽。而且是在一个个非常陌生的女人、男人面前。有些房间，我进去就脱衣；有些房间，进去则先换穿一件白袍，结果也是要掀开衣襟，没有分别。"② 而且病人根本不知道在自己的身体上曾发生过什么，病人犹如一头羔羊，伤口被羊肠或牛筋做成的线缝合，伤口上的线条像"一截截蚯蚓的断肢"，医生一刀一刀剪开线段，仿佛鞋匠，而病人则是"一只坏了的皮鞋"，"一条一条细窄的膏贴，交叉型沿着伤口贴，就像我的伤口是两扉的大门，遭管家抄封，给贴上了封条"。③ 医院的绘图室、设计室、模型制作室，固然给人以"梦工厂"的感觉，但"我"却真实地失去了一个乳房。惨痛的对比是癌症带给人的刹那而永久性的震惊体验，它将篆刻在人的意识和个体经验中，即使痊愈也不能完全祛除。它常常使人怀疑这突然发生的一切的真实性——以为是恶梦或幻觉，但残缺的事实却突兀地存在并时刻在提醒：这都是真实的，必须面对。

当切除乳房成为乳癌患者不得不接受的命运时，她的生活将会发生怎样的改变呢？失去一只乳房的女人还是完整的女人吗？《哀悼乳房》中的女主人公这样自问："紫禁城里的太监，都是器官欠缺而形成的妖怪。司马迁是会写《史记》的妖怪。我是妖怪，我失去一个乳房，也是器官欠缺而形成的妖怪。"④ 与乳房相关的一切欢乐美好失去了，舒适的胸罩、漂亮的内衣、鲜艳的游泳衣，甚至女人最喜欢的浴室中的流连与沉溺："如果我的右胸曾是一座山，如今是下陷的谷；如果它曾是一碟盛满了粉嫩的糕点的美食，如今剩下的只是一个空碟子。"⑤ 浴室里的女人怎么能够不仓皇逃离呢？对女人来说，喜欢只剩一个乳房的身体，甚至只是喜

---

① 西西：《哀悼乳房》，（台北）洪范书店 1992 年版，第 37 页。
② 同上书，第 140 页。
③ 同上书，第 64 页。
④ 同上书，第 70 页。
⑤ 同上书，第 68 页。

爱自己的身体，从来不是一件容易的事。但是，这个事实却必须接受，所有的女性包括全社会都应该珍惜和爱护不完美的身体，"因为身体本来就不是完美的"①。而写作此时则成为精神救赎的过程，即使此刻叙述者的疾病体征已经消失，但心理的阴影却还没有完全从震惊中走出，写作祛除了癌症的恐惧以及疾病所暗示的隐喻意义，既是心理的治疗，也是精神的慰藉。西西的书写为自己、她人、所有不幸中的女性擎起了一束光芒，带给她们生存的勇气和达观，犹如小说中的阿坚在她最恐慌时刻给予的安慰、支持和帮助。

除此之外，小说叙述者所生发的一切联想，所涉猎的一切知识，在在皆有深刻内蕴。例如，把癌细胞的繁殖比喻成殖民者对殖民地的经济和文化侵袭，把患病的身体比喻成现代化的高楼大厦中的隐患，甚至将患病的原因与环保、经济发达、饮食、生态平衡勾连起来，其反思的深度为常人所不及。再如，医疗过程中人与人之间伦理的同情与关怀给病患者增添了对抗疾病的勇气、力量、知识和温暖；此外，中西医不同疗法、疗效的比照，倡导着人性化的关怀等等……这些看似弦外之音的叙述无一不和疾病的深思息息相关：对乳癌预后的运动、饮食、性行为，精神疾病等的丰富涉猎，不仅使之成为乳房癌症，而且是一切疾病甚至是关于生命存在思考的百科全书。同时，小说深层还潜隐着作者对现代社会生存方式的批判和解构：对以假为真的时尚审美观念对人的异化的忧虑不安，对教育重视精神和灵魂而忽略肉体的反思……"哀悼乳房，我们如今的生命力，却明显相对地在萎缩呢。"② 这结束语是对人的生命力的叹惋与呼唤。

不仅如此，《哀悼乳房》形式上的创新试验也为阅读过程提供了充分的自由，读者像使用词典一样用最为精简的办法随机查阅个人需要，叙述者分别为患者、患者的亲友、男人、医生、喜欢看图的人、长期伏案工作者以及四十岁左右的人提供了不同的阅读方式，即时的提示使阅读成为温馨对话的过程，并把各章的内容前后串通。而且，为了避免行文

---

① 　［美］玛莉莲·亚隆（Marilyn Yalom）：《乳房的历史》，何颖怡译，（台北）先觉出版社2000年版，第335页。

② 　西西：《哀悼乳房》，（台北）洪范书店1992年版，第332页。

上的沉闷和冗长，作者不停地变换表达方式：对话体、独立的小故事、通话记录、精简词条、图画配短文……这种跳跃的可选择的阅读方式呈现出文本的开放和自由；而不同的行文犹如不同的曲调、变奏以及配器形成整首乐曲的多重风格，或活泼，或凝重，或舒缓，或激越……它使阅读者在节奏变换的文字音乐中探险和享受，不但缓解了紧张和焦虑，还获得了生存的知识和智慧，并一再地敬畏于生命的担当与庄严。

从始至终，《哀悼乳房》中女主人公理性的自觉和承担生命的勇气皆令人叹服，她没有怨天尤人，只是承担和积极地治疗，甚至没有看到她的犹疑与恐惧，至多是黑色幽默式的自嘲而已：黎明即起，迢迢赶车，去练太极拳、太极剑……身体和精神的痛苦淡淡地化入讥诮当中。她说："天使没有性别，也不裸露。他们自有吸引人的表征：强壮而美丽的大翅膀。今世也有一种女子，聪明能干，不卑不亢，能够自食其力：她们，其实也是天使。"① 委婉地表达了其超越单纯性别主义的概念，也是多数平凡而自立的女性的自指。也许，裸露和性感只是一种习俗或一个时代的风尚；无论如何，《哀悼乳房》不是女体的盛宴或狂欢，却是女体的受难和反省，是对所谓女体的时代习俗和风尚的一种另类的但却充满警醒的声音。

有研究者从女性文体的角度出发，肯定西西《哀悼乳房》的"天真本色"，从而使这本书具有了多重的意蕴、尝试和突破，不独从隐喻的视角破除人对疾病的迷思，而且成为一本进行自我心理治疗的书，一本鼓励病患者走出困境积极面对的书，也是一本跳脱了"非实用主义"局限的文学作品，因此，"在这个崇尚理论与主义狂飙的时代，西西一步一步解读我们皮囊语言的结果并未导致意义的虚无或价值的否定，反而在挖掘语言传递资讯、安慰甚至医疗的功能——医疗她自己和其他的人。在这怀疑主义的年代，她天真地肯定感性的道德力量，给我们的后现代文学的题材和形式赋予了新的生命和意义"。② 最重要的，西西以个体经历为言说对象，通过疾病的深层隐喻，表达了对性别尤其是生命的最为本真的思索。

---

① 西西：《哀悼乳房》，（台北）洪范书店 1992 年版，第 323 页。
② 陈丽芬：《天真本色——从西西〈哀悼乳房〉看一种女性文体》，载《现代文学与文化想象——从台湾到香港》，（台北）书林出版有限公司 2000 年版，第 118—119 页。

第五节　"媚行者"言说的自由悖论

通过以上的分析和探讨，可以看出香港女性小说的主体所指关乎两个层面：一是在混杂的香港文化中，从性别关系的角度对传统男性主导话语体系进行的破坏性书写和对现代女性性别权力进行的建构性尝试；二是在暧昧不明的香港身份辩解中，以性别书写为寄托，给来路不明的香港历史以及混沌未开的香港未来留下种种预设的标签。以"妓女"形象为指称的女性寓言梳理了香港不堪回首的屈辱历史，"丑怪男人"的书写则在某种程度上瓦解了"父亲的权威"，完成了针对男性霸权的"去势"意图，而越界畸恋书写则在抗衡主流文化之异性恋霸权的同时，充分展现了香港主体身份的诡异离奇，同时也清醒地看到香港女性存在于其中的微颤颤的文化生态。正因为如此，西西以疾病为隐喻的生命思索也才将女性主体拉回到最本真的身体关怀，这未始不是女性长者写给年轻一代的贴心的生命感言和生存备忘录。作为年轻一代的女性书写者，又将怎样回应长者的忠告和关切？黄碧云以振聋发聩的《媚行者》发出了女性主体和香港身份的双重声音，既构成了写作主体间的对话，也发出了女性主体的宣言，既昭示着无坚不摧、寻根究底的质询勇气，也充满叛逆的不确定的茫然和顿挫，但无论如何，她以清坚决绝的"媚行者"的言说宣告了女性主体张扬所能企及的最高限度。

那么，"媚行者"究竟是怎样的女子？"媚行者"曾经是存在与灵魂的分裂："当我张开双腿，我的存在最寂寞。当男子的手在我的身体上游移，我的灵魂最为清醒。"① 她究竟在做什么？她曾经以为忘却可以救赎肉体："我以为欲念使我忘却，但不。我以为肉体可以让我们亲近，但不。"② 这些都还不够，无法接近的人类、无法接近的爱、无法接近的灵魂困扰着她的生命；无法忘却的记忆之痛、无法忘却的离散之痛、无法忘却的失落之痛折磨着她的灵魂；无法解救的生之绝望和无法

---

① 黄碧云：《七种静默》，（香港）天地图书有限公司 1997 年版，第 218 页。
② 同上。

治疗的心之痼疾纠缠她的心灵。于是，"媚行者"一次次在绝望中渴望，在伤痛中渴望，在渴望中幻灭，在渴望中绝望。多元矛盾交织、重重价值撕裂的世界中，黄碧云穷其智慧、苦思冥想，在悖论之网中拼命挣扎浮游，其惨不忍睹的文学世界中始终回荡着如此声嘶力竭、不绝如缕的声音：

> 我的生命是从我这里开始。在我以外，还有存在的意思吗？
>
> 我们是从生和死，开始和结束来理解时间的吗？
>
> 我思索。我到底如何思索？
>
> 应该，还是不应该？我自觉的选择。
>
> 可以，还是不可以？他人决定了我自觉的选择。
>
> 约束？还是追求？
>
> 自杀？奉献？还是任由事情自己发生？
>
> 真理先于我们存在——我们不过发现了……？
>
> 真理为我们存在——我们创造了？
>
> 可以相信神吗？
>
> 宗教是所有的终极吗？
>
> 既不能证明其有，又不能反证其无的，到底存在还是不存在？
>
> 神无所不能，但神又不可以验证的：神可以验证自己吗？
>
> ……
>
> 如果神是不可验证的，连他自己都不能验证自己，这样神还是无所不能的吗？
>
> 人的思辨、智慧、能力、骄傲，到底有多大？
>
> 比生更大吗，比死更大吗，比道德更大吗，比上帝更大吗？[①]

此可谓黄碧云之人生"天问"！在中国历史上，也曾有人这样面对苍天发问，然而，云山苍苍，江水泱泱，斯人终于抱憾而去。其实，黄碧云所需要的也并不是其中某一个或某几个问题的答案，从始至终，她所

---

① 黄碧云：《七种静默》，（香港）天地图书有限公司 1997 年版，第 304—305 页。

关注的只有一个问题：自我的执念。从她的自我出发，一个人究竟能走多远？所有的问讯和质疑，最后还必得回到无尽生命的渴望和牵念之中。所以，是否可以贸然地说，黄碧云笔下的绝望恰恰因为人物的渴望太多，其人物的决绝也只是因为牵念太多，所有的苦痛或许只是太平盛世里一个绝尘脱俗的姿势。一切只不过是因为她们永远不肯忘记自己，漠视自己，宽恕自己，跳过自己……于是世界的一切苦难、罪恶、挣扎、撕裂、绝望、哀愁……都来在这里，在这里纠缠碰撞，不可开交，如入淤泥沼泽，而愈是挣扎愈是深陷其中。黄碧云"嗜用典故，目的在拆解，而非继承，故往往不得不抱注大量的戏剧性元素，例如谋杀、死亡、性爱、乱伦、畸恋等等，声嘶力竭，癫狂交错，语不惊人死不休，非得要扯碎旧典，重新拼凑一副末世众生的地狱乱象不可。当典故与小说文本相互对照、指涉，甚至拆解之时，便透露出黄碧云根本上对立却又统合的二元价值观——古典与现代、死亡与新生、爱恋与杀戮、纯洁与罪恶、青春与衰老、丰盛与悲哀、温柔与暴烈……"[①] 由此涉及另外一个问题：个人和个人主义发展到极端会怎样？其实，对黄碧云来说，一切都是必然。

正如书本封底所提示的，《媚行者》是一本关于自由的书，但它并没有解答自由。只是从不自由而尝试理解自由，其所能做到的，到后来就是比较理解自由不是什么。当然，这也是一本关于时间和空间的书，以四则故事讲述了四段发生在不同历史时段和空间里的人生际遇，如果生命或生活重新开始，他们的人生又会有怎样的改观呢？小说以种种悬疑不定来表达生之"媚"。

问题是，什么是"媚"？什么又是"行者"？"媚"和"行者"两者结合在一起如何表达了关于"自由"的言说？要解答以上问题，我们需要先来看什么是"自由"？关于自由，作者从诸多方面去叙写和辨认。在《媚行者》第一部分中，那个自称自私而强悍的浪游四方的女子，上下求索只为解答自由"是什么"和"在哪里"。于是，自由和一切相遇并相撞：自由与专制残暴的父亲——我的父亲死后，我感到自由；自由与革

[①]　郝誉翔：《情欲世纪末》，（台北）联合文学出版社有限公司2002年版，第185—186页。

命——革命，是为了寻求自由与稳定。结果却是，既不自由，也不稳定。自由与爱——反反覆覆，想同一件事情，无法从一件事情之中释放，如果是爱，只有不爱，才可以得到自由；自由与婚姻：

> 婚姻的本质是不自由的。任何的承诺都不自由。
>
> 制度的约束带来整体社会的稳定。人需要婚姻和家庭制度，约束行为与心，以种种美丽的语言去歌颂这种制度，以骗取人对婚姻与家庭制度的服从。①

后来，她所能够解释的就是，自由"不是什么"和"不在哪里"。自由与背叛——忠诚的意思是，服从，即使那是坟墓。而背叛，是否就意味着自由？自由与政治压迫——我们理解自由，总是相对于政治压迫而言。好像没有政治压迫，就得到了自由。其实这是对自由的最庸俗最淫亵的误解。对自由的追索经过抽丝剥茧的过程，终于来到眼下，当一切有形的现实和无形的概念都与自由背道而驰的时候，只有文字的书写才可以在虚妄的想像中表达自由，但这样虚妄的自由成为磨难：

> 正如书写，因为可以表达，承担了我所有的，生存的重担，书写就成了我生命里，最接近自由的存在。
>
> 自由令我勇敢。你看，我书写的时候，一无所惧，甚么都可以，卑微的生命，因此充满光彩。
>
> 但如果书写不从生活而生，书写就成了最华美的谎话。
>
> 如果生活从不自由，书写就毫无自由可言。
>
> 但追寻自由，最为虚妄。也是最大的磨难。②

自由的追求是否就是意志的悲剧呢？如果生命中唯一的选择重演将会如何呢？答案是：一切不会有什么不同。

---

① 黄碧云：《媚行者》，（香港）天地图书有限公司 2000 年版，第 15 页。
② 同上书，第 23—24 页。

　　如果知道，是唯一的一次，即如生命其他的事情，如果再来一次，她的选择，还是一样。这样，她不得不流血，不得不承受不稳定，不得不，辗转渴求，热情与愉悦。这也就是意志的悲剧。

　　如果追寻的结果就是，死亡，宗教，疯狂，遗忘，长久的哀伤，永远不睡，放逐——但请相信我，我很想，活下去，并且安稳，宁静，温柔——一手创造自己的命运，又用生命去对抗这自己一手创造的命运——自然也是，意志的悲剧。①

　　最后，自由是一个永不完结的现在进行时。但是，即便如此，亦不放弃，则必然是意志的悲剧。如此自私而强悍的女性主义表达：自由即是意志的悲剧；如此理性而彻底的自我精神剖析：自由即是无法破解的我执。在《媚行者》第二部分中，空中救援飞行队女队员赵眉在一次执行任务的时候，死里逃生，失去了她的队友，还失去了一条腿。由此，小说进入更加形而上学的关于自由的思辨过程：从自由与稳定之间，辨析孰轻孰重；从缓慢理解速度，从脚理解自由，从破碎理解完整，从失去理解存在。也只有黄碧云能从这样离奇的事件、高空中的救援以及突然发生的空难中写人的死，人的破碎，人的切肤之痛：在皮肤、肌肉、神经腺和骨头的缝合与撕裂中去体验生命的存在；从烧痛、刺痛、撕痛、切痛、闷痛、扯痛、痒痛、抽痛、痉痛、热痛、插痛、击痛、抽搐痛、麻痛、幻痛中去体验在世的孤独——在痛中救赎，痛中重生和痛中痊愈，并且遗忘——从不爱与忘怀之中，得到自由。其间辐射到赵眉周边许多人物：队友张迟，其妻慧慧安，主治医生赵重生，其妻张蔷薇，得了遗忘症的母亲，其妹妹玉裂（用针管将空气注入自己和儿子的血管自杀），妓女姚婴，义肢矫形师小蜜，她的母亲，她的病人张留伯，"我"的物理治疗师小胡子罗列坦，六岁的女儿，展开性的诱惑；以及每个人的生活、家庭、心灵中惊心动魄的隐秘一面。

　　毫无疑问，他们都有着一副社会与职业角色赋予的温和宽容的面孔，同时也有着另一副家庭和个人的冷酷甚至变态的面孔，在芜杂牵绊的生

---

① 黄碧云：《媚行者》，（香港）天地图书有限公司 2000 年版，第 33 页。

存中，他们各自迷失，逐渐麻木，不断地纠结，终至冷酷。赵重生与张蔷薇的婚姻诚实至残酷：张蔷薇怀孕流产，哭着叫她的丈夫，"从厕所里，穿着一件白色通花棉质睡裙，血一直流到她的脚跟，她走出来客厅找他，双手满是血，掬着，小小的，虫一样细小的，胎儿"。[①] 而赵重生望了她一眼，对眼泪和血极其讨厌。"病人在他面前死，病人家人流眼泪，他还可以怎么样。"他只想快点下班，他甚至扯下了蔷薇手中的电话筒，说："你弄污了电话。你要去医院，等一等，我开车送你去。还有十五分钟，这场球赛便打完了。"如此恐怖，如此残酷，如此麻木以及如此寒心。事故发生在七月，因此这个日子便成了赵眉永远的隐痛：其后每年七月，飓风季节，"我"会穿一个月的黑衣服。七月一日，"我"会买一大束火百合，如果没有任务，就放在办公室桌面，一直到七月二日早上十时四十五分。"每年七月，时刻相问，所归何处，你渴望自由与完整的心情，是否始终如一。"[②] 在《媚行者》第三部分中，"我"仍是个女子，陈玉，五十二岁，半生以前我曾第一次来到阿姆斯特丹。在这里，相互对立的概念：遗忘与记忆、出走与回归、温柔与暴烈、情感与理性、生与死、瞬间与永远、自由与拘役等的冲突更加集中和显豁，集中探讨的是女性的家庭与个人事业之间的二元悖立问题。陈玉是个才华横溢的年轻舞者，如今，她已经被世俗生活所包围：

> 　　每时每刻我身边都有一堆人，还有每个人脱下来的衣服，吃完好多好多碟子刀叉，酸掉的牛奶，未清理的猫屎狗屎；家长会又是我，生日会又是我，开车接开车送，圣诞节烤火鸡，过中国年炸油角，都是我。到头来，连一个姓都没有，叫做甚么太……[③]

如日和中天是"我"的孩子，生如日时"我"痛了十六个小时，生中天时"我"痛了二十四小时十六分。哼都没有哼，父亲教我，无论怎样痛，都要继续，荣誉和责任，但没有爱。怀着对生命的幻灭与失望，

---

① 黄碧云：《媚行者》，（香港）天地图书有限公司 2000 年版，第 62 页。
② 同上书，第 101 页。
③ 同上书，第 107 页。

我来到纽约，但从来不曾得到自由，自由是如此之不可得。是美丽还是
浮华？活着就是地狱。是毁灭还是遗忘？如何才能得到自由？自由就是
选择。但大家都没有自杀，并在遗忘中活了下来。

> 忘记是，不知道忘记。记起自己忘记了的时候，已经记得。
>
> 忘记是，从来未有，将来也不会有，应该有的事情，但不存在，
> 犹如自由。
>
> 忘记是我生命最甜蜜的结局。
>
> 所有的创伤，都在此得到治疗。①

如此敏感，如此自恋，如此偏激，仿佛背负着人类所有的伤痛和苦
难，偏偏要上穷碧落下黄泉、夸父逐日般地追求自由究竟何在以及如何
之不可得。无怪乎台湾作家郝誉翔评价说："最能淋漓发挥张爱玲疯狂
气味的，莫过于黄碧云。她显然也乐意将阴郁、暴烈与焦躁的情绪拉拔
到最高点，然后便朝向衰老、腐朽和死亡探底。'来日大难，口燥唇
干'，张爱玲与黄碧云均念兹在兹，但是黄却少了张爱玲洞察人世的冷
静与戏谑，故独独钟情于曹七巧一类的人物，到最后总免不了要以血肉
横陈、肝胆俱裂收尾。这虽是她个人独到的美学，但又何尝不是一种写
作上的局限。"② 不仅将黄碧云和张爱玲的创作风格进行了对比，而且
指出了黄碧云写作的嗜爱——亦即其局限之处。在《媚行者》第四部
分中，终于切近宏大血腥的战争主题，辩驳战争与自由之间的关系。自
然，战争是极其残酷的，为了自由、为了土地、为了国家、为了美丽、
为了利益、为了愚蠢的民族主义、为了忘记上一次战争、为了复仇、为
了心中没流的眼泪、为了不得不反抗，敌对的双方或多方宣布开战：

> 其实我没有发觉，原来每一个人都可以做这样的事情。可以将
> 胎儿从母胎拿出，在手里捏死。可以将人缚在稻草上，放火烧。可

---

① 黄碧云：《媚行者》，（香港）天地图书有限公司 2000 年版，第 133 页。
② 郝誉翔：《情欲世纪末》，（台北）联合文学出版社有限公司 2002 年版，第 186 页。

以将人扔上电线上，电死。四小时内，一个人可以杀死二百人。在集中营里，可以指着一个男子咬掉另一个男子的睾丸。可以逼老祖父与孙女性交。八十个男子强奸二十个女子，每人三至四次。他们不是野兽，只是普通人。①

战争中，所有不可想像的残忍都以极其自然合理的节奏展开，杀人如麻，杀人如魔。战争的残酷还在于：一旦开始，就没有办法停止，没有人知道当初是为了什么而战，没有一场战争能令人强壮与自由，所有的战争都是肮脏的。科索沃、塞尔维亚、南斯拉夫、波斯尼亚、克罗地亚、阿尔巴尼亚、匈牙利、马其顿、黑山、史洛维亚、保加利亚……多年来，种族之战从未消歇。"我"离开了南斯拉夫，带着没有人知道的过去与创伤，"我"将"我"的事情一次一次诉说，并不憎恨，只是轻视："轻视那些只敢一群人活动的，那些要征服的，暴力的，只会破坏的，愚蠢又自以为是的，男人。而且我第一次想到，这些事情，由来已久。从和平时期那些对女性的轻蔑，以为女子不过是给睡的和生孩子的和属于某一个男人的，就已经播下了强暴的种子。"② 战争留下的创伤是如此深刻与久远，如此致命和荒诞："战争之后，我不再看电影。我无法看电影。看电影会令我很愤怒。电影是那么虚假，那些爱情喇，生死喇，战争喇，打不死喇。怎么会，爆炸了，电影主角还在那里跳来跳去，还有心情谈情说爱。他们不知道，炸弹碎片可以二百米外都杀死人的。好小，小指指甲那么小，很快，很热的，撕开你的心。"③ 在《媚行者》第五部分中，以家族故事开始，间以民间故事、传说故事以及历史掌故，交代了历史上客家人几次大的迁徙，无论是在人生命运的三十六张牌的挣扎中，还是在吉卜赛人般的流浪生活中，都找不到自由最终的归属。流徙也不是自由。

至于我的母亲祖母们，无从稽考，族谱只记甚姓孺人，历史从

---

① 黄碧云：《媚行者》，（香港）天地图书有限公司 2000 年版，第 137 页。
② 同上书，第 168 页。
③ 同上书，第 169—170 页。

来不是她们的。

　　我的母亲祖母们，无名无姓，天足无束脚，黑衣黑裤，种田浣衣……①

　　直到这里，黄碧云才说：那些和生活搏斗的人，就叫作媚行者。和宿命搏斗，从来没有一个人是真正自由的，除非是在某种限制之内。寻求革命的坦尼亚，也许只是在寻找一种完美的死亡方式。自由与革命无关，寻找自由的话题最后歇止：

　　只有忘怀与死亡里面；存在经验之外；人才能接近自由。但那与我们的存在，根本无关了。②

　　媚行者。她寻找，并且，永不会寻见。

　　敲门。从来没有一道，打开的门。③

　　"媚行者"只有选择，只有离开，去寻找永久的但却不存在的自由与完整的统一。无论怎样转换，《媚行者》中都有一个受损害的女性形象，无论怎样绝望，那个注定牺牲的女性都要反抗命运。无论是第一部分中"我"的反抗，还是第二部分中赵眉的反抗，第三部分陈玉的反抗，第四部分诗人的反抗，最后一部分格瓦拉和坦尼亚的反抗，都是一种明知向死而抗、却一抗到底的无畏。因此，"媚行者"再次上路，再次寻问自由的呼唤，"媚行者"是那些永远和生活和宿命搏斗的人，"媚行者"永远在路上，"媚行者"永远渴望自由永远得不到自由但从不停止寻找自由和反抗既定现实。

　　黄碧云曾经这样谈及个人创作的心路历程："迷恋极端事物：死亡，牺牲，破坏，革命，中国；以为有新世界。但其实没有的。"④ 关于书写

────────────

① 黄碧云：《媚行者》，（香港）天地图书有限公司 2000 年版，第 237 页。

② 同上书，第 298 页。

③ 同上书，第 307 页。

④ 黄碧云：《关于中国，及一切极端事物》，《后殖民志》，（香港）天地图书有限公司 2004 年版，第 20 页。

和表达，她还说："你如何在殖民地语言、男权语言的双重制约下，释放自己，表达自己？你如何，重新书写历史，那是，她的故事？那是，软弱者得以强壮，而不是，强者去征服的故事？你如何，不操，不强暴，而得着你作为人，应有的尊敬？"①据她自述，在写完《烈女图》后，就开始探索后殖民书写的可能，开始思考自我的历史身份存在："从我回答：我是客家人，我意识到，殖民的意思，就是断裂。我对我的父母，他们以前的生活，他们来自的地方，一无所知。在我以前，一切不存在。他们的家是客家，我的不是。我不需要家。但我为什么说：我是客家人。当我尝试理解殖民，接近历史，我就很庸俗而容易，我几乎不知觉的去，寻根。这并非我本来的意思。"②黄碧云通过殖民书写建构自我的历史身份，同时也不拒绝性别身份的界定和阐释：

> 写：我不说女巫。不说后女性主义（不说支离与破解）。我说：媚行者。
> 媚行者不相信命运。媚行者拒绝既有的历史。媚行者寻找从不存在的，从来未曾有过的，自由。

这是黄碧云对于"媚行者"正面的回答。由此看来，"媚行者"正是台湾作家朱天文笔下的"女巫"，也是当下的后女性主义者。媚行者是黄碧云关于女性主体建构的"创造"，也是黄碧云女性书写的真实写照。或许这样，对黄碧云女性书写的理解更加切近，但是千万不要被她迷惑，因为她还说过："我的理想是能做到妖言惑众。妖言，就是怪力乱神，离经叛道，想东想西，乱吵乱闹。小说是一种比较能够做到这一点的书写方法：喧哗与暴乱之中，有深藏的宁静。惑众的意思是，希望你能够读到我。妖言并不难，对我来说，顺性而为而已。但惑，如情挑，你知道我你又不知道我，你接近我你又不接近我，似近又远，或有或无，真亦假时假亦真，为之媚——书之媚，非常难，大概这就是艺术

---

① 黄碧云：《我身，我说》，《后殖民志》，（香港）天地图书有限公司2004年版，第7—8页。
② 黄碧云：《来去屋下》，《后殖民志》，（香港）天地图书有限公司2004年版，第147页。

了。"① 于是乎，她以超凡脱俗又惊世骇俗的文字为一切"我执"的追寻作了最后的解构，到此为止，香港女性小说关于性别主体的消解也已经于焉实现。

---

① 黄碧云：《后殖民志》，（香港）天地图书有限公司 2004 年版，第 181—182 页。

结　论

　　不觉间"香港回归"已经走过十余年的历程，而当日香港、内地庆祝"回归"的欢呼和所谓"九七大限"的恐慌已经尘埃落地。这正是一个回顾与省视的时刻：缘于争议的开始，也缘于争议的消散，起始于香港本土身份认同的萌生，也归从于香港城市多元身份的洞察。香港女性小说关于身份的书写也从 20 世纪 70 年代走到了 21 世纪初年，究竟什么是一个真实的城市的故事？什么是一页真实的香港自己的历史？什么才是香港人文化身份认同的真相？或许，喜欢梳理历史的人会追溯到 20 世纪 60 年代，在港英政府和社会环境的培育和滋生下，香港人的本土身份开始形成，1984 年中英香港谈判达成协议，香港进入过渡时期，也就在这个时候，以西西为代表的女性作家开始发声，表达个体对香港身份的辩证思考和香港前途的担心忧虑，直到 1997 年香港回归前后，各界人士关于香港意识、香港身份的争议达到高潮。固然，"这些论说的出发点各自精彩，也各怀鬼胎，有追溯文化身份源头的、有反思殖民历史的，也有缅怀日常生活小节的；学术界和传媒首次卷入真正的政治文化中，把不同的理论及知识挹注在香港的文化研究中，是福柯（Michel Foucaut）所说的知识和权力的典型结合"。① 但可以肯定的是，这些书写和争议为香港文化的积累增添了真实的资料。

　　但正如陈丽芬所言："九七既不是终点，也不是起点，生命仍然继续；钱还是得继续不断地拼命揾下去。这里所展现的心态丝毫没有挑衅的意味，更不是受迫者无声的抵抗，反之，它视体制这个不可控制的强

---

① 潘毅、余丽文编：《书写城市：香港的身份与文化·导言》，（香港）牛津大学出版社 2003 年版。

大力量为理所当然，它接受这一切，但在这无能为力的状态上充分加以利用，在这看来仿佛危机的关口上如寄生虫一般吸取其养分，然后再由此转生创造出新的东西来。这里没有自怜，只有旺盛的生存本能；当下只有眼前的现实。"① 而这正是香港经济生活的典型特征，其实，早在数年前，已经有清醒的香港知识分子就铺天盖地、沸沸扬扬的"香港意识"、"本土身份"等问题发表看法："香港意识"本身就是缺乏一个中心——它既不是反叛意识（例如反抗港英殖民地管治），也不是一套既有文化的延续；当香港人在 80 年代要面对"九七问题"而无法表达出一种集体诉求的时候，那正好说明了"香港意识"本身的浅薄。② 这才是香港女性小说身份书写的难题所在，无论对于个人还是对于香港的文化构建来说，抒发或表达一种浅薄的身份认同根本没有任何意义。包括王宏志等的《否想香港》在内的香港论述"质疑晚近于普及文化中蜂拥而至的本土历史重构，对于各种文化形式对香港的书写再书写，再生消费不敢苟同，认为香港的历史与未来都被时下的文化想像否想了，基本上此论述强调在这过渡时期大众文化中的香港集体想像在召唤本土意识上只有软弱的滥情，没有批判现实的能力"。③ 所以，香港女性作家力图以深埋其中的时代与文化浸染表达深刻的个人理解，摈弃种种软弱的滥情和微弱的现实批判。

同时也应看到，"书写文化与身份是一种必然，这并非因为历史是经验的继承、时代的对照，而是在这年代变化快速、空间急转，脚站不稳，头脑不清，书写，赋予人一种安慰、一种创造，和一种小我的可能性"。④ 文化身份是一种不断在建构及再建构的过程，没有终止或被定型的一刻，它将不断演变下去。并且，"历史原是多元化的，也是充满矛盾的，大众的生活璀璨多姿，大论述与小故事之间经常相悖，因此不存在一种唯一的

---

① 陈丽芬：《普及文化与历史想像——李碧华的联想》，载《现代文学与文化想象——从台湾到香港》，（台北）书林出版有限公司 2000 年版，第 184 页。

② 吕大乐：《唔该，埋单！一个社会学家的香港笔记》，（香港）洪叶出版 1997 年版，第 30 页。

③ 同上。

④ 潘毅、余丽文编：《书写城市：香港的身份与文化·导言》，（香港）牛津大学出版社 2003 年版。

历史阅读方式。书写的发展史也就是不断对于书写的手法及内容做出反省，有学者因此提出后殖民主义中的流徙经验，指出香港本是一处复杂的境地，个别的文化以至生活习惯等在某程度上被发掘及保存下来……书写是一种可能性的再创造，但这种创造却是充满差异，是历史不连贯的一种贴切反映"。① 所以，香港女作家笔下才会汇聚如此丰富多彩的城市/空间的故事，也才会为香港历史/时间描绘出各不相同的图像，即便是香港文化的异度时空里，她们所钟情的人物也各各面目不同。

众所周知，"大论述、大叙事不但营造线性历史的同一性，同时所承载的是男性书写的权威。有关大历史的反思，性别历史所提供的小故事不单活泼可爱，贴近生活，同时更是对男性权力的直接颠覆"。② 相对于传统大叙事的模式，女性的历史多彩多姿，混杂琐碎反覆，重视个人经验，体现出历史内在的种种纠葛矛盾。女性历史挑战了只强调国族身份的论述，摆脱了既有的书写教条，阐述了小人物在历史洪流中的挣扎历程，否定了主流与小众的二元划分，把被压抑的小历史重新释放，并与大历史进行对话，从而将之颠覆，所以，这不仅是女性的历史，而且是拥有了女性主义、新历史主义、后殖民主义和消费文化观念的女性的历史书写，其多面性自不容小觑。

　　"后"是一种异变：她承接但她暗胎怪生。"后"不那么赤裸裸的去对抗、控诉，不那么容易去定义。"后"是犹犹疑疑的，这样不情愿、那样不情愿，反覆思虑的，而我理解的"后"甚至带点邪气、不恭，广东话就说好"阴湿"，所以我的"后"是愉快的。

　　"后殖民"当然不是殖民之后。"后"无视时间：时间是来回反覆的，以为过去，其实是现在。现在的事，过去已经有了。因此"后"不相信发展，不相信欧洲与美国，是世界其他国家发展的必然模式。

　　"后殖民"语言是一种混杂的语言；她不是"西方"的，也不是

---

① 潘毅、余丽文编：《书写城市：香港的身份与文化·导言》，（香港）牛津大学出版社2003 年版。

② 同上。

"中国"的，她重写、对比、抄袭，她在世纪初以 pidgin 不中不西的形式出现；她现身更为复杂狡黠；她可能以中国文字的形态出现，但她所指的又完全与"中国的"疏离。[①]

需要指出的是，由于身份书写目标设定的非永恒性和非唯一性，也由于身份书写行动本身的非停顿性，作为一种不断地分化、不断地行动和不断地在矛盾和同一中求证的自我行为，"差异性"成为身份书写的内在规定性之一，而"差异性"原本就是身份书写的关键性成分和构成要素之一。同时，女性主义也强调世界之中的同一是相对的，差异是绝对的。那么，香港女性写作中身份书写的差异性表现在哪些方面？又是如何表现出来的呢？香港女性写作通过对香港空间/城市身份的寻绎和指认，对香港时间/历史身份的钩沉与拆解，对香港文化/异度时空的想像与离析，对香港主体/性别论述的隐喻和消解来获取个体的身份感和存在证明。因为人的身份感的获得是同个体生存的具体时间、空间以及文化特征分不开的，所以在不同的历史时间、不同的地域空间和不同的文化语境中个体的身份呈现为不同的认同指向。

众所周知，世界范围内的女性写作的差异性不仅表现在白人女性主义写作和黑人女性主义写作中，还表现在传统女性主义写作和后现代女性主义写作中。传统白人的女性主义写作中被强调的男女平等观念在黑人和后现代女性主义写作者那里遭到质疑，他们更强调差异，对性别差异及其以外的阶级、种族、民族和国家的差异性保持追问和探索的兴趣。因为，仅仅强调性别的差异其实正中了男权主义统治阶级的圈套，"对压迫者来说，讨论那些定义永远不会改变的自然差异更为安全。这就是种族主义和性别歧视思想的基础。因此，下等身份由于身份本身的不同而永远不可能改变"。[②] 在反对种族主义、性别歧视以及性别本质主义的意义上，世界范围内的女性主义和女性写作更加趋向于广泛的差异性探讨。

---

① 黄碧云：《费兰明高女子》，《后殖民志》，（香港）天地图书有限公司 2004 年版，第 264—266 页。

② ［英］玛丽·伊格尔顿编：《女权主义文学理论》，胡敏、陈彩霞、林树明译，湖南文艺出版社 1989 年版，第 411 页。

　　相对而言，跨越单一国家和民族界限的女性写作对身份书写的确定以文化身份感的寻求和获得为目标。在后现代文化理念中，压制和抵抗、中心与边缘、主导文化和从属文化间的相互作用必然产生身份认同的嬗变，因此，身份认同就是权力政治的表征与产物。拉康的文化心理学认为，身份认同是自我对于男性中心文化的认同。而依照德里达的解构延异观，身份认同则是一个旧身份不断分裂，新身份不断形成的去中心过程。任何一个在特定历史文化语境中的个人，必然要和世界、他人建立认同关系，并遵循社会文化的象征性秩序规则，逐步确立自己的个体角色。世界范围内女性写作的身份认同则包含着如何在民族意识、种族观念、国家身份和文化属性等方面寻找和确立自己的身份认同感。

　　对于世界范围内的华文女性写作来说，其身份书写的差异性也相当明显，有时甚至成为彼此最醒目和具有代表性的特征。首先是女性写作中文化身份认同的差异性，例如，在欧洲写作的虹影、在美国写作的严歌苓和在加拿大写作的张翎，都不可避免地遭遇东方文化与西方文化的冲撞和交流，也不可避免地面临个人早年在中国的生活经历感受等与目前异域生活经历感受的对比与认同问题，而且，她们以母语写作的立场本身就在某种程度上说明了其国家和文化身份认同的倾向性。更多的生活在世界各地而用华文写作的女性写作者们都在表达其最基本的个人身份认同的时候，传达了来自文化方面的认同差异，以及与民族、国家、种族文化等相关的追寻。并且，随着世界华文文学写作的发展，那些在东南亚、美国、加拿大、英国、澳大利亚等地进行着汉语写作的女作家的作品中对自我身份的设想和建构又呈现出更加丰富多样的状态。其次，华文女性写作的差异不仅表现在不同地域文化之间的身份认同的差异，在如何判断祖国与所在国的文化问题和价值取舍方面，她们在作品中也有着各自不同的理解和诠释。

　　同样，大陆的女性写作与台湾、香港、澳门的女性写作也有着认同方面的差异性。因为历史和政治的原因，一水之隔的台湾文学和香港文学中的女性写作在当地的生存处境和文化环境中又经历了怎样的认同过程呢？由于时空、政治和文化上的割断以及潜在的精神关联，台湾和香港以及澳门的女性写作中个人的认同感除了贯穿着大陆女性写作同样的主体身份由发现到建构的必然轨迹和过程外，还突出地表现为对民族、国家、地域文化身份的探求，涉及着中心和边缘、固着和漂流的意念。所以，在国家和民族的身份寻求之外，还伴随并纠结着性别身份、文化身份的困惑以及数种身份的夹缠，体现为象征意味很深的文化身份隐喻，如李昂、施叔青、朱天文、西西、李碧华、黄碧云、陈慧、韩丽珠、谢晓红等的小说，在时间和空间的发展链条上都表现出对身份书写的自觉和表达的差异性。当然，身份书写的目的并不仅仅是为了自我的确证，但身份的确立和印证却是第一义的。究其根源，身份的书写是一种生命存在的自觉诉求，身份书写的差异则表达了生存的差异和文化的差异。此外，身份书写并非是一种界定或归宿，而是对自身拥有的文化资源的不断开掘。

从更深远的意义上来说，差异还和德里达在《书写与差异》中对语言的差异进行的表述有关，在这本书中，德里达对尼采、弗洛伊德、胡塞尔、海德格尔等著名文学家、哲学家的有关书写和差异的思想进行了探讨与研究。为了阐明他的解构思想，生造了一个词 différance，用以表达一种各自差异的运动——迂回、间隔、代表、分裂、失衡、距离——的纯粹统一，德里达主要是从文本分析或者说语言层面来进行他的理论解说的，所以他坚持文学书写与差异之间的连接点，并把差异书写与生命存在联系起来，"生命在文学中被否定只是为了更好地生存。为了更好地存在。它对自己的否定并不多于对自己的肯定：作为延异（différance），它延迟自己并书写自己。书总是生存之书或是死亡之书"。① 人对身份和自我的获得本身就是通过语言表达出来的，德里达理解中的 différance 有多种意义，包含着差别的延缓或包含延缓的差别，一般译成"分延"，指潜存于文本中的散漫力量。由于 différance 的存在，人们原以为有中心和本源的地方其实并无中心和本源，一切都变成了话语，变成了充满差别的系统，在系统之外并不存在超验所指。语言和文本的意义因差别而存在，但差别不是自我封闭的东西，而是一种永远无法完成的功能。德里达力

---

① ［法］雅克·德里达：《书写与差异》（上），张宁译，生活·读书·新知三联书店2001年版，第127页。

图用这个词表明："差别不是同时性的差别，而是历时性的差别，是自由活动的差别。延缓不是同一物的无差别的保持，而是体现差别的活动。这就意味着文本不是一个已完成了的文集，不是一本书或书边空白之间存在的内容，而是文字之间互为参照的'痕迹'。"① 所以，在根本的意义上，身份书写的差异也就是语言的差异，就是个体的差异，就是每一个体通过书写反映的生存和时空的差异。

将德里达的"书写与差异"理论作为参照视野，香港女性小说身份书写的差异性不仅表现在对空间/城市、时间/历史以及异度时空文化的不同的理解，而且表现为每一个写作个体所书写的文化身份间的复杂而细微的认同差别，也就是说，对每一个体而言，都是差异性大于其同一性，但人对同一性的追求即便在后现代祛除中心的文化语境中仍然不可能完全放弃。当然，没有同一性也就没有身份书写，主体性更无从提起。个体之间的绝对差异论作为一种思维方式，给人们打开了相当广阔的认识世界的视角，女性写作中身份书写的差异性不仅表现为同一文化模式下不同的认同取向、同一国别中不同的文化和族群意识思考、不同国别中不同文化版块下的身份选择，而且表现为在任一不同的话语环境中每一个体对自我身份的迷茫和困惑。女性写作中的身份书写包括身份认同是千差万别的，为了政治上的归属，表现为对国家身份的寻求和探询；为了生存权利的争取，表现为对种族身份的认同和呼吁；为了精神的传承，表现为对文化身份的优先确认；为了女性地位的提高，表现为性别身份的确认和扩张……此间又包含着自我身份的寻找和失落、发现和建构、颠覆和重构……所有这些，都意味着女性写作本身是一种自我和主体的自觉，她将以书写、以文字的形式把思想和灵魂的空渺与厚重纂刻在有形的历史之中，也意味着女性身份的永久追寻以及在文化夹缝中求生存的艰难和渴望。

总之，女性写作中的身份构建是一个连贯性和永恒性的命题，也就是说，女性身份书写的每一步骤都表明对某种外在奴役的挣脱和对个体自由的寻求；但同时当她的自我在某个向度获得了确定时，即意味着新的局限

---

① ［法］雅克·德里达：《论文字学·译者的话》，汪堂家译，上海译文出版社1999年版，第3页。

和奴役的产生。于是，女性自我的认同过程在内力和外力的共同作用下，走向连绵不断地对奴役的摆脱过程。女性写作的身份书写问题不因其合法性而变得普及，它仍然基本限定在写作者的范围之内；女性写作中的身份书写亦不因其有效性而变得容易，它仍然需要每一个体的自觉；当然，女性写作中的身份书写更不会因为其差异性而变得困难和模糊，它的丰富性要求和期待着更多的女性写作者加入。本书对身份书写的研究并不是为了给出确定统一的答案，而是肯定女性主体自我行动的动力过程本身。

再者，女性的历史必然与女性的身体相关，女性总是以牺牲身体所付出的劳动、甚至是在身体的多重受虐中走完这段历史的。女性以身体的劳作表明在香港社会的发展中，凝聚了大众的劳动和汗水，身体的故事构成生存的碎片，从而成为小众的性别政治书写。总之，在描述身份的同时又必须注意到，不同的写作者和描述主体都可能有着与别人不一样的体验，也即个体之间的差异性。这同时也决定了："身份不能被定型，它是丰富复杂的，是在某一特定时空下的产物，只能在追寻及建构的过程中被梳理成可以认知。"① 而维持"文化生长的多元就是维持将来种种可能状态的多元，也就是生命本身"。② 人对自我身份的认知无法脱离和周围众人的关系，人总是在他人之中见到自我，对于一地的历史和文化情况亦然。

最终，香港女性小说中的失城的恐慌只是一种自我的幻象，是对世纪末城市的文化想像，包含对于一切传统和权威的肢解和抛弃。恐慌的真正来源并不一定就是香港的命运种种，而是后现代社会与后殖民文化中无法自赎的个体自我，简而言之，那是太平盛世之人的恐慌以及无所适从的焦虑。"在战乱，在有形的灾难里，人还能靠对爱及幸福生活的想望活下去。然而在已经是幸福的太平盛世，一切的苦痛将成为虚幻，因为虚幻所以无从排解。然而虚幻的苦痛，毕竟还是苦痛。在虚幻的苦痛中，所有太平盛世的人，只好绝望地搬演他们虚幻的苦痛。"③ 在驻足于

---

① 潘毅、余丽文编：《书写城市：香港的身份与文化》，（香港）牛津大学出版社 2003 年版，第 3 页。

② 叶维廉：《全球化与回归后的香港文学》，载张美君、朱耀伟编《香港文学 @ 文化研究》，（香港）牛津大学出版社 2001 年版，第 282 页。

③ 杨照：《人间绝望物语》，载黄碧云《突然我记起你的脸·序》，（台北）大田出版有限公司 1998 年版。

个体的困境和分裂之时，何来完整而统一的城市意识呢？城市的身份和意识本来就如这分裂的世界和分裂的人格一样，分裂即其本原的状态。

回归十余年来，香港与内地之间的文化交流日渐频仍，仅以香港文学作品在内地的出版为例，一些新老作家作品的单行本尤其是回归以前普通读者知之甚少的作家作品得到重点推介和系列出版，如西西的小说，另外一些年轻作家的作品则在香港、内地两地同时出版，进一步显示了文化融合的态势。"十年人事几番新，把这句话套在香港文学身上颇为恰当。香港文学在 20 世纪末开始大放异彩，一方面因为香港回归之后继续保持着创作自由风气没有削弱，另一方面也因为香港在'一国两制'框架下扮演着与内地不同的角色，并且成为两地文化交流的汇聚点。"① "后九七"香港小说的叙事策略和身份诉求的变化一度引人注目，研究也已经蔚然成风。最重要的是，"后九七"香港女性小说也在不断地推出新著，无论是陈慧、黄碧云等 1960 后作家，还是韩丽珠、谢晓红等 1970 后作家，都以她们极富个人风格的文字书写为这个巨变的年代写下了惊心而有情的注记，为转折后期香港身份的探讨留下不断重读、轮番拆解的文本空间，使身份书写这一命题的言说在迄今而后的相当长时间里保持着充沛的生机和活力。

① 陈少华：《香港文学十年志》，《华文文学》2007 年第 3 期。

附录　文学史视野下两岸四地女性文学整体观刍议

一

早在 20 世纪 80 年代，中国现当代文学研究界就已获得"整体观"①的文学史学术视野和思维框架，但遗憾的是，迄今为止，多数中国现当代文学史著中的台港澳文学部分不是文学史叙述中末尾一章的点缀，就是章节编撰中类似于补丁的强行安插，学界致力颇多的是中国现当代文学史在时间上的打通。早在 20 世纪 90 年代，台港澳文学研究界业已在"整合两岸 兼容雅俗"②的研究观念上取得共识，在两岸四地文学研究的空间/地域打通方面进行了富有成效的探讨。但直到今天为止，也还没有做到在文学史的发展脉络中将台港澳文学整合进妥当的思潮和流派，从而进行整体的观照、梳理和融汇，即不能将台港澳文学的发展真正渗透到中国现当代文学史的骨骼和血脉之中进行文化研究意义上的真正打通。

新世纪以来，朱双一、张羽的《海峡两岸新文学思潮的渊源和比较》③，黄万华的《中国和海外：20 世纪汉语文学史论》④ 等一如既往致力于华文文学的比较和整合。同时，跨区域的整体研究也在起步，刘俊在《从台港到海外——跨区域华文文学的多元审视》⑤ 和《"跨区域华文

---

① 陈思和：《新文学史研究中的整体观》，《复旦学报》1985 年第 3 期。

② 曹惠民：《兼容雅俗 整合两岸——二十世纪中国文学之我见》，《世界华文文学论坛》1998 年第 3 期。

③ 朱双一、张羽：《海峡两岸新文学思潮的渊源和比较》，厦门大学出版社 2006 年版。

④ 黄万华：《中国和海外：20 世纪汉语文学史论》，百花文艺出版社 2006 年版。

⑤ 刘俊：《从台港到海外——跨区域华文文学的多元审视》，花城出版社 2004 年版。

文学"论——界定"台港暨海外华文文学"的新思路》① 中，提出用
"跨区域华文文学"的概念取代"台港暨海外华文文学"，强调世界华文
文学的内在整体性、跨文化性和互动性。更将在此之后推出的著作命名
为《世界华文文学整体观》②，有意识地将世界性的华文文学作为一个整
体，进行综合观照。

黄万华在《潜性互动：五十年代后大陆、台湾、香港、海外华文文
学的关系》中指出："各地区华文文学间的多向辐射、双向互动关系开始
形成，从而提供了民族新文学的一种新的整体性。梳理清这种关系，有
可能获得构建五六十年代中华文学史的新视角。"③ 从 20 世纪 50 年代文
学的个案论证新文学的整体性，在《"重写"二十世纪中国文学史视野中
的香港文学》④ 中，则从香港文学个案深入剖析了其文学多元形态对 20
世纪中国文学史书写所具备的多重意义，方忠的《台港澳文学如何入
史》⑤ 则从经典性原则和互补性原则两个方面追问和探讨了台港澳文学入
史的具体书写策略。由此可见，从两岸文学的整合研究到全球华语文学
的整体审视、再到两岸四地文学的整体观，宏观视域的中国文学史研究
仍然具有偌大的学术空间。

就女性文学而言，盛英主编的《二十世纪中国女性文学史》⑥，乔以
钢、林丹娅主编的《女性文学教程》⑦，任一鸣的《中国当代女性文学简
史》⑧ 等都为近年中国现当代女性文学史力作，对台港女性文学皆有相当
观照，但也没有将其融进现当代女性文学史的整体论述之中，只是作为
一个必要的补充。到目前为止，也还没有研究成果从时间、空间和文化
的多重视域对近 30 年两岸四地女性写作进行贯通性和整体性的研究。近

---

① 刘俊：《"跨区域华文文学"论——界定"台港暨海外华文文学"的新思路》，《江苏社
会科学》2004 年第 4 期。
② 刘俊：《世界华文文学整体观》，人民文学出版社 2007 年版。
③ 黄万华：《潜性互动：五十年代后大陆、台湾、香港、海外华文文学的关系》，《世界华
文文学论坛》2001 年第 4 期。
④ 黄万华：《"重写"二十世纪中国文学史视野中的香港文学》，《南方文坛》2009 年第 1 期。
⑤ 方忠：《台港澳文学如何入史》，《文学评论》2010 年第 3 期。
⑥ 盛英主编：《二十世纪中国女性文学史》，天津人民出版社 1995 年版。
⑦ 乔以钢、林丹娅主编：《女性文学教程》，河北教育出版社 2007 年版。
⑧ 任一鸣：《中国当代女性文学简史》，广西师范大学出版社 2009 年版。

年来，台港女性文学研究的重要成果有樊洛平的《当代台湾女性文学史论》①和刘红林的《台湾女性主义文学新论》②；主要论文有曹惠民的《出走的夏娃——试论台湾女性写作叙述主体的建立》③、方忠的《当代海峡两岸女性散文整合论》④ 等；主要课题有林丹娅的《台湾女性文学史》、王敏的《世纪之交海峡两岸女性文学的比较研究》和樊洛平的《两岸女性小说创作形态比较研究》等。这些研究成果或着眼于台港澳女性文学史，或致力于两岸女性文学比较，或提出两岸女性文学整合研究的观念，显示了从女性文学这一创作思潮角度进行台港澳文学和两岸文学整合研究的逐渐深入的态势。

本文正是在以上研究的基础上提出近 30 年两岸四地女性文学整体观的研究，强调两岸四地女性文学在历史时间上的贯穿、地域空间上的打通以及文化语境上的影响互动。以近 30 年两岸四地女性写作整体为研究对象，将 20 世纪 80 年代以来大陆、台湾、香港和澳门的女性写作视为一个同源流、共创化、彼此影响和接受的文学发展整体和现实存在的开放整体。在文学历史现场的还原中追溯其女性写作发生的中西方理论资源和本土话语环境，在具体文本的解读中探讨其女性写作的主题表现形态、精神文化诉求、文学叙事策略以及不同区域间的差异性和多元化等问题。因此，本文不是常规意义上的两岸文学的比较研究，也不是一般意义上的两岸文学的整合研究，而是着眼于中国现当代文学史书写和研究的瓶颈状态，希图以近 30 年两岸四地的女性文学为切入点，进行文学史意义的时间、空间和文化贯通性上的必要追问、发掘、还原、揭示、辨析和论证，为方兴未艾的台港澳文学研究、日益成熟的女性文学研究、不断深入的中国现当代文学史书写以至世界华文文学整体观的具体实施进行有益的尝试。

---

① 樊洛平：《当代台湾女性文学史论》，河南人民出版社 2005 年版。
② 刘红林：《台湾女性主义文学新论》，台海出版社 2005 年版。
③ 曹惠民：《他者的声音》，江苏人民出版社 2005 年版，第 47 页。
④ 方忠：《当代海峡两岸女性散文整合论》，《中国文学研究》2002 年第 3 期。

二

20 世纪 80 年代以来，大陆、台湾、香港、澳门的女性文学都取得了长足的发展，涌现出大量的女性文学作品，活跃着众多的女性文学作家，其在女性书写主题和形式上的创建有目共睹，针对不同区域女性文学研究的专题论文也比比皆是。众所周知，由于历史、政治和文化等各方面的原因，近 30 年两岸四地的女性文学在发展步调、主题表现以及叙事策略方面不尽相同，也就是说，她们各自发展出丰富多元而独具特色的女性写作形态。但两岸四地女性文学于显在的文学表现差异性之外，于隐在的文学发生根源和内在发展肌理上，还存在着可供深入发掘和探究的诸多相关甚至共同之处。从女性写作发生学的意义上追溯并离析近 30 年两岸四地女性文学对五四女性文学传统的承继、对西方女性主义思潮的接受，以及在大陆、台湾、香港和澳门各区域多元文化相互交流和影响下女性写作的发展流变，是进行文学史视野下两岸四地女性文学整体观的客观依据。

（一）五四女性文学传统的承继

中国大陆与台湾、香港和澳门地区长达半个世纪甚至更长时间的政治、地理隔阂，造成了区域间意识形态和社会文化的差异。但是，在五四新文学传统的接受和承传方面，两岸四地女性写作却有着同质异构的关联。郁达夫说过："五四运动的最大的成功，第一要算'个人'的发现。从前的人，是为君而存在，为道而存在，为父母而存在的，现在的人才晓得为自我而存在了。"[①] 那么，五四文学的最大的成功之一，要算是女性文学的出现。随着个人的发现，随着大批男性文化精英走向启蒙和民主的讲台，中国出现了有史以来最大的一批女性知识分子群落，这些时代的娜拉，走出了父亲权威的家庭，去寻找个人的权利，同样在觉醒了的社会中扮演着启蒙的角色，她们以自身的经历和经验书写为女性发声，是为中国女性"浮出历史地表"[②]。在中国现代第一批女作家中，

---

① 郁达夫编选：《中国新文学大系·散文二集》（1919—1927），上海良友图书印刷公司1935 年版，第 5 页。
② 孟悦、戴锦华：《浮出历史地表》，河南人民出版社 1989 年版。

陈衡哲、冯沅君、冰心、庐隐、石评梅、凌叔华、苏雪林等不仅在她们的作品中描绘了时代女性的现实生存困境、在传统文化与现代思想之间的挣扎以及对自由和个性的追求，而且在一些带有浓郁自叙传色彩的小说作品中，展示了中国现代第一批女性知识分子群体的心路历程。如冯沅君的《隔绝》、《隔绝之后》，庐隐的《海滨故人》，苏雪林的《棘心》等，以个人的生命羁痕和文字书写诠释了中国第一代女性知识分子对于性别解放、人格自由、婚姻自主以及主体精神的追求。

这样的女性文学传统不仅贯穿了中国现代文学的历程，而且在新时期文学来临时又以"二次启蒙"的气势呼应了新一波女性文学创作的高潮，出现了以戴厚英、遇罗锦、张洁、张辛欣、张抗抗、谌容、舒婷等为代表的新时期女性作家群，启示并催生了以王安忆、铁凝为代表的20世纪80年代作家群和以陈染、林白为代表的20世纪90年代作家群，使得女性解放、主体追求的五四女性文学传统在20世纪后半期的大陆女性文学中得到继承和伸延。同时还在台湾、香港以及澳门的女性文学中得以充分的承继和发扬，五四女性文学传统和中国现代文学第二个十年、第三个十年的女性文学的精神追求一起熔铸在台港澳女性文学的血脉中。且不说日据时期的台湾现代文学在某种程度上应和着五四文学的步伐同源发展，战后大批大陆作家移居台湾，仅只被称为"空降兵"的20世纪50年代台湾女性文学就使得五四女性文学的传统在台湾得到了较为完整的保存和延续。虽然台湾20世纪40年代末以来文学发展的环境多有变化，后来又经历了20世纪50年代的"战斗文艺"、20世纪60年代的现代主义风潮、20世纪70年代的乡土文学潮流，五四文学的精髓不但被小心翼翼地保留下来，而且在一代代作家的作品中得以艰难地延续和发展。台湾文坛有重要影响的女性文学作家有苏雪林、沉樱、谢冰莹、张秀亚、林海音等，她们或者是五四新文学的参与者和见证者，如苏雪林；或者沐浴着五四文学精神开始走向文学创作之路，如沉樱、谢冰莹；或者在五四文学精神的熏陶下刚刚登上文坛崭露头角，如张秀亚、林海音。她们的作品延续着女性解放、恋爱自由、婚姻家庭、主体精神的追求等主题，并生发出不同的书写向度。正如樊洛平所说："新移民女作家群的聚合与崛起，承担了台湾女性文学拓荒者的角色。新移民女作家与'五四'

以来的新文学传统无法割舍的联系，女性文本所体现的人本意识、自我意识与反封建精神，使台湾女性文学成为 20 世纪以来中国女性文学的组成部分和重要流脉。"① 正是她们和台湾本土女作家一起，以"丰富而坚实的创作奠定了台湾女性文学的根基"。② 并在此基础上，伴随着 20 世纪 70 年代台湾经济的起飞，在西方女性主义思潮的影响下，形成 20 世纪 80 年代台湾轰轰烈烈的"新女性主义"文学。以曾心仪、李昂、廖辉英、萧飒、朱秀娟、袁琼琼、苏伟贞、蒋晓云、李元贞、杨小云等为代表的女性作家，以强烈的社会使命感和主体责任感，面对社会中男女极端不平等的社会地位和由此产生的种种婚姻家庭、道德伦理问题，创作了相当数量的带有明显的现实主义风格的作品。她们的作品聚焦女性在社会转型中的种种权利和心理机制的尖锐变化，产生了很大的社会影响力，成为台湾女性文学迈入女性写作阶段的重要标志。

对于香港女性文学而言，20 世纪 70 年代以后才开始它真正的成长。梅子说："从 70 年代开始活跃的女性作家，过了一个十年，或亭亭玉立，或枝繁叶茂，或巍然独树起参天巨干，与异性比肩，构成了香港现代文学史上炫目的奇观。"③ 高度商业化的社会背景、相对自由开放的生活方式以及活跃纷繁的中西文化交流孕育了优秀的女性作家群，至"80 年代，香港文学跨入了自觉时代，女性文学骤然兴盛，'严肃文学'与'言情文学'并驾齐驱，同领风骚"。④ 说到香港女性文学的历史渊源，不能不提到萧红和张爱玲。萧红在香港期间完成了她一生中最重要的作品：《后花园》、《小城三月》和《呼兰河传》等。而恰恰在这些作品中最为集中地表现了萧红本土化的女性主义观念，作为时代的"大智勇者"⑤ 的萧红，以她远走香港疏离民族集体话语的方式接续了五四女性文学启蒙和反抗的个人话语传统。张爱玲则"为上海人写了一本香港传奇，包括《沉香屑 第一炉香》，《沉香屑 第二炉香》，《茉莉香片》，《心经》，《琉璃

---

① 樊洛平：《当代台湾女性小说史论》，河南人民出版社 2005 年版，第 6—7 页。
② 同上书，第 17 页。
③ 梅子：《香港短篇小说选·序——共享收获的喜悦》，（香港）天地图书有限公司 1998 年版。
④ 曾利君：《香港女性文学创作简论》，《西南师范大学学报》1998 年第 2 期。
⑤ 孟悦、戴锦华：《浮出历史地表》，中国人民大学出版社 2004 年版。

瓦》,《封锁》,《倾城之恋》七篇。写它的时候,无时无刻不想到上海人,因为我是试着用上海人的观点去看香港的"。① 当然,张爱玲、萧红的香港文学历程对于香港女性文学的作用还需要进一步研究和发掘。20世纪80年代,王璞、陈娟等内地女作家移居香港,更有福建、广东等地的一大批年轻文化人漂流到香港,她们和当地女作家一起绘制了香港女性文学在20世纪80—90年代的灿烂和辉煌。

相对于台湾、香港的女性文学,澳门的女性文学阵容稍显薄弱,澳门作家兼学者廖子馨在她的《澳门现代女性文学》② 中辟出专节探讨了大陆女性文学、台湾女性文学以及香港女性文学对澳门女性文学的影响,由此可以看出:大陆、台湾、香港和澳门的女性文学创作有着内在的同一性,而这同一性首先来源于对五四女性文学传统的承继。

(二) 西方女性主义思潮的接受

1981年,朱虹的《美国当前的"妇女文学"》③ 标志着西方女性主义理论在中国的首次引进,这种女性主义的观念突破在当时以社会批评为主的女性文学研究界引起相当的新奇反映甚至非议声音。1986年,《南京大学学报》增刊发表了谭大立介绍西方女性主义批评的文章:《"理论风暴中的一个经验孤儿"——西方女权主义批评的产生和发展》,启动了新时期大陆女性主义理论介绍的热潮,先后被翻译过来的女性主义经典著作有:《第二性》、《女性的奥秘》、《女权主义文学理论》、《一间自己的屋子》、《性与文本的政治》、《女权辩护》、《当代女性主义文学批评》和《西方女性主义研究评介》等。这些译作的出版和发行一度引起创作界和研究界的女权主义话语热潮。尽管当时的中国文学和研究界尚不具备接受这些观点和理论的成熟条件,但随着生活理念的开放、性禁锢观念在文学表现中的被打破、性解放意识的多渠道传播,传统的性别观念、性别意识、性别认同都发生了改变。中国新时期的女性写作开始尝试着表现女性主义视域下的主体认同和性别意识,经过了王安忆的"三恋"和

---

① 张爱玲:《到底是上海人》,《张爱玲文集》(第四卷),安徽文艺出版社1992年版,第19页。

② 廖子馨:《澳门现代女性文学》,澳门日报出版社1994年版。

③ 朱虹:《美国当前的"妇女文学"》,《世界文学》1981年第4期。

《岗上的世纪》的实验小说时期，关于性别的女性文学话语在 20 世纪 90
年代开始大量出现，等到陈染、林白等明显接受了西方女性主义思潮影
响的女性主义小说出现的时候，大陆女性文学已经走过了女性主体的社
会认同和性别认同阶段，进展到自我建构的身体认同书写阶段。

当大陆女性文学界在 20 世纪 80 年代初的思想开放中开始接受西方女
性主义思想的时候，台港澳女性文学对西方女性主义思潮的借鉴和学习
差不多更早一步完成了。如果说 20 世纪 50 年代的台湾女性文学更多地继
承了五四女性文学的传统，在女性的主体寻找与思考中书写女性的生存、
恋爱、婚姻、家庭和社会生活，那么，20 世纪 60 年代的台湾女性文学则
更多地受到了西方现代主义思潮的影响，开始大胆激进地表现女性对于
性别的认知和体验。对于西方女性主义思潮的大范围接受和吸收，也从
这个时期之后开始。台湾早在 20 世纪 70 年代就陆续出版了介绍女性主义
的论文集，欧阳子、杨美惠、杨翠屏翻译了西蒙·波伏娃的《第二性》，
率先在台湾介绍西方女性主义批评理论，标志着台湾女性主义文学批评
的萌芽。20 世纪 80 年代中期，台湾的一些报纸杂志率先发表西方女性主
义文学批评的文章，女性主义批评逐渐成为显学，并产生了深远的影响。
1986 年，《中外文学》出版《女性主义文学专号》，《当代》出版《女性
主义专辑》，《联合文学》出版《女性与文学专辑》；1989 年，《中外文
学》出版《女性主义/女性意识专号》和《文学的女性/女性的文学》，
女性主义文学研究正式成为台湾地区当代文学研究中结合美学与政治学
的理论方法与批判立场。① 受西方女性主义影响，有意识地进行女性写作
的台湾女性主义文学的代表作家有李昂、廖辉英、萧飒、袁琼琼等。香
港、澳门文学对女性主义思潮的接受几乎和台湾同步，同样是在 20 世纪
70 年代香港、澳门经济起飞的背景下，在大量介绍西方现代主义思潮的
过程中，开始接触西方女性主义理论，通过理论的接触和具体作品的阅
读开始了基于性别自觉的各自不同的性别论述，以李碧华、黄碧云的小
说为代表。同时还有往来于台湾、香港，兼擅女性诗歌、女性小说和女

---

① 丁伊莎：《西方女性主义文学批评在中国台湾的接受与影响》，《江西社会科学》2007 年
第 8 期。

性主义理论研究的钟玲的作品等。

由此可以看出，近百年的西学东渐，尤其是 20 世纪 80 年代以来的西方女性主义思潮，无论是在改革开放后的大陆，还是在经济起飞后的台湾、香港和澳门，都找到了适宜接受的思想和文化土壤，使得两岸四地的女性写作在不约而同地经受了同样的性别意识解放的洗礼之后，创作出各具规模与特色的女性主义文学作品。

（三）各区域间多元文化的交流和影响

近 30 年来，两岸四地的文化、文学交流前所未有地繁盛，近 20 年来与香港、澳门的交流则更加便捷频繁。大陆在 20 世纪 70 年代末实施改革开放政策之后，不仅对西方的各种思想潮流大加借鉴，而且在增进与台湾、香港和澳门的文化交流关系上进行了卓有成效的推进。早在 20 世纪 70 年代末，大陆的台港文学介绍和研究就已经起步，创刊于 1984 年 9 月的《台港文学选刊》更成为"瞭望台港社会的文学窗口，联系海峡两岸的文化纽带"，二十余年间精心介绍了千余位台港澳地区的作家及其作品，在促进两岸四地的文化和文学交流中起到不可忽视的作用。近 30 年来，大陆文坛经受了一次次台港文学热的蒸腾和浸润，从大众读者层面的通俗文学阅读热潮，如金庸、古龙、琼瑶、三毛、席慕蓉、亦舒、高阳、李碧华、梁凤仪等的作品，到精英层面的严肃文学研究热潮，如余光中、白先勇、陈映真、李昂、施叔青、朱天文、朱天心、西西、钟晓阳、黄碧云等的作品，直至在交汇和融合中发展出海外华文文学的创作热潮，如严歌苓、张翎、虹影等的作品，从而奠定了包括台港澳和海外华文文学在内的世界华文文学这一新兴学科的基础。其间，不仅产生了堪称经典的作家作品，而且台港澳文学以其现代主义文学、通俗文学的不菲成就接续或弥补了大陆文学的某些不足或薄弱环节，彼此起到互补作用。目前，香港、澳门主权回归有日，与台湾的文化联系也在新的两岸关系态势中不断取得突破性的进展。

此外，大陆作家的作品也被大量介绍到台港澳地区，如莫言、史铁生、王安忆等。但凡说到两岸四地的现当代文学，鲁迅和张爱玲是无法绕过的两个名字。其实，以鲁迅和张爱玲为师法的文学传统的人性挖掘以及现代性追求在大陆、台湾、香港以及澳门都各有继承和发展，张爱玲一脉更衍化为张派作家逶迤不断，王德威以《落地的麦子不死》① 来追踪张派传人在大陆、台湾和香港的流脉不绝，论述张爱玲在大陆、台湾和香港的后继有人，举凡王安忆、须兰、苏伟贞、朱天文、朱天心、钟晓阳、黄碧云、袁琼琼都在师法张爱玲之列。其实，不仅张爱玲，对于施叔青同样如此，当我们说她是台湾作家时，她还有十几年的时间生活创作在香港，并以"香港三部曲"为香港近现代历史作传，奠定了自己香港作家的地位，此后又以"台湾三部曲"希图写尽台湾的近现代历史。在两岸四地的文学视野中，施叔青的存在正可以使女性文学的整体观得以验证和实施。此外，还有陈若曦，也是一位由海外而大陆、由大陆而台湾的女性作家，这些作家个案的存在，正说明了两岸四地女性文学整体观照的客观合理性。

三

　　诚然，由于文化土壤和话语形态的差异，两岸四地的女性文学对西方女性主义的接受时间、接受方式和接受程度或许有所不同，但在女性写作的主旨追求上却相当一致，那就是在追求性别平等的同时强调性别的差异，以身体的书写建构性别文化，并以越轨的笔致、越界的性别书写来传达更富深意的政治、文化、族群和历史的权利或象征。因此，两岸四地女性文学表现出相对一致的主题形态、文化诉求和叙事策略。

　　首先，在主题表现形态方面。近 30 年两岸四地女性写作呈现出多元并举的局面，大致可以归纳为：政治历史书写、城市家国想像、性别身份建构和生态伦理关怀。施叔青的"香港三部曲"、"台湾三部曲"致力于历史钩沉，兼顾女性主义、家国政治以及后殖民书写；西西的《我城》、《浮城志异》、《肥土镇灰阑记》则着眼于城市书写，兼顾本土意识、家国想像；李昂的《杀父》、《暗夜》、《迷园》、《自传的小说》等隐喻政治、性别主题；王安忆的"三恋"和铁凝"三垛"等作品则是大陆女性写作性别身份建构的写作实验，朱天文、朱天心的系列小说则表现了后现代社会中的生态伦理关怀。

---

① 王德威：《落地的麦子不死》，山东画报出版社 2004 年版。

　　其次，在精神文化诉求方面。近 30 年两岸四地女性写作的精神文化诉求丰富而多元，除启蒙精神一以贯之外，还表现为现代意识下的人文关怀和后现代文化语境中的消费文化追求和怪异文化取向。张洁、宗璞等的小说秉承五四启蒙精神，同时兼具人文关怀；琼瑶、梁凤仪、亦舒等的小说注重艺术审美，也追求消费文化观念下的市场效应；而黄碧云、朱天文、邱妙津等的作品则在现代人畸恋的书写方面表现为对怪异文化的追求。

　　最后，文学叙事策略方面。除现实主义、浪漫主义和现代主义的传统叙事方法，近 30 年两岸四地女性写作在叙事策略上多方尝试，大胆实验。有区域历史钩沉，如施叔青的台湾、香港三部曲系列；有女性家族书写，如张洁《无字》、徐小斌《羽蛇》、黄碧云《烈女图》；有自传性小说，如陈染《私人生活》、林白《一个人的战争》，还有钟玲的故事新编、钟晓阳的传奇、李碧华的鬼怪神话和黄碧云的诡异叙事等。

　　由于论题过大，篇幅太长，以上三个方面的详细论述另文展开。需要强调的是，近 30 年两岸四地女性写作在一个共同的时间和空间里遇合，并以不完全相同的状貌分别发出了中国女性主义文学的声音，其所拥有的相同或相似的文学源流，彼此之间的交流影响和互动使之成为异质同构的不同侧面。也即是说，两岸四地女性文学兼具同一性和差异性、整体观与多元化。总之，不同的政治文化语境孕育了不同的文学内容和形式，近 30 年两岸四地女性写作在主题形态、文化诉求和叙事策略上各有侧重，但其女性写作之经验主体、思维主体、审美主体和言说主体始终在场，并在频仍的文化交流中互相影响的同时，保持着各自鲜活的文学多样性。

主要参考文献

一　专著

小思：《香港故事》，山东友谊出版社 1998 年版。

卢玮銮：《香港文纵》，（香港）华汉文化事业公司 1987 年版。

卢玮銮：《香港文学散步》，（香港）商务印书馆 1991 年版。

张美君、朱耀伟编：《香港文学@文化研究》，（香港）牛津大学出版社 2001 年版。

宋小荷编：《香港女作家风采》，（香港）奔马出版有限公司 1986 年版。

陈燕遐：《反叛与对话：论西西的小说》，（香港）华南研究出版社 2000 年版。

潘毅、余丽文编：《书写城市：香港的身份与文化》，（香港）牛津大学出版社 2003 年版。

叶辉：《书写浮城——香港文学评论集》，（香港）青文书屋 2001 年版。

洛枫：《世纪末城市：香港的流行文化》，（香港）牛津大学出版社 1995 年版。

洛枫：《盛世边缘：香港电影的性别、特技与九七政治》，（香港）牛津大学出版社 2002 年版。

陈炳良：《香港文学探赏》，（香港）三联书店 1991 年版。

陈国球编：《文学香港与李碧华》，（台北）麦田出版有限公司 2000 年版。

陈国球：《感伤的行旅：在香港读文学》，（台北）学生书局 2003 年版。

西西、何福仁：《时间的话题》，（香港）素叶出版社 1995 年版。

陈洁仪：《阅读肥土镇——论西西的小说叙事》，（香港）牛津大学出版社 1998 年版。

余非：《长短章：阅读西西及其他》，（香港）素叶出版社 1997 年版。

许子东：《香港短篇小说初探》，（香港）天地图书有限公司 2005 年版。

王德威：《如此繁华：王德威自选集》，（香港）天地图书有限公司 2005 年版。

王德威：《跨世纪风华：当代小说 20 家》，（台北）麦田出版有限公司 2002 年版。

王德威：《阅读当代小说：台湾·大陆·香港·海外》，（台北）远流出版有限公司 1991 年版。

王德威：《如何现代，怎样文学？》，（台北）麦田出版有限公司 1998 年版。

王德威：《落地的麦子不死——张爱玲与"张派"传人》，山东画报出版社 2004 年版。

王德威：《想象中国的方法》，生活·读书·新知三联书店 1998 年版。

刘绍铭、梁秉钧、许子东编：《再读张爱玲》，山东画报出版社 2004 年版。

黎活仁等主编：《方法论与中国小说研究》，（香港）香港大学亚洲研究中心 2000 年版。

黄淑娴：《女性书写：电影与文学》，（香港）青文书屋 1997 年版。

陈清侨：《文化想像与意识形态》，（香港）牛津大学出版社 1997 年版。

李欧梵：《狐狸洞呓语》，辽宁教育出版社 2000 年版。

李欧梵：《寻回香港文化》，广西师范大学出版社 2003 年版。

李欧梵：《都市漫游者：文化观察》，广西师范大学出版社 2003 年版。

陈丽芬：《现代文学与文化想象：从台湾到香港》，（台北）书林出版有限公司 2000 年版。

范铭如主编：《挑战新趋势——第二届中国女性书写国际学术研讨会论文集》，（台北）学生书局 2003 年版。

简瑛瑛：《女儿的仪典》，（台北）女书文化事业有限公司 2000 年版。

简瑛瑛：《认同·差异·主体性——从女性主义到后殖民主义文化想象》，（台北）立绪文化事业有限公司 1997 年版。

黄继持、卢玮銮、郑树森：《追迹香港文学》，（香港）牛津大学出版社 1998 年版。

王宏志、李小良、陈清侨：《否想香港：历史·文化·未来》，（台北）麦田出版有限公司 1997 年版。

王宏志:《历史的偶然:从香港看中国现代文学史》,(香港)牛津大学出版社 1997 年版。

李照兴:《香港后摩登》,(香港)指南针集团有限公司 2002 年版。

梁秉钧:《香港的流行文化》,(香港)三联书店 1993 年版。

张小虹:《自恋女人》,(台北)联合文学出版社有限公司 1996 年版。

郝誉翔:《情欲世纪末》,(台北)联合文学出版社有限公司 2002 年版。

刘亮雅:《情色世纪末》,(台北)九歌出版有限公司 2001 年版。

伍宝珠:《书写女性与女性书写——八、九十年代香港女性小说研究》,(台北)大安出版社 2006 年版。

周蕾:《妇女与中国现代性》,(台北)麦田出版有限公司 1995 年版。

周蕾:《写在家国以外》,(香港)牛津大学出版社 1995 年版。

罗永生:《谁的城市》,(香港)牛津大学出版社 1997 年版。

王赓武:《王赓武自选集》,上海教育出版社 2002 年版。

王赓武:《香港史新编》,(香港)三联书店 1997 年版。

古苍梧:《今生此时今世此地》,(香港)牛津大学出版社 2002 年版。

梅子:《香港文学识小》,(香港)香江出版有限公司 1996 年版。

梅子:《人文心影——香港文学评论精选》,(香港)天地图书有限公司 2005 年版。

黄灿然:《在两大传统的阴影下》,(香港)天地图书有限公司 2005 年版。

黄维樑:《香港文学初探》,中国友谊出版公司 1987 年版。

黄维樑:《香港文学再探》,(香港)香江出版有限公司 1996 年版。

黄维樑主编:《活泼纷繁的香港文学》,(香港)香港中文大学出版社 2000 年版。

柳苏:《香港文坛剪影》,生活·读书·新知三联书店 1993 年版。

陶然主编:《面对都市丛林——香港文学文论选》,(香港)香港文学出版社 2003 年版。

陶然主编:《香港文学文论选》,(香港)香港文学出版社 2005 年版。

也斯等编:《香港当代作家作品合集选·小说卷》(上下),(香港)明报月刊出版社 2011 年版。

潘国良：《城市学：香港文化笔记》，上海人民出版社 2007 年版。

黄念欣：《晚期风格：香港女作家三论》，（香港）天地图书有限公司
  2007 年版。

马杰伟：《后九七香港认同》，（香港）VOICE，2007 年版。

梁秉钧策划：《书写香港@文学故事》，（香港）香港教育图书公司 2008
  年版。

陈智德：《解体我城：香港文学 1950—2005》，（香港）花千树出版有限
  公司 2009 年版。

许宝强：《重写我城的历史故事》，（香港）牛津大学出版社 2010 年版。

廖伟棠：《浮城述梦人：香港作家访谈录》，（香港）三联书店 2012 年版。

文洁华：《美学与性别冲突：女性主义审美革命的中国境遇》，北京大学
  出版社 2005 年版。

高小刚：《乡愁以外：北美华人写作中的故国想像》，人民文学出版社
  2006 年版。

肖薇：《异质文化语境下的女性书写》，巴蜀书社 2005 年版。

林树明：《多维视野中的女性主义文学批评》，中国社会科学出版社 2004
  年版。

乔以钢：《中国女性与文学》，南开大学出版社 2004 年版。

盛英主编：《二十世纪中国女性文学史》，天津人民出版社 1995 年版。

叶舒宪主编：《性别诗学》，社会科学文献出版社 1999 年版。

叶舒宪：《文学与人类学》，社会科学文献出版社 2003 年版。

张京媛主编：《当代女性主义文学批评》，北京大学出版社 1992 年版。

张京媛主编：《新历史主义与文学批评》，北京大学出版社 1993 年版。

张京媛主编：《后殖民理论与文化批评》，北京大学出版社 1999 年版。

张京媛编：《后殖民理论与文化认同》，（台北）麦田出版有限公司 1995
  年版。

［英］玛丽·伊格尔顿编：《女权主义文学理论》，胡敏、陈彩霞、林树明
  译，湖南文艺出版社 1989 年版。

［英］伍尔夫：《一间自己的屋子》，王还译，商务印书馆 1995 年版。

［法］西蒙娜·德·波伏娃：《第二性》，陶铁柱译，中国书籍出版社

1998 年版。

［法］雅克·德里达：《书写与差异》，张宁译，生活·读书·新知三联书店 2001 年版。

［英］安东尼·吉登斯：《现代性与自我认同》，赵旭东、方文译，生活·读书·新知三联书店 1998 年版。

［美］埃里克·H. 埃里克森：《同一性：青少年与危机》，孙名之译，浙江教育出版社 1998 年版。

［加］查尔斯·泰勒：《现代性之隐忧》，程炼译，中央编译出版社 2001 年版。

［美］阿里夫·德里克：《跨国资本主义时代的后殖民批评》，王宁等译，北京大学出版社 2004 年版。

［美］卡伦·霍妮：《我们时代的神经症人格》，冯川译，贵州人民出版社 2004 年版。

［英］多米尼克·斯特里纳蒂：《通俗文化理论导论》，周宪译，商务印书馆 2001 年版。

［英］迈克·费瑟斯通：《消费文化与后现代主义》，刘精明译，译林出版社 2000 年版。

［英］伊丽莎白·赖特：《拉康与后女性主义》，王文华译，北京大学出版社 2005 年版。

［美］安德鲁·斯特拉森、帕梅拉·斯图瓦德：《人类学的四个讲座》，梁永佳、阿嘎佐诗译，中国人民大学出版社 2005 年版。

［英］马克·柯里：《后现代叙事理论》，宁一中译，北京大学出版社 2003 年版。

［美］苏珊·S. 兰瑟：《虚构的权威：女性作家与叙述声音》，黄必康译，北京大学出版社 2002 年版。

［美］本尼迪克特·安德森：《想象的共同体：民族主义的起源与散步》，吴睿人译，上海人民出版社 2005 年版。

［美］杰姆逊：《后现代主义与文化理论》，唐小兵译，北京出版社 1997 年版。

王岳川：《后现代主义文化研究》，北京大学出版社 1996 年版。

孟樊：《后现代的认同政治》，（台北）扬智出版公司 2001 年版。

卫景宜：《西方语境中的中国故事》，中国美术学院出版社 2002 年版。

曹惠民主编：《台港澳文学教程》，汉语大词典出版社 2000 年版。

曹惠民：《他者的声音》，江苏人民出版社 2005 年版。

潘亚暾：《世界华文女作家素描》，暨南大学出版社 1993 年版。

谢常青：《香港新文学简史》，暨南大学出版社 1990 年版。

袁良骏：《香港小说史》，海天出版社 1999 年版。

施建伟等：《香港文学简史》，同济大学出版社 1999 年版。

刘登翰主编：《香港文学史》，人民文学出版社 1999 年版。

赵稀方：《小说香港》，生活·读书·新知三联书店 2003 年版。

蔡益怀：《想象香港的方法》，中国社会科学出版社 2005 年版。

许子东主编：《输水管森林》，上海文艺出版社 2001 年版。

许子东主编：《后殖民食物与爱情》，上海文艺出版社 2003 年版。

许子东主编：《无爱纪》，上海文艺出版社 2006 年版。

陆士清主编：《新视野新开拓》，复旦大学出版社 2002 年版。

黄万华主编：《多元文化语境中的华文文学》，山东文艺出版社 2004 年版。

刘中树、张福贵、白杨主编：《世界华文文学的新世纪》，吉林大学出版
　　社 2006 年版。

陆卓宁主编：《和而不同》，广西人民出版社 2008 年版。

胡德才主编：《多元文化共建的世界华文文学》，中国华侨出版社 2011 年版。

福建师范大学文学院编：《学术史视野中的华文文学》，海峡文艺出版社
　　2014 年版。

艾晓明编：《浮城志异》，中国人民大学出版社 1991 年版。

艾晓明：《从文本到彼岸》，广州出版社 1998 年版。

杜叶锡恩：《我眼中的殖民时代香港》，隋丽君译，青年出版社 2006 年版。

王剑丛：《香港作家传略》，广西人民出版社 1989 年版。

钱虹选编：《香港女作家婚恋小说选》，中国友谊出版公司 1990 年版。

何慧：《香港当代小说概述》，广东经济出版社 1996 年版。

古远清：《当代香港文学批评史》，湖北教育出版社 1997 年版。

古远清：《海峡两岸文学关系史》，福建人民出版社 2010 年版。

二　杂志

《台港文学选刊》（1984—2012）

《香港文学》（1996—2012）

《世界华文文学论坛》（1994—2012）

《华文文学》（1994—2012）

《中国现代当代文学研究》（人大复印资料）（1979—2012）

三　电子资源

《中国学术期刊全文数据库》

《中国优秀博硕士学位论文全文数据库》

四　涉及作品

黄碧云：《扬眉女子》，（香港）博益1987年版。

黄碧云：《其后》，（香港）天地图书有限公司1991年版。

黄碧云：《她是女子，我也是女子》，（台北）麦田出版有限公司1994年版。

黄碧云：《温柔与暴烈》，（香港）天地图书有限公司1994年版。

黄碧云：《我们如此很好》，（香港）青文出版1996年版。

黄碧云：《七宗罪》，（台北）大田出版有限公司1997年版。

黄碧云：《七种静默》，（香港）天地图书有限公司1997年版。

黄碧云：《突然我记起你的脸》，（台北）大田出版有限公司1998年版。

黄碧云：《烈女图》，（香港）天地图书有限公司1999年版。

黄碧云：《十二女色》，（台北）麦田出版有限公司2000年版。

黄碧云：《媚行者》，（香港）天地图书有限公司2000年版。

黄碧云：《血卡门》，（台北）大田出版有限公司2001年版。

黄碧云：《无爱纪》，（台北）大田出版有限公司2001年版。

黄碧云：《后殖民志》，（香港）天地图书有限公司2004年版。

黄碧云：《沉默。暗哑。微小。》，（香港）天地图书有限公司2004年版。

黄碧云：《末日酒店》，（台北）大田出版有限公司2011年版。

黄碧云：《烈佬传》，（香港）天地图书有限公司2012年版。

钟晓阳：《哀歌》，（香港）天地图书有限公司 1991 年版。

钟晓阳：《流年》，（香港）天地图书有限公司 1992 年版。

钟晓阳：《春在绿芜中》，（香港）天地图书有限公司 1993 年版。

钟晓阳：《停车暂借问》，（香港）天地图书有限公司 1995 年版。

钟晓阳：《爱妻》，（香港）天地图书有限公司 1995 年版。

钟晓阳：《遗恨传奇》，（香港）天地图书有限公司 1996 年版。

钟晓阳：《燃烧之后》，（香港）天地图书有限公司 1997 年版。

李碧华：《霸王别姬　青蛇》，花城出版社 2001 年版。

李碧华：《胭脂扣　生死桥》，花城出版社 2001 年版。

李碧华：《潘金莲之前世今生　诱僧》，花城出版社 2001 年版。

李碧华：《秦俑　满洲国妖艳——川岛芳子》，花城出版社 2001 年版。

李碧华：《流星雨解毒片》，花城出版社 2001 年版。

李碧华：《樱桃青衣》，花城出版社 2001 年版。

李碧华：《烟花三月》，花城出版社 2005 年版。

李碧华：《满洲国妖艳——川岛芳子》，人民文学出版社 1995 年版。

王璞：《知更鸟》，（香港）基督教文艺出版社 1989 年版。

王璞：《女人的故事》，百家出版社 1992 年版。

吴煦斌：《牛》，（香港）素叶出版社 1980 年版。

施叔青：《一夜游——香港的故事》，（香港）三联书店 1985 年版。

施叔青：《完美的丈夫》，（台北）洪范书店 1985 年版。

施叔青：《夹缝之间》，（香港）香江出版公司 1986 年版。

施叔青：《她名叫蝴蝶》，花城出版社 1999 年版。

施叔青：《遍山洋紫荆》，花城出版社 1999 年版。

施叔青：《寂寞云园》，花城出版社 1999 年版。

施叔青：《愫细怨》，上海文艺出版社 2003 年版。

施叔青：《两个芙烈达·卡罗》，上海文艺出版社 2003 年版。

何福仁编：《西西卷》，（香港）三联书店 1992 年版。

西西：《东城故事》，（香港）明明出版社 1966 年版。

西西：《春望》，（香港）素叶出版社 1982 年版。

西西：《哨鹿》，（香港）素叶出版社 1982 年版。

西西：《像我这样的一个女子》，（台北）洪范书店 1984 年版。

西西：《胡子有脸》，（台北）洪范书店 1986 年版。

西西：《我城》，（香港）素叶出版社 1996 年增订版。

西西：《手卷》，（台北）洪范书店 1988 年版。

西西：《美丽大厦》，（台北）洪范书店 1990 年版。

西西：《候鸟》，（台北）洪范书店 1991 年版。

西西：《象是笨蛋》，（台北）洪范书店 1991 年版。

西西：《哀悼乳房》，（台北）洪范书店 1992 年版。

西西：《飞毡》，（台北）洪范书店 1996 年版。

西西：《故事里的故事》，（台北）洪范书店 1998 年版。

西西：《白发阿娥及其他》，（台北）洪范书店 2006 年版。

西西：《我的乔治亚》，（台北）洪范书店 2008 年版。

西西：《像我这样的一个女子》，广西师范大学出版社 2010 年版。

西西：《我城》，广西师范大学出版社 2010 年版。

西西：《哀悼乳房》，广西师范大学出版社 2010 年版。

西西：《缝熊志》，江苏文艺出版社 2011 年版。

西西：《看房子》，广西师范大学出版社 2010 年版。

西西：《猿猴志》，广西师范大学出版社 2012 年版。

钟玲：《钟玲极短篇》，（台北）尔雅书店 1987 年版。

钟玲：《生死冤家》，（台北）洪范书店 1992 年版。

钟玲：《大轮回》，（台北）九歌出版有限公司 1998 年版。

钟玲：《大地春雨》，（香港）天地图书有限公司 2005 年版。

陈宝珍：《找房子》，（香港）田园书屋 1990 年版。

陈宝珍：《角色的反驳》，（香港）素叶出版社 1999 年版。

陈宝珍：《改写神话的时代》，（香港）汇智出版有限公司 2004 年版。

陈宝珍：《广场》，（香港）荻笛轩出版 1997 年版。

陈慧：《补充练习》，（香港）七字头出版社 1999 年版。

陈慧：《拾香纪：1974—1996》，（香港）七字头出版社 1998 年版。

陈慧：《味道/声音》，（香港）同学出版有限公司 2000 年版。

陈慧：《人间少年游》，（香港）天地图书有限公司 2001 年版。

陈慧:《四季歌》,(香港)天地图书有限公司 2002 年版。

陈慧:《好味道》,(香港)天地图书有限公司 2002 年版。

陈慧:《小事情》,(香港)天地图书有限公司 2006 年版。

陈慧:《爱情街道图》,(香港)明报周刊出版公司 2006 年版。

陈慧:《看过去》,(香港)天地图书有限公司 2002 年版。

陈慧:《爱未来》,(香港)天地图书有限公司 2006 年版。

陈慧:《他和她的二三事》,(香港)天地图书有限公司 2008 年版。

陈慧:《爱情戏》,(香港)天地图书有限公司 2009 年版。

韩丽珠:《输水管森林》,(香港)普普出版 1998 年版。

韩丽珠:《宁静的兽》,(香港)青文书屋 2004 年版。

韩丽珠:《风筝家族》,(台北)联合文学出版社有限公司 2008 年版。

韩丽珠:《灰花》,(台北)联合文学出版社有限公司 2009 年版。

韩丽珠:《缝身》,(台北)联合文学出版社有限公司 2010 年版。

韩丽珠、谢晓红:《双城辞典Ⅰ·Ⅱ》,(台北)联经出版事业股份有限公司 2012 年版。

谢晓红:《好黑》,(台北)宝瓶文化事业有限公司 2005 年版。

后 记

说起来已经是快十年前的事了。

2005 年春三月，在博士毕业将近两年的时候，我有幸进入苏州大学文学院博士后流动站工作。本来，博士之后，安心于工作家庭，却生怕就此委顿，决意要给自己找些苦吃，恰恰也就有了机缘。曹惠民教授接受了我的申请，并同意了我的《台港女性小说的身份书写研究》的博士后研究计划。两年里，徐州苏州两地奔波，此地他乡，无有分别。

2006 年春三月，尚在苏大学习的我，得到香港浸会大学文学院的邀请，赴港做了三个月的访问学人，除了参与林幸谦教授主持的《中国现代女作家的性别论述》课题研究之外，还利用浸会大学图书馆、香港大学图书馆、香港中文大学图书馆以及中央图书馆，查阅了大量台港文学尤其是女性文学的作品，并搜集了尽可能多的研究资料，为博士后出站报告的撰写做好了充分准备。

2007 年春三月，经过昼夜赶工，完成并提交了 12 万字的论文《身份书写及其差异——香港女性小说研究》，博士后研究暂告一段落。但由于精力有限，预计的研究内容却大大缩水，不仅因为台港的研究范畴过于宏大而只选择了香港一地，而且文体上也仅只选择了小说一种。接下来就遇到了高校生存难题：项目申报。一年之中，从教育厅课题申请起，一直到省哲社规划项目、教育部项目、国家项目，每一次填表论证都搜肠刮肚，思维枯竭。如此整整三年，几不堪回首！直到 2010 年，我所申报的《近三十年两岸三地女性文学整体观》侥幸获得了江苏省哲学社会科学规划指导项目，2011 年的春天，课题《当代两岸四地女性文学整合研究》获得了国家哲学社会科学项目立项。就在这一年，我已经不得不将申报的青年项目改为一般项目。卸下了项目缺失所带来的焦虑和压力，读书写作又开始走上从容的轨道。我把"雪藏"数年的博士后出站报告找出来，把已经蒙上灰尘的书籍资料整理出来，准备开始静心做研究。

两个月后，我因江苏省教育厅组织的首批赴美双语教学培训而远赴美国弗吉尼亚大学学习，我把必要的资料装进行李箱，把书稿慎重拷贝到电脑中，坐火车、乘飞机来到美丽的夏洛茨威尔。空降到完全陌生的英语环境，再加上培训日程非常紧张，我只能做到每天携带着装有书稿的笔记本背包，早出晚归，匆匆往返于校园和公寓之间。偶有空闲下来的时间，也只够将书稿从头到尾温习一遍，至于说补充新的内容，改写原有论述，根本做不到！三个月后，我带着只字未动的书稿回来了。

2012年春三月，有幸得到时任台湾大学台湾文学研究所所长洪淑苓教授的邀请，我和我所在的台港澳文学研修团队得以在台湾大学研修三个多月，不仅尽情饱览了多年暌违的台港女作家作品和研究的第一手资料，还得以在朋友们的介绍下和许多作家见面交流。我常常在读书、笔记之余打开书稿，常常这里补上一段，那里更正一行，但时间总是那么紧迫，又不愿意丢下手头诸多没看的宝贵资料，去完成一部积年的书稿。这一次海峡之旅，又是一次未竟之行，我携带着残缺不全的书稿再次归来。

这年的秋天，获得课题的轻松已然切换成完成课题的压力，也许我一直在等待一个正式开始的时机。下一年九月，女儿考进重点高中，开始寄宿生活，我顿然解脱，开始拥有了自己的时间。利用午间和晚上下班后的零碎时光，我终于再一次彻底地沉浸在香港女性小说的身份书写中，在文本构造出的异度时空中穿梭遨游，把隔年的冷饭加热到适当火候，并一直保持在沸点状态，从而把新的资料、新的研究方法和新的观念渐次成功焊接并融化到原有的论述中，并尽量做到厘定拣选新旧材料，完善书稿的逻辑框架，增加鲜活充分的论据，尤其注意香港女性小说身份书写的多面性与复杂性辨析，终于将这本"痒"了七年之久的书稿画上了句号。

感谢苏州大学文学院、香港浸会大学文学院、美国弗吉尼亚大学东亚系、台湾大学台文所的老师们，感谢国家哲学社会科学基金、江苏省哲学社会科学基金、江苏高校优势学科建设工程项目、江苏省"青蓝工程"项目的资助，感谢江苏师范大学社科处、江苏师范大学文学院提供的研究上的支持和帮助，感谢校友刘先生捐助的"江苏师范大学文学院学术著作出版基金"促成拙著的出版。

特别感谢多年来一直默默帮助和支持着我的家人、师长和朋友！

在 2014 年三月的春意盎然中，回首这一段困顿奔忙的历程，竟只留下了美好的画面和无尽的感谢。行走的书稿，载着我的欢喜和悲哀，载着我的从容和忧虑，载着每一次怦然心动的真挚感激和那些遽然来临的蛛丝一样的烦恼。感谢飞逝的流光，也感谢美好的相遇，行走和思考终于让我学会面对和安顿。

王艳芳

2014 年 3 月